跋涉者的足迹

劳沫之◎著

新华出版社

图书在版编目（CIP）数据

跋涉者的足迹 / 劳沫之著. -- 北京 : 新华出版社, 2019.3
ISBN 978-7-5166-4523-9

Ⅰ. ①跋… Ⅱ. ①劳… Ⅲ. ①散文集 – 中国 – 当代
Ⅳ. ①I267

中国版本图书馆CIP数据核字(2019)第043973号

跋涉者的足迹

作　　者： 劳沫之

责任编辑： 丁　勇　雒　悦　　**封面设计：** 刘宝龙
责任校对： 刘保利　　**版式设计：** 丁　勇

出版发行： 新华出版社
地　　址： 北京石景山区京原路8号　　**邮　　编：** 100040
网　　址： http://www.xinhuapub.com
经　　销： 新华书店、新华出版社天猫旗舰店、京东旗舰店及各大网店
购书热线： 010 – 63077122　　**中国新闻书店购书热线：** 010 – 63072012

照　　排： 六合方圆
印　　刷： 三河市君旺印务有限公司

成品尺寸： 170mm × 240mm　1/16
印　　张： 30　　**字　　数：** 413千字
版　　次： 2019年5月第一版　　**印　　次：** 2019年5月第一次印刷

书　　号： ISBN　978-7-5166-4523-9
定　　价： 98.00元

劳沫之近影

自 序

从1933年呱呱落地，到年过八十，或学走路，或学说话，或学写作，或学耕耘，或学为人师，或学做人；或上山攀登高峰，或下海体味神奇浪花，或与大自然亲密接触，或与病魔搏斗。时而举步维艰，时而如履薄冰，时而负重爬行，时而健步如飞。饱尝人生酸甜苦辣，体察人世千姿百态。回首跋涉的脚印，无悔无憾！只要一息尚存，我将一往情深，继续向前跋涉，直到人生的尽头。这就是我此刻的心声。

收集到本书的怀旧篇、杂记篇、域外篇、习作篇和摄影篇等作品，皆为一个跋涉者的足迹。以此纪念我难忘的人生。

写于2014年9月30日

目 录

CONTENTS

习作篇

摄影篇

怀旧篇

HUAIJIU PIAN

八十后怀旧

2013年2月27日，是我满八十周岁的日子。这个生日过得很平静，同家人一起吃了长寿面，买了一小盒生日蛋糕，还插了几根红蜡烛。颇为欣慰的是，我可爱的六岁小外孙陪同我吹灭了蜡烛，分享了生日蛋糕。也有不平静的时候，当我独自回首往事，便思绪万千，夜不能寐。在此之前，我拜读了杨绛先生的长篇小说《洗澡》和散文及随笔集，如《干校六记》《将饮茶》《杂忆与杂写》等著作，从中深受启迪，促使我在有生之年，将我的所思、所感和自认为值得珍惜和回忆的人、事、地写下来，以为留念。

第一章

无忧童年

我从1933年2月出生，到1939年10月离开家乡——因家乡已被日寇占领，父亲把母亲、弟弟和我接到湖南，直到1945年10月抗战胜利后才迁回武汉，虽然只在家乡生活了短短的五六年，但同母亲相处几年的往事却一直深深地印在我的脑海里，竟越来越清晰、难忘。

母亲一生生育了三男五女，成活的却只有一男三女。最先出生的两个哥哥长到两三岁时，因农村缺医少药，竟同时被麻疹病魔夺走了生命。直到母亲四十岁时，才生了小我三岁的弟弟。两个姐姐出嫁后，母亲既要操持家务，做饭、洗衣、纺线、织布、喂鸡，又要照料幼小的弟弟，对我的管束比较宽松，所以我能够随心所欲做很多事。这便使我享有一个无拘无束、无忧无虑的美好童年。

回忆起来，当时小小年纪的女孩，竟做了许多应是男孩子去做的事情。比如春天雷阵雨过后，村子附近公路旁的草地上会长出一种类似小木耳的菌，淡绿色的，俗名叫作地打皮，可以做下饭的菜。我曾独自一边放牛，一边捡拾地打皮。夏天抗旱时，我曾同二姐和堂姐到村外为稻田车水，人

1959年暑假，劳沫之回湖北广济县武穴探亲时同母亲合影。

小无法坐在车水条板上踩车，而是双手紧扶车杠，双脚站在车水的踏板上，左脚上右脚下来回地学着车水。秋天棉花成熟时，我也曾跟随姐姐们一起到棉花地里摘棉花，还曾挽起裤腿，打赤脚到大人们正在将刚收完蚕豆后的秸秆翻犁作肥料的水稻田里，捡摘蚕豆秆上残留的蚕豆。最有趣的是，在我家大门对面有一个小荷塘，我见有的大人下到荷塘里用脚踩莲藕，挖出一节节白莲藕，十分羡慕。于是有一天，我也挽起裤腿下到荷塘里，一手扶荷叶枝，一只脚顺着荷叶的茎枝往水下踩，竟然也踩到了莲藕，只是水深，小手小胳膊无法伸到水底将莲藕拔出水面，最后不得不失望而归。当水塘里的菱角成熟时，我随堂姐坐在打谷盆里以手代桨，在塘里划来划去摘菱角，那是多么欢乐的时光啊！在农村，常有人家用稻田栽种荸荠。荸荠成熟后，稻田里无水，有时干得形成一道道裂纹，把荸荠地分成一小块一小块的。我曾利用小树枝翻起一大块，竟见排列着许多荸荠，真是惬意极了！在我家后门外有一大块菜地，菜地边还长有高高的杨树。我曾同村里的男孩子一起，在树下的平地上挖坑玩弹子球的游戏，还捉一种从杨树上爬下来的小昆虫（俗名叫铁牯牛，大小约一寸长，背上有黑白相间的斑点，头的左右两边各有一条长长的触角，触角上也是一小段白一小段黑）作为宠物玩弄。在菜地里的菜架上捉纺织娘，捉螳螂，捉蚂蚱，捉蜻蜓，捉蝴蝶，在墙缝里捉嗡嗡叫的蜜蜂，在院子里捉闪闪发光的萤火虫，也是常有的事。夏夜纳凉，有时玩哭嫁的游戏，让弟弟扮新郎，让一位堂妹扮新娘。将手帕盖住“新娘”的脸，还要“新娘”假哭（我的家乡凡女儿出嫁时都会痛哭）。我还曾同伙伴们一起，用线团做成的小球，比赛看谁抛得远。还在门前场地上玩人碰撞人的游戏，即双方若干人分别排成两行，双方高唱：“天上雾雾沉，地下闯麻城，麻城闯得开，把某某（对方某孩子的姓名）捉过来（算是俘虏）。”唱罢由一方的某人向对方的人墙冲去，如果将人墙冲垮，捉到“俘虏”，就为取胜者（我的家乡与大别山相近，土地革命时期发生的黄麻起义，是继南昌起义和秋收起义之后，我党在长江以北地区领导的首次农民武装起义，在民间影响深远）。玩这种游戏时大家兴致极高，常常忘了回家，直到母亲高喊回家吃晚饭为止。有时候晚上也闲不住，曾同邻居家的小朋友一起，搬起板凳，爬到手能触摸到房屋墙洞的高度，用手掏麻雀窝。有时竟能掏出一两只满圈黄嘴的稚小麻雀，或者几个麻雀蛋。家乡多湖泊，常有大雁飞来。有时见到空中飞过来排列成行的雁阵，我就带着弟弟在稻场上仰望，高唱这首童谣：“雁（家乡方言，‘雁’字的语音念‘岸’）雁！排个‘人’字给我看。老子（家乡的习惯用语）请你吃红饭（家乡种植的红米粳稻），你给老子生红蛋（家乡有喜庆时给亲友赠送红蛋的习俗）。”虽然我的玩性大，但母亲从未训斥过我，更从未打过我，总是依着我的性子。唯有一次，我不知生什么病，母亲要我咽一粒小白药片，我却跑走拒不吃药，气得母亲举起棒槌（农村妇女洗衣时捶打衣服的长木槌）追赶我吃药，但母亲终究未追上我。

由此说来，我的胆子够大的了。其实不然，一到晚上，母亲让我独自一人回卧室睡觉时我就害怕，老怕有什么鬼怪出现。母亲常常忙了白天，还要忙黑夜。她利用夜晚点上油灯纺线，我只好端起小板凳，坐在纺线机旁，一直陪伴她纺完线才一起上床睡觉。她还利用夜晚坐在织布机上织布。我也常常站在织布机旁，注视她如何向梭眼里穿线，如何将梭子一左一右地在织布机里穿来穿去。母亲织成的布有蓝色、紫色和赭色的条纹。用这种布缝制成衬衣十分漂亮，而且结实耐穿。母亲不仅会纺线、织布，还会染各种印花布，用印花布为女孩缝衣，或做被面，也十分别致。母亲有时还用淘米的竹箩箕发绿豆芽或黄豆芽，我也会陪伴在她身边。母亲还会养蚕。我清楚地记得，她将蚕蛾产下的卵用纸片包好，揣在怀里，利用人体的温度孵化出像小蚂蚁模样的蚕宝宝，然后用桑叶喂养，直到结茧成蛹，最后变成蚕蛾。因此，我从小也学会了养蚕，有时和同伴一起到有桑树的地方摘桑叶回家喂蚕。平日里，母亲做的白萝卜干脆甜脆甜的，十分可口。母亲所做的腊八豆不仅滋润滑口，还喷发出一种特殊的浓香味。母亲不仅会用糯米做酒酿，而且用大米做出的酒酿也同样香甜。到要过年时，母亲除了忙着炸豆腐丸子、炸排叉、炒米花，还会将关东糖熬成糊状同米花和芝麻搅拌在一起，捏成圆圆的糖果。另外，母亲还要做吊浆汤圆，做咸绿豆馅的糍粑。当时见了这么多好吃的食品，别说有多高兴了。

母亲姓锺，名想英，1896 年出生在一个封建家庭。她像封建社会绝大多数妇女一样，双脚被裹成了三寸金莲。真难以想象，这双脚是如何承受起繁重的家务劳作的。我还记起两件难忘的事。一件是，母亲领着我和弟弟躲避日本鬼子的情景。1938 年武汉被日寇占领，我们村离武汉一百多里路，村子离公路不足半里。日寇的部队从武汉到云梦、孝感等县城，经常要到我们村驻扎。每到这时，全村的年轻姑娘都闻风而动，飞一般地向村外跑，以躲过日寇的骚扰。全村年岁大的男女也都携老扶幼地往亲戚家逃。有一次，鬼子还未进村，母亲就一手拎个包袱，一手牵着弟弟，我紧跟母亲，到村子北面的堤坝上往前赶路。真不知她的这双脚怎么能经受这样的折磨。当时母亲曾叮嘱我，若有人问到父亲，只说是小商人，千万别说他随军在湖南抗击日寇的事。不料，真有一次遇到了一小队路过的日寇，其中一个官佐问我和弟弟："你们的父亲呢？"我说："出外做小生意去了。"免除了一场可能受到迫害的风险。事后母亲还对弟弟夸我，让弟弟学我这样回答陌生人的问话。还有一次，一小股日军路过我们村时，在村里四处掠夺老百姓的财物。我亲眼见一个鬼子窜到母亲的卧室，掀开床头旁的木柜，将母亲两件翠蓝色绸料的衣裳抢走。母亲得知后，除了愤恨，也无可奈何！另一件是，有一年母亲做了一些印有红点的米饼，在阴历七月十五日那天，起早床，带着米饼到远离几十里路的黄陂县（现为黄陂区）境内的木兰山寺庙朝圣拜佛。其实母亲平时并不烧香拜佛，真不知她这时为何要艰难跋涉地去拜佛？凭着三寸金莲又是如何登上大雄宝殿的？

劳沫之同弟弟劳补奎、弟媳胡凤娥合影。2010 年 9 月，摄于北京国家大剧院北侧。

还有一点与村中女孩不同的是（多数家庭不让女孩识字念书），我五六岁时，家里让我同一些男孩一起入学村中的私塾。私塾先生教我用毛笔和学术纸（类似宣纸一样白色的纸，但比宣纸薄）写大字，教我读“人、手、足、刀、尺”这类内容的课本，教我背诵“女儿经，仔细听，早早起，出闺门……”之类的古训。

下面附带写一笔，我的两个姐姐（大姐劳翠兰、二姐劳焕兰）均为农村家庭妇女，很早已先后病逝。我的弟弟劳补奎，又名劳福根，系中共党员，现为湖北省中共武穴市委史志办公室副编审，湖北省作家协会会员。弟妹胡凤娥，系湖北省武穴市第三人民医院妇产科副主任医师。

我的童年虽说平淡无奇，但我却一直深深地怀念它。怀念它的无拘无束、自由自在、无忧无虑。我会永远将它留在我的记忆里。

写于2012年10月（虚岁八十后）

第二章

求学武昌

我的小学历程是漫长的。1938 年，武汉被日寇占领，我的家乡也成为沦陷区。在日寇占领之前，我的启蒙教育是在家乡的私塾接受的。

1939 年 10 月，我的父亲化装成商人，穿过日寇的封锁线，从湖南沅江县（现为沅江市，下同）回到家乡，把母亲、弟弟和我，接到湖南（当时父亲先后在国民党 99 军及其所属的 197 师政治部当中校科长）。到湖南沅江后，我进入国民党 197 师官兵子弟小学读二、三年级。我每天早晨步行数里路到学校，中午在学校搭伙，放学后再步行回家。记得学校曾举办过一次演讲比赛，我在演讲中获得优胜，奖品是一本书《模范尺牍》。由于我读私塾时未上过算术课，在小学学算术比较吃力，成绩不够好。在这段时间留给我深刻记忆的是，父亲曾为弟弟和我解读过鲁迅的《阿 Q 正传》（注：为丰子恺插图版，所画人物栩栩如生，令人难忘）和施耐庵的《水浒传》。还给我们买了一本童话书《木偶奇遇记》，上有插图，但不记得是谁画的。再有就是父亲为我写了两幅大字摹本，教我练毛笔字。一幅写的是："楼头桃李疏，池上芙蓉落。织锦犹未成，虫声入罗幕。"另一幅写的是："春眠不觉晓，处处闻啼鸟。

夜来风雨声，花落知多少？”我按照摹本临摹。父亲看后，在写得好的字旁画圈。对这两幅字的词意我当时并不理解，也不知是何人所写。如今回忆起来，经姚殊查百度百科有关词条，始得知，前一幅为唐代诗人崔国辅所作五言古诗《怨词》中的一首（见《全唐诗》）。崔诗以五言绝句著称。其诗多拟南朝乐府民歌，写宫闱、田园儿女之情，含思婉转，风格清新活泼。这首诗属闺怨诗。第一句写桃李之花已经纷纷落下，花疏叶繁，大好春光即将逝去。第二句写秋天，池塘之中，秋风乍起，荷花飘零。第三句写织锦以寄相思（“织锦”为一典故，即织锦以寄相思之意），然思极恨极，致使思绪繁乱，未能织成。最后一句用蟋蟀鸣声入于深闺罗帏来渲染秋夜凄凉的气氛，表思妇悲愁之情。这一幅大字摹本诗中的“虫”字应为“蛩”字，指蟋蟀。后一幅在大学学古典文学课时，早已知其意，也知其是盛唐时期孟浩然所写著名的田园山水诗《春晓》。沅江被日寇占领以后，197 师军官的家属随国民党 99 军的留守处曾一起迁往湖南汉寿的铜官、桃源的文昌坪、安化的烟溪和宝庆等地。在这段时间，我一直辍学在家。记得迁往文昌坪时，我们乘坐的乌篷船曾穿过屈原自尽的汨罗江。当时水浅，流速平缓，江水清澈见底。最后迁抵安化县，我进入澄平中心小学读四年级，直到 1945 年 8 月 15 日日本投降。在 8 月 15 日那天晚上我还参加了学校组织的庆祝抗战胜利的提灯游行活动。在澄平中心小学有两个人值得怀念。一位是美术老师，他姓李，中等身材，衣着庄重，头发梳理得整整齐齐。另一位是五年级同学刘冰兰。她一副瘦长脸，皮肤白嫩白嫩的。课后，刘冰兰和我时常到李老师的办公室看他画画。一次，他用一长方形纸片给我画了一幅一排开满粉红色桃花的美景，题款为“桃红又是一年春”。遗憾的是，几次搬家后，我不小心把这幅画遗失了。暑假期间我常到刘冰兰家串门，有时晚上乘凉时，还同她的姐姐一起玩“一只蛤蟆一张嘴，两只眼睛四条腿，咕咚，跳下水……”这类游戏。我还从她家借阅过一本童话《十三妹》。1945 年 10 月，父亲离开国民党 197 师，带领母亲、弟弟和我，乘乌篷船经沅江、洞庭湖，过岳阳、常德、监利等地，直抵汉江，回到了湖北武昌。

我考入湖北省武昌市武胜区中心国民学校读五年级，直到 1946 年 7 月小学毕业。毕业后，我考入湖北省立武昌第二女子中学。1949 年 5 月 16 日武汉解放，是时，我初中毕业，然后离开学校。

我的母校湖北省立武昌第二女子中学坐落在长江边的都府堤，设有初中和高中部。进入校门，首先映入眼帘的，是一座高约三米的石碑，上面刻有“百年树人”四个字。离校门约五十米处，左面有一排房间，为训导处等各科办公室，右面的一排房间为高中部教室。向北约三十米的一排建筑，左面为大礼堂，右面为初中部教室。紧挨大礼堂的北侧，是大操场，穿过操场，又是一排教室。在这一排教室的北面是学生宿舍，专供家离学校远的学生住读之用。我家住楚材街，离学校较近，理所当然地走读。我在小学结识了三位同班好友。一位名叫江畹兰，考入了湖北省实验中学，她留给我的临别赠言是普希金的名句：“如果你能征服自己，克服自己，你就能比你所梦想的更为自由。”她真是

湖北省立武昌第二女子中学校第十九届初三下甲同学临别纪念。前排正中为班主任张际芳老师。第三排左二为劳沫之。摄于 1949 年 4 月 16 日。

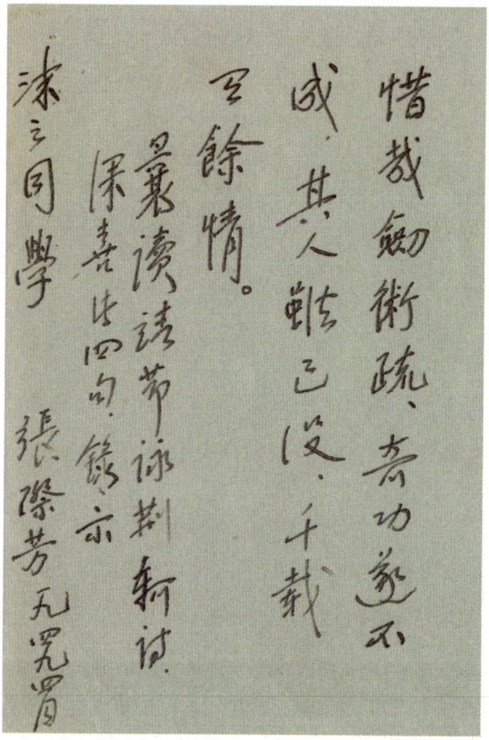

班主任张际芳老师题词

与俄罗斯有缘。据说她中学毕业后，留学莫斯科大学。还有两位好友，一位名叫余群娣，另一位叫陈兰芳。小学毕业后，她俩和我一起考入省二女中。她俩上学都要路过我家，因此，每天清晨她俩都到我家门前邀我同买早点、同上学校。武汉解放后，余群娣上了军政大学，陈兰芳同我一起考上了湖北人民革命大学，由于父母不同意，而回了老家湖北安陆县（现为安陆市）。

在省二女中虽然只有短短的三年，却给我留下了无尽的回忆。我有许多难忘的老师。首先是我的地理老师兼班主任——张际芳。她高高的身材，衣着端庄，所烫发型得体大方。她讲课条理清晰，简明扼要，所讲内容易于为学生理解接受。她还指导我们绘制全国分省地图，当时我绘制台湾地区的地图的情景记忆犹新。她同我们一起拍摄的毕业照我仍保留至今。最可珍贵、我仍保存至今的是，1949 年 4 月，在我们临近毕业时，她亲笔将陶渊明《咏荆轲》的四句诗录示给我作留念。这四句诗是：“惜哉剑术疏，奇功遂不成。其人虽已殁，千载有馀情。”饱含她对壮士的崇敬和惋惜之情，也暗示我熟练掌握科学知识和技能的重要。这样一位深受学生尊敬的老师，据说因为受不了“文革”的屈辱，而与她的丈夫（武汉大学的著名教授）一起离开了人世。惜哉！她有两个女儿，大女儿名叫刘韵宜，是我的同班同学，小女儿当时还是小学生。父母离世后，不知她们是否还生活在武汉？接下来的是两位语文老师。一位是中年女老师，她那爽朗庄重的身影我仍很清晰记得；另一位姓戴，是一位衣着朴素的男老师，曾给我一次作文的评语是“天衣无缝”，而我对这篇作文的内容却忘得一干二净。还有身材修长、面庞清瘦教英语的王老师也令人难忘。再接下来的是美术老师殷正懿，她指导我们画装饰性的拼接成的各种图案，还指导我们用手工制作艺术品。记得我曾将白色的萱草（在中药铺购买）用颜料染成粉红色的桃花瓣，将桃花瓣粘贴在几根类似桃树的树枝上，然后将树枝插入用黄色泥土做成的高约四十厘米的长方形座盘中。这件艺术品受到老师的肯定，并参加了在大礼堂举办的展览。1948 年冬，她还在我的小小的纪念册上画了一幅写意的水仙花。画中八片深绿和浅绿浓淡相间、长短不一的叶片横卧在画幅的右侧，左侧的上部一前一后有两朵盛开的金黄色花朵，下部在横卧叶片的顶尖处，有三个排列错落有致的金黄色花骨朵含苞欲放。这幅画保存至今已有 70 年，但画中的色彩却依旧鲜明透亮，真是太难得了！还有一次美术课可能殷老师有事，她请了一位画家王霞宙代

美术课殷正懿老师画作

课。这位画家在黑板上摆放了用淡黄色纸画好的一幅荷花图让我们临摹。后来我才得知，殷老师和王霞宙都是武汉的著名画家。有这样高水平的老师教美术课那是多么幸运！难忘的老师还有音乐老师和体育老师。音乐老师是一位穿着时尚、发型讲究、口红抹得鲜亮的中年女士。在大礼堂的东北角，摆放了一架钢琴，上音乐课时，她边弹钢琴，边高唱所教的歌曲。她的嗓音清脆嘹亮。她所教的歌曲有古典音乐，有中文歌曲，也有英文歌曲。记得她教我们的最后一支歌就是英文歌曲，她给我们每人发了一张铅印好的有简谱有英文的歌片，我至今还记得歌词中有这样的内容：“My Bonnie lies over the ocean / My Bonnie lies over the sea / My Bonnie lies over the ocean / Oh, bring back my Bonnie to me… / bring back, bring back / Bring back my Bonnie to me, to me / Bring back, bring back / Bring back my Bonnie to me.” 在音乐出版社 1961 年 12 月出版的《外国名歌 200 首续编》一书中，在“古典歌曲”部分有一首歌名为《我的爱人》由 H. 符勒尔作词作曲，正是这个歌片中的曲调，由邓映易译配的中文是：“我爱人离家远渡重洋，我爱人离家在异乡，我爱人离家远渡重洋，快把他送回我身旁。送他回来，快把他送回我身旁。送他回来，快把他送回我身旁。”由此得知，这支英文歌曲也是一首古典歌曲。音乐老师还发给我们两本铅印的中学音乐教材，歌曲都是五线谱，多为古典音乐。可惜我在搬家时也把它们遗失了。当时我们还流行唱王洛宾的《青春舞曲》和《康定情歌》，我们班有的同学还边唱边跳舞。我不记得这类流行歌曲是不是这位音乐老师教我们的。体育老师身材中等， 梳着一头男式短发。她教会我们打棒球和板羽球，她还在高年级开展排球比赛，使我对排球颇感兴趣。1953 年，当我在湖北人民革命大学第四期第一部工作时，我还参加了机关女职工组成的名叫“力生”的女子排球队。当年，我们毕业班的教室在大礼堂的右侧，大礼堂的东南角摆有一台乒乓球桌，课间休息时，我和同班同学常轮流挥拍打乒乓球。它有助化解听课的疲劳，真可说是一种乐事，这也说明学校对开展体育活动的重视。这位体育老师还兼任学校童子军教练。初中部的学生大多数参加了童子军。记得在组织童子军的活动中，她曾教我们如何打绳结，还曾组织我们到郊外开展登山比赛等活动。

我要好的同学除余群娣、陈兰芳以外，还有白静安和江胜男。白静安家在汉口，她是住校生。我们有时交换课外读物。记得一次星期天，我曾乘轮渡到汉口，同她一起到著名的璇宫影院观看由谢添和白光主演的《十三号凶宅》。这部影片是在今天北京西单西边大木仓胡同的郑亲王府（现为国家教育部）取景，于1948年拍摄的。著名女星白光一人在片中分饰四角，轰动一时，可惜这部影片今天没有保存下来（引自2014年7月25日《北京青年报》）。白光当时是与周璇、张露、吴莺音、李香兰齐名的上海滩五大歌后之一。我对白光在片中边演边唱的神情还记忆犹新。江胜男则是同我一起办墙报的好友。武汉临近解放，我们的墙报取名“红报”。在一大张方形的道林纸上，用钢笔蘸黑色墨水书写稿件。江胜男的钢笔字字迹工整秀丽，墙报看上去比较精致，张贴在大礼堂的墙壁上。这两位好友毕业后都不知去向。

我在这三年中，每学期各科考试的平均成绩在80分以上，列为甲等。因此一直享受学校发的助学金。但不是发钱，而是每月发30斤大米，凭证到指定处领取大米。为此，我还专门到刻字店刻了“劳沫之”三字的一方木质图章，领米时便盖上这枚图章。

当时，我校文娱体育活动开展得比较好，高中同学除开展排球比赛以外，临近毕业时，还在大礼堂演出了话剧“结婚进行曲”，并欢迎外校同学观看。我还记得一位男演员（女扮男装）所唱的一支插曲：“雪霁天晴朗，蜡梅处处香。骑驴灞桥过，铃儿响叮当。响叮当，响叮当，响叮当，响叮当。好花采得瓶供养，伴我书声琴韵，共度好时光。”我还见到高中有的同学手捧当年流行的美国畅销小说《飘》。可见当时学生的文艺思想是很活跃的。

1950年，我所工作的单位湖北人民革命大学校部离我的母校近在咫尺，但直到我大学毕业，工作了数年之后，方得知我所就读的省二女中校址，为昔日中国共产党创办的农民运动讲习所。省二女中已合并到另一所中学。1979年，《中国财贸报》（《经济日报》的前身）记者部张颂甲同志邀请我出席在武昌东湖召开的报纸通讯员会议，我借此机会专门到都府堤，拟参观母校的现状。遗憾的是校园内已不见“百年树人”的石碑，传达室的工作人员仅让我在传达室旁停留瞻望，而未能进入校园内参观。

母校啊，母校！感谢你遵循“百年树人”的校训，引导学子如何成才，创造条件使学子受到全面的教育。我从此起步，迈向了人生的新阶段，投身湖北人民革命大学，接受革命的洗礼，开始确立了为人民服务的远大目标。

第三章

奔向光明

1949 年 7 月 20 日，我离家投身湖北人民革命大学。当晚住武昌县（现为武昌区，下同）县华林华中师范学院大楼一学生宿舍，睡上下铺架子床的下铺，一夜被蚊子臭虫骚扰，难以进入梦乡。睡眼蒙眬中，列队集合，由臧琦等革大干部带领我们步行六十里，到武昌县豹子澥镇简师旧址，也就是我们的校址。这所学校早已停办，除几座平房外一无所有，既无课桌，也无课椅，更无床铺。我们十几名女生被安排在一间约三十平方米的宿舍，床铺是用木板拼成的长长通铺。

事后得知，湖北人民革命大学 7 月 4 日开始招生，先后报名应考者五千余人，分批考试，先后录取了三千六百多人，分成三个部，分别设在武昌县都府堤、武昌县豹子澥、黄冈县（现为黄冈市，下同）仓子埠。我们属于第二部，学员约有一千多人，分成三个中心班，每个中心班包含三个小班。中心班班主任全面负责领导三个班的任务。各个小班的班主任负责各自班的任务。我所在的班属于第一中心班二班。中心班班主任是经受延安鲁艺培养的张空凌，会拉一手小提琴。二班班主任为许远超，辅导员为费枫。还有一位由南下工作团分配到革大做青年团工作的董冠雄。我感到特别幸运的是，我终于被革大录取。当时革大在武昌的招生办公室设在武昌胭脂坪旅社，离我家的住处不太远。我去报考时，工作人员认为我不满十七岁（只有十六岁四个月）不接受报名。我投奔革大心切，于是天天到招生处跟工作人员磨蹭，最后招生办接受了我报考。当考完试后，我又天天去询问何时录取、何时发榜。也不知是我的考试成绩尚可，还是我的执着打动了招考的干部，最后张贴在武昌文华中学的录取通知上，我榜上有名。我之所以如此执着，是有一定缘由的。我对国民党政府的腐败无能，使百姓民不聊生，深感痛恨。武汉临近解放时，通货膨胀，物价飞涨。在中学的作文里，我对这种现状已有所不满。特别是在旧社会，男女不平等，在职场上女性常常受欺凌，渴望享受自由平等的地位和权利。当时我刚刚初中毕业，想寻找一条光明的出路。得知革大的办学性质、培养学生的目标，从感性认识出发，相信共产党能够办好这所学校，毕业后，一定会有光明的前途。

武汉于 1949 年 5 月 16 日解放。那天，我和学校师生走出校门与市民一起欢迎解放军进城的盛况仍历历在目。“中共湖北省委和湖北省人民政府组建伊始，便面临湖北即将全境解放的形势和建立各级党政组织、群众团体，恢复和发展经济等繁重任务，而干部又很少。在这种情势下，省委决定创办湖北人民革命大学，采取短期速成的方式，大规模地培训基层干部，以应急需。”（见湖北人民革命大学校史《熔炉岁月》序言）而当时的办学条件极为有限。由于学校设施简陋，首先面对的是建校劳动。我记得为了改造一座能容纳数百人的小礼堂，学校发动同学们重新搬砖、垫土、翻修。没有上课的教室，上大课时，我们都在室外场院听报告。学员听课时，连马扎都没有，坐的都是用稻草编制成的类似蒲坛的坐垫。我所用的一个圆圆的、厚厚的稻草坐垫便是我们二班班主任许远超帮我编制而成的。许远超浓眉大眼，长着一张长方形脸，着一身粗布灰色制服，脚穿草鞋。他在笔记本上书写一手漂亮的钢笔字，带有隶书的痕迹，不知以前他是否临过隶书的字帖。每个班分成若干学习小组，每个学习小组十五人左右。听完大报告，同学们回到各班分组学习讨论。各个小组学习讨论的场地设在空荡荡的一个房间里，地上铺上稻草，大家围坐在稻草堆里学习讨论。我曾被选为学习小组组长。每天学习讨论结束，晚上各个小组组长都要到班主任和辅导员的办公室汇报学习讨论情况，研究如何针对学员的思想实际深入开展学习等问题，常常进行到很晚才能休息。我还负责办班里的黑板报。没有桌椅，我经常利用中午的休息时间，趴在木板床上编稿和改稿。就餐也没有食堂，八人为一桌，用脸盆到伙房打一大盆菜，放在地上，八个同学蹲着以菜盆为中心围成圆圈就餐。为了改善伙食，学校还组织我们开荒种菜。到了后期，同学们还能吃上猪肉和豆腐。由于我不喜欢吃肥肉，凡有猪肉菜，我便用猪油菜汤拌饭吃。为了培养我们的组织纪律性和集体主义精神，一切行动所有人都要列队进行。听大报告时，各班各组列队入场，一日三餐也是列队入场。听报告前和就餐前集体唱革命歌曲，各班互相拉歌，好不热闹。经常唱的歌曲有：《没有共产党就没有新中国》《跟着共产党走》《中国人民解放军军歌》《解放区的天》《团结就是力量》《在太行山上》《毕业歌》等。由于第一中心班班主任张空凌懂音乐，他还组建了一个歌咏队，每天清晨他指挥我们唱歌练歌，教我们学会了许多苏联歌曲。我们学会的歌曲有：《共青团员之歌》《哥萨克之歌》《喀秋莎》《太阳落山》《快乐的人们》《人不犯我，我不犯人》《跨过高山，越过平原》《假如明天战争》《从边境到那边境》等。无论是中国的革命歌曲，还是苏联歌曲，都充满了革命的激情。这些不仅活跃了我们的学习生活，也陶冶了我们的革命情操，培养了我们的革命乐观主义精神。虽然物质条件艰苦，但我们的精神生活是丰富多彩的。入校初期，因不能常用热水洗头和洗澡，我同许多女学员一样，头发上曾长满了虱子，但大家都克服了困难，没有任何怨言。

根据我在革大学习时课堂笔记本中的记录，1949 年 8 月 16 日，湖北省委书记、省人民政府主席兼任革大校长的李先念同志亲临武昌县豹子澥革大第一期第二部，在开学典礼上向千余名学员做了动员报告。在报告中，李校长讲了当时阶级斗争的形势和中国共产党的任务，以及我们在革大的学习任务。报告的开头部分，着重强调革大处在初步的建设中，学校存在许多困难。目前国家财政困难，在中国共产党华中局精简节约的号召下，学校要从实际出发，要按照实际情况办事，号召学员一切困难都要自己去克服。我记得那次做报告的地点是在第一中心班住处的露天场院。三个中心班的学员以草垫为座，用双膝当桌，聚精会神地聆听校长的教诲。当时讲台设在一个教室大门的台阶上，讲台其实是一张简易的木桌，桌上没有麦克风。此刻，我在讲台后面，用一个搪瓷杯倒了一杯白开水置于讲桌上供校长饮用。这次动员报告使我们认清了当前的政治斗争形势和革命任务，坚定了我们克服困难的决心和勇气，最后按照学校的要求较好地完成了学习任务。

革大是一所“抗大”式的培养革命干部的学校。它继承了“抗大”的办学传统，同“抗大”一样，倡导的校风是“团结、紧张、严肃、活泼”。它的教育方针是以政治教育为主，进行革命的启蒙教育。革大通过短期培训，要求学员树立共产主义理想的信念，树立全心全意为人民服务的思想，树立正确的思想方法和工作作风。根据这一教育方针，革大设置的课程少而精。基本课程有科学社会观、中国现代史、新民主主义论、农民土地问题，辅之以时事教育。革大采取的是理论联系实际、启发式的教学方法。听完大课后，在小组讨论中，强调联系社会和学员的思想实际，谈对问题的认识和思想转变的过程。我感受最深的是，学完科学社会观和新民主主义论后，我懂得了社会发展的客观规律，切实地认识到我国从新民主主义革命过渡到社会主义革命，最终建成共产主义社会这是社会发展的必然，从而初步树立了共产主义理想的信念。在学习中国现代史时，关于中国共产党英勇卓绝的二万五千里长征壮举这一专题报告对我触动很大，开始认识到中国共产党的伟大、光荣、正确，决心摒弃个人的一切私心杂念，跟着共产党革命到底。学校还采用了一些生动活泼的感性教育形式，启发和提高学员的无产阶级觉悟。比如有的辅导员以切身经历控诉旧社会地主恶霸压迫剥削农民罪行的报告；比如安排曾受骗参加国民党特务组织的学员揭露国民党残害革命者的罪行；比如请武汉军区文工团来学校为我们表演歌剧《刘胡兰》。我记得在那座能容纳数百人的小礼堂里，没有舞台，演员就在主席台位置的平地上演出，学员们都坐在草垫上观看。由于我坐在前排，“阎锡山军阀用铡刀残杀刘胡兰的歌剧场面”我看得一清二楚。看到此处，当时群情激愤，我和大家一起高呼打倒军阀刽子手的口号。这些教育形式使我们认识了剥削阶级和国民党反动派的真面目，认识到作为革命者，应该自觉地站在无产阶级一边，为劳苦大众谋福利。

入学两个多月以后，1949 年 10 月 16 日，我被批准加入新民主主义青年团。我的入团介绍人是董冠雄。当时，我们的班主任穿的是深灰色土布制服，而他穿的却是浅黄色的军装，显得格外抢眼。同时，也是他第一次教会我们唱《国际歌》。不幸的是，在学校附近水域的一次游泳中他溺水身亡。直到如今，我们还怀念着他！

为了促使学员学先进、赶先进，学校还开展了评选学习模范和劳动模范的活动。我记不清当时多少人被评上，只记得我班陈益寿被评为学习模范，我被评为劳动模范，还颁发了类似革大校徽大小的奖章。为了培养学员的集体主义精神，学校利用中秋节举办师生联欢晚会，一起表演节目。晚会上，革大二部副主任肖鸣用洪亮的歌声高唱了《延安颂》，勾起了我们对革命圣地延安的向往。革大二部组织科科长臧琦以清脆的嗓音唱响了《三八妇女歌》，激励我们不忘妇女的神圣职责。

临近结业时，学校要求我们结合五个月的培训及所学知识，联系个人的思想实际及转变过程，写思想总结。我认真解剖自己，联系实际，比较深入地写出了思想转变的过程。当时的校刊《革大生活》曾以《“科学社会观”的学习总结》为题，摘登了我的个人总结，约 1300 字。在刊登我的学习总结的标题之后，以“编者”的名义写了下面一段话：“我们近几天看到了二部三位同学的个人总结，从总结中看出了同学们在学习科学社会观后政治上、思想上的觉悟都飞跃提高；总结的文字也写得很好，我们都想把它刊载出来，可是限于篇幅，只抽出了劳沫之同学总结的一段，作同学们的比照和参考。”摘登我的学习总结中，有这样一些学习体会：“自原始共产社会解体，产生了私有制度，就有了人剥削人的现象，就形成阶级，少数人坐享其成高居在上，多数人辛苦劳碌却总是衣不遮体，食不饱腹；那些少数人一点事也不做，完全靠劳苦大众养活他们，然而他们还轻视人民，压迫人民，蹂躏人民，简直就是一群卑污无耻专吸人血的禽兽。这是一种不合理的社会制度，我们必须予以打倒，予以摧毁，重新创立一种公平的合理的社会制度。”“实际上历史是劳动人民所创造的，没有劳动，社会就无所谓繁荣，也不会向前发展进步。劳动不仅创造了世界，也创造了人，人类从猿进化到人就是不断劳动的结果。”“劳动人民是光荣的，伟大崇高的，是新社会的主人。……所以我认识到‘全心全意为人民服务’是我们必须应该具备的观点，也是必须要我们在实践中予以证实的，为人民服务，也正是为自己服务，否则是会被人民遗弃的。”“在很多同志的报告中，我听到了许多未曾听过的旧社会地主恶霸鱼肉迫害人民的血的事实，和革命志士坚决斗争视死如归的可歌可泣的壮举，使我更深地体会到共产党的伟大，旧社会的万恶和国民党反动派的残忍……也更增加了我对共产党的敬佩和信心，我决定牺牲个人利益，无条件服从组织分配，去做人民的一个忠实勤务员。”

我经过短短几个月的学习和劳动锻炼，在政治上、思想上的觉悟有上述一些认识，在当时来说，也是难能可贵的。

在革大第一期毕业的数千人中，除三分之一同学分配到中央、省直机关、省文联文工团、留校工作以外，大多数分配到湖北省大冶、黄冈、孝感、襄阳、沔阳、荆州、宜昌、恩施等基层单位工作，还有少数同学分配到部队。所有毕业的同学，都做到了服从组织分配，到党和国家最需要的地方去工作。这也印证了革大的教育方针和教学方法是正确的、成功的，“短期速成”培训干部的方式取得了实效。

革大的学习生活也是丰富多彩的。班主任和辅导员教我们学会扭秧歌，经常利用课余时间到场院带领我们扭秧歌。领头的一位辅导员手举镰刀模型一上一下地带领后面的一长队同学欢快地扭起来；领头的另一位辅导员手举锤子模型一上一下地带领后面的另一长队同学欢快地扭起来。两队互相穿插、不断变化队形，大家洋洋自得，欢乐非凡。革大还定期组织同学下乡，一边扭秧歌，一边敲锣打鼓，向老百姓宣传党的政策，帮老百姓秋收、割稻。班与班之间还组织篮球比赛。我除了利用业余时间办黑板报之外，还时不时地给校刊《革大生活》写稿，因此，《革大生活》先后两次给我颁发了“通讯员证”和“特约通讯员证”。我还经常给二部油印的部刊写稿。我在革大的学习生活过得很充实。

武汉解放初期，经济困难，物质匮乏，当时学校实行供给制。食宿和基本生活用品由学校供给。学校给每位同学发了一本长 15 厘米、宽 8 厘米的淡黄色纸质的笔记本，用它听大课时记笔记。我对这个笔记本十分珍惜，直到现在还保留在我的身边。保留在我身边的还有革大的校徽、劳动模范奖章、《革大生活》通讯员证和特约通讯员证，以及校刊《革大生活》合订本。这些足见我对革大饱含的一片深情。临近结业时，学校给每位同学发了一身灰色棉布缝做的棉衣。女生的式样是延安服，上身衣领下有三个纽扣，腰间系一条布带，头戴灰色制服帽。我很喜爱这套装束，结业前特地到当地照相馆拍了一张全身照，这也是我在革大学习时唯一的一张照片，我也一直保留至今。

1949 年 12 月 24 日是我们结业的日子。我被分配到革大校部教务处工作。12 月底的一天，一辆大卡车载着我们分配到校部和湖北省直机关一行的同学，直奔武昌。同学们满怀激情、满怀对未来的憧憬，一路高歌苏联歌曲《共青团员之歌》：“听吧，战斗的号角发出警报，穿好军装拿起武器！……再见吧，妈妈，别难过，莫悲伤，祝福我们一路平安吧！”我到校部教务处先后在教育科图书室任干事，在校刊《革大生活》任编辑干事。1952 年 7 月至 1953 年 5 月，调革大第四期第一部第十班任学习和组织干事。1953 年 2 月 26 日，我被批准加入中国共产党，成为一名无产阶级先锋战士。1953 年 4 月，经革大

湖北人民革命大学第一期第二部第一中心班劳沫之结业照。摄于 1949 年 12 月。

校党委批准，被评选为校优良工作者，并给我颁发了奖状和奖章。同年 5 月，经革大第一部团委批准，被评选为优秀团员。1953 年 5 月，革大完成了它的历史使命而停办。在革大即将停办前夕出版的一期《革大生活》杂志上，刊登了全文用我的手写字体制版的《革大，我的母亲》这首长诗。我在诗中抒发了对革大培育我的感恩之情。1956 年 7 月，在来北京念大学之前，我将包括这期杂志在内的《革大生活》杂志合订本寄给我在湖北广济县（现为武穴市）工作的弟弟代为保存，不料在“文革”中丢失。“文革”之前，新闻系资料室的负责人张志平同志曾告诉我，他在这期的《革大生活》杂志上见过我的这首长诗，我当时没在意，没有前往资料室查阅。现在时过境迁，也不知资料室是否还保存这期杂志？鉴于查找昔日的资料颇为费神，只好忍痛割爱。

革大停办后，以革大第一部为基础，调进少数干部，组成了新的湖北省财经干部学校（1949 年 12 月至 1950 年 12 月，湖北省人民政府曾办湖北省财经干部学校），为经济建设培养财会干部。革大第一部的干部除个别调出外，都留了下来。1953 年 6 月至 1954 年 1 月，我被调入湖北省财经干部学校任中心班学习干事。1953 年 11 月至 1954 年 1 月，我在湖北省汉川县（现为汉川市，下同）作为省工作队队员参加粮食统购统销运动。我除了登门到农户家调查粮食统购统销的情况外，还参加了写调查情况的上报材料。我根据了解的情况，写了一篇报道：《共产党员熊凤桃卖了余粮买农具和进行储蓄》，载 1954 年 1 月的《湖北日报》上。1954 年 2 月至 1956 年 7 月，调湖北省财经干部学校校刊《工作与学习》编辑室任编辑干事，并兼任校团委副书记。1954 年 7 月

姚治华、劳沫之同湖北人民革命大学第一期第二部第一中心班班主任张空凌、辅导员费枫同志合影。1992 年 5 月，摄于湖北武昌东湖宾馆。

至 9 月，参加湖北武昌县防汛救灾工作，在武昌县防汛救灾工作总结会上，因我抱着同武汉人民同生死共患难的决心，在防汛救灾中忘我工作，为受灾群众解决了不少困难而被评为防汛救灾一等模范。当年武汉遭受几十年不遇的大水灾，受灾群众的生活极为困难。一次，我到一位五十多岁的农民家里吃派饭，在洪水旁边放了一个方凳，我和他在方凳两侧面对面地各自坐一个小板凳吃饭，摆在方凳上唯一的一个菜竟是一碗汤上浮满白色蛆虫的几块咸肉。综观我的历程，在革命阵营，我的前途充满了阳光和无限的希望。

1992 年 5 月，姚治华和我应武汉一家画廊负责人的邀请，乘东方红游轮畅游长江三峡之前，被安排住在武昌东湖宾馆。我在革大学习时的中心班班主任张空凌同志时任武汉市科协主席，得知后，偕同他的夫人费枫同志（是我革大学习时的辅导员）专程到宾馆看望我们。师生见面，好生欢喜，聊不尽的别后情，感激不尽的是老师的谆谆教诲。后来，张空凌老师出差北京，我们又一次地相聚在革大校友陈精和陈贻管伉俪家中。再后来得知，张空凌老师病逝于武汉。这位引领我步入革命航程的、多才多艺的中心班班主任，他手拉小提琴潇洒自如、指挥我们歌咏队高唱革命歌曲的英姿，将深深地留在我的记忆里。

第四章 烈火锤炼

党的十八大提出：“确保到2020年实现全面建成小康社会宏伟目标。”2013年12月12日至13日，在北京举行的中央城镇化会议提出城镇化六大任务，并强调“走中国特色、科学发展的新型城镇化道路，核心是以人为本，关键是提升质量，与工业化、信息化、农业现代化同步推进”。十八届三中全会提出的改革重头戏之一就是新一轮土地改革。国家统计局2014年12月4日发布了2014年全国粮食产量的公告。根据对全国31个省（区、市）农业生产经营户的抽样调查和农业生产经营单位的全面统计，2014年全国粮食播种面积和产量都较2013年有所增长，其中全国粮食总产量12142亿斤，比2013年增加了103.2亿斤，增长0.9%。2015年粮食总产量达到12429亿斤，连续三年稳定在1.2万亿斤以上。国家统计局2017年12月8日公布的数据显示，2017年全国粮食总产量12358亿斤，比2016年增加了33亿斤，增长0.3%。粮食生产再获丰收，属历史上第二高产年。实现了连续十四年增长。面对如今农村改革的一片大好形势，越发使我想起67年前的艰苦岁月，参加湖北省汉阳县（现为蔡甸区，下同）三区和四区土地改革时的情景。

1950年6月30日，毛泽东主席签署命令，正式颁布《中华人民共和国土地改革法》，作为实行土地改革的法律依据。全国新解放区在充分准备的基础上，从1950年冬季起，有领导、有步骤、分阶段地展开。根据土地改革法，土地改革的总路线是依靠贫农、雇农，团结中农，中立富农，有步骤有分别地消灭封建剥削制度，发展农业生产。遵照统一部署，1951年11月初至1952年7月初，由湖北省委抽调省直机关的干部组成土改工作团，由省委秘书长刘西尧任土改工作团团长，并在省委大礼堂向全体土改工作队队员做土改动员报告。当年我同湖北革大校部的干部一起，也被抽调参加了土改工作队。我和革大的一些干部被分配到汉阳县开展工作。领导我们的是革大校部秘书长魏西同志。

在伟大土改运动的烈火中经受考验

近日，我翻箱倒柜，翻出了67年前我所写的“土改”工作日记，在8个月的“土改”工作中，我竟经受了种种考验。

考验之一：

一九五一年十一月七日　星期三

昨天下午一时，我乘三和汽轮赴汉阳县人民政府，下午四时到达。晚上，我与同志们一起住在妇委会楼上，并睡在地板上。初到这样一个陌生的地方饮居多少感到有些不习惯，但我想着这就是具体地为人民服务考验的开始——要克服任何困难。我勉强吃了两碗饭（本来吃不下，但改为一天吃两顿，不多吃怕明天饥饿），可能在路上就有些伤风（注：湖北家乡管感冒叫伤风），到了夜里感到身体不舒服，吃的饭全呕吐出来了。当时，我非常害怕身体会病倒，还好天亮就好了，很高兴地同石紫（注：革大学习时同班同组的女同学，也是校刊《革大生活》的同事）一起捆好了行李，准备到新的目的地——参山镇八区人民政府报到。

我们是早晨九点钟出发的，开始走了五里路，中间坐了十余里路的小木船，上岸后又走了五里路，直到下午二时到达区人民政府。在路上，我们都走得很舒服，背包的重量比昨天减少了差不多二分之一，因此走路很轻便。当我们到达后，打前站的同志早把住的地方给我们安排好了。说来，我们的生活确实是不算艰苦的。晚饭前（下午四时），赵政委（注：汉阳县的县委书记兼政委）给我们做报告，介绍本地情况，从明天起我们就得下去开始工作了。我们组工作地区是十村，这村是一试点村，已开始工作到划阶级阶段。我们这样匆忙地下去工作是会有困难的（政策没学好），但工作摆在我们面前，就大胆地学着做吧！

考验之二：

十一月二十三日　星期五

晚上开讨论会，检查最近几天的思想情况。因时间到了，在会上我没谈什么，与同志们闲谈中，我们谈到了怕鬼、怕什么的思想。我呢，鬼倒是不怕，但是怕坏人。听说三区是很复杂的，地主很嚣张，我就想假若下去扎根子扎得不好，扎到地主的狗腿子家，或者被地主收买了的贫雇农家可怎么办？他们是不是会谋杀干部呢？我知道这样的思想是不对的，这是个人主义的思想在作怪。土改是一个光荣伟大轰轰烈烈的群众运动，充满了激烈的阶级斗争，即使牺牲了也是光荣的。我为什么这样自私总想着自己呢？——虽然自己很高兴参加土改，但是却没有很好地想着全心全意为农民的翻身着想，而是想锻炼自己，又想不通过什么艰苦的过程就得到锻炼的机会。我承认我没有很好地建立起革命的人生观，没有鲜明的阶级立场，没有较高的政治觉悟。

十一月二十四、二十五日　星期六、日

二十四日晚，我们继续讨论检查思想问题，初步地分析批判了我们怕苦、怕死等思想。小组的同志当然都谈到了这样的思想是错误的，但没有提高到原则高度上去分析批判。有的同志说，这样的思想是因为缺乏工作经验造成的。我马上找到了这个借口，虽说心里不舒服，但还觉得有点原谅的余地。

今天饭后，魏处长针对小组汇报的情况给我们做了报告，谈到了怕死的问题。他说怕死的同志好好检查一下你为什么怕死？为什么一下就考虑到个人的生命呢？你为什么这样自私自利地怕牺牲了自己的生命呢？听到这里，我越想越难过，感到惭愧，工作了一两年，为什么为人民服务的观点还这样薄弱呢？革命是艰苦，参加革命是无条件的，你却尽在想着自己，这谈得上你是在革命？想到了小资产阶级的个人主义思想，真是感到可耻。散会后，有同志问起谁怕死呀？虽然怕死的思想不只我一个人，可是我就感到这样的问号像一把尖锐的利刃刺痛着我。我经受不住了，赶快避开这样的谈话者，走在以为别人看不见的地方隐藏起来。真是一个胆怯鬼，受不住风霜雨打，自己经受的事又不敢大胆承受一下，又感到伤心、没什么用了。思考，过细地思考，认识到这样的情绪仍是错误的，还是个人主义的东西在作怪。政治觉悟这样低，阶级立场这样软弱，还谈得上要入党？别人将会怎样看我？各种想法在我脑海中翻滚，因此我突然感到消沉。最后我感到不能这样，这样是在后退，是在向自己的丑恶面妥协。魏处长曾说，在土改中要锻炼成一个优秀的人，工作上要深入刻苦，创造无产阶级觉悟的典型……我应该向前看，王甦同志（注：土改工作队的成员，在扩大的干部会上介绍过怎样培养农民根子刘九的经验）开始不也是怕么？怕刘九被地主利用谋杀了她么？但是在深入刻苦的工作过程中，她否定了自己错误的看法，坚定了自己的立场，相信了我们的农民群众，她工作得很好。想到这些，我在小组会上表达了我的态度，一定向“优秀的人”这一方向努力。

考验之三：

十二月三日 星期一 于三自然村钟塆

三区三村分为五个自然村。我们六人分到三自然村。三自然村分为三个塆：马家岭、钟塆、丁家嘴。我与老徐又分到钟塆工作。

我的住户看样子是典型的中农，家有七口人，爹、婆、大嫂子、老二、二嫂子，加上两小孩。大嫂子的丈夫二十年前就去世，大嫂子守寡二十年，就同老二、爹、婆一起劳动过日子。老二、爹、婆等全家终年劳动，有田地、湖地共一石多，水车、犁、磨、牛都有，过着自给自足的生活。晚上在这家召集村里群众开大会，由周、林宣布我们的来意及各阶层的政策，并与村干部聊了一会儿村里的情况。

当我得知大嫂子的情况后，我想她一定吃了很多苦，于是决定与她同住。可是最后我的思想出现波动。看着她床边放一痰盂，偶尔也听见她咳嗽一两声，我想起了，莫非她有肺病吧。想着又有些后悔跟她住在一起。最后还是为了想从她身上了解些东西才决定与她住下。可是接着又碰上了新的“难关”：洗脸时，要我用她的手巾——实际上我望着她却是一双火眼，也许是长年流泪的烂眼；洗脚时，要我用她的手巾，这样一个陌生的人要我这样，心里真有些不舒服。最后睡觉时，还要我同她一个被子睡觉，没法，不愿意吧，她口里在说：“我们像姊妹嘛，讲么事。”我只好咬着牙睡下了。在被褥里，我又同她谈了一些话题。她问到什么是中农，家里有多少田是中农——说明她内心对她的中农成分有些不安，又问我拿多少分呀，等等。从她的言谈中，我感到她完全被封建的私有观念武装了。“二娘把三个小孩让我带咧，还有石把田，如果俩老（爹爹和婆婆）死了，我们就守这点田过活哩！”她这样说，似乎她就很满足这些了。本来我是愿意下功夫启发教育她的，可是我现在还不能这样，因为我要寻找我真正的主顾——贫雇农。

考验之四：

一九五一年十二月六日　星期四

晚九时，老周和老林从农民协会回来开会，传达了会上决定，十二人为根子的培养对象，五村一女（寡妇）贫农调我培养。当我听了后很高兴，非常希望他们是很好的培养对象。

十二月七日　星期五

我的工作对象是马家岭塆的闸菊。起初，她不让我住，我给她劳动（打柴）了一天后才让我搬进她家，与其大女儿润弟一块睡，显得很冷淡。为什么这样？有什么顾虑吗？我弄不清头绪。

十二月八日　星期六

早饭后，我又与闸菊到西湖打了一整天的柴，仍没谈出什么。晚上，经过我左启发右启发后，她终于谈了一点苦，但态度仍是平淡的。她到底为什么不谈呢？好像她现在就翻了身似的。她的棉裤破了，怎么不买？若要继续深入了解，还需要建立感情。

十二月九日　星期日

今天我没打柴，菊姑在家洗衣服，我也随着洗了几件。接着，菊姑被隔壁人家喊去推磨子了。这天，菊姑又没谈出什么。

十二月十日　星期一

工作老展不开，心里真有说不出的急躁，晚上睡觉也睡不着。我听了别村扎根子同志将工作开展起来了，更有些急。我马上想，着急是解决不了问题的。检查为什么开展得这样慢呢？原来是我还没下苦功夫，没能艰苦地、深入地钻进去。比如她前次下湖打柴，我没跟着下湖去帮她。早上，我没起早下河突出地感动她。就是说我还没有特别关心体贴她，没有把她的痛苦当作我的痛苦在想，这样下去是不行的，我必须改变过来。

早晨，我一起来就帮她扫树叶。上午，我开会回来连忙过去同她一块在园子里扫，扫完后，又连忙主动地到树林子里扫，就这样，我扫了很多。

饭后，我俩又去打柴，由于锄头坏了，没上山，在田埂上挖了点。我经常想找机会同她谈谈，在挖得差不多的时候我问："生春（贫雇农主席团主席）跟你谈了什么？""土改的事哕。""土改要靠我们贫雇农起来当家做主。"我又问："你想不想起来做主呢？""靠我一个人不行哕，要靠他们。""为什么不行，靠谁？"我带着疑惑的口吻说。"是的，靠你一个人不行，要大家都起来，但是千人走路，一人带头，你敢不敢起来当家呢？""我不会说话，我们妇女当家不容易啊！""为什么不容易？""话说岔了呢？""说岔了怕什么，自己说错了，改正就是。""是的，可以学习。"她连忙接上说。我想她可能是有顾虑。随后，她不说话了，我非常着急：她为什么老不多跟我说些呢？

十二月十一日　星期二

饭后到农会开全体干部会，魏处长做报告表扬了一些工作认真负责的同志，如老王等。对比一下自己的工作，我感到很惭愧，决心要进一步地与菊姑建立好感情，要关心细致地从一点一滴的小事上去体贴她，耐心地去帮助她。比如昨天看戏吧，我心里老想着，一定要很亲切地接近她，把她喊在一块，我事先搬了一条板凳准备看戏时同她坐在一起，这些都做了。看戏时（看的歌剧《赤叶河》），演一幕我讲一幕，同时经常注意她的表情，为什么她不哭呢？为什么在她的脸上看不出同情呢？她有时还随着别人笑——地主狗腿演的花板眼应是人见人恨的，为什么会笑呢？望着望着，我常常感到灰心。——菊姑好是好，但毕竟她是没有受过地主阶级直接剥削的人。她究竟能不能成一个好的根子呢？但是我又警觉着自己，别这样想吧！我是不是光看了她落后的一面呢？这是不是老魏说的小资产阶级出身的人在土改过程中思想感情的流露呢？尽管我是在这样地警觉着，可是在碰着有些具体问题时，我总要犹豫。住她家、同她一起劳动的的确确有好多天了，为什么我总觉得她对我没什么感情呢？昨天还有一件事可真叫我灰心，我那样地接近她，而在看完戏回家时，她在人缝中挤呀，口里喊信娣和润娣却没听见喊我。我回来后，很松劲，问她戏怎么样，她只说地主狗腿子演得好。我费了蛮大的劲，以为她会跟我诉很多苦的，最后什么也没有。这时我出现了泄气的情绪，不言不语地上床睡觉去了。可我睡不着，心想不能气馁，要想了解她，就得下更大的功夫让她了解我。

今天我们又看了戏，情况比昨天要好多了，回来睡在床上算谈了些问题。我说："你看地主该几狠，我们就要把他打倒吵，怎样打倒，就要依靠我们贫雇农，就要依靠像你像罗生春一样的人起来打倒。我住在你家一直要住到把土改搞彻底了，像润娣的幺爷那里（二区）一样，没收了地主的五大财产，分给贫雇农了才会走。"她说："是的吵，像我屋里能分一个柜子和一个睡柜就好。"我说："是的呵，以后把地主斗倒了就有分的。怎样才能斗倒，还要贫雇农组织起来了，把中农团结好嘛。"她的大女儿润娣插嘴问了："为什么要团结中农呢？"我说："中农也是劳动人民，他们也是种田人。""是的，中农田地、家具都有，以后分东西就先分我们，有多的再分点他们。"她补上这一点。这一晚这一阵子的谈话虽说得不多，但我感到很高兴，她总算主动地说话了，这增加了些我的信心和决心，一定要好好地帮助她。

十二月十二日　星期三

开了妇女会，我就接着回来与菊姑一块磨荞麦。早晨烧火时，我就找她谈苦，把她过去跟我谈的那些——她十几岁时在娘家就去打柴、吃野菜，母亲是怎么被坏人拐出来卖给别人做小媳妇，后来又卖给别人当丫头，以及父亲的死，后来她娘三个怎么帮别人做工，一斤油娘三个吃一个月等内容，我又重新给她讲了一遍，再问她还有什么苦没有？"穷人的苦说不完啊，我从娘肚子里一出来就是背呀驮的，没伸头一日的，等下吃了饭我坐着好生地跟你谈。"听她这样说，我真欢喜不过了，所以一开完妇女会，我就借她要磨荞麦的机会，跟她一起边磨边谈心。“你这个人哟，等下把事情做完了再说吵。”虽然她是带着一点埋怨的口吻在说这几句，可是我感到这几句话非常舒服，感觉到她是对我熟了，随便了。我笑着愉快地回答她：“对的，等下谈。”磨荞麦时，她负责推磨，我就往磨盘中间的小孔放荞麦，看着她快推累了，我俩就互换，如此循环。我望着菊姑是真变了，变得很亲近我了。变的原因除了我们在生活上建立了感情外，生春与她的谈话是有很大影响的。真的，吃完晚饭后，她就一五一十从头到尾把她的苦诉了，当诉到遭孽的地方时，她的眼睛确实被眼泪润湿了，看上去很难过。我静静地听着，也不急着去启发她和引导她，中途只是干巴巴地提了几句：你怎么会穷的呢？看，你丈夫是怎么害病死的呢？还有你的小孩是不是害了病没有钱不去诊治，最后导致死去是吗？为什么没钱？主要是被地主剥削走了，地主把穷人的田都剥削去了，要是你有田就不会是这样的。她也认为我说得对，最后还说：“地主的剥削压迫是我没诉过的。”

晚上五个根子开第一次诉苦会，老汪讲了话，菊姑就开第一炮讲了。她的确是一个苦命人，但对地主阶级还没有认识。自从开完这次诉苦会后，我感到我们彼此一天天地在亲近，在靠拢，她开始了解我们是做什么的，了解我们是什么样的人。

十二月十三日　星期四

早晨，菊姑一起来就帮忙做饭去了。开会时，看着小成、生春他们都在忙着昨日布置的工作——串联对象。吃早饭时我问起菊姑，得知她也在做串联工作，她一面舂米一面就喊着宏坤的老婆扯了有关串联的事，还说竹英太忙了，等下抽空跟她谈，说着她就端着碗跑去与竹英一块吃饭，边吃边谈起地主罗保太要租谷剥削的事，去引导竹英诉苦。根子们这样积极肯干，真是我们料想不到的，检查出我们过去的工作的确是落在根子的后面，根子的要求远走在我们前面，我们却老硬性地要求根子诉苦，究竟诉苦的目的是什么呢？还不是为了提高阶级觉悟。我们交换了意见，决定以后要正面提高根子的阶级觉悟，认识整个地主阶级。大家感觉到，我们的根子都有了进步，都有了觉悟。我心里也很高兴，心想：“是的，菊姑的进步也真是快。”

十二月十四日　星期五

第一次串联的十个人晚上在庙里集会诉苦。我十分注意菊姑的表情，我见她坐在桌子跟前的板凳上，别人说话她一直蛮注意地在听。诉苦结束，生春和有些人讲了话。啊，很大的声音，菊姑在讲：“我们穷人是那样遭孽，吃不了好的，穿不了好的，我们穷，就是受地主压迫剥削穷的，今日子毛主席领导穷人翻身。不是毛主席领导，我们哪有荒开，我们哪有果实吃。我们干部同志来了，帮我们撑腰，我们这个时候不翻身几时翻身，我们有啥苦的都吐出来，贫雇农团结起来，把地主打倒。”菊姑说的这几句话表明她的觉悟大大地提高了一步，前天说没受地主阶级压迫剥削，今天就认识到，凡是穷人都受了地主阶级剥削。开什么会，她总是劲头大，蛮认真的。难怪老王说：“闸菊真蛮好。”如果我会引导的话，她确实是蛮好的。我有点担心能不能很快地把她扶植起来呢？尽量地努力吧！

十二月十五日　星期六

菊姑上街买了一碗豆腐煮萝卜汤，老要我吃，隔壁九九家送给她一碗肉丸子汤，也要我吃，汤里面有几片肉和个把肉丸子。当时，我心想：“他们一年四季都吃不上肉，这几片我怎么能吃掉呢？不吃，夹几块萝卜片吃很好了。”可是菊姑非抢着夹不行，夹了两三次，先给我夹一块瘦肉，我只好吃了，随后又夹一大块肥肉，我实在不想再吃下去，夹回去了。可是她却又接着夹上一块瘦肉，真没办法吃下去。过了一会儿，她趁我不防备时又把大半个肉丸子夹给我了，我要是抢着退回去也不行了。她和她的两个女儿都没吃上嘛，那几片肉我就吃了好几片，不能再吃了，我连忙离开了桌子边。这是菊姑的真实感情，她是在关爱我们。不只是从这一件事情上看出，从她喊我们的同志为老某某的谈吐中，我认为她有些与以前不同。

吃晚饭的时候她的头有些痛，喊她上床睡了。本来这天晚上应该由她主持开第一次贫雇农小组会，烧饭前她也谈过怎样开会——要大家诉苦、串联等，突然病了，感到很可惜，失掉了一个锻炼的机会。我只好把她的大女儿润娣叫回来照顾她，我就参加她的小组会暂且主持开会。我回来比较晚了，但她并没睡着。她问我饿不饿、要不要炒饭吃？这时我没想着饿，我在想怎样才能把她当作是我的妈病了一样的感情？怎样用这样的感情去体贴她呢？想了半天，决定把手电筒递给了她说："你晚上要起来的话用手电筒方便些，晚上有急事喊我或是润娣。"这样我就睡了。我这样做，不知是否能加深我们之间的感情。

十二月十六日　星期日

晨起，到农会听老魏传达县委会议精神及各重点村工作情况。后来开根子碰头会。

下午回来，菊姑老远喊我吃饭，问串联的事，她说："做么事的人哪，不串！？"从这句话里我似乎觉得她当家做主的思想开始树立起来了，随着她的进步，我的情绪也比较高涨。

晚上选小组长，她随便选了闻玉林——认得一点字、会说几句话的人，她自己没想着怎样争取当小组长。当时看了她选小组长的场面，我又动摇了白天对她的看法——当家做主的思想究竟有没有？我马上又认为她的觉悟是有限的，心里感到有些不舒服。回来她睡，我把灯吹了不睡，坐在她的床沿上问她为什么自己不想当组长，选闻玉林，她能说会道，她的觉悟高不高呢？她的苦受也不多，能不能替穷人办事呢？菊姑说自己的记性不好，不会讲话。我把女的当乡长、八区刘九的故事讲了一些让她听，随即批评了她："思想没打通。"——这句话很刺激她。后来我想到用这样的口吻批评她是不妥当的，还是应该想办法诱导，效果会更好些。随即问她：“思想通了没有？”她回答：“一下思想上打不通，看以后慢慢学习吧！”看样子她认识到自己有些不对了，我才结束了谈话。

十二月十七日　星期一

今天，我们召开了根子骨干会，原来的根子加上第一批串联的五人共有十人。开完后我就回去帮菊姑烧火煮饭了。我的目的无非是想同她建立起更深厚的感情。我有时怀疑自己的思想有毛病，难道是我体会不到农民的感情——究竟怎样才算深厚？她对我的感情是不是不深厚？

饭后，老郑带菊姑到李家集治眼睛，这点是她再喜欢不过的。在这中间我没有从实际出发考虑问题，也没有体谅她的病痛，认为她这种喜悦的情绪表现了她自私的落后性。她很乐，我却并没有她那样乐。因为我要求她的老是想让她进步、再进步，一有点与自己的工作要求不一致就急躁，抱着单纯为了工作的需要去建立感情，这就失去了感情的亲切性。

晚上到农会开全三村贫雇农会共 115 人参加。菊姑眼痛中途就回家了。我回来时，她还没睡着。于是她对我说：“我的眼睛早就疼了。”我问：“为什么不早回？”“又怕你批评吵。”她能够这样直爽地跟我谈，说明她同我是没隔阂了。但我进一步觉察到，我前次生硬地批评她的确是做得不对。原因在哪里？原来是我主观上的错误，总是在拼命地想不费劲就能让她一下进步成一个什么事都晓得的人。这小资产阶级的知识分子做事真没有分寸，深感自己能力不足。

十二月十八日　星期二

选贫雇农组代表，菊姑被选上。回来后，我问她：“选上了代表敢不敢当？”“现在随便选我做么事都干。”听她这样说，我的思想情绪随之高涨起来，又感到菊姑有培养前途。

十二月十九日 星期三

提贫雇农主席团候选人名单，菊姑未被提上。听老王说菊姑在会上没发言，并告诉我领导意图——主席团名单就没打算有菊姑。我听了后思想又出现波动，还有些松劲，认为培养好菊姑难度太大。后来，我做了自我检查：这样的态度是不对的，要立马纠正过来。

十二月二十日 星期四

闸菊参加了选举贫雇农主席团，候选人就已经没有她，所以我对她也不可能有什么期望。但是由于白天我与老王谈话的结果，认为还不应该放松对她的培养，将来成立农民协会时还可选上委员。从这样的角度看问题，使我放松对闸菊培养的松劲情绪有些安定。（注：现在客观地说，闸菊未选入贫雇农主席团并不是我的工作不到位，而是由闸菊本身的条件决定的。她虽然受了很多苦，但没有直接受地主的压迫剥削，当然不及直接受地主压迫、剥削、苦大仇深的贫雇农条件好。闸菊能选上农协委员也算完成了培养任务，没什么可遗憾的。）

一九五二年二月十三、十四日 雨

早晨，区里分配工作，我被调到四区，因为老袁非要我和小石一起去，再三经过区委县委的同意后，终于我同他一起调到侏儒八村，这是赵政委亲自领导的一个重点村。（注：老袁指袁小眉同志。革大的干部组成三个土改工作队，袁小眉为二队队长。当年他是革大校刊《革大生活》的主编，后来调到湖北人民出版社辞书编辑部任编审，前些年已病逝。小石指石紫同志，我和她当年都是《革大生活》的编辑干事。）

早饭后，我们整理行李出发，按计划坐船到玉贤三村停一夜再走。我们到达三村时正是吃晚饭的时候，见到了贫雇农主席团罗生春主席、先桃、闸菊等人。他们还是那样热心地在工作着。虽然我们走后，罗生春曾发生过细微的思想问题，但很快解决了。见面时握着他们劳动的手，特别是握着他们觉悟了的手，我感到非常愉快和亲切。他们说的每句话都是充满着纯朴的感情：

先桃：侏儒山是个荒野的地方，下去工作时多注意些，一个人不要单独走。

闸菊：工作后回来时，一定要从我们这里过。土改后，我到武昌玩时去看你们。

罗生春：工作还是要积极搞，尽我的力量为人民做事，不贪污，不搞鬼。

还有走时，虽然天还刮着风，下着雨，罗生春和先桃还是热心地为我们找船一直送到十二村。这些都叫我们感动！

到了十二村，雨未停止，我们上岸后烘干了打湿的衣服。这里的人们与三村一样地热情招待我们，两个小伙子见我们没雇到船，硬是出来想办法搭篷船亲自送我们。

船外面的风很大，细雨不断地吹打在他们的脸上，我们却坐在篷船内厚厚的草堆里。大家不禁感慨："这毕竟是经过觉悟的农民，感情多真挚！"

就这样的，在晚上十一点多我们抵达侏儒山四区。

二月十七日

这回下去的这片村（包括记垮、郭家垸）仅只有我一人（老袁告诉我下村后要负责一片村的工作，我深感到工作任务的加重），但比起第一次单独进村工作时，我的胆子大多了，顺利地住进一家贫农家里。接着，我访贫问苦，了解村子里的情况。

二月十九日

我汇报情况后，赵政委做了分析，情况非常复杂、混乱，群众普遍感到无霸可反、无田可分、宗派矛盾很厉害，各人说各人垮穷，还互怼他垮封建，尤其是万垮最为厉害——大家集中地说万垮封建势力大。看样子迫切需要干部深入到贫雇农中了解情况，开大会大张旗鼓地召集全村群众宣传政策。

二月二十至二十二日

赵政委在学习会上，强调干部要深入到贫雇农中进行“三同”，目的是让政策贯彻到真正的贫雇农中去，结合了解情况，诉苦挖根，算剥削账，然后，在这样的基础上查敌人，即查恶霸、查逃亡、查阴谋。解决这些问题，首先就要解决住户问题。

群众白天都闹生产，挑石灰，不好深入进行工作。同志们有这种感觉，我也有这种感觉。在这样的情况下，我要求大家必须与群众进行“三同”建立感情，住户不在家，到别家去。

二月二十六日

工作上总是不能令人满意，到如今同志们都是住在贫雇农家里，连一个根子对象都不能肯定，或者肯定了也不是十分好的对象——认为苦不大、仇不深。

我的住户倒是一个贫农，自己三斗九升田，七口人，必须靠卖工生活——挑石灰。但他的历史不是很纯朴，过去爱玩牌，挑灰又是个领头人，看那样子总觉得有些浮华，不满意。可实际情况如此，连这样的人（田少的）也很难找，怎么办？只有在矮子里面选长子。

他最想不通的一点是，认为有些旧组织的贪污可以原谅，觉得记夫坤（老武装委员）工作积极，买的新衣服是自己卖牛的钱。后来，经过我与他的谈话，他想通了组织对记夫坤贪污的处理是正确的，群众都感到满意，也使他从思想上弄通了做干部不该贪污的道理，还承认了原来的认识是错误的。

三月五日

赵政委问我：“能否搬到衡生家（注：一个农民根子，受过阶级敌人的威胁），怕不怕？一定争取破案……”

为了党的工作，为了人民的翻身事业，我能怕什么呢？不怕，我决心搬过去，工作再艰苦些也要搬！

到衡生家住并没什么可怕的，最让我害怕的是衡生的妈妈的病——严重的第三期肺病，真叫人有些担心。

可是为了工作，我得耐心地住下去。

我将衡生家十分肮脏的桌子给收拾干净了，还帮他烧火、洗锅、打开水，这些都是为了建立感情。从这中间我的确感到衡生的可怜，心想我应该克服一些个人的想法，不顾忌一切困难站出来手牵着手共同战胜敌人的威胁。

晚上，衡生跟我谈了些问题（有关受阶级敌人威胁方面的），我真希望以后他能跟我谈得更多些。

四月十三日

我真气死了，但气得再狠，脸上不能表现出来，这是在做群众工作啊！

郭家垸的群众为什么这样难发动呢？经过几次与恶霸的斗争，我又看到了其他垮斗地主的情形。这是什么原因呢？居然一些人不愿开会，不来或者溜号。

有人分析了一下不愿开会的原因：自私，白天生产，晚上睡觉；怕斗了国民党引来杀头之祸；受地主苦不深。我看除此以外还有：虽经过几次的斗霸，郭家垸一向没有苦主，不是斗霸的主力军，对恶霸的罪恶体会不深，必然斗争性也差；阶级成分复杂，这个垮真正常年种田的仅八家（贫雇农四家），其余多是在汉口做米粑、卖草纸等生意人，受地主苦不深，有些还染上城市小市民的一些习惯，不纯朴；扎根串联没很好突破根子串联，有些草率（有的人没很好诉苦），这样，觉悟低，组织松弛，组织没有起到一定的作用。

代表们急躁了，“明日不在这片村搞了，参加别村的。”“这搞么事，耽误了生产，工作没做好。”对此，我只有用更多的话鼓励他们，让群众安心下来。

五月十日

田分下去了，群众的情绪有些转变。

记福庭（雇农）分田后表现积极，说：“过去一直没田种，今天可有了。”

章业明分田后，很快很高兴地写好牌子插在所分的田上。他心想：以后再不愁吃不愁穿了，过去打了满仓的谷都一箩筐一箩筐地送给了地主，以后打了谷全归自己。他觉得十分满意。

另一位久已失去土地的雇农说：“我们种了多少年的田，年年栽了多少秧，可是自己却没有一点秧，今年可真是跟自己栽了，分我三斗五升水田、两斗旱田，这是多不容易的事啊！”

他们打心底感谢共产党和毛主席，是共产党和毛主席的英明领导，帮助穷苦百姓在土改中觉悟起来斗恶霸、斗地主，分田地，求得翻身和解放。

眼看着这些过去失掉了土地的农民同志们，今天重新得到了属于他们的土地，我们也十分兴奋、欢快。祝贺土地改革运动取得伟大的胜利，未来的农业生产将蒸蒸日上，我们的祖国将不断地发展壮大！

另外，土改工作队对队员有严格的要求，要求严格执行中南局规定干部下乡土改八大纪律：

1. 严格执行政府法令，认真掌握土地改革的路线，依靠贫雇农团结中农，不得违犯。

2. 坚决保护农民利益，不得包庇地主，不得附和地主的叫嚣。

3. 依法惩办不法地主，坚决领导群众开展合法斗争，打击地主抵抗与破坏的行为，但是防止乱打乱杀。

4. 明确划清敌我界限，不得丧失立场，制造与参加乡村的宗派纠纷。

5. 绝对禁止贪污受贿，廉洁奉公，艰苦朴素，不得侵占斗争果实，不得假公济私。

6. 切实服从农协的决议，尊重农民的意见，凡事要和群众商量，不要个人决定强迫推行。

7. 坚决服从上级的指示，不得阳奉阴违，不得各自为政。

8. 严格请示报告制度，不得虚报情况，不得报喜不报忧。

从上述日记中可以看出，从参加土改工作的第一天到完成土改工作的整个过程中，我时刻面临着各种考验。

第一天，身患感冒，晚饭后呕吐，第二天一大早仍然扛着沉重的背包（注：背包里有铺盖卷和日常用品等物），总计步行十多里、坐船十多里，最后抵达目的地。对于生活和工作在城市的知识分子来说，这无疑是一种考验。

前述“考验之二”则是对生死观的考验。初下农村，面对复杂的阶级斗争形势，我感到害怕，怕地主和坏人报复（当时的确曾听说有的土改工作队员被地主杀害的事）。只有批判了个人主义的生死观，树立革命的生死观，才可能大胆深入到贫雇农中开展工作。如同后来赵政委问我敢不敢住衡生家时，我当时站在革命的立场对生死观所持的态度那样。

前述“考验之三”是能否过生活关。同贫雇农同吃同住同劳动，说起来简单，实行起来也充满矛盾。我第一次的住户是个寡妇，身患咳嗽和眼疾。洗脸时，她要我用她的毛巾；洗脚时，她仍然要我用她的毛巾；睡觉时，还要我同她睡一个被子。虽然心里感到不舒服，但是我为了开展工作，咬牙坚持按照住家的要求做了。后来还碰到更严峻的考验，住衡生家时，衡生的母亲身患晚期肺结核，为了开展工作，我冒着被传染上的风险仍然坚持住下去。

前述“考验之四”是如何访贫问苦、如何扎根串联、如何同所培养对象建立深厚的感情，帮助其迅速提高无产阶级觉悟，树立当家做主的思想。搬到闸菊家时，开始闸菊不让我住她家，经过做工作住下后，思想感情却是格格不入，直到我坚持同她上山砍柴，陪她下湖打柴，帮助磨荞麦面，生活上关心她，生病时照顾她，同她坐在一条长板凳上看革命歌剧，边看边给她讲解，反复同她讲地主阶级如何剥削贫雇农、贫雇农要起来当家做主等道理。最后终于打动了她，能够同我交流思想，并能够站出来为贫雇农工作。从三区调四区工作后，我坚持按照培养闸菊的经验做，同工作组的同志一起，帮助贫雇农建立贫雇农主席团，帮助建立农民协会主席团，帮助划阶级，发动贫雇农起来反恶霸、斗地主，分田地，直到胜利完成土改任务。

在整个土改过程中，我坚持执行中南局对土改队员的八项要求。在有关领导对土改工作队队员做报告时，要求队员过好“土改关”。我庆幸自己做到了这点。通过轰轰烈烈的土改运动，我从实践中进一步树立了为人民服务的革命人生观，过去在湖北革大学习时，仅仅在理论上确立了为人民服务的革命人生观，现在则是做到了理论与实践的结合。同时，在激烈的阶段斗争的烈火中，进一步锤炼了革命的坚强意志。

在侏儒八村工作期间，我不知召开了多少小型群众会。为了不影响农业生产，会议都在晚上召开，有时一直开到深夜。散会后，我独自一人拿手电筒路经一坟地走回住地时，起初常怀有一种忐忑不安的恐惧心理。我年幼时，

1952 年 6 月，土改结束后，劳沫之同革大的部分土改队员合影。前排右三为劳沫之。摄于湖北省汉阳县侏儒山。

常常怕鬼，不敢单独乘凉、单独睡觉，更不敢单独走夜路。此时的恐惧心理已经不是怕鬼（深知世上并无鬼），而是惧怕挨斗争的反动地主分子等坏人报复。幸好我在锻炼中成长，经受住了这一考验。后来每当经过坟地走夜路时，注意提高警觉，观察四周动静，以防不测。时间久了，胆子也逐渐大起来。

全国土地改革“经过发动群众，划分阶级，没收、征收和分配土地财产，进行复查和动员生产等步骤。到 1952 年底，除一部分少数民族地区及台湾省外，广大新解放区的土地改革基本完成。整个土地改革中，约 7 亿亩的土地分给了约 3 亿无地和少地的农民，免除了农民高达 3000 万吨以上粮食的地租，获得经济利益的农民约占农业人口的 60% 到 70%”。（据新华社电《新中国成就档案 新解放区土地制度基本完成改革》，载 2014 年 9 月 27 日《北京青年报》。）

我热烈地庆贺伟大土地改革运动的辉煌胜利！我也十分欣慰地庆幸自己经受住了参加土改过程中的种种考验！

2015 年春初稿

2018 年春改写

第五章

大学岁月

1956 年 8 月 27 日，我怀着无比喜悦的心情，来到中国人民大学新闻系国际新闻班报到入学，终于实现了我的大学梦。早在 1955 年我曾报考北京大学中文系新闻专业，准考证都已领在手，但工作单位领导以工作需要为由，未能获批准参加考试。1956 年 1 月 14 日至 20 日，中共中央在北京召开关于知识分子问题会议，周恩来代表中央做了《关于知识分子问题的报告》。“会后，全国形成‘向科学进军’的热潮”［见中共中央文献研究室编《毛泽东年谱（1949—1976）》第二卷第 511 页］。当时，由于大学缺乏生源，国务院专门做出决定，支持国家机关、学校和部队中的年轻干部报考大学，加速培养各方面具有科学知识的干部队伍。在此大背景下，我报考中国人民大学新闻系的申请终获批准。

1954 年，中央决定在中国人民大学创办新闻系。于是，中国人民大学新闻系于 1955 年 4 月 29 日正式成立，地址设在东直门海运仓 11 号大院（现为东直门医院所在地）。首任系主任为党中央委派筹办新闻系、时任《人民日报》副总编辑的安岗。安岗从 17 岁开始从事新闻工作。1946 年到 1982 年，曾先后任晋冀鲁豫《人民日报》、中共中央华北局机关报《人民日报》和中共中央机关报《人民日报》副总编辑，并长期坚持到第一线采访，具有丰富的办报经验和新闻采访与写作的实践经验。原任人民日报总编辑的邓拓曾说："安岗是我们党培养的第一个新闻专家。"1982 年，中央又委派他创办《经济日报》，并任该报总编辑直到 1986 年。新闻系根据理论与实践相结合的教学方案，新闻教育的培养目标定为："既懂马列主义和人类知识的精华，又有中国革命的实践，特别是掌握毛泽东思想和党的路线方针政策；既要学习大学

1957 年春假游长城。劳沫之（左一）同英语班的几位同学一起，在詹天佑铜像前留影。

所需要的各种课程，又要突出新闻的重点的新闻多面手。”安岗同志还强调："要学生掌握自己的命运，会写、会调查研究、会干事。干什么？干社会调查。到印刷厂学工人的操作，掌握工人的操作能力，干一些实事，干一些与新闻有关的实体，如剪报社，要在学和干中间培养塑造一个新闻工作者的党性、业务专长和做人的修养。”（见安岗《回忆50年前办新闻系》，载《成长的岁月》第7页）新闻专业四年制本科开设的基础课程有马克思主义哲学、政治经济学、科学社会主义、现代革命史等；必修或选修课程有现代汉语、古代汉语、中国文学史、中国文学（古典文学、现代文学）、语法修辞、文艺学引论、外国文学、中国通史、逻辑学、外语等；新闻业务课程，主要有中国报刊史、外国报刊史、新闻学概论、新闻摄影、报纸编辑和评论、新闻采访与写作、资产阶级新闻观点批判、新闻工作专题讲座与讨论等；另外还设有体育课。新闻系学生的宿舍是一座五层的大楼，号称红楼。我被安排在二层一间朝南的宿舍，共住有5人，3人属国际新闻班英语专业、2人属国际新闻班法语专业。海运仓大院里，有教室、礼堂和大操场。在教室上小课，在礼堂上大课或听专题报告，记得系领导曾请当时《人民日报》总编辑邓拓，在礼堂为新闻系的学生做过“新闻自由”的专题报告。在操场上体育课或开运动会。国际新闻班英语专业，在大学的头一年，大部分时间花在学英语上。第一学期开始，用一个月的时间，由胡明扬老师教英语专业的学生学习英语的语音和国际音标。以后，根据考试成绩，将英语专业的学生分成两个小班，分别由不同的老师上课。我所在的小班有十几名学生，每周有14节英语课，由黎禄生老师教英语语法，卢济晟老师教口语。黎老师每次课都布置作业，我每次都认真完成。黎老师早年留学知名的剑桥大学，教我们时已是副教授。不知何故他终身未娶。退休后，星期天他常同英语教研室要好的老教师一起，到北海公园聚会呼吸新鲜空气。没想到他在72岁时被咽喉癌病魔夺走了生命。当我到他的住所清理遗物时，竟然没有一件值得保留的物品！当时我一阵凄然！第一学年，我们学了中国现代革命史，著名教授何干之曾在礼堂给我们

五姐妹校园合影。从左至右分别为：劳沫之、张赫玲、曹道明、关涛、沈智。1960 年 7 月摄于铁狮子胡同一号。

讲过这门课的大课（各专业的学生都参加听课）。另外，我们还学了马克思主义基本原理。第二学年，我们学了辩证唯物主义和历史唯物主义，还开了政治经济学课。由于我入新闻系之前，曾在湖北中南财经学院马克思列宁主义夜校，1956 年度政治经济学班学习并经期满考试成绩优等，因而系办公室同意我免修这门课。我们在学习辩证唯物主义和历史唯物主义哲学课时，还着重学习了毛主席的《矛盾论》和《实践论》，考试采用抽题口试的方式。我记得当时我抽的题内容同毛主席的《矛盾论》有关。我一口气回答了 50 分钟。哲学系主持考试的范芒老师未向我进一步提问，就给我判了一个“优”的成绩。现在回顾起来还感到美滋滋的。体育课学得也很正规。刘志珍老师教我们跳箱。我当时对跳箱很发怵。薛文智老师教我们仰卧起坐、俯卧撑等项垫上运动，教我们学高低杠、平衡木，还教我们跑百米、跑 800 米、跑 4×400 米接力赛、50 米跨栏，还曾带领我们到什刹海学游泳。在系里举办的运动会上，我曾参加 800 米、4×400 米接力、50 米跨栏等比赛项目。记得一次 50 米跨栏比赛，我即将到达终点跨最后一个栏时，却意外地绊倒了低栏，摔了一大跤，膝盖也擦破了皮，真是遗憾至极。刘老师还教我们打篮球。教我们如何上篮、如何人盯人、如何联防。我也曾同曹道明一起参加系里举办的篮球比赛。当时还设有一、二级劳卫制（全称为“劳动卫国体育制度”），要求的项目达到标准后即发给由中华人民共和国体育运动委员会制发的“劳卫制证明书”。1958 年 6 月，我获得了一级劳卫制证明书。我的一级测验证的“测验成绩记录表”上列有 100 米、800 米、跳远、扔手榴弹、俯卧撑、跳箱、劳卫操、平衡木等八个项目的成绩，还有对球类的要求。根据这份“一级测验证”上各项达标的成绩领取“一级劳卫制证明书”。我班体育委员张慎趋为了帮助我训练提高二级劳卫制百米短跑的速度，多次在铁一号灰楼东面的人行道上陪我奔跑，终因未达二级劳卫制百米速度的要求而未能获证。1956 年冬，学校在紧靠我们宿舍大楼南面的场地上围了约二百平方米的空地，采用人工制冰的方式，建了一个溜冰场，并设有出租冰鞋项目的服务。可见学校对锻炼学生身体之重视。我和同班同学，也是室友的曹道明，数次下晚自习后，来到溜冰场溜冰。由于没有坚持到底，而未能在冰上滑行自如。

开学不久，系领导对新闻系学生所进行的入学教育也令我难忘。首先由系主任安岗同志向全系学生作动员，介绍各个专业学生的培养目标和要求。接着向全体学生布置一个作业：联系个人的思想实际，谈谈为什么学新闻，并写成一篇短文。根据同学们所写作业看，有代表性的想法是，通过学新闻，踏上工作岗位，日后能当名记者，进而成为名作家。我当时也有这种想法。国际新闻班英语专业一位同学，在作业中就曾用四句话生动地描述了自己的想法：“相机肩上挂，握笔走天下（这一句话记得不很准确）。今日名记者，他日大作家。”用今天的眼光看，一名为人民服务、为社会主义服务的新闻工作者，在完成新闻报道任务的前提下，成长为名记者或名作家应该是无可非议的。而这种追求，与当时的政治环境、与新闻系的培养目标，却是格格不入的。针对同学们在作业中反映出的问题，安岗同志又向全系学生着重谈了如何端正入学动机、如何实现新闻系的培养目标等问题。这一入学教育，为树立正确的专业思想打下了坚实的基础。

1957年反右斗争中，我们十一、十二班也未能逃脱不幸的遭遇。十二班有两位同学被错划为右派，而且有一位是1958年补划的。这位同学回原单位后，据说被降了三四级，遭遇十分悲惨。我班团支部有两位共青团员被划成中右，均被开除团籍。其中一位因赞同南斯拉夫的工人委员会而划成中右。毕业后，他被分配到内蒙古大学任校刊编辑，后来调回湖南老家一所中学担任校长。遗憾的是，系里为错划的同学平反改正时，却一直未能得到他的信息。在反右斗争中，有大字报批评系领导不应对国际新闻班过于特殊（当时教学计划中要求国际新闻班的学生学会开汽车、速记和打字等内容），并提出取消国际新闻班的建议。1958年，系领导采纳了这一建议，取消了国际新闻班，但仍保留了英语、法语、日语、俄语等语种，学习不同语种的许多学生毕业后分配到新华社、人民日报和中联部等单位，成为驻外记者的骨干，或者成为驻外分社、记者站的领导干部。同年，新闻系从海运仓搬出，迁到东城区铁狮子胡同一号（原段祺瑞总统府所在地，现为张自忠路三号）。

学习英语的第十、十一和十二班包括法语班的男女生宿舍都安排在灰楼第九号楼的第二层。学英语的十一和十二班共有10名女生，同住在一间约50平方米的房间，后来被班里的同学称为“十大姐”。这十大姐是：大姐韦宗帼，四川人；二姐关涛，河南人；三姐劳沫之，湖北云梦人；四姐吴芝兰，湖北宜昌人；五姐沈智，上海人；六姐张赫玲，河北人；七姐肖泽贤，四川人，八姐王耀青，山东青岛人；九姐曹道明，山东菏泽人；十姐黄鸿文，浙江人。真是来自五湖四海。当时关涛任十一、十二班党支部书记，我任系团总支委员和班团支部书记。宿舍里有四张上下铺的架子床，两张单人床。高个睡上铺，矮个睡下铺。王耀青和韦宗帼、关涛和沈智、曹道明和劳沫之、黄鸿文和张赫玲分别睡上下铺，吴芝兰和肖泽贤睡两张单人床。室内还有八张课桌和两个书架。住宿和自习都在这间屋子。有时也到教室或阅览室上自习。“十大姐”在这间宿舍相处约两年半时间，彼此之间建立起纯真的友谊。这个集体也成为和谐团结的象征。在政治上共同进步，在学习上互相促进，在生活上彼此关心照顾。我对此有深切的感受。在恋爱过程中，我曾碰到不愉快的事而痛苦不堪，关涛体贴入微地开导我，使我迅速摆脱痛苦，以积极的态度化解矛盾。在大学毕业时，趁大家奔赴工作岗位之前，我于 1960 年 7 月 9 日在新闻系结婚。关涛还热情洋溢地将她的爱人送给她的一本用英文按月编排的袖珍记事本转赠给我。在记事本的扉页，她亲切地写下了这样的词句：“小沫：在你结婚的日子里，我把这个小本转送给你。”在 7 月 9 日的这一页上，还煞费苦心地写道：“今天是你结婚的日子，祝你永远美好，永远幸福。在一封未寄出的信上，我曾经录了这样一首诗，再次写在这个小本上：‘爱情必须双方珍惜，随着年代的岁月。恋爱不是长板凳上的叹息，也不是月下花

佩戴“中国人民大学校徽”留影的“十大姐”。前排自左至右韦宗帼、关涛、吴芝兰，二排自左至右劳沫之、沈智、张赫玲、肖泽贤，后排自左至右王耀青、曹道明、黄鸿文。大约摄于 1958 年。

前的散步。有泥泞，也有雨雪——既然得一辈子共同生活。恋爱仿佛是一首美好的歌，可是好歌却不容易谱写成功的，它需要双方的努力。’”我记得这首诗出自长篇小说《远离莫斯科的地方》第一部，作者为苏联诗人史杰潘·施企巴乔夫。早在1954年10月11日，我就将这首诗摘录在一个随手的小本上，一直保存下来。这次关涛送给我时，我感到特别熟悉，特别亲切。卓娅是我喜欢的第一个女英雄，也是影响我最深的第一个女英雄。在苏联影片《丹娘》中，卓娅在德国法西斯刽子手面前坚贞不屈、为国捐躯的大无畏的革命精神和英雄形象令我永志不忘。在7月9日我结婚的日子，关涛将她的一张酷像卓娅、我最喜欢的照片送给了我，在照片的背面还热情地写上了勉励我的话："永远像卓娅一样纯净、正直、无畏。——给小沫。"7月9日，她还送给我和治华一本1959年1月版由郭沫若编选的300首民歌——《红旗歌谣》的书籍，书中还有24幅精美的插图，作者包括力群、古元、米谷、张光宇、黄胄、袁运甫、周令钊等著名画家。在书籍封面的背面还题有："写最新最美的文字，

关涛为姚治华、劳沫之拍的结婚照。1960年7月9日摄于铁一号花园。

姚治华、劳沫之自拍的结婚照。摄于 1960 年 7 月。

画最新最美的图画。沫之治华结婚纪念。”署名为沈智和关涛。关涛给我的这三件礼物，表达了她对我的深情厚谊。我很珍惜这三件礼物。虽然离开大学毕业的日子已有半个多世纪，但它们一直伴随在我的身边，激励我善待生活，努力奋进。我的另一位同窗好友曹道明送给我的结婚礼物是一把精致的檀香扇。扇骨由檀香木制成，上面绘有一男一女的古代人物，还有“秋香采菊”的题款；用绢布制成的扇叶上，绘有一位坐在假石上手执蒲扇酷似林黛玉的仕女，在仕女的前后方，还绘有几棵开满粉红色花瓣的小树。檀香扇装入一个长方形有机玻璃罩的纸盒中。由于密封好，直到现在，打开盒盖，仍然檀香扑鼻。我不知当年小曹究竟花了多少钱买这份礼物。要知道我们当时上大学享受的是调干助学金，按入校前的级别（上人民大学新闻系的学生要求是工作三年以上的党团员）分为两档：国家行政 20 级以下的每月助学金 25 元，

19级以上的每月29元。当时每月的伙食费：中灶15元，大灶12元5角。另外还需要买必要的学习和生活用品。小曹每月的助学金为25元，也不知她为了给我买礼物，是如何节省其他开销的。

我手头上保留了1959年11月我给耀青和耀青给我写的两封信，见证了当时“十大姐”在政治思想上是如何互相鼓励共同进步的。我当时是班里的团支部书记，为了鼓励耀青不断进步，我给她写了这样一封信：（注：是我写信的底稿）

耀青：

我知道这些天因为入党问题，你很激动，从别人联系自己，想到很多很多。这种心情是可以理解的。我希望你从中得到教益，鼓起勇气更好地前进！

支部讨论小黄的入党问题是团的喜事，也是我们的喜事。我相信在党的领导下，在同志们的积极努力下，今后一定会不断地出现这种喜事。

这学期还有一两个月的时间，下学期还有整整半年，这段时间，还不算太短，我希望你好好把握这段时间，有信心地坚持不懈地努力，严格思想改造，不断地提高对党的认识，条件成熟了，党是一定会接受你的申请吸收你入党的。

我很想找你谈谈，但不知怎么谈起。因此，只好把我最想说的几句话这样地告诉你。

愿你愉快，愿你不懈地努力！

沐之

11月8日

耀青很快给我写了这样一封回信：

沐之：

你对我的希望、对我的忠告深深地感动了我，也给我以莫大的鼓舞。

看到通知以后，一方面为小黄高兴，为党高兴；一方面也很为自己难过，等到星期五晚上，就不可抑制地来了一个大暴发。

这几天我思想上一直在进行着两种思想的斗争，积极的思想不能说没有，但在某种程度上，消极思想占了主导地位，我对于自己入党问题的解决完全抱着失望的态度。

今天中午赫玲批评了我，也鼓励了我。你的来信对我来说，更是一个极大的安慰。

我想这一切不正确的思想都会在党的领导下、在同志们的帮助下逐步得到解决；一切消极的思想都将化作力量，争取尽早解决入党问题。

我感谢你的鼓励，但更希望来自你处的批评，我一定努力改正不虚心的缺点，希望你帮助我。

期待着你的帮助！

耀青

11 月 9 日晚

前几天，当年的党支部书记关涛对我说：“根据当时王耀青各方面的表现，已经具备入党的条件，只是由于当时新闻系的党组织执行了‘左’的路线，限制在大学生中发展党员的名额，以致未能吸收她入党。”在毕业前我班党支部仅吸收黄鸿文一人入党。耀青走上工作岗位以后，政治上日趋成熟，不仅入了党，还成为国家安全部一局的局长。

大学毕业后，韦宗帼分配到《河北日报》，关涛分配到《人民日报》，沈智分配到山东大学，张赫玲分配到中央人民广播电台，肖泽贤（注：叶志雄、张玉书等人提前于 1958 年分配到新华社工作）、曹道明分配到新华社《参考消息》编辑部，黄鸿文分配到《陕西日报》，我和王耀青留新闻系任教。王耀青后来调原单位公安部工作。吴芝兰留语言文学系任教，后调《人民文学》

杂志社。数十年来，我们一直保持着联系。只要有“十大姐”的成员从外地来北京办事，在京的成员就相约聚会，畅抒纯真的友情。不幸的是，泽贤、鸿文、赫玲和沈智先后被病魔夺走了生命。

在铁一号两年半的时间，系里着重给我们开了新闻专业课，以及现代汉语语法、修辞学、逻辑学、中国现代文学、中国古典文学、外国文学、文艺概论等课程。甘惜分老师讲通讯写作时，分析《西瓜兄弟》《桌上的表》《谁是最可爱的人》和《依依惜别的深情》等作品的主题思想和写作技巧，仍记忆犹新。安岗老师讲马克思和列宁的政论文立论如何高屋建瓴及其表现手法时，讲得娓娓动听。特别是他每次做报告都有新意，包括时事报告、新闻界的动态等内容，听后能给人以启迪。因此，他每次做报告教室的座位都被听众占得满满的。余致浚老师讲报纸编辑的党性和真实性、蒋荫恩老师讲制作新闻的标题和报纸版面的编排类型，这些也都留下了深刻的印象。大家对新闻摄影课饶有兴趣。肖绪珊老师将我们十一、十二班的同学分成若干组，每组三人，并分配一台徕卡照相机和一卷135胶卷，各自选有关场景轮流拍照。照完后拿到暗房实习冲胶卷的全过程，直到将照片洗印出来。肖老师曾带我到东郊红星农场北京鸭养殖场参观拍照。我拍了一张在养殖场附近水渠里游动的一群雪白的北京鸭，照片洗出来以后，肖老师还将它张贴在我班的墙报上。程默老师也曾带我到红星农场畜牧场参观拍照，他指导我用“追随”的方法拍了一张奔驰的群马图。通过学习，我系学生从事新闻报道时，在采写新闻稿的同时，还能选拍新闻照片，使新闻做到图文并茂。各类文学课，使我较系统地学习了鲁迅的作品，学习了李白、杜甫、白居易、苏轼、陆游、辛弃疾、柳永、李后主、李清照等著名诗人和作家的代表作；还学习了屈原的《离骚》，关汉卿的《蔡文姬》《窦娥冤》，蒲松龄的《聊斋志异》；学习了四大名著《红楼梦》《三国演义》《水浒传》《西游记》，以及《桃花扇》《西厢记》《老残游记》等经典著作；还学习了巴金的《家》《春》《秋》，曹禺的《雷雨》《日出》，老舍的《骆驼祥子》，茅盾的《子夜》等名著。赵澧老师比较系统地讲授外国文学课，使我有机会如饥似渴地阅读了许多著名大师的原著。例如托尔斯泰的《复活》《安娜·卡列尼娜》《战争与和平》，果戈理的《钦差大臣》《死魂灵》，契诃夫的短篇小说，普希金的《叶甫盖尼·奥涅金》《普希金诗集》，肖洛霍夫的《静静的顿河》《被开垦的处女地》，《马雅可夫斯基诗选》《莱蒙托夫诗选》，以及高尔基等苏联作家的著作。我还阅读了莎士比亚的《哈姆雷特》《罗密欧与朱丽叶》，巴尔扎克的《高老头》《贝姨》，狄更斯的《雾都孤儿》，歌德的《浮士德》，塞万提斯的《堂·吉诃德》，易卜生的《傲慢与偏见》《娜拉》，罗曼·罗兰的《约翰·克利斯朵夫》，席勒的《阴谋与爱情》，司汤达的《红与黑》，以及其他国家许多作家的作品，提高了文学修养，也有助于提升我的语言文字表达能力。

除了教师课堂传授知识、课后钻研书本知识之外，贯彻理论联系实际的精神，系领导组织学生走出校门，协助北京市有关单位办了二十八张基层小报。我班参与办了两张小报。即 1958 年东城区办的《整风报》和 1960 年朝阳人民公社办的《朝阳公社报》。班党支部派我利用课余时间同一位新闻业务班有办报经验的学长一起，到东城区参加办《整风报》。我们根据区党委的要求，组稿、编稿、采写新闻、排版、画版样，直到报纸印刷出版。这位学长指导我如何编稿、如何排版画版样，我还采写了一位名叫马淑媛的街道积极分子的事迹，写了一篇人物通讯刊登在一期的《整风报》上。1960 年班党支部派我同班里的七位同学一起，离开校园，到朝阳区朝阳人民公社办《朝阳公社报》。我们住在咸宁侯生产大队老乡家，在公社党委的领导下，在我系派驻公社的宋瑞祥（后改名石凤山）老师的指导下，我们根据报道任务，分别到八里庄、老君堂、咸宁侯、长营、高碑店、十八里店和小红门等有关生产大队，以及英家坟、小红门和种畜场、修配厂、公社砖厂等单位采写新闻，使我们的新闻采写能力在实践中得到锻炼提高。完成办报任务后，我们根据在办报过程中，到公社所属的各个生产大队和有关单位深入采访、调查研究所掌握的大量第一手材料，1960 年 5 月 9 日，由我代表十一、十二班，在铁一号小礼堂向全系师生汇报了朝阳人民公社全面跃进的情况。

完成《朝阳公社报》办报任务返校途中，在双桥车站候车时留影。前排左一为劳沫之。后面的背影者是班党支部书记关涛。摄于 1960 年 4 月。

1960 年 1 月 7 日至 3 月 25 日，系里还组织十一、十二班的同学到朝阳区朝阳人民公社咸宁侯生产大队和双树村生产队开展社会主义教育运动。我们白天分别深入到农民家做调查，晚上组织农民开会讨论社会主义制度和人民公社的优越性等论题，进行整顿人民公社的学习。临近结束时，在广泛进行社会调查的基础上，十一、十二班的同学共同写了一份调查报告：《公社天下无灾年》，并油印成册。现在看来，提法完全违背了客观规律。不仅这份调查报告违背了客观规律，我所做的朝阳人民公社大跃进的情况汇报中也有不少浮夸的内容。在朝阳人民公社参加咸宁侯生产大队和双树村生产队开展社会主义教育运动中，我们已经亲眼看见由于“左”的政策给农民带来的恶果——不仅劳动挣不了多少值钱的工分，家家还都靠欠生产队的钱而生存。当时生产队大办食堂，农民吃饭不要钱，而造成粮食的极大浪费。

我们在朝阳人民公社办报实践中所了解的情况，在咸宁侯生产大队和双树村生产队开展社会主义教育运动中所做的社会调查，都印证了一九八一年六月二十七日中国共产党第十一届中央委员会第六次全体会议一致通过的《关于建国以来党的若干历史问题的决议》中的结论：“一九五八年，党的八大二次会议通过的社会主义建设总路线及其基本点，其正确的一面是反映了广大人民群众迫切要求改变我国经济文化落后状况的普遍愿望，其缺点是忽视了客观的经济规律。在这次会议前后，全党同志和全国各族人民在生产建设中发挥了高度的社会主义积极性和创造精神，并取得了一定的成果。但是，由于对社会主义建设经验不足，对经济发展规律和中国经济基本情况认识不足，更由于毛泽东同志、中央和地方不少领导同志在胜利面前滋长了骄傲自满情绪，急于求成，夸大了主观意志和主观努力的作用，没有经过认真的调查研究和试点，就在总路线提出后轻率地发动了‘大跃进’运动和农村人民公社化运动，使得以高指标、瞎指挥、浮夸风和‘共产风’为主要标志的‘左’倾错误严重地泛滥开来。”“再加上自然灾害和苏联政府废止合同、撤退专家，我国农业在五十年代末和六十年代初遭到了严重挫折。”（摘自《中共中央关于加快农业发展若干问题的决定》，一九七九年九月二十八日中国共产党第十一届中央委员会第四次全体会议通过。）

为了使学生从实践中更好地掌握报纸编辑和排版，以及拼版、排字、校对等知识，1958 年，系领导着手筹建新闻系印刷厂，厂址设在铁一号东侧靠马路的一排平房里。设备有中文铅字架、有各种字体和型号的铅字，还有英文排字架，有用铅铸字的工具，有一台平版印刷机等必要的设备，还请有熟悉印厂业务的工人师傅做指导。所有设备都是有关新闻单位对新闻系的支援。记得为了满足铸铅字的需要，曹道明（入校前曾在冶金部工作）和我到冶金部，请求王鹤寿部长支援新闻系一定数量的铅。王部长当即指示曹钢局长从天津所属单位调拨500公斤铅托运我系支援办印刷厂，满足了铸字的需要。印刷厂厂长由各年级班干部轮流兼任。新闻系协助基层办的许多小报就是在系印刷厂出版的。后来印刷厂还增设了英文排字的业务。利用暑假，班党支部还派我到五十年代外文印刷厂学习英文排字和拼版等业务。学成回系之前，班党支部曾派同学前往五十年代外文印刷厂，以说快板的形式向有关工人师傅表示感谢。

1957年9月20日至10月9日，在中共八届三中全会上通过的《一九五六年到一九六七年全国农业发展纲要（修正草案）》中，提出大办水利的要求。从1958年到1960年，北京修建了怀柔水库、十三陵水库和密云水库。我系各年级学生分别参加了后两座水库的修建劳动。1958年4月，我们十一、十二班的同学参加修建十三陵水库劳动十天。男女同学住在老乡家，每天一大早要走数里路才能抵达工地。食在工地，短暂休息在工地。吃的是窝窝头就北京咸疙瘩菜。当时，在鼓足干劲，力争上游，多快好省地建设社会主义总路线的鼓舞下，同学们不怕苦不怕累，清晨，迎着朝霞，一支支劳动大军分别在飘扬的“刘胡兰小队”“海鸥小队”等队名红旗的引领下，迈着矫健的步伐，高唱革命歌曲，涌向十三陵201、202……工地，奔向影壁山、莽山和水库坝基。每天劳动任务分两大项，一是用铁锹铲土，二是用两个竹筐担土运土。尽管沙石凝得坚如铁，铲土者铲得硬石直冒火；尽管运土的距离远，挑土者争取多装土、装满筐，只挑得担子上上下下闪得直发响；尽管料台越来越高，同学们踏上搭起的木板，也能把沙石担到最顶峰。个个越干越逞强。不是上天赐给了他们一双铜腿和铁臂，也不是他们根本不知道累，只因为他们心怀一个坚定豪迈的信念：为社会主义，为人民造福，为战胜大自然。在战天斗地的十天中，我一直是担土运土，挑着竹筐来回奔走，虽然劳动强度不断增大，幸运的是，我和同学们一起都经受住了劳动的考验，圆满地完成

五姐妹在十三陵水库劳动工地留影。前排自左至右沈智、劳沫之。后排自左至右黄鸿文、曹道明、肖泽贤。摄于 1958 年 4 月。

了工地所交给的任务。1958 年冬季，我们又参加了羊房工地修建水渠的劳动。这次比十三陵水库的劳动更艰苦。大家在冰天雪地的环境中劳动。记得我曾同几位同学一起，手执竹板，高声说快板，鼓舞大家的斗志和劳动热情。男生用铁镐刨地，一镐下去，只留下一个小小的白色冰坑，要刨多次，才能刨起一块冰土。就在雪地上吃午饭。送来的窝窝头半斤一个，已经冰凉冰凉，每人一个，就几块北京咸菜。我不记得共劳动了多少天。

在农业发展纲要中，还涉及开展爱国卫生运动的内容。毛泽东同志 1958

年 1 月 3 日为中共中央起草的《关于在全国开展以除四害为中心的爱国卫生运动的通知》中指出："今冬必须在全国各地开始大举进行以除四害为中心的爱国卫生运动。各地尚未动员的必须立即动员起来。""今冬除四害布置，城市一定要到达每一条街道，每一个工厂、商店、机关、学校和每一户人家，乡村一定要到达每一个合作社、每一个耕作队和每户人家。一九五八年十二月全国各省市自治区共二十七个单位将在北京开评比会议，比较各地成绩的大小。"早在 1957 年 10 月 12 日，毛泽东同志审阅修改《一九五六年到一九六七年全国农业发展纲要》时，就指出："除四害的根本精神，是清洁卫生，人人振奋，移风易俗，改造国家。"除"四害"最初指除掉老鼠、麻雀、苍蝇、蚊子。后来经解剖，发现麻雀肚里除有粮食外，还有大量的害虫。因此，1960 年 3 月 16 日和 24 日，毛泽东同志两次强调："麻雀不要打了，代之以臭虫，口号是'除掉老鼠、臭虫、苍蝇、蚊子'。"遵照农业发展纲要的要求和毛泽东同志的指示精神，从 1958 年开始，新闻系领导在学生中开展了除"四害"的爱国卫生运动。各年级各班开展评比竞赛，互相到宿舍检查卫生，定期向系办公室汇报打麻雀、除掉老鼠的数字和捕打苍蝇蚊子的情况。我当时曾到东四六条人民大学的办公区和家属区的屋顶上，用竹竿轰赶麻雀，也曾到东城区鼓楼人民大学的印刷厂，爬到高高的屋顶轰打麻雀，两次轰打，均一无所获。在城里找老鼠更是不易。一次星期天，我以团支部的名义，组织团员，自费乘公共汽车到朝阳人民公社双树村生产队中的稻草垛里找老鼠。搬开草垛，用水灌老鼠洞，忙活大半天，也未抓到一只老鼠，大家只好扫兴而归。现在看来，当时要求在短期内就除掉"四害"实在是太脱离实际。直到今天，苍蝇、蚊子、老鼠不是还存在吗？有的学生宿舍尚发现臭虫的踪迹。在住房及公共卫生等基础设施不够完备的情况下，除"四害"谈何容易！重要的是要国人持之以恒，养成讲清洁卫生的良好习惯。

1957 年 12 月 8 日，毛泽东同志在中南海颐年堂同各民主党派负责人和无党派民主人士谈话中谈道："以十五年或稍多一些时间，在钢铁和其他重要工业产品的产量方面赶上或超过英国，是可能的。”（见《毛泽东年谱》第3卷第260页）1958年6月7日，在中南海住处同十位驻外大使和即将出任驻外的大使谈话中，毛泽东同志说：“钢今年要翻一番，搞到一千万吨，后年可到三千万吨。”（见《毛泽东年谱》第3卷第366页）根据上述指示精神，党中央制定的1958年要实现的钢产量指标为1070万吨。一时间，全民投入大炼钢铁的热潮。新闻系也不例外。我不记得全系大炼钢铁的全貌，只记得在铁一号花园西南角的平地上，挖了一个约四尺见方宽、三尺深的大坑，我和法文班的邱伟钜身穿大棉袄挑灯夜战，手拿铁锹，不停地向坑中投料、翻来覆去地铲料，不记得当时炼钢的铁料从何而来，也不记得当时用什么做燃料，只记得坑膛燃得很红火，溅出的火花竟然将我棉袄的背面烧了好几个黄豆大的洞。最后炼出的却是类似蚯蚓屎的一大块疙瘩。曹道明告诉我，她当时是一座土高炉的炉长，系里曾发动学生走出校园，挨家挨户地收集破铜烂铁作为炼钢的原料。据关涛说，王耀青家住北京，曾将家中的铁锅交给系里炼钢。曹道明说，系里土高炉炼出的钢有关单位还派人来验收。如我所述，那种类似蚯蚓屎的大块疙瘩能叫作钢？用它充数，岂不是自欺欺人！如此大规模地动员全民炼钢真可谓劳民伤财，幼稚至极！用15年赶上或超过英国也太不切实际！据2016年1月11日《北京青年报》上谭浩俊所写文章中指出：“特别是钢铁行业，产能已达到超半过剩的水平，近12亿吨的产能，市场需求也就在6亿—7亿吨左右。”时隔56年，前后对照，令人感叹当年大炼钢铁期望完成指标的艰辛和无奈，如今令人为我国钢铁事业的迅猛发展而骄傲！只是我国虽已成为钢铁生产大国，但拥有的主要是粗钢，即钢坯，不如日本拥有大量的特种钢、合金钢。因此，要在调整结构、转型升级提高产品质量上下功夫。

1958年冬至1959年春，系领导安排十一、十二和十三班的学生（注：自从北京大学中文系新闻专业合并到人民大学新闻系以后，系领导重新编班，将原来十一、十二班编成十一班，北大新闻专业的学生编成十二、十三班）到第一机械工业部办的《机械工业周报》实习三个月。除部分学生在北京编辑部实习外，大部分学生组成若干记者组，分赴重庆、上海、沈阳、哈尔滨等大城市，为周报采写新闻。记者组设在第一机械工业部所属工厂的招待所，住在招待所，食在工厂的职工食堂。除完成周报的采写任务外，我们还参与所在工厂厂报的办报工作。我和十一班的曹道明、黄鸿文、杨青、张文潾、王宝叶、杨铭圣、张蕴春同学一起，被分配在哈尔滨记者组。实习时间从1958 年 11 月 24 日至 1959 年 2 月 20 日，住在哈尔滨电机厂招待所，厂报名为《电机工人》。周报有报道任务时，就分别到有关单位采写新闻，完成周

实习组同学在哈尔滨电机厂和《电机工人》编辑部的同志及工人师傅一起合影。前排左二为劳沫之。摄于 1958 年 12 月。

报任务后，就按厂报编辑部的要求，各自深入有关车间了解情况，发现新闻，采写新闻。当时厂里正在生产72500千瓦水轮发电机。我曾深入三车间浸胶工段抢救线圈现场采访，为激动人心的场面和工人师傅忘我劳动、不怕牺牲的精神写了一篇《一场激战》的特写，刊登在厂报上。当年，我还写了一篇记事文，具体描述了实习组的同学与《电机工人》编辑部的同志一起赶写生产捷报号外的情景。从中可以看出，当时同学们同车间工人师傅打成一片，想工人所想，急工人所急，积极参与办厂报的高昂热情。请看这篇短文：

传单——号外

“喂，杨青同志在吗？二万五千千瓦转子只要四个小时就可装配完呀！……”这是水轮机车间梁主任打来的电话，不等他说完话，我就赶紧把耳机递给了杨青。“噢，是吗，我马上就来！”“好家伙，又该出号外啦！”杨青扔下耳机就边笑边说地跑出了办公室。

根据劳逸结合的精神，咱们厂规定每月初一、十五是休息日。今天恰好到了十五，该轮到倒大班的休息了。

“现在正处在‘寸金难买’的时候，还能休息？！我们坚决请求党委允许不休息，放卫星要紧！”工人们都这样说。

一个车间是这样，两个车间是这样，党委不批准也不解决问题。

《电机工人》编辑部的同志在生产这么热火朝天的情况下，当然不能离开自己的工作岗位。尽管已经下班好久了，尽管有的同志还没吃晚饭，编辑部的同志们仍然在忙着研究情况，忙着分发下午刚印好的金工翻一番的号外。“赶啦，赶啦，再怎么也赶不过车间的生产。”都这样默默地想着。

“真是一个大卫星，第三台二万五千千瓦转子仅一小时三十分装完，比第一台提高效率三十二倍！”杨青带回来的这一句话又叫编辑部沸腾起来了。

“啊呀，真了不起，真了不起！”小黄说。

“赶紧出号外，连夜赶出来！”我说。

“来，马上就拟稿！”

编辑部的同志全把杨青包围住了。由杨青执笔，你一句我一句，不到一个钟头稿子就出来了：

《电机工人》号外　1958 年 12 月 15 日　星期一

六车间装配创惊人速度

第三台二万五千千瓦转子仅一小时三十分装完

比第一台快三十二倍

本报消息：十四日下午五点三十分，鞭炮声中，六车间领导亲自敲锣打鼓，拿着喜报，祝贺装配小组以惊人速度仅用一小时三十分钟的时间放出第三台二万五千千瓦转子装配“卫星”，大大突破领导提出的四十小时定额。比第一台（用四十小时）提高效率三十二倍。

这个小组在党委号召下，个个雄心勃勃，决心在高产月中突破总装关键，放出高产“卫星”。经过全组同志细致的研究，采取一系列措施，向党提出用四小时完成一台二万五千千瓦转子的装配任务，确保年任务的完成，为明年超额完成任务创造条件。

他们在总结第一、二台装配经验的基础上，特别注意做好准备工作：找好水平、把压板压好、准备好工具和零件；小组工人进行周密的分工，安排好工作次序，使每一个人都明确自己所负责的工作，这样仅用一小时三十分钟就完成了第三台的装配任务。

“快，上铅印室去！”我说。

“早没通知不放假，排字工人都回家啦！”小黄说。

“怎么办？这么大的事情不能拖时间呀！”杨青和文潾抢着说。

“走，咱们自己干！”还是老戈（《电机工人》的主编）干脆。

一招呼六个人全跑下去了。铅字架不熟也不怕，人多，眼疾手快就有办法。不到三百个字的短稿一下裁成了四个小段，一个人几十个字或者两个人几十个字，分头拣，分头找。

沿着铅字架一排一排、一行一行、一个字一个字地找。有时候找得很顺利，“高产‘卫星’、生产任务……”都串在一起，一会儿就找出来了；有时候怪得很，哪怕你查遍了整个铅字架还找不见，于是不得不互相求救，互相支援：

“老戈，突破总装关键的‘突破’在哪儿？”

“啊，我刚才还拣过，就在铅字架二排的左下角。”

“怪不怪？细致的‘致’就是没有！”

“一致的‘致’可以代替。”还是老戈的声音。

……

就这样从晚上九点拣到十一点，拼好版是深夜十一点三十分，校对完近十二点。然后搬到地下室（我们的印刷机设在这里），请一位临时自愿留下来帮我们的装订工人上版子，准备开印。

当平版机的马达轰轰地开动起来的时候，大伙的心也随着在颤动。大家聚精会神地等待着印出的第一张号外，争相传阅。看着这长方形的、红的、绿的、黄的、深褐色的号外，激动，兴奋，愉快，轻松。拿着小小的号外看了一遍又一遍，看着敲锣打鼓报喜的题花，想想六车间装配创惊人速度的消息已经可以很快传开去，一个一个都看着号外不怕重复连连地说：“真漂亮啊！”“真美啊！”

就这样，一张、两张，直到三千张地印下去，我们也一张、两张，直到三千张地盯着。当印完最后一张的时候已是午夜两点十五分，但大家丝毫不觉得累，不觉得困；相反地，想到过几个小时咱们亲手编印的号外就要和全厂职工同志见面的时候，感到特别轻松愉快。

当我抱着一沓一沓五颜六色的号外，踏着地下室的台阶一步一步往上走的时候，不禁想起了这些：

从书本上，从影片里，我看见过在白色恐怖的年代里，我党的地下工作者秘密地在地下室，在敌人所不能发现的地方印过传单；在苏联十月革命的前夕，列宁、斯维尔德诺夫等革命导师，在不知多少个这样的夜晚印过传单，以及如何把这些传单一张一张传送给工人和劳动者的情景。他们在做这些的时候，虽然不自由，但充满了信心和喜悦。

现在，我们也钻进了地下室，但我们印的不是传单，而是号外；我们不是一张张地秘密传送，而是敲锣打鼓地大声呼喊："发号外，发号外！"

不管是传单还是号外，实现社会主义、共产主义是我们共同奋斗的目的。所不同的只是：

他们为了夺取革命政权，直接跟统治王朝进行宁死不屈的搏斗。我们为了建设美好的社会主义，正勇往直前地向大自然开战，向科学高峰攀登。

传单——号外
号外——传单
昨天——秘密
今天——公开
没有昨天的传单
哪有今天的号外
没有昨天的秘密
哪有今天的公开
传单——号外
号外——传单
让革命的火炬永远高举！
让革命的火炬永远散发出灿烂的光辉！

（1958年12月中旬写于哈尔滨电机厂，1962年7月23日，暑假期间整理于铁一号中国人民大学职工宿舍）

一次，第一机械工业部副部长汪道涵亲临哈尔滨指导工作，下榻哈尔滨青年旅行社。他约见我和曹道明（我俩分别任哈尔滨记者组正、副组长）向他汇报工作，还热情地留我们同他一起共进午餐。当时尚处在困难时期，大米和白面供应紧张。我们在职工食堂就餐，主食是玉米粒、高粱米饭，只有春节两天，才能吃几顿大米饭和面条。汪道涵副部长叫了几道可口的菜，就着香喷喷的白米饭，我们美美地饱餐了一顿。汪部长平易近人、和蔼可亲的音容笑貌一直留在我的记忆之中。

我曾同张文潾一起坐火车，到远离哈尔滨的北安五三工具厂采访。当时正值隆冬，车窗外，只见厚厚的积雪覆盖着广袤的大平原。我们住在厂里采访五六天，由张文潾写了一篇通讯，完成了周报的报道任务。

在三个月的实习中，实习组所采写和组织的稿件被《机械工业周报》刊登的消息、通讯、专文、诗歌等体裁的稿件 38 篇，图片 14 幅。实习组所采写的稿件被《电机工人》刊登的消息、通讯特写、专题文章、言论、诗歌、文艺创作等体裁的稿件 222 篇，摄影的图片 3 幅。通过这次实习，做到了将所学新闻理论知识同新闻采写实践紧密结合，增强了独立采访的活动能力。在深入工厂车间采访中，同工人师傅打成一片，工人师傅的优秀品质也深深地教育了我们。

冬天的哈尔滨室内室外两重天。室内暖气的温度很高，仅穿一件薄毛衣即可；室外却是刺骨的寒冷，走在大街上，风雪吹打在脸上有刺痛之感，辽阔的松花江千里冰封，从此岸到彼岸的冰面上可穿行载重马车。尽管这样，我们实习组的全体成员星期天还是兴致勃勃地前往松花江上溜冰嬉戏，好不乐哉！有时星期天，我们还在招待所宿舍高唱当年流行的苏联歌曲。黄鸿文唱的《三套车》的嘹亮歌声如今似乎还在我的耳际回响。

在这次实习中，我有一个深刻的教训，就是由实习组王宝叶等同学采写的多份一机部在哈尔滨召开的“蚂蚁啃骨头”现场会的新闻报道稿件，我通过邮局寄给《机械工业周报》编辑部，编辑部竟然未收到。我至终也未弄清寄稿件时究竟出了什么差错。作为记者组的组长，深感辜负了采写新闻的同学的一片辛劳，也深感邮寄稿件时，应正确、仔细运用好通信工具。

值得一提的是，在大学四年期间，我们全班参加了四次国庆的庆祝活动。

1956年10月1日，我的任务是在天安门前观礼台西侧的马路上做一名执行标兵：站在指定的标兵点，协助维持游行队伍的秩序。那天，游行刚开始，天公就下起雨来。我穿的粉红色连衣裙全被浇湿，入学前新买的一双浅褐色的皮鞋也灌满了雨水。参加活动前怀着喜悦的心情，以为这次能见到毛主席。没想到我站的位置离天安门城楼很远，连城楼都看不见。回校后，食堂的师傅为我们煮了姜糖水，每人一碗，以防感冒。1957年和1958年的10月1日，我的任务则是坐在人民英雄纪念碑北侧广场上，手执红黄色的两束纸花，根据组织者的指令，一会儿举红色，一会儿举黄色，组成“国庆”二字的图案。只有当仪仗队和游行队伍全部通过天安门城楼，我们随人群奔向金水桥时，方可看清毛主席等中央领导向群众挥手的形象。1959年10月1日，这次是新中国成立十周年的大庆，天安门广场放完焰火后，参加联欢的群众围成一个个圆圈载歌载舞，有跳集体舞的，有跳交谊舞的，有表演独唱、小合唱等节目的。那天，毛主席和中央的其他领导陪来访的赫鲁晓夫在天安门城楼上观看焰火和群众热烈的庆祝场面。天公又一次不作美，毛毛细雨下个不停。我和全班同学一直坚持在雨中翩翩起舞，直到联欢结束。

有一年国庆前的一个夜晚，我还曾受韦宗帼友人的安排，以高昂的热情前往天安门观礼台观看国庆节仪仗队和各种彩车通过天安门城楼的彩排预演。我穿着厚厚的棉衣站立观礼台，直到凌晨才返校。

1960年5月毕业前夕，在秦珪老师的指导下，由我和九班的海明、七班的华凤兰三人执笔，写过题为《在战争与和平问题的宣传中高高举起马克思列宁主义的党性旗帜》的论文，约8000字。铅印作为中国人民大学新闻系新闻学学术批判报告会材料，供讨论用。我对如何开展科研工作有了初步尝试。我留校后，在“左”的思想领导下，曾参加《中国资产阶级新闻观点》一书的摘编工作。对当时若干新闻理论著作和新闻教材中的一些正确观点做了错误的批判。新闻系这一“左”的错误，直到1961年中宣部派来工作组，拨乱反正，才得到纠正。我也从中受到深刻教育。

劳沫之“中国人民大学毕业证”上的照片。摄于 1960 年。

中国人民大学新闻系四年级十一班毕业留念。三排左一为劳沫之。摄于 1960 年 7 月 21 日。

大学四年不平凡的经历，让我不仅丰富了知识，增长了才干，树立了从事党的新闻工作的正确观念和追求目标，明确了应遵循的原则和应走的道路，而且享受了纯真深厚的友谊。还有令人欣慰的是，我获得了由德高望重的吴玉章校长签发的“中国人民大学毕业文凭”和“中国人民大学优秀生奖状”两本珍贵的证书。

2015 年完稿

2016 年 3 月修订

第六章

学为人师

“为人师表”这四个字的分量是沉甸甸的。无论何人，凡从事“教师”这一职业，其肩上的重担都是沉甸甸的。怀着对“教师”这一职业的敬畏之心，对其职责不敢有丝毫怠慢和闪失。随着教龄的日益增长，我对这一体会渐渐地变得越来越深刻。

韩愈在《师说》一文中说：“古之学者必有师。师者，所以传道受业解惑也。”用白话说就是古代求学的人一定有老师。老师，是传授道理、讲授六艺经传、解答疑难问题的人。既然如此，老师自己就要先于求学的人弄懂有关专业的道理，并熟知该专业的规则、技艺和技能，方能胜任其职责。因此，教师要与时俱进，随时代的变化要不断更新自己的知识结构，在教学实践中不断增长自己的才干，在这点上，可说是永无止境的。我牢记教师神圣的职责：“传道受业解惑”学为人师，甘当净化心灵的工程师。

从 1960 年 5 月中国人民大学新闻系本科毕业留校任教，至 1995 年 3 月离休，我从教近 35 年。在校内，我先后讲授过《新闻概论》《写作基础》《新闻采访》和《新闻写作》等课程。在北京、天津、乌鲁木齐、大连、沈阳、营口、哈尔滨和济南等地的有关单位，我也讲授过《新闻采访》与《新闻写作》课。

1975年3月下旬至1977年春，由北京大学、北京日报社、新华社北京分社、北京电台四家（后加上北京电视台）联合举办了三期新闻短训班，每期五个月。我被北大中文系党总支委任为新闻短训班的党支部书记。同四个新闻单位的四名党员干部组成支部委员会（北京日报社的张颂甲同志任副书记），在五个单位党委确定有关领导同志组成领导小组的领导下，具体负责新闻短训班的教学组织工作。新闻短训班的培训对象为北京市各条战线的工农兵通讯员，为加强北京市各级党委的通讯报道干部和工农兵通讯报道队伍的建设服务，为巩固和加强无产阶级专政服务。一、二、三期结业后，许多优秀学员成为北京市新闻战线的骨干。第一期结业，留下部分优秀学员于1975年10月，采取师生结合的方式，编写、出版了《新闻作品试析》一书。书中评介了《峭壁千仞脚下踩 冰川 纵横任我行 登山运动员向新华社记者谈突击珠峰顶峰的经过》（新华社拉萨1975年5月30日电）等优秀消息作品，以及新华社记者采写、载1974年10月16日人民日报的《训水记》等优秀通讯作品。还评介了《在反腐蚀的斗争中前进——北京市崇文门第二旅馆的调查报告》（中国共产党北京市委宣传组调查组，载1975年第四期《红旗》杂志）等优秀调查报告。

留校初期，在老教师的传帮带之下上讲台讲授《新闻概论》专题课，接下来讲授《写作基础》课。在这段时间，初为人师，对教师的职责缺乏足够的认识，有时授课前，备课不够充分细致，曾在课堂上念错了字，回想起来深感愧疚，辜负了学生对老师的信任。后来主要讲授《新闻采访》和《新闻写作》课，逐渐积累了讲授经验，备课比较充分，对没有把握念准的字词，不厌其烦地查阅有关词典、辞海，以防重犯错误。新闻采访与新闻写作课常有大量的作业要批改。有时讲课的前一天，将讲课内容写好讲稿后，还要花许多时间批改作业，并要对学生的每篇作业写评语，肯定其优点，指出其不足之处。每篇作业的评语力求准确，符合实际，因而要字斟句酌，颇费时间，有时熬到凌晨两三点才上床休息。当时，我的宿舍在朝阳区，离东城区铁狮子胡同一号（现改为张自忠路三号）有七八站路的距离，要赶上铁一号早晨 7 时开往西郊的校车，最晚清晨 6 时得乘上 15 路无轨电车。因而仅休息三个小时就得起床赶公交车。一次乘 15 路无轨电车，实在是太困，闭目养神时眯着了。我当时身背米黄色人造革的大书包，讲稿和学生的作业装得鼓鼓囊囊的，一个小偷以为包中有钱财，将我的书包从侧面用刀划了约 5 寸长的大口子，未见有钱包才放手。对小偷这一作案，我竟然毫无察觉，直到讲完课才发现书包上的大口子，才想到是小偷所为。当时真庆幸我的讲稿和学生的作业未受损失。由于我的学识有限，或者对学生做作业时的实际情况不甚了解，以至在批改作业时，有的作业不该修改的地方却做了不准确的修改。事后发现颇感遗憾，从内心检讨自己的失职行为。对我的失误，有关同学却抱以包容的态度，未加追究。这是我要特别感谢同学的。它也鞭策我日后批改作业时谨慎从事、多加推敲，避免再出现类似的闪失。

在给 1991 级学生讲《新闻采访》和《新闻写作》课时，我还曾兼任该级一班的党支部书记和班主任。有时讲完课后，还要深入到男女生宿舍了解学生的思想状况和需求，而不能乘返回铁一号的校车，不得不等工作做完以后自己到人民大学东门乘公交车到白石桥，再倒两路公交车回铁一号住地，到家已是晚九点多了。校系领导充分肯定我的工作，1993 年 11 月 10 日，由黄达校长签发，1992—1993 学年，曾被评为系级优秀班主任；1994 年 11 月，由李文海校长签发，1993—1994 学年，再次被评为系级优秀班主任，分别授予我优秀班主任证书。

尔后，高等教育部对高校教师的考核逐步正规化、制度化，作为高校教师必须具有教育部颁发的教师资格证书。经审核，高等教育部发给了我高等学校教师资格证书。1984 年 5 月 10 日，中国人民大学授予我“从事教育工作三十年纪念章”和“从事教育工作三十年纪念证书”。1984 年 12 月，北京市高等教育局、中国教育工会北京市委员会给我颁发了从教三十年证书。1986 年 11 月，中华全国新闻工作者协会给我颁发了长期从事新闻工作、为社会主义新闻事业做出了积极贡献的荣誉证书。1992 年 9 月，北京市新闻工作者协会授予我从事新闻工作30年表彰证书。2008年11月，中国高等教育学会新闻学与传播学专业委员会向从事新闻教育年满30年以上的教师颁发了水晶石奖牌。中国人民大学新闻学院数十位老教师享受了此殊荣，我被列入其中。镶在水晶石奖牌内的上方用白色楷体字写有“中国新闻教育贡献人物劳沫之老师”，水晶石奖牌内的中央用红色两排楷体字写有“勤奋耕耘　桃李芳菲”八个大字。水晶石奖牌内的底座左面用白色楷体字写有“中国高等教育学会新闻学与传播学专业委员会”字样，右面是红色圆形的该委员会的印章图案。不仅外观看上去十分高雅精致，更珍贵的是，这是具有权威性的专业委员会对长期从事新闻教育的老教师业绩的肯定。据悉，我校新闻学院领导高钢同志领回数十座奖牌时，曾引起有关兄弟新闻院校同行的羡慕。由此，足见我院师资根基之雄厚。这也鞭策我们，为我国新闻战线培养出更多更称职、为党和人民信任的栋梁之材，更是责无旁贷。2011年7月，中共中国人民大学委员会，给我颁发了荣誉证书，祝贺我加入中国共产党58周年。同时颁发了水晶石制作的纪念牌座一尊。纪念牌的基座上有校党委书记程天权“入党为民 教育强国”的题字，八角形的水晶石纪念牌上镶有鲜红的党旗，刻有红色的“加入中国共产党五十八年纪念”和“1953年”（注：这正是我入党的时间）的字样，勉励我不忘初衷，坚定信念继续前进。

梳理近35年新闻教育的历程，我有五点深切的感受。

第一，为学生的杰出成就而感到无上的荣光和骄傲

保育钧，1961年考入我校新闻系，1966年毕业后，分配到《人民日报》社工作长达30年，曾任《人民日报》副总编辑兼秘书长，副总编辑兼华东分社社长。全国工商联副主席、党组副书记，全国政协委员、副秘书长。后任中国民（私）营经济研究会会长，全国政协委员。（注：补记。不幸的是，2016年5月31日被疾病夺走了他74岁的生命。）在其担任人民日报副总编辑值夜班期间，他以敏锐的政治眼光，敢于担当的高度责任感，编发了一张具有深远

历史意义的照片。1984 年 10 月 1 日，新中国成立 35 周年庆典大会上，北京大学游行队伍走过天安门时，几个学生突然打出事先写在床单上的标语：“小平您好！”几个站在金水桥头上的记者抢拍下这个镜头。当晚，他在《人民日报》社值夜班负责主编二版。快到签字付印时，一位编辑从图片组拿来这张照片，问他敢不敢放二版刊出。他问：新华社有没有发这张照片？答：没有。当时他有点纳闷：这就怪了，这么如实反映群众情绪的好照片，怎么不发？有人说，新华社是按计划发稿的。北大学生擅自夹带游行标语，肯定不会为他们发稿。此话提醒他注意宣传纪律。按原计划，不发这张照片，不会捅娄子，不会犯错误；从实际出发，编发这张照片，有可能被扣上违反宣传纪律的帽子。经过几分钟考虑，他决定编发这张照片，哪怕是明天挨处分也在所不辞。他认为，“小平您好！”这张照片如实、准确地反映了人民群众对邓小平的感情。第一，它没有称职务，而是直呼其名，显得亲切；第二，它不是高呼万岁，而是一声“您好”，道出了人民与领袖之间的平等关系。照片见报后，收到了意想不到的强烈反响。原来，北京市有关部门还正在追查北大学生这一“违纪”行为。制作“小平您好！”标语的学生拿出登有这张照片的《人民日报》后，追查才作罢。不久，一些媒体记者采访了制作标语的学生。“小平您好！”从此传开，叫响。拍摄这张照片的人民日报记者王东，也因此多次获奖受表彰。（参见 2006 年 11 月香港商报出版社《与祖国共命运》第 105—106 页保育钧所写《我这四十年》）

我同保育钧曾有多次交往。记得 1978 年年初，余致浚等老师和我一起，受保育钧的邀请，赴《人民日报》社参加报道全国科学大会。分配任务后，我和余老师先到中国科学院数学所采访该所党支部书记，李书记详细介绍了陈景润、张广厚、杨乐等数学家的情况，谈到了数学所提倡一种人梯精神，即老一代的数学家为年轻的数学家提供人梯，让年轻一代数学家站在年老数学家成就的肩膀上往上攀登，一代传一代。这一精神很崇高，很值得提倡。我们白天采访了一整天，还采访了杨乐（张广厚出差在外，陈景润身体欠佳）。第二天，还到北大数学系采访了系主任丁石孙，以及张广厚、杨乐的导师庄圻泰教授。第二天晚上，我即利用铁一号传达室的公用电话（当时各家各户除有一定级别的领导干部家安有电话，普通教职工家均无电话）与保育钧联系（他当时是《人民日报》副总编，正值夜班），将我们所采访到的情况向他汇报，并着重谈了数学所的人梯精神。当晚，保育钧根据我们所采访到的素材写了一篇赞人梯精神的短评，并于第二天见报。由于采写教研室有我的教学任务，要我提前回校，还加上其他原因，故未做进一步的报道。

保育钧入学的第一年，系里安排的课程有一门是《写作基础》课，目的是通过立意、叙述、描写、抒情、议论等手法，提高学生凝练主题思想和语言文字的表达能力。教师在课堂上讲授记人、记事、记地的专题，结合有关范文做具体分析，每讲完一个专题，布置学生写一篇作业。记人、记事、记地各写一篇。除此，为了锻炼学生的观察描写能力，还在课堂上提供中央美术学院著名油画家王式廓的代表作《血衣》画作的印刷品，要求学生写一篇作业。我当时正教保育钧所在班的《写作基础》课。记得保育钧每次作业都很认真，所写作业，主题鲜明、文理通畅、字迹工整。记地的那篇，通过叙述、描写等表现手法，他将家乡南通写得很美很吸引人，给我留下了深刻印象。

还有一位与保育钧同班的学生陈锡添，1966 年毕业后分配到湖北日报社工作，1983 年调入深圳特区报社，曾任深圳报业集团总编辑，现任香港商报副社长兼总编辑。1992 年被评为高级记者，获中国新闻界最高奖项“韬奋新闻奖”及广东省新闻“金枪奖”，任中国人民大学新闻学院及武汉大学兼职教授，中国作家协会会员。1992 年采写的长篇通讯《东方风来满眼春——邓小平同志在深圳纪实》，推动了中国改革开放的历史进程，在中国新闻史上留下辉煌的一页。这篇通讯先后获得中国新闻奖一等奖、全国改革好新闻一等奖、全国计划单列市头条新闻竞赛特等奖、广东省新闻奖特别奖、首届深圳新闻奖特别奖。

1992 年 3 月 26 日，《深圳特区报》在一版头条刊登了长篇（1.1 万字）

通讯《东方风来满眼春——邓小平同志在深圳纪实》。当天上午,《羊城晚报》在一版右上角详细摘登了这篇通讯。3 月 28 日,上海《文汇报》和北京的《中华工商时报》同时全文转载。3 月 30 日,《光明日报》和《北京日报》全文转载,《光明日报》并配有小平同志南方谈话的照片。29 日上午,新华社深圳支社社长蒋顺章将通讯发至新华总社。新华社播发这篇通讯发表后,立即在海内外引起强烈的反响。《人民日报》《经济日报》《解放军报》、中央人民广播电台、中央电视台、香港《文汇报》和《大公报》,以及美联社、路透社、共同社等国内外主要传媒,全文或摘要刊登、播发这篇通讯或发了消息,对思想解放和中国的改革开放起了巨大的推动作用。(参见陈锡添《忆邓公"南巡"话当年"东风"》一文,载 2010 年 11 月新华出版社《桃李芳菲——人大新闻学院校友优秀作品选》)

我除了给陈锡添教过《写作基础》课以外,1964 年春季,我和他同在北京房山良乡窑上公社参加"小四清"运动约两个月。我曾见过他所写的有关简报,思想脉络清晰,文字简明扼要,字迹工整,当时颇令我赞赏。2006 年,保育钧、陈锡添这一届学生数十人,毕业 40 年后在人大新闻学院聚会,邀请了当年教过他们的老师座谈,合影留念。由保育钧策划、陈锡添主编并出资 10 万元人民币,出了一部同学们写的回忆录:《与共和国共命运》。陈锡添亲手将聚会的光盘和回忆录从香港邮寄给我和有关的教师。

保育钧、陈锡添仅是人大新闻学院历届毕业生中有杰出成就学生的代表。诸如创作了具有深远历史意义的文章《实践是检验真理的唯一标准》的主要作者胡福明,新华通讯社党组书记、社长,20 世纪 60 年代随中国登山队完成攀登珠穆朗玛峰和希夏邦马峰报道的郭超人,以及中央和省市新闻单位的许多新闻业务骨干,还有许多活跃在新闻教学和驻外记者行列中的精英。每当我从电视新闻中见到我所熟悉的面孔和名字,或是我曾经教过的学生,我都由衷地感到无比的荣光和骄傲,内心里总是默默地祝愿他们在新闻战线上取得更大的成绩。

第二，教学相长，从学生的成功经验中汲取营养，不断提高教学质量

《师说》中指出，教师不一定处处高于学生，学生亦有高于教师之处。在我讲授《新闻采访》和《新闻写作》课时，常常采用学生的优秀作品充实讲授内容。

比如在讲社会新闻的采写时，我曾详细地讲评了徐泓（1965 年入学，1970 年毕业，现为北京大学新闻与传播学院教授、博士生导师，国务院特殊津贴专家）写的一篇报道《北京人争赏香山红叶》。这是她任中国新闻社北京分社社长期间，在一次社里组织职工到香山秋游时，见游人如织，“几十万游人涌向这里，一睹香山红叶为快”，“香山公园在本月 21 日（礼拜天）出现 100328 人登山观赏红叶的盛况”。（引自《北京人争赏香山红叶》）她敏感地捕捉到这一现象，趁隙采访了香山公园管理处的知情人士，并查找了有关背景材料，而及时地写了一篇《北京人争赏香山红叶》的消息。这篇消息虽然只有 600 多字，但报道内容有深刻含意（反映了当时社会安定，人民群众积极享受生活乐趣的精神面貌），且文风清新、笔调自然、语言亲切。因而获得了 1984 年全国好新闻一等奖。同学们通过鉴赏佳作，从中受到有益的启示。

比如在讲授《通讯写作》课时，我曾系统地介绍了孟晓云（1965 年入学，1970 年毕业，人民日报高级记者，人民日报海外版记者部主任，国务院特殊津贴专家）担任《人民日报》总编室机动记者期间，所采写的《温州风情画（六则）》（载 1986 年 10—11 月《人民日报》一版），即之一：观念篇，之二：市场篇，之三：大户心态篇，之四：干部篇，之五：青年篇，之六：妇女篇。其中《大户心态篇》获 1986 年全国好新闻通讯一等奖。她以“独特的视角——心态的触摸”，刻画出了大户的独特心态。作者正是以自己观察生活和反映生活的独特视角，发现了采访对象别人看不出的精彩。通过这一组新闻通讯佳作的评介，我想让同学们知道，深入到采访对象心灵的重要，寻找报道新角度的重要。在课堂上，我还评介了她的获奖报告文学《胡杨泪》。让同学

们深知，只有同采访对象做知心朋友，才能获得采访对象的信任，向你敞开心扉，倾诉真情实感，从而获得别人难以得到的真实素材，进而写出感人的作品。我非常欣赏她在采写体会中所说的两句话：“我明白只要我选择了记者这个职业，便注定了我为‘一天的寿命’奔波终生”；“一旦走上了新闻记者的岗位就准备不断地重新开始”。（摘自孟晓云《普通人 平凡事 平常心——一些获奖作品的采写感受和体会》，载 2010 年 11 月新华出版社《桃李芳菲——人大新闻学院校友优秀作品选》）。做人民所喜爱的记者就得像孟晓云对记者这个神圣职责的所想所说所做的那样，见之于实践，见之于每次深入的采写之中。

再比如吴杰（1981 年入学，1985 年毕业，1988 级硕士研究生，现为《环球时报》副总编辑）的《新闻采访》的课堂练习。在我讲授《新闻采访》课时，曾接受中共北京市海淀区委宣传部和组织部的委托，组织学生参加采写海淀区九位共产党员的事迹。我选择了时任北京市海淀区防疫站党支部书记、副站长“李彦鸣同志的先进事迹”为素材，安排了一次课堂练习。我要求学生根据素材，按照通讯写作的要求，拟定补充采访的调查提纲，内容包括：补充采访哪些问题，找什么人采访什么问题，用哪些方式采访，初步打算从哪个角度采写报道。吴杰非常认真地按照要求，拟定了《关于李彦鸣的调查提纲》，先后深入采访了四位了解李彦鸣的同志，最后同李彦鸣长谈 6 小时。所拟提纲根据不同采访对象采访不同问题，提纲列得很细，一共列出了 81 个问题，挖掘到一些感人的情节和细节，最后写成近 4000 字的通讯：《“他是一个明白人”——记海淀区卫生防疫站党支部书记李彦鸣》。当时党中央强调干部要年轻化、知识化、革命化、专业化，要让明白人当家。通讯正是按照这一思路对李彦鸣做了具体生动的报道。这篇通讯同其他根据另外 8 位优秀共产党员事迹采写的 8 篇通讯一起，编入 1983 年 7 月海淀区委宣传部和组织部编印的《海淀红旗谱》（第四辑）一书。我在讲评这次课堂练习时，特地将吴杰所采写的通讯、所拟的提纲打印成《新闻采访》教学参考材料，并附上《李彦鸣同志先进事迹》的素材作对照，发给同学们仔细研究，使这次拟调查提纲的课堂练习收到较好的效果。

第三，爱才、荐才、惜才是教师的本分

在我从教数十年的生涯中，令我喜爱的学生数不胜数。虽然有些同学毕业离校后从未谋面，但我时时记着他们，关注着他们，为他们的点点成就而喜悦。1982 年 1 月，1977 级学生毕业前夕，当秦珪老师让我推荐留校同学名单时，我毫不犹豫地向他推荐了我负责教《新闻采访》和《新闻写作》课班的涂光晋和吴国光。涂光晋学习认真刻苦，从事新闻工作的责任心强，能够克服困难，做到高水平高质量地完成每次采写作业，坚持深入采访，精心写作，成绩优秀。吴国光有较强的文字表达能力，无论写消息、写通讯或写新闻作品评介，都能得心应手。在结束《新闻写作》课的一次考试中，我给他判了全班最高分 94 分。徐国兴同志曾告诉我，吴国光是他在山东招生时招来的，是当年山东的高考状元。令我欣喜的是，涂光晋如我所愿留系任教，吴国光却不愿留校而分配到国务院有关部门从事笔杆子的工作。涂光晋留校任教，表现十分出色。现为中国人民大学新闻学院教授、博士、博士生导师，享受国务院特殊津贴。曾先后获北京市优秀新闻工作者、北京市“三八红旗手”、宝钢教育奖优秀教师奖、北京市“教学名师奖”等，担任课程负责人的《新闻评论》被评为北京市和国家精品课程，两次被评为中国人民大学“十大教学标兵”。可惜的是，吴国光后来因故去了美国谋生。

1983 年，系里招硕士研究生时，何梓华同志曾让我推荐我所教学生中的佼佼者，我向他推荐了人大二分校新闻专业的李海容、一分校新闻专业的程曼丽。我曾在二分校教过 1978 级《新闻采访》和《新闻写作》课，李海容是我所教班的学习委员，学习刻苦认真，文笔流畅，成绩突出。我曾指导程曼丽写作毕业论文。所写论文主题鲜明，论证有力，文笔精练，字迹工整秀丽，论文成绩为优秀。由于李海容和程曼丽准备充分，在考试中取得好成绩，双

双被录取为硕士研究生，后又攻读博士研究生。李海容现在美国哥伦比亚新闻传播学院任教。程曼丽硕士毕业后，先在人大新闻学院任教，并攻读在职博士生，后调北京大学新闻传播学院任教。曾为该院副院长、教授、博士生导师。现为北京大学新闻学研究会会长、新闻与传播学院教授。

向系领导推荐上述四位优秀学生一事，我从未向任何人也包括他们本人提起过，我认为爱才、荐才、惜才应是教师的本分。2007 年，我赴澳大利亚悉尼照顾女儿分娩期间，从当地的华文报纸《新时代》报上，读到整版的关于中央电视台体育频道一位节目主持人婚姻出现裂痕的文章，顿时感到十分惋惜。这位主持人是我系 1987 年入学、1991 年毕业的学生。我教过他所在班的《新闻采访》课。在我的记忆里，他好像是这个班的班长，也是校排球队的队员。他认真做每次我布置的作业，采写新闻的作业主题鲜明，文理通畅，字迹工整大气，学习成绩优秀。在央视工作中，每次世界杯足球大赛时，他所主持的专题节目有声有色，深受观众喜爱。他实在不应有这次的闪失。值得庆幸的是，他闯过了这一道难关，复出后，精神振奋，以勇于开拓和创新主持了诸多重要赛事的节目，他还是南京青年奥运会开幕式和闭幕式的主要解说者。我还在《三联生活周刊》上，看到他所撰写的有关体育的专题文章。说明他不仅具有开拓和创新精神，而且还很勤奋地学习钻研体育专业的知识。

第四，做学生信赖的知心朋友

我为 1991 级一、二班讲授《新闻采访》课时，兼任一班的党支部书记和班主任。我在讲课之余，还要深入到同学中做思想政治工作。一次，我同一位班团支部书记交谈时，她对党支部未能尽快吸收她入党有意见，竟然带着意气地对我说："我不想申请入党了！"当时我听了感到很惊讶，但仔细想想，显然她说的是气话，并不代表她的真实思想，于是我以宽容的态度开导她，劝她虚心接受党支部指出的不足，争取在行动上改正，千万不要再说这种气话，不要放弃对理想信念的追求。事后我仔细琢磨，她能将这句极端的话亲口向我表白，说明她对我的信赖。1995年她毕业时，我正好离休，不知她后来是否已入党，但她能分配到部队一家报社工作，说明她政治上是坚定可靠的。

我对徐泓，不仅喜爱她的才华，我同她之间还有一段难忘的情结。1969年冬，我系部分师生被疏散到北京郊区的苏家坨（大部分教职工去了江西五七干校）。我和徐泓（注：她当时毕业正等待分配工作）被安排住在农家一间土炕上。一次夜晚，我们躺在炕上闲聊。她谈起选择男友的想法，谈对高她一年级摄影专业的赵伟有好感。当时，我毫不掩饰地谈了对赵伟的认识，表示支持赞同她的想法。1970年毕业后，她同赵伟一起分配到张家口报社工作，后同赵伟结婚生子，并一同调回北京中国新闻社工作。有一年的系庆，我同徐泓相见，谈到她与赵伟在张家口报社的近况。她告诉我赵伟的个性很强，生起气来，会把自己关在房间里不出门。2014年9月下旬，我拨通了徐泓的手机，得知她调回北京后，一直在北大同父亲住在一起，照顾活到100岁的老爸，送走老爸后，她依然住在北大。现在她虽已退休，但北大有关部门返聘她到深圳主持一个硕士研究生班的工作。我说："够你忙的。"她说："同退休前担任北大新闻传播学院常务副院长的工作相比，轻松多了。"因此，现在她一半时间在北京，一半时间在深圳，来回两头跑。由于"文化大革命"，徐泓这届学生入学后未得到系统学习的机会，我也不曾给她讲过课，但我一直把她视为朋友，她也不曾忘记我。1987年11月，她任中国新闻社北京分社社长期间，中新社编印了一部厚厚的《中国新闻社稿选》，她特地托人带给我一本，上面就载有她那篇得奖的作品《北京人争赏香山红叶》。我很珍惜这份友谊。徐泓离开中国新闻社后，被中国人民大学新闻学院聘任为教授，参与了新闻采写教研室的教学工作。2001年12月，她同刘明华、张征合著，完成了世纪新闻传播学系列教材《新闻写作教程》一书。之后，她调到北京大学新闻传播学院任常务副院长，直到退休。

1966年秋天的一个下午，临近黄昏时，在西郊人大校园的南一楼二层东头的走廊上，我和一年级的一位女同学伫立倚靠着围墙，互相交谈着。她向我倾诉了心中的烦恼。她对高一年级的一位男生产生了爱慕之心，却未能得到这位男生的理解。她告诉了我这位男生的名字。我记不清当时我是如何开导她的，也不知我的开导是否减轻了她的烦恼，更不知后来她同这位男生有怎样的结局。也许她早已忘记了我和她这次的交谈，但我却一直未曾忘记。她当时年仅二十岁，我年长她十三岁。她对一位不曾教过她的年轻教师如此信任，我从心底感激她。作为教师，有什么比得到学生的信任更宝贵的呢？我未曾辜负她对我的信任，一直为她保守住这个秘密。

1973 年 6 月，系领导派我担任北京大学中文系新闻专业（“文革”期间，“四人帮”令人大停办，人大新闻系的教职工合并到北大中文系）1970 级一班的党支部书记，并带领该班十几名学生到《北京日报》工商部、农村部、政文部和总编室实习。该班班长郑珉哲为党支部副书记。他学习刻苦，以身作则，严格要求自己，在班里同学中有很高的威信。我和他相处得很融洽，工作上互相配合，生活上和同学们打成一片。一次晚上，实习组全体同学开小结会，会议结束时，耽误了 106 路无轨电车的末班车，从北京站到张自忠路铁狮子胡同一号我的宿舍，有五六站的距离，郑珉哲不辞辛劳，借用《北京日报》社一辆平板三轮车将我送回铁一号，我对他十分感激。1974 年毕业后，由于他是朝鲜族，被分配到《黑龙江朝鲜文报》社工作，后任该报的总编辑。1986 年，我赴哈尔滨有关单位讲授《新闻采访》课时，特意看望了他及其家人。他告诉六岁的女儿说：“这位阿姨是爸爸的老师。”他的女儿很礼貌地向我鞠了一躬。2014 年 9 月下旬，郑珉哲来北大参加 1970 级同学的聚会（我因腰腿痛未参加这次聚会），聚会结束后，他同我通电话后，我才得知他已退休，迁居青岛，女儿已在北京一家外企工作。他还说，有急事明天要赶回青岛，下次来京，一定登门看望我。我和郑珉哲也可称得上是知心朋友。

第五，对学生中出现的问题，要循循善诱，耐心施教，热诚相助

1964 年夏季，我带领 1960 年入学、1965 年毕业的这届十几名学生到山

劳沫之带领学生在山东济南《大众日报》实习期间，同实习组部分同学在《大众日报》社门前留影。左二为劳沫之。摄于 1964 年夏季。

东济南《大众日报》实习。学生被安排到青岛、潍坊、烟台、聊城等记者站参加采访与写作实践。我曾到聊城记者站看望在那里实习的学生。我从报社记者部负责人处得知，在聊城记者站实习的一名学生写了一篇人物通讯，文笔流畅，刻画人物生动，可惜的是发表后，知情的读者反映有的事实不够真实，是作者的“合理想象”。我到聊城后，配合指导他的记者做他的工作，帮助他认识写新闻通讯“合理想象”的危害，要想把人物通讯写得生动感人，就要从深入采访上下功夫，挖掘出生动感人的情节和细节。他从中汲取了教训，以后再没有出现类似的错误。毕业后，他曾到深圳工作，并成为一名有成就的青年作家。不幸的是，他因病去世。我一直没弄清楚，他本来有一副好的体魄，在学校爱运动，在聊城实习时，下班后常见他奔跑在篮球场上，浑身大汗淋漓，究竟是什么疾病夺走了他的生命？他不仅文笔好，还写有一手秀丽的字，深深地留在我的记忆里。

北大中文系新闻专业 1977 级（1978 年 1 月入学，1982 年 1 月毕业）的

星期天，劳洙之和《大众日报》实习组的同学们畅游趵突泉，并一起分享三白西瓜。前排右一为劳洙之。

一名学生，我教过他《新闻采访》课。在一次新闻写作的作业中，他借批个人迷信，出现了比较偏激的言论。当时对这篇作业不便写评语，便约他面谈，同他面对面地交换看法。我对他之所以出现偏激言论充分理解，听说“文革”中他受到迫害，在山西某工厂劳动时曾被打成“反革命”，直到粉碎“四人帮”后才得到平反。通过交谈，使他端正了对偏激言论的认识。毕业后，他以老鬼的笔名创作了长篇小说《血色黄昏》，我立即买了一本阅读。这届同学毕业 30 年后在北京大学中文系聚会时，邀请我和有关教师参加。我曾同他单独交谈了一会儿，鼓励他创作更多更好的作品。

在我担任 1991 级一班班主任期间，有个女同学对新闻专业课学习很认真，成绩优良，但对政治理论课不重视，在一门政治理论课考试时作弊被监考老师发现，给了她零分。我得知后，同她单独谈话，帮助她提高对政治理论课的认识，要求她以实际行动认真复习好这门理论课，参加补考。通过补考，她得到了这门课应有的成绩。毕业后，她被分配到了一家著名的新闻单位工作。另外，这个班的几个男生在周末违背了校规，在宿舍打起了麻将，被学校保安人员巡夜时发现，要报学校有关部门给予处分。当违规的一位男生主动向我说明了情况，承认违规的错误，愿意作检讨后，我考虑到事情发生在周末，而且是初犯，并对错误已有所认识，我要求他们做出检讨后，学校未给他们处分。还有一件事：这个班的一个6人的女生宿舍，有个女生丢失了东西，怀疑是被同宿舍的人偷走，弄得几个人互相猜疑，影响团结，影响学习。我耐心地做丢东西同学的工作，要求她在没有找到确凿的证据时，不能对同宿舍的同学随意猜疑，使矛盾得到缓解。

总之，对学生中出现的问题不要采取简单和粗暴的办法处理，要设身处地弄清事情的原委，循循善诱，耐心地做说服教育的工作，热诚地帮助学生认识错误，改正错误，从中汲取有益的教训。

2014年10月完稿

杂记篇

ZAJI PIAN

远离名利场

我于 1995 年 3 月 28 日、62 岁时离休。从那时起，我决意远离名利场，随心所欲，做自己喜欢做的事，读自己喜欢的书报，写自己想写的文章。我要花更多的时间陪伴家人，因为我离休前一直忙于教学工作，陪伴家人的时

劳沫之在黄山留影。摄于 1996 年 7 月 17 日。

间太少了。我要尽情地享受生活，尽情地享受天伦之乐。于是，我一离休，便于 1995 年 6 月，赴澳大利亚悉尼探望已离家 5 年有余的女儿姚嵘。她于 1990 年 2 月 9 日离家，赴悉尼自费留学。父母为她仅提供了半年的学费和生活费，尔后全靠她半工半读念完大学。在大学学习油画、版画、摄影和设计等课程，学习成绩优秀，1995 年毕业时，学校为她和另一名澳大利亚女学生举办了毕业画展。那次画展姚嵘有两幅作品被有关人士购买收藏，我颇引以为荣。自费留学，姚嵘的求学之路是艰辛的。我 1995 年 6 月 26 日至 10 月 15

姚治华和劳沫之在广东珠海参观高科技农业试验园区时留影。摄于 2000 年 1 月。

日，同姚嵘相处了三个半月（治华停留了三个月，签证日期已到按时回国，我则申请延长了半个月），发现姚嵘锻炼得比以前坚强多了。那年 10 月 1 日，姚嵘同邻居（自费留学的一位北京青年）一起，还驱车陪我畅游了澳大利亚首都堪培拉。2007 年 6 月 27 日至 2008 年 4 月 26 日，我第二次赴悉尼，是为了照顾即将分娩的姚嵘。此时姚嵘已度过了最艰难的时刻，在一家澳大利亚人办的服装公司从事服饰的设计工作，有稳定的工作和收入，同北京赴澳留学的丈夫一起打拼，已购有自己的房产和车辆。姚嵘于 2007 年 8 月 8 日剖宫产顺利得一个重 8 斤 2 两的男婴，姚嵘 37 岁高龄得子，我感到十分欣慰。

1997 年 12 月，儿子姚殊在美国伊利诺伊州立大学计算机系软件专业硕士研究生毕业，被微软总部聘为软件工程师。姚殊曾在 1995 年 1 月被伊利诺伊大学以全额奖学金录取攻读博士学位，但他不愿继续攻读博士学位。因为姚殊出国前，已在清华大学计算机系软件专业取得工学博士学位。他的留学之路比起姚嵘，真是一帆风顺，求职也很理想。我和治华于 1997 年 12 月 14 日，以参加姚殊毕业典礼的名义赴伊利诺伊大学，帮助姚殊收拾行装。办完托运手续后，姚殊带领我和治华游览了芝加哥、纽约、费城、华盛顿、旧金山等城市，最后抵达微软总部所在地西雅图。从美国东部到西部历时一个多星期，游览了许多风景名胜，参观了包括纽约大都会艺术博物馆在内的许多知名的艺术馆和博物馆，开阔了眼界，增长了知识，留下了难忘的回忆。1998 年 2 月，我还陪治华赴洛杉矶举办了画展，并顺便到世界著名的影城好莱坞和世界著名的赌城拉斯维加斯观光。由于治华当时兼任中国书画函授大学校长一职，任务在身，画展结束后，便回到了北京。我则由姚殊接到西雅图，直到半年的签证届满才于 1998 年 6 月 7 日离开美国。在此期间，姚殊陪我到华盛顿大学东亚研究所图书馆借阅了许多喜爱的图书。诸如《石涛绘画全集》《石涛画谱语录》，以及古代和现代一些知名画家的作品集，还有中国香港和台湾地区有关学者的新闻采访和写作方面的专著，受益匪浅。姚殊还陪我参观了微软总部、波音航空公司总部，观赏了华盛顿大学校园内 30 棵高大樱花树盛开雪白花朵的美景，以及游览了西雅图雪山上的天使乐园、美国西部的原始森林、绚丽多彩的郁金香田园风光、静谧温顺的华盛顿湖和湖心公园。

2000 年 10 月，我被邀请参加《郑绍文回忆录》一书的编委会，参与编辑工作，并由我代笔起草、由副主编金履忠同志修订该书的序二。该书由顾大椿主编，2000 年 11 月，由国防大学出版社出版。郑绍文同志系李先念同志领导的新四军第五师有关部队的领导成员，1979 年 1 月至 1993 年 10 月 8 日病逝前，任最高人民法院副院长、党组成员、院机关党委书记。2010 年 7 月，我曾参与《姚治华风采》(盛世中华脊梁风采系列丛书) 一书的编辑和校订工作。该书由李牧主编，2010 年 8 月，由北京中国广播电视出版社出版。

离休后，我还参加我校离退休办公室组织的赴云南昆明参观世界园艺博览会，游览滇池石林，乘三个多小时游轮饱览苍山洱海旖旎的风光，乘缆车攀登海拔高达 4600 多米的玉龙雪山，观看难得一见的冰川壮丽景色。我还踏访了久仰的蝴蝶泉（曾任《人民日报》社社长兼总编辑的邓拓写文章描叙过

劳沫之乘游轮三个多小时，饱览云南美如画的苍山洱海时留影。摄于 1999 年 9 月 13 日。

劳沫之乘缆车登云南玉龙雪山，到达海拔 4506 米高峰的留影。摄于 1999 年 9 月 15 日。

蝴蝶泉）、西双版纳造型独特的高脚楼，领略了西双版纳优美的民族歌舞、盛情的泼水节等民俗和热带雨林。1996 年夏，治华赴黄山写生画院（治华兼任该院院长）举办山水画研究班，正值姚嵘回国探亲，我陪同女儿和治华一起，登黄山游览四天，领略了黄山阴晴云雨天千变万化的绝妙仙境。2002 年 9 月 26 日至 11 月 3 日，受广西南宁有关人士的邀请，我

在玉龙雪山难得一见的冰川前留影。摄于 1999 年 9 月 15 日。

劳沫之前往参观云南西双版纳高脚楼、观赏少数民族的民俗风情时留影。摄于1999年9月17日。

和北京一对书画家夫妇李力生、章培文同赴南宁，先后游览了广西北海美丽的海滨浴场并下海游泳，体验海浪奔腾咆哮的雄姿，目睹了桂林山水甲天下绚丽的夜景，游览了桂林的象鼻山，观赏了从桂林到阳朔多姿多彩变幻无常的漓江胜景、柳州规模庞大的奇石展，领略了贝江等三江边苗寨和侗寨人的热情好客。这一切使我们沉浸在无比的欢乐之中。邀请者还安排我们走出国门，前往比邻广西的越南访问四天。先后到芒街、下龙湾、河内和海防等地踏访。神秘莫测、千姿

劳沫之游览云南石林胜景留影。摄于1999年9月11日。

劳沫之乘游轮从广西桂林到阳朔，畅游漓江时留影。摄于 2002 年 9 月 29 日。

百态的下龙湾喀斯特地貌亦称岩溶地貌风光，令人如痴如醉，浮想联翩。下龙湾位于越南北部海湾，西北面从广宁省安兴县，经过下龙市、锦普市延伸到云屯岛县，东南和南面靠近北部湾，西南和西面靠近海防市吉婆岛。在世界地图上，下龙湾的北面接近中国，东面接近东海。1962 年，下龙湾被越南文化通讯部确认为国家级名胜古迹，其面积为 1553 平方公里，包括 1969 座岛屿。其中 434 平方公里，共有 775 座岛屿的下龙湾中心区，在 1994 年和 2000 年被联合国教科文组织因其景观和地貌独特性价值而两次确认为世界自然遗产。风景区共分为东、西、南三个小湾。我们从海防乘客船抵下龙湾中心区，在海上航行数小时，航程达数百海里的海面上，近两千座岛塔绵延起伏，若隐若现，其景色酷似中国桂林漓江的山水，故有“海上桂林”之称。

澳门回归那年，有关单位组织书画家赴珠海和澳门举办展览。我陪治华应邀前往，目睹了改革前沿珠海的巨变，澳门独特的博物馆、妈祖阁和欧式建筑群，参观了世界著名的博彩业。据业内人士介绍，美国的拉斯维加斯是

姚治华和劳沫之在澳门妈祖阁前留影。摄于 2000 年 1 月 18 日。

世界上规模最大的赌城，而澳门的博彩业具有一次赌注达港币上亿元，号称世界上最大的赌注。我们还特地踏访了举行澳门回归仪式的现场。回京时路经香港，又踏访了举行香港回归仪式的会议中心，为祖国的日益强大而由衷地感到骄傲。澳门和香港回归后民心安定，市场繁荣，深感“一国两制”方针的英明无比。我途经深圳时（1986 年我曾同治华一起访问过深圳），再次为深圳的变化叫好，为改革开放叫好。2004 年 8 月，同姚嵘一起参观了青岛经济开发区。2006 年 9 月，我同家人一起，先后到湖北宜昌参观了雄伟的三峡大坝，到湖南游览了久负盛名的张家界国家森林公园。2012 年 10 月，同姚殊一起游览了江南水乡周庄。

我喜欢阅读杨绛老先生的著作，她所出版的一些著作，凡能买到的，我都一一拜读。我喜爱她朴实无华的叙事风格，也喜爱她文笔隽永、包含哲理和睿智的散文及随笔，更敬佩她的坚强和执着精神。当她唯一的爱女钱瑗和丈夫钱锺书相继离世以后，她时年已 85 岁高龄，却闭门谢客，忍痛独自为亲

劳沫之同姚嵘一起参观青岛经济开发区。摄于 2004 年 8 月 18 日青岛海滩。

劳沫之游览久负盛名的张家界国家森林公园时留影。摄于 2006 年 9 月 20 日。

人“打扫战场”。她花数年时间整理《钱锺书手稿集》共 40 卷。包括外文笔记 178 册，中文笔记和外文笔记的数量，大致不相上下，“日札”（钱锺书的读书心得）23 册。从 2004 年开始，《钱锺书手稿集》已由商务印书馆陆续问世。在她临近百年华诞之时，又相继创作出版了《我们仨》《走在人生边上——自问自答》、小说《洗澡》的续集《洗澡之后》等著作。她在年届 103 岁时，仍笔耕不辍，在《新民晚报》上发表儿时的回忆等随笔。她已超脱了个人名利的羁绊，一心要把她一个

劳沫之游江南水乡周庄时留影。摄于 2012 年 10 月。

世纪以来所领悟的人生哲理和智慧点点滴滴都留给后人。她为了翻译好西班牙著名作家塞万提斯的巨著《堂·吉诃德》，五六十岁时自学西班牙文，翻译取得最佳效果，曾被邓小平同志作为国礼赠送西班牙来访的国家元首，西班牙国家元首还给杨绛颁发了西班牙王国的勋章，以表彰她为中西友谊的贡献。她是一位值得我们敬佩的伟大女性。杨绛老先生的坚强和执着精神给我以鼓舞，在我有生之年，我将量力而行，坚持笔耕，借以留下我来到这个纷繁世界的点点印记。

2014 年 6 月完稿

姚治华的中国画之我见

姚治华教授近影

姚治华，1932年9月2日出生，湖北孝感市人。现为中央美术学院教授，中国美术家协会会员。曾兼任中国书画函授大学校长一职达十年之久，并曾兼任中国美术艺术家协会主席、中华英才艺术研究院院长、中国延安鲁艺美术学院校友会美术委员会主任、黄山写生画院院长、北京中外民间文化艺术交流促进会会长等职。被有关机构聘为《联合国新闻》咨询委员，英国剑桥国际名人传记中心研究员和咨询委员，美国传记协会顾问委员会研究会研究员，美国国际大学名誉博士。多次参加社会助残、抗震救灾和支农等书画捐赠慈善活动，被中华慈善总会聘为“慈善大使”，被中国光彩事业促进会评为“中华名人支持‘三农’功勋人物”。

姚治华擅长中国人物画和山水画，曾在国内多地举办个人画展。他曾五次赴日本，四次赴韩国，三次在法国，两次在美国、澳大利亚以及肯尼亚等国家举办画展并讲学。先后赴法国、意大利、英国、德国和瑞典等欧洲16个国家进行艺术考察和访问。1991年曾获日本“国际和平文化宝鼎艺术大赏奖”。1998年5月和10月，获世界和平艺术大展“阿克特米”大奖及“世界名人最高奖”，2000年又获该组织颁发的“最高学院奖”。英国剑桥国际名人传记中心为其颁发“20世纪杰出成就奖”，并收入该组织撰写的《国际名人传记辞典》，并入选《世界名人录》（中国卷）《世界华人艺术家成就博览大典》《世界当代书画篆刻家大辞典》等书籍。

姚治华的一些优秀作品被中南海、天安门城楼、毛主席纪念堂、人民大会堂、中国美术馆、中国人民革命军事博物馆、中国革命博物馆及国外知名艺术馆收藏。其作品曾作为国礼由国家领导人赠送给外国元首，并多次受到国家领导人的接见。出版有《姚治华画集》《姚治华画选》《姚治华山水画选》《中国画人物速写》《姚治华小品画选》《姚治华精品集》《姚治华速写》《荣宝斋画谱·姚治华绘山水画和人物画》《姚治华作品集》《画与诗》以及外文出版社出版的山水、人物、书法精品集。中央电视台等6家电视台为其录制了专题片5集。主编出版了中央美术学院中国画系教材一套（共计9本，由中央美院11位教授编写），中国书画函授大学国画教材21本。

姚治华的中国画意境深邃，神韵精致，饱含激情。他一向以情作画，满怀深情地用画笔描绘祖国的名山大川，刻画黎民百姓奋发向上的精神面貌。他既不忘继承中国画的优良传统，又注重吸收西画的精髓，不断追求创新，作品不落俗套和窠臼。其作品创作形式与风格多姿多彩，磅礴大气之中浸透清新优雅，令人沉醉神往。他的人物画形象生动，出神入化，笔力雄健；山水画构图新颖，笔墨酣畅，情景交融，表现了独特的艺术意境。其作品广受喜爱，被国内外有关人士及多方机构收藏。

我多次参加姚治华在国内外举办的各种画展，与参观展览的观众、画展的组织者和报道画展的记者也多有接触，大家对姚治华的中国画表现出浓厚的兴趣，其画作受到多方的赞扬，很多人踊跃收藏他的作品。我认为他的画之所以受欢迎，是因为有以下八个特点：

第一，题材广泛多样

我翻阅过无数画家的绘画作品集，鲜有人像姚治华这样所涉及的题材是如此的广泛多样，在他的精品画集里，数百幅作品中几乎见不到有重复雷同的。他走遍了祖国的大山名川，除西藏之外，全国各地都留下了他的足迹。无论他走到哪，画夹或者速写本总是不离手，画了大量来自生活第一线的速写作品，以此为基础创作出了一幅幅中国画。正如杨坤墀先生在《情诗画》一文中所说："从生活中来，细致深入观察生活，在其很多画中，都充分体现他对生活细腻入微的观察与发现，所以他的作品常画常新。每一作品都有清新的意趣，而不是老一套的重复，这同他重视写生与生活有莫大的关系。"姚治华曾说："我认为中国画有其发展的规律，既不是自然主义，也不是完全现代主义，它总是在群众的基础上、在生活的基础上有所创造。它比生活高，但是它又来源于生活。"（见《一位美术教育工作者的感悟——访著名画家姚治华》载 2012 年 9 月 19 日《人民日报》海外版）。姚治华在谈到其绘画艺术成功的秘诀时，他体会有三点，其中第一点就是要有生活基础，画熟悉的人和物。他在 1956 年 8 月考入中央美术学院前的七年间，在《湖北文艺》做美术编辑期间，经常深入生活写生、画速写，并以此为基础创作出年画、连环画、插图和漫画作品。工作期间，他发表在各种报刊上的作品竟达数百幅之多。因为工作成绩突出，他被湖北省文联推荐出席了 1955 年在北京召开的全国社会主义建设积极分子代表大会，受到了毛主席、周总理和其他中央领导同志的接见。就读中央美术学院之后，每次外出实习，他都创作了大量生动的写生作品，仅就1980年夏季，他到四川凉山彝族自治州昭觉县体验生活的情况来说，他深入到彝族村寨，为老年、中年和青年人画像、画速写，并同他们同吃同住同劳动，还参加了彝族一年一度的火把节。为了画彝族背孩子妇女的速写，他跟在一位妇女的后面边走边记边画。通过这次深入生活，他积累了大量素材，并创作出了大量的优秀作品，不仅出了速写集，在他的人物画集中，我们也能看到许多独具特色的作品，有彝族老人的画像，有前半生是奴隶后半生是主人，还有穿着彝族民族服装的女广播员以及跳着优美舞姿的彝族新娘。在这些写生稿的基础上，他创作了大量作品，有反映人物精神面貌的《凉山美姑泉》《美姑泉边》，反映凉山美景的《美姑河畔》《幽幽山谷》，还创作了两幅《欢乐的火把节》，一幅为白描长卷，反映了火把节的全貌，一幅为工笔重彩画，着重刻画了男女青年手举火把欢快跳舞的情景，这些作品都深受人民群众的喜爱。姚治华说："文化艺术如果没有人民性是不可能得到广大人民群众喜爱的。"

2014年10月15日习近平总书记在北京主持召开的文艺工作座谈会上强调："坚持以人民为中心的创作导向，努力创作更多无愧于时代的优秀作品，弘扬中国精神，凝聚中国力量，鼓舞全国各族人民朝气蓬勃迈向未来。""文艺不能在市场经济大潮中迷失方向，不能在为什么人的问题上发生偏差，否则文艺就没有生命力。"习总书记还说："要把满足人民精神文化需求作为文艺和文艺工作的出发点和落脚点，把人民作为文艺表现的主体，把人民作为文艺审美的鉴赏家和评判者，把为人民服务作为文艺工作者的天职。""艺术可以放飞想象的翅膀，但一定要脚踩坚实的大地，文艺创作方法有一百条、一千条，但最根本、最关键、最牢靠的办法是扎根人民、扎根生活。""应该用现实主义精神和浪漫主义情怀观照现实生活，用光明驱散黑暗，用美善战胜丑恶，让人们看到美好、看到希望、看到梦想就在前方。"习总书记的讲话，为画家和文艺工作者指明了前进的方向。

下面历数一下姚治华题材广泛的作品：

（一）描绘祖国的名山大川和名胜古迹的作品

其主要代表作有：描绘黄山的《青山高峰》《黄山顶舞丹青》《百丈银河》《黄山风云》《雨后青山铁铸成》《松瀑图》，描绘庐山的《庐山云雾图》，描绘峨眉山的《朝向佛光之顶》，描绘武当山的《武当山览胜》（陈列于湖北黄鹤楼展厅），描绘青海的《祁连山风光》，描绘北方燕山的《燕北风光》，描绘黄河的《黄河颂》，描绘长江的《长江情》，描绘青藏高原的《雅鲁藏布江边》，描绘桂林山水的《漓江情》，描绘绍兴鉴湖的《月中游》，描绘万里长城的《巨龙雄魂》，描绘故宫的《宫中游》，描绘敦煌的《月牙泉》。

《青山高峰》

（二）反映地域风情的作品

有关姚治华这类题材的作品更是数不胜数，现择其要者列举出来：反映广西渔民生活的《漓江渔歌》《渔歌》，反映山东渤海湾胜景的《望东海》，反映长江边生活的《万县江边》，反映江苏古镇的《水乡古镇周庄》《水乡明珠》，反映四川风光的《回忆南温泉》《迷人的九寨沟》《春到九寨沟》《九寨沟之夜》，反映长春的《长春冬韵》，反映新疆美丽风情的《草原牧歌》《天山情》《天山瑞雪》《天池寄情》《伊犁河畔》，反映甘肃的《高原之春》和甘南辽阔草原的《高原牧马》《高原放鹿》，反映西北戈壁的《丝路驼铃》，反映青海的《青海风光》《玉树情》《邛海风光》，反映洪湖的《洪湖水浪打浪》，反映山东渔岛的《海岛之晨》《雨后石岛》，反映云南西双版纳胜景的《版纳晨雾》，反映黄果树瀑布的《黄果飞瀑》。

姚治华曾赴亚洲、非洲、欧洲、美洲和大洋洲30多个国家考察访问。通过访问，他也创作了不少反映域外风情的作品。例如：《威尼斯风光》《梦幻巴黎》《科西嘉晨曲》《尼亚加拉大瀑布》《悉尼港湾》《悉尼港之夜》《悉尼郊

《科西嘉晨曲》

外月夜》《袋鼠之乡》《澳洲之夏》《内罗毕大瀑布》《内罗毕公园》《内罗毕市场》《待渡》《非洲鼓声》《南非部落》《下龙湾风光》《富士风光》，等等。

可以说，他走到哪就画到哪，也创作到哪。他创作的题材不仅广泛，而且多样。比如画瀑布，有安徽黄山的瀑布，山西壶口的瀑布，四川九寨沟的瀑布，贵州黄果树的瀑布以及美国和加拿大接壤的尼亚加拉大瀑布、内罗毕的大瀑布。同样是画瀑布，由于突出了不同地域不同瀑布的特点，采取了多样的表现方法，使人每看一幅瀑布不觉重复而有新鲜感。画黄山更是如此，他画了数不清的黄山题材的作品，由于每幅都有新的角度，并画有春、夏、秋、冬四季的黄山，还画有阴、晴、雨、雪不同气候的黄山，由于题材的多样，受到观赏者的喜爱。李可染曾翻阅姚治华出版的第一本画集后说：“画得很有情趣，很生动。”原来可染先生只见过姚治华画人物画，这次见他画了许多山水画，高兴得一连说：“好，好，好！”

第二，意境深邃

何谓意境？“文学作品通过形象描写表现出来的境界和情调。”（见《现代汉语词典》1978 年修订第二版 1353 页）

姚治华曾说：“李可染一句话‘可贵者胆，所要者魂’，讲了技法和意境，两者都不可少。”还说：“看艺术作品，应该一张有一张的味道，根据对象的意境协调绘画技法。”

我看姚治华的许多作品都体现了这一理念。例如：

（一）《黄河颂》（192cm × 505cm，2006 年创作）

通过对母亲河这一特定形象一泻千里、气势磅礴、震撼人心的描绘，表现出了中华民族的雄魂这一意境。请看姚治华对这幅画所写的题款：“黄河是我们中华民族的母亲河，她横穿中华大地，她以英雄气概创造了中国五千年灿烂的文化，自古以来养育了无数英雄儿女，她是中华民族的雄魂，她是我们民族的骄傲。冼星海一曲《黄河颂》唤醒了无数英雄儿女起来保卫祖国，抵御敌寇，直到取得了抗日战争的伟大胜利。而今高歌《黄河颂》将继续激励中华民族海内外儿女共同建设我们美丽的祖国，再创华夏辉煌的新时代，实现中华民族的伟大复兴。”当时他创作这幅巨作是费了心血的。他翻阅了许多有关资料，先构思创作小草图，寻求最佳视觉效果，定稿后以浑厚雄健的笔墨造型，描绘出一泻千里、震撼人心的磅礴气势，因而收到感人的艺术效果。2007年，姚治华为人民大会堂创作了另一幅《黄河颂》巨作，长500厘米、高200厘米，陈列于人民大会堂东大厅。

《黄河颂》

（二）《巨龙雄魂》（124cm×246cm，2007年创作）

这幅巨作，描绘了万里长城千岩万壑、峰峦叠嶂、连绵不断的恢宏气势。画面的右侧上方，一轮红日冉冉升起，万丈霞光染红了整个画面；在红色的衬托下，白色的烽火台和蜿蜒曲折的城墙更显突出，远近直泻数丈的白色瀑布和瀑布冲起的白色浪涛，营造出长城雄健的气势和生动的氛围。这一典型形象，是中华民族坚强不屈抵御外敌精神的象征，生动地表现了民族魂、中华魂的意境。中国具有五千多年灿烂悠久的文化历史传统和文明，习近平总书记在文艺座谈会上说：“中华民族之所以有地位有影响，不是穷兵黩武，不是对外扩张，而是中华文化具有强大感召力。”万里长城也可以说是中华

《巨龙雄魂》

优秀文化的伟大象征。还要提及的是，这幅画除笔墨雄健之外，运用了搓纸之后再涂色的技巧，表现出独特的纹理效果。整幅画面一片红，也象征着神州大地繁荣昌盛。

（三）《雨后青山铁铸成》（102cm×68cm，1995 年创作）和《雨后青山》（68cm×68cm，1996 年创作）

这两幅画描绘了雨后黄山的雄姿。虽经狂风暴雨的袭击和乱云飞渡的侵扰，“我自岿然不动”，犹如铜墙铁壁屹立在高山之巅。1996 年夏季，姚治华到安徽黄山写生画院举办数十位研究生参加的黄山写生研究班，此间，我和女儿前往游览，在黄山北海宾馆停留了四天。非常幸运的是，这四天经历了阴、雨、晴三种气候的变换，我们亲眼看见乱云飞渡黄山之巅时，黄山高峰在乱云之中若隐若现，坚强挺立；狂风暴雨大作时，黄山高峰依旧巍然屹立。画家正是根据亲眼所见的这一胜景作画，借以表达一种可贵的坚强不屈精神的意境，激励人们在艰难险阻面前奋勇向前。这两幅画都运用了泼墨泼彩的表现手法，不仅笔墨酣畅，而且十分生动地再现了雨后黄山的雄姿。

《雨后青山铁铸成》

（四）《芦荡飞鹤》（110cm × 185cm，1984 年深秋创作）

对这幅作品的赏析，中央美术学院张安治教授有具体详细的评述，请看这段文字：如《芦荡飞鹤》，浑溶而多变的倒影竟占画幅的一半以上是微波荡漾的树影，是飘浮流动的浮萍，在这一片迷离的倒影上有几只掠水横飞的白鹤，也表现了岸上茂密的丛林，近处是倾倒的风中芦苇，那些鹤正在逆风而飞。用不同的淡墨线纹并染以浅绿的倒影来衬托黑白分明、形象生动的飞鹤，下部则是在洁白的水面上显示苍劲的芦苇丛。全画构图很简洁，却变化多姿。既富于动静、虚实的变化，更富于诗意。从题字看（注：题字是甲子深秋为黄鹤楼重建而作），因为作者是湖北人，对于武汉市重建黄鹤楼的完工颇感兴奋。但他没有去画新建的楼或汉江的其他景物，却在鹤和倒影上做文章，是不是有感于崔颢《黄鹤楼》诗中的“黄鹤一去不复返，白云千载空悠悠。晴川历历汉阳树，芳草萋萋鹦鹉洲……”等名句呢？这也很耐人寻味。

不难看出，画家通过这幅作品含蓄地表达了富有诗意的艺术意境，令人遐想回味。画家创作这幅作品时，除笔墨挥洒自如以外，第一次运用先泼墨后撒盐的技法画倒影，画面上不仅倒影大小参差不齐，变化多端，纹理生动，银光闪闪，而且在大块墨色倒影之上，用类似工笔画的表现手法，细致入微地刻画了五只展翅飞翔的仙鹤。仙鹤的白色翅膀在黑色倒影的衬托下，显得格外醒目。整幅画没有运用过多的色彩，只在画五只仙鹤的眼睛时画龙点睛地点了一点红色，画倒影时用了点浅绿，但依然让人感觉画面丰富多彩。

《芦荡飞鹤》这幅画，发表在 1985 年 10 月 25 日《人民日报》海外版上，日本当代画坛著名大师加山又造看到后，当即致信姚治华：“看到你的画很高兴，你的新作手法新颖，立意鲜明，水墨用得很好，透明淋漓，很有水墨艺术情趣，水中的倒影给人留下深刻的印象。……可知近来你积极活跃在中国画坛。”

早在 1979 年，受“蒙特卡洛国际现代艺术展”主办者的邀请，中央美院送了两幅画参展，其中有一幅姚治华的《芦荡飞雁》。这幅画被该艺术展的主办者评为优秀作品奖。著名作家徐小斌对这幅作品曾做了生动的描绘：“画面上透明的银灰色的湖宛如一个银灰色的梦境，在那湖的梦中，静静掠过一队灰白幽雅的大雁，几叶黑色芦苇在黄昏的夕照下瑟瑟作响，仿佛听到雁翅掠过芦叶的晶莹玲珑的音响，那是天地交合之时的神秘乐声。此时，天地也仿佛变成了银灰色，在这一片银灰之中，雁群宛若大自然的精灵无声掠过，这奇景并不是人人都能看到的，却被我们的画家捕捉到了。”（见《谈姚治华先生的绘画艺术》一文，载《盛世中华脊梁风采》第 77—78 页，2010 年 8 月中国广播电视出版社出版）是不是可以说，这幅作品也表达出了一种独特的艺术意境呢？！

《芦荡飞鹤》

第三，强烈的时代感

姚治华经常用明末清初画家石涛的“笔墨当随时代”这句话勉励自己作画，他认为：“中国画笔墨一定要反映这个时代。”“艺术家应该是与时代合拍的、共鸣的。”“要有时代的感受，时代的情感。”“时代在变迁，人们的生活在改变，对艺术的要求、欣赏的口味亦在变化，因此，老一套笔法、染法，无新意，即无生命力了。”学习了习近平总书记在文艺座谈会上的讲话后，姚治华更加感到在绘画作品中体现时代精神的重要。习近平说：“文艺是时代前进的号角，最能代表一个时代的风貌，最能引领一个时代的风气。”同时，习总书记还强调：“必须把创作生产优秀作品作为文艺工作的中心环节，努力创作生产更多传播当代中国价值观、体现中华文化精神、反映中国人审美追求，思想性、艺术性、观赏性有机统一的优秀作品。”“广大文艺工作者要高扬社会主义核心价值观的旗帜，把社会主义核心价值观生动活泼、活灵活现地体现在文艺创作之中，用栩栩如生的作品形象告诉人们什么是应该肯定和赞扬的，什么是必须反对和否定的，做到春风化雨、润物无声。”这些讲话指引着画家要捕捉各种生动的艺术形象表现所要表达的时代精神，不是说教，而是让作品说话，潜移默化，让读者自然而然地从作品中受到教育。下面选择若干有代表性的画作，看看姚治华是如何在作品中体现时代精神的。

（一）通过多姿多彩的画作，使观赏者感到风景这边独好

例如：《青山高峰》《黄山顶舞丹青》《黄山风云》这三幅画，都运用了泼墨泼彩的画法，将黄山刻画得气势非凡，多姿多彩，美轮美奂，使人看后如入仙境。从画家对这三幅画的题款中就可以得知黄山是多么的美丽迷人。

《青山高峰》的题款是：“霜后满岗色彩浓，千峰如染笑西风，黄山四季风光好，春叶秋花分外红。”

《黄山顶舞丹青》的题款是：“松涛阵阵伴微吟，黄山绝顶弄丹青，试看笔从烟中过，翻疑云来纸上停，奇峰峭拔出幻海，怪石峥嵘动鬼神，更写一挂飞瀑水，隐隐清音出画屏。”

《黄山风云》的题款是：“黄山有七十二峰，峰峰石谷峰峰松，有时松石难辨认，松石同在风云中。”这幅画的泼墨泼彩独具一格，墨和彩融为一体，彩中有墨，墨中有彩，山石湿漉漉的，生动异常，十分引人。

而《朝阳》《峥嵘》和《林间小路》则是另外一种图景：《朝阳》画面上的云彩山峰、亭阁和松树，被冉冉升起的半轮红日的霞光映照得通红，给人以奋发向上的联想；《峥嵘》这幅画同《朝阳》有异曲同工之妙，二十多个不同层次的峰顶被霞光染成深浅不同的赭色，挺拔向上，犹如一群有生命

的物体争奇斗艳，不甘落后；《林间小路》这幅画的整个画面笼罩在春光明媚的意境之中，层层树林被翠绿色和黄色渲染得空灵剔透，蔚蓝色的天空上无数用黄色点染的小鸟在自由地飞翔，一条弯曲的小路通向丛林的深处。看后给人以欣欣向荣、朝气蓬勃之感。

（二）民族繁荣，锦绣沃土，草丰羊肥，人强马壮，借以表现中华大地的太平盛世

例如：《美姑河畔》这幅画作于1986年，是画家到凉山彝族地区体验生活时的创作，表现的是秋天的景色。不难想象，秋天是丰收的季节，整幅画满山遍野一片绯红，象征着丰收在望；层层白色的瀑布弯弯曲曲泄入河中，

《美姑河畔》

说明正是风调雨顺的季节；在丛林的上空无数的小鸟在飞翔，营造了秋高气爽的氛围。一对彝族男女，男蹲女立，身穿鲜艳的服装在河边幸福地享受这一繁荣的景色。这幅画首次采用了先着墨完成整幅画的构架，待墨迹干后，揉纸，然后大块大块地着红色，并渲染出层层的云彩，既富有整体感，又变化多端，收到了意想不到的艺术效果。

《秋渡图》作于1989年，反映的是秋收的繁荣景色。两条长长的木船满载丰收的果实，用洋红色渲染，江面上还泛有淡淡红色的倒影。两条船上各有六位身着苗族服饰的掌舵和撑竹竿的船工。两条船并列一前一后，江面上还有五六片大小不一、墨色浓淡不同的山峰倒影。画面的下部紧靠右下角的一大片参差不齐的丛林，也着以洋红色，象征着树上挂满了成熟待收的果实，这一片红色与两条船上的红色相呼应。整幅画红色、墨色、江面和船工着装的白色和黑色相映成趣。这幅画采用画水彩画喷水撒盐的技法，使画面出现富有变化的纹理和闪闪发光的亮点，看上去使人感到十分清新雅致。

《漓江渔歌》这幅画则描绘了另外一种繁荣——在漓江上渔民放鱼鹰捕鱼的繁忙景象。九条船只安排在画面上，有远、中、近景，船工撑竿的姿势也各不相同，船的走向分为南来北往，船上鱼鹰的数量也是二、三、四只各不相同，使人看后感到繁而不乱。由于这幅画也采用了喷水撒盐的技法，江面上山峰的倒影显得自然生动，画面底部一大丛芦苇涂以淡绿色十分醒目。

《草原牧歌》《高原之春》《伊犁河畔》这三幅作品则刻画了草原、高原、河畔不同地域的壮美风光。《草原牧歌》中，在广阔的草原上，青草茂盛，河水充盈，远景有两座白色的蒙古包，中景有长长的一大群白色的肥羊，一位身着红色服装，头戴白色头巾的牧羊女骑在马上，手执长长的套羊杆奔驰在草原上。近景的草原上，有十二匹姿势不一样的牧马在河边正准备饮水，四位身着红白相间藏族服装的牧马人有的手拉缰绳，有的手执套马杆，有的俯身面向河水。整个画面表现出中华大地锦绣沃土、草丰羊肥、人强马壮的盛景。《高原之春》画面更是壮观。画面右上角远处天空上有起伏的云层和

《草原牧歌》

雪山，山下有绿色的草原和弯弯曲曲的河流，中景的草原上，有三个白色的蒙古包，离蒙古包不远处分四个层次，在草原上和河水旁大约有 80 匹牧马，两位身着彩色服装的牧马女，一位俯身拿着水桶准备汲水，另一位牵着一匹马向蒙古包附近的围栏走去。近景的草原上约有十五匹马正在饮水。一对藏族男女牧马人站在河边，男牧马人牵着一匹马正在饮水。《伊犁河畔》的画面同《高原之春》有相似之处，远处天空上有乌云和雪山，中景有蒙古包和雪松，在草原和弯曲的河流旁有十多匹牧马及两位牧马女，近景在草原的河边上站着一对牧马人正牵着两匹马饮水。与《高原之春》不同的是，所画的场面是雪景，画面上布满了点点白色的雪花，别有一番情趣。

（三）紧跟时代步伐，紧贴人民生活，以现实题材反映时代精神

这方面的作品也为数不少，这里仅举三幅作品为例。

《神州英雄奏凯歌》作于“神舟”四号返回地面之时。画面上所表现的是“神舟”四号在发射升空时激动人心的壮观场面。为了庆贺“神舟”凯旋，画家将这幅画赠给了北京航天指挥中心。载人“神舟”五号胜利返航后，三位宇航员杨利伟、聂海胜、费俊龙还在这幅画上签名留念。为了感谢画家的赠送，该指挥中心特地制作了一架高约三米的火箭，上书“神箭”“赠国画大师姚治华先生”“北京航天指挥中心赠”等字样。

《白衣战士的誓言》

《白衣战士的誓言》作于2003年抗击非典之时。画面上突出描绘了二十五位身着白色工作服的白衣战士，她们站在长长的签满名字表达战胜“非典”决心的标语牌后面，神情坚毅，视死如归。她们不畏辛劳，不怕牺牲的革命精神，着实鼓舞了人们的斗志。作品较好地反映和配合了抗击非典的战斗。姚治华曾对他的学生袁惠贞说：“笔墨当随时代，好的艺术精品一定是那些能够满足时代需要，反映社会诉求，并且遵循艺术规律，来源于生活的作品，只有这样的作品，才能真正得到群众的认可和喜爱，才会有艺术价值，得以广泛流传。虽然‘非典’不能到大自然写生，但依然可以通过看电视和阅读报纸来获取信息。作品接地气，就会充满时代的气息。”（见袁惠贞《欣遇名师 崇德尚艺：记恩师姚治华》一文，载2015年10月9日人民网艺术收藏频道）。

《万方歌舞庆中华》作于国庆35周年之际。画面上画了十位身着各民族服装的男女青年手执红绸、欢歌跳跃的热烈场面。这幅画画家赠给了中央电视台。

第四，缘物寄情，情景交融

姚治华常说："画家要有饱满的热情，以激情作画。""艺术就是以情动人，这个'情'字，就包括色彩、笔墨、线条、构思、意境等绘画的要素。""大诗人王维被誉为'画中有诗，诗中有画'，这也是我始终向往和追寻的境界。""画家一定要像诗人一样，画的当中要有诗的感情，中国画是诗和画的统一。"他还借用著名画家石鲁的名言："以意作画，万幅画万个样，以法作画，万幅画一个样。"强调以意作画、以情作画的重要性。在他的创作实践中，力求朝着他所追寻的方向努力，他的许多山水画作，可以说是缘物寄情的产物，达到了情景交融的境界。

就从他以黄山为题材的画作来说，黄山四时景色不同，春天的云海、夏天的山泉、秋天的雾气、冬天的雪霁，随着时节的变化而变化。他说："黄山景色的变化，也不断驱使我心情的变化，也就是'缘物寄情'。"他第六次上黄山住在光明顶的气象站，当夜细雨蒙蒙，夜间又刮起北风，气温急骤下降；清晨他还在梦中，忽听气象站前，众人欢呼跳跃，他急忙穿上外衣，来到平台观望，真如梦幻仙境，使他激动不已。登黄山多次，第一回见到这神奇世界，特写打油诗一首，记下当时的景色心境。诗曰："刺骨寒风细雨飞，一夜霜冻冰挂垂。琳琅银珠峰梢挂，银装素裹憧憬美。忽见旭日山尖照，五光十色耀眼辉。六上黄山第一回，人间仙境众陶醉。"他在《黄山情》一文中写道："虽然上山十二次，但随着年龄阅历的增长，对黄山景物的感悟也随之深化。头几次登山，只感到黄山自然景色的奇妙美丽，而以后几次，每登一次，情和神都在深化，自然的松石云，已成为胸中的景和情。我有首题画诗是这样写的：'黄山七十又二峰，峰峰石骨峰峰松。有时松石难辨认，一理交化千年中。饱经风霜和雨雪，傲骨屹立风云中。'它是写景，也是写情、写人。我十二次上山，每次我的思想感情都情不自禁地融汇于黄山的松石和云峰之中。"他还写道："黄山立于高峰伸向云海，经风雨、抗严寒的不老松，坚忍不拔、巍然屹立的飞来石，自由翱翔、来去自由、甘当陪衬的白云……

我想这也许就是若干年后，我所追求的一种境界的自我写照吧。”

下面请看姚治华在画作中是如何表现黄山情的。

《松瀑图》《清凉世界》这两幅看上去是表现黄山春天的景色，但各有不同。前者的整幅画面被七八座山峰占据，着重通过运用泼墨、泼彩、勾勒皴擦等多种技法，使整个画面显示出深浅不一的丰富色调，朝霞以深浅不同的赭色点染在山峰和松树之上；处在画面正中两座高大的山峰之间，四条白色的飞瀑纵横交错从山顶直泻峰底，溅起雪白的浪花，不仅使人感到黄山恢宏壮丽，而且表现出山峰铮铮铁骨犹如巨人挺立，岿然不动。关于后者，姚治华曾谈到过创作《清凉世界》的感受，他说：“在佛经故事中，不少描绘西方极乐世界的仙境，但没有人亲眼见过。而当你坐在黄山清凉台上，在云海浮涌的飘动之中，旭日初升，映照群峰，见‘仙人下棋’‘猴子观海’‘十八罗汉朝南海’等景观，你将处在清凉世界之中，这就是被人们称为‘人间仙境’的地方。我五次登黄山，每次都在清凉台上凝坐静观，感受这大自然的‘造化’。虽然我还没有用笔墨描绘出这理想的仙境世界，但毕竟将心中之感受第一次宣泄在巨幅的宣纸上。”湖北省书协主席钟鸣天对这幅画曾在《元气淋漓幛犹湿　真宰上诉天庭泣》（载 2005 年 3 月 15 日《名牌时报中国城市周刊美术家》）一文中做了这样的评价：“值得一提的是《清凉世界》特大横幅，以清凉谷为中心，周围群峰环峙、挺拔峥嵘，层云滚滚，如涛汹涌。这幅山水画的表现技法基本是传统方法，在勾皴烘染之后，敷以汉赭、石青、石绿色彩，层层积染的效果，所以显得分外厚重而华滋。由于山峰的浑厚，衬托出云海的十分厚重。这是治华同志运用传统画法的成功范例。”湖北省美协副主席鲁慕迅在《法从意生 境由心造》（载 2009 年 6 月《艺术中国》第 24—26 页）一文中评价这幅画时曾写道：“作者除了在章法上、造型上对黄山诸峰做了大胆的集中概括，更从中国的金碧山水和西方绘画中得到借鉴，突出对于光和色的表现。正是这种对于光和色的表现的成功，才把黄山在初阳照射下的那种特殊的美化为郁勃雄浑的诗情。”

《百丈银河》

《林间小路》画的也是春天的黄山，《峥嵘》《排云亭览胜》是夏日的黄山，《青山高峰》《黄山顶舞丹青》是秋高气爽的黄山，水墨黄山之二《黄山的雪景》《黄山冬韵》是严冬的黄山。还有《朝阳》《旭日东升》是清晨的黄山，《雨后青山》是雨后的黄山。还有表现黄山松石风云的《黄山风云》，表现“猴子观海”景观的《江山任尔眺》，表现黄山瀑布的《百丈银河》《松谷观泉》等等，所画黄山作品之多，可说不胜枚举。《百丈银河》的题款饱含了画家的一片深情。这段题款是：“百丈银河高挂，黑白分明如画。击鼓鸣雷直下，劈山开路不怕。要归大海无涯，溶入天边伟大。到那时方才说话，我从天上来，愿居最低下。十一次登黄山后，写鄂人秦兆阳诗咏。”从这段题款足以说明，《百丈银河》画的既是景又是情，可谓情景交融。

姚治华每到一地采风，体验生活，见到有特色的景观，他总是饱含激情，当即把它们留在速写本或画纸上。1986 年，他在青海就有一段感受：“我站在黄昏的草原上，一眼望去，夕阳照耀着草地和湖水，形成一片红光。远处一群牦牛聚集在湖边憩歇，一群鸟雀飞跃在布满彩霞的晴空。这是一片富饶的草地，这是一片有待开发的沃土。这种景象使长期生活在京城闹市的人感到说不尽的清新。回到住地，立即用笔墨记下这难忘的印象。”我们在他的精品画集中所看到的《高原情》，就生动地描绘出了他所见到的这一景观，画家通过草原的墨色、湖水的白色、一对牧人身着黑色服饰，引领约九头准备饮水的牦牛。画面左上角有无数的小鸟在飞翔，画面顶部的天空用淡淡的赭色描绘一片晚霞，这赭色淡淡地点染在人物、牦牛、草原和湖面上。整幅画画法和布局新颖巧妙，十分引人瞩目。《燕北风光》的创作类似《高原情》，他在画的题款中写道：“一九八四年游五台归途，见燕山风云如画，特速写记下，正值中秋佳节即兴写成。”这幅画的整体效果层次分明，多姿多彩。

第五，构图新颖巧妙

综观姚治华的画作，构图也独具特色。有的构图空灵剔透，有的构图层叠厚重。其共同之处都是突出表现对象的特点，并将其放大，犹如电影的特写镜头，然后采用恰当的构图形式，使人感到新颖巧妙。

（一）突出地域特点的画作

《漓江情》，广西桂林的漓江，两岸山峰凸显喀斯特地貌特征，起起伏伏、大大小小的岩石山峰排列在漓江的左右两岸，千变万化，极为壮丽。然而漓江的江面并不是很宽阔，乘在游轮上，两岸的景色尽收眼底。2003 年我曾同北京的一对书画家夫妇一起畅游漓江，从桂林出发直抵阳朔。江面上南来北往的游轮常常擦肩而过，站在游轮的观景台上，能清晰地看到并列前行游轮上游客的举止动作，江面上既有轮船，也有船工驾驶的帆船。从表现漓江美的需要出发，画家没有画游轮，画了三条扬帆和待帆的帆船，靠近左岸

《漓江情》

的两艘船并列前行，一艘略超前，显得错落有致，靠近右岸的这艘正扬帆待发，帆上都涂以赭色，十分醒目，船的左侧在江面上还留下淡淡的赭色倒影。这里特别提及的是，漓江江面虽不宽阔，但有一处江水拐弯的地方，左右两岸靠得很近，江面显得比较宽阔，两岸的山峰看上去也紧密相连，显得更为壮观。那次游漓江时，我站在游轮的观景台上，用相机有幸捕捉到了这一美妙的场景。画家正是选用了这一场景作画，近景大小不同的六座山峰用浓墨，远处的七八座山峰用淡墨，近景的岸上还用浓墨画了高高低低的一大片丛林，真是变化多端。画家又将富有变化的山峰用浓淡不一的墨色在江面上画成倒影，倒影有大有小，把三艘帆船衬托得更为突出，再将左右两岸的地面染上淡淡的翠绿色，还由于画家采用了喷水撒盐的技法，画面上出现了特殊的纹理。整幅画的构图显得新颖灵巧。

《丝路驼铃》表现的是甘肃的戈壁滩。用浓淡不一的墨色和深浅不一的赭色和鹅黄色营造出戈壁滩的特定环境，近景和中景，使人联想起戈壁滩绿洲上的大片青草和一棵棵的树木。画面右上方有十一匹驼铃正从左向右前行，画面右上角的顶端处，还隐隐约约看到另一队驼铃。画面上的赭色和鹅黄色使人既想到沙漠的黄色，又想到这两队驼铃正迎着朝阳向前进发。这幅画画家也采用了喷水撒盐的技法，画面上出现了许多纹理，还有闪闪发光的白点。所画沙漠弯弯曲曲，整幅画面有四五个层次，构图显得空灵剔透。

《万县江边》从江边到城门有六十多级台阶，台阶占了四分之三的画面，用以突出四川万县江城的特点。台阶上分布了三三两两的游客，有挑夫、有背背篓的、有手拎行李包的、有一家三口同行的，江边还有正在洗濯的男女，人们穿着鲜艳色彩的服装，城市有红墙的高层楼房，有丛丛的绿树，还能看到城市背靠远山的轮廓。整幅画层次分明，浓墨和淡墨黑白相间，各种姿势的人物众多，描绘了江城一派繁荣的景象，构图也显得新颖别致。

《望东海》和《东海日出》构图也很新颖。前者整幅画画满了海水，画的正中在海水的衬托下耸立一座由礁石形成的山峰，络绎不绝的游人正沿着有护栏的台阶向顶峰观景台攀登。画面的右侧从上到峰底，有无数白色的海鸥在海面上迎着浪花展翅飞翔。蓝色的海水、白色的海鸥和浪花同浓淡墨色勾勒和渲染的礁石山峰相映成趣。后者是1992年访问日本时所画，画家信手画来，离画面右侧不远处的礁石上有一座神社的建筑，一看就是日本的景色。画的下方是蓝色的海水溅起的白色浪花，以及深黑色的神社和礁石，画的右上方一轮红日喷薄欲出，画的顶端从左到右布满霞光，构图显得清新淡雅。

《澳洲之夏》和《悉尼郊外月夜》这两幅画则是另外一种构图形式。景色占满了整个画纸，但看上去并不感到沉闷。前者，墨色运用得好。一棵硕大的桉树树干粗壮，树干上枝繁叶茂，大树的左侧还有三棵高矮不一的小桉树，全用浓淡有别的墨色勾勒，笔触粗犷遒健，大树两侧有两只形态不一样的袋鼠，不看画作的标题就知道是澳大利亚的景色。整幅画墨色很重，而且树枝布满了画面，为何不让人感到沉闷呢？奥妙就在色彩的运用上。在大小树干和树枝的背后用深浅不一的赭色和鹅黄色加以涂抹。画的左上角赭色重，鹅黄色透亮，大树顶梢，右上角，赭色暗淡，画的中部赭色渐暗，占画面三分之一的树干和树根以及地面赭色和鹅黄色又显得透亮，两只袋鼠染上较深的赭色后，看上去体积虽小，但显突出。大小树干除墨色之外，还留有空隙，涂上深浅不同的赭色和浅绿色，使墨色重而不死板，整幅画显得透亮，使人想到这是夏天夕阳下的景色。后者，也是景色占满了画面，画面从左向右占三分之二，从下到上占了五分之四的位置，矗立了十一棵高矮不一的桉树，树林所在的地面上有三只或站或卧的袋鼠，画的右上角一轮皎洁的月亮高挂天空，月亮四周散发出浅粉色和银灰色相交的色彩，这种色彩笼罩整个树林，月光照射的最亮处是画面右侧空旷的地面，地上有两只大小不一的袋鼠从右到左向丛林奔走，画面最右侧的地面立着三棵矮小的桉树。虽然丛林和地面墨色重，由于月光色彩的衬托，使人感到透亮静谧。

（二）突出人物和禽鸟特点的画作

《美姑泉边》和《东海之滨》这两幅作品中的人物特点很鲜明，前者画有五位背着水桶正在汲水的妇女，从服饰上看，一眼就知道她们是彝族的妇女。后者从挑满水桶的四位妇女的服饰上，一看便知道是惠安女的打扮。两幅画的构图都非常灵巧。前者三分之二的画面是草原，画的顶部有一小片草原，下面三分之一的画面是宽阔的河水，在河水左上角画了无数的飞鸟飞翔的影子。构图人物突出，整体感强。后者画的下部占画面五分之二的是海岸，画的顶部有占五分之一的海岸，在顶部之下占画面五分之二的是海面，两块海岸之间还有一小片海面。整幅画以墨色为主，惠安女的上衣和顶部海岸用了浅蓝色，而惠安女的斗笠却涂上了鲜红的赭色，在画面上起到了画龙点睛的作用，构图不仅整体感强，而且空灵轻巧。

《小鸟天堂》和《海岛人家》这两幅，用电影式的特写镜头突出了禽鸟的特点。前者是描绘一个海岛上参差不齐的七座礁石，各个礁石停栖了三三两两、三五成群的海鸥，总共约有二十五只。七座礁石处在画面的正中，从左到右占画面的五分之四，礁石上布满纵横交错的白色飞瀑，飞瀑溅起滚滚的浪花。画面的顶部从左到右，在礁石的上空，约有二十八只白色的海鸥在自由地飞翔。礁石的上空染有浅蓝色和银色相交的色彩，这一色彩从上到下、从浓到淡笼罩了整个画面。尽管景色占满了整个画纸，且错综复杂，但是由于墨色与色彩的巧妙处理，使人感到构图新颖巧妙。后者在画的正中，从左到右被两个一大一小的礁石占据，礁石上栖息了十六只羽毛黑白相间的海鸟，画的底部画有浅蓝色的海水和溅起的白色浪花。画面顶端的右侧，一轮若隐若现的红日初升，霞光覆盖了画面三分之一的位置，也淡淡地给礁石染上了颜色，这样的构图也让人有奇妙之感。

《大瀑布》采用的是一种层叠厚重的构图方式。景色占满了画面，层次清晰，墨色与色彩调配得当，游客的衣着染成了浅红色，使人有万绿丛中一点红之感。这幅画采用了先用墨勾底稿，搓纸后再涂色的技巧，因而画面上

《小鸟天堂》

出现了特殊的纹理，整幅画画出了尼亚加拉大瀑布的非凡气势。用淡淡的翠绿色覆盖整个画面，使画作显得富有生气。

第六，艺术手法创新，绘画技巧精湛

关于艺术手法要创新，绘画技巧要精湛的问题，姚治华在不同的场合，对不同的采访者多有表述。他说："为了表现绘画的时代意境，我几乎不惜采用一切手段。""只要表现生活的时代面貌，我都想去创造。因为现在的生活到处都是色彩，再不是古画那些灰沉的孤云、深谷、茅屋了。""中国画要发展，一定要跟上时代的步伐，不能守旧，要在创新中发展。""我认为各种艺术形式的优点可以兼收并蓄。不断积累的目的，是它们化学反应之后的那个'新'""连环画、年画、漫画、版画、油画我都学过，清楚它们各自的特点，但这些只是变法、创新的一个必要条件。""要有最好的艺术语言表达，即精湛的绘画技巧。"

中共中央政治局2015年9月11日召开会议，审议通过的《关于繁荣发展社会主义文艺的意见》中强调，"要把创新精神贯穿文艺创作生产全过程"，足见创新精神对文艺作品之重要。

姚治华的上述理念，在其作品中体现得很突出。

（一）泼墨泼彩，探索最佳效果

《青山高峰》《黄山顶舞丹青》《黄山览胜》《雨后青山铁铸成》《黄山风云》《松谷观泉》《山里人家》等作品，是泼墨泼彩方面的代表作。这些作品是画家在不断地探索中取得的最佳效果。画家第十一次登黄山后，采用泼墨泼彩的手法画了一幅《黄山览胜》，他在题款中写道："青山高峰，云岩竞秀，悬崖峭壁，瀑布争流，百鸟高歌，长锁春秋，天上仙境，黄岳神游。一九九九年秋第十一次登黄山后治华写于北京泥墅斋。每见刘海粟老先生绘画黄山，泼墨泼彩，神采奕奕，意境盎然，每每学之未能如愿。"八年之后，2007年他用泼墨泼彩的方法画了《青山高峰》，九年之后，2008年，他第十二次登黄山采用同样的方法画了《黄山顶舞丹青》，后两幅作品同《黄山览胜》对比，效果大不一样，说明画家后来比较熟练地掌握了泼墨泼彩的技法。画面不仅气势恢宏，而且笔墨湿润酣畅遒健，着色五彩缤纷，做到了墨中有色，色中有墨，墨与色浑然一体，十分耐看。重要之点是，泼墨和泼彩的分量要恰到好处，画家要胸有成竹，挥洒自如，一气呵成。其他几幅作品也都取得了与这两幅同样的效果。

（二）创新采用倒影的方法表现景物的特点

这方面的佳作有《芦荡飞鹤》《秋渡图》《漓江情》《漓江渔歌》《渔歌》《渔光泛影》《漓江春雨》等作品。在中国画中画倒影可以说前无古人，后无来者，是画家的首创。由于画家在画倒影时采用了多种技法，使画面出现了意想不到的效果。在画倒影时，泼墨、撒水撒盐要得当，画室内还要有一定的温度，方能取得好的效果。

（三）运用西画的多种技巧作画，增强作品的感染力

采用水彩画法的作品如：《春到九寨沟》《迷人的九寨沟》《版纳晨雾》《烟雨蒙蒙》《家乡的回忆》等。前面所讲画倒影时撒水撒盐的方法也属于画水彩的技法。

采用油画画法的作品如：《海岛之晨》《龟山坐卧眺霞绯》《枫丹白露》等，用笔墨勾勒了整幅画的构架之后，涂以油画般绚丽的色彩。

采用光影技巧的作品如：《渔光泛影》《渔歌》等。

《雨后石岛》也采用了西画作画的方法。湖北省书协主席钟鸣天对这幅作品的赏析是："在满天乌云的隙缝处太阳光透射出来，照射在石岛工厂的烟囱上和港湾停泊的船上，是那样的耀眼明亮，给人一种雨过天晴、清新舒畅的快感。'雨后复斜阳，关山阵阵苍！'画家运用西画的手法，把视线压得很低，整个石岛工厂和大海只占画面的四分之一，天空占了四分之三，显得那么高旷辽阔，大笔横扫的乌云，湿漉漉地与金黄色的万道阳光，形成鲜明的对比，而又那么融洽和谐。没有高妙的技巧和熟练的笔墨功夫，是很难取得如此效果的。这是洋为中用、国画创新的最好例证之一。"（见《元气淋漓障犹湿 真宰上诉天应泣》一文）

（四）采用独特的方式画山水

一是运用泼墨画山水，如：《孤山帆影》。二是首创采用四川浅褐色手纸画黄山，如《黄山组图之一至十二》，效果类似古画。完全用水墨勾勒皴擦景物形象，但取景构图具有现代感，看上去清新雅致。

第七，人物形象生动，惟妙惟肖

姚治华在中央美术学院学习期间，一年级在版画系学习，从二年级转入中国画系后专攻人物画，师从叶浅予、蒋兆和等名师。叶浅予任中国画系主任期间，强调临摹、速写与创作三位一体的教学理念。姚治华曾三赴敦煌、三赴永乐宫临摹壁画，学习绘画优良传统。一次是他学习期间，老师带他和同学实习，后两次是作为老师带学生实习。他曾谈到在敦煌临摹壁画时，由于洞窟潮湿无阳光，很阴冷，在洞内临摹一段时间后就得到洞外晒晒太阳。他的人物画中就有临摹敦煌壁画和永乐宫壁画的作品。他外出采风体验生活期间，画了大量的速写，根据速写积累的大量素材，创作了许多形象生动的人物画。叶浅予曾说："姚治华的速写画得很好很生动，人物动态抓得好，处理场面和关系不错，集贸市场（陕西乾县）很丰富，大集市难处理，他处理得不错。在生活速写中练基本功很重要。"

在他的精品画集中，也收入了不少人物画佳作，大致分为四类。

（一）表现领袖人物和国际友人革命精神的作品

《更喜岷山千里雪》和《而今迈步从头越》刻画了领袖人物在长征途中乐观主义和浪漫主义的革命精神，虽经千山万水和艰难险阻，但对革命前途充满了必胜的信心。前者画面用简洁明快的笔触营造了高耸入云的雪山环境，突出了人物的光辉形象。这两幅画作受到了行家和观众的赞赏。"在以毛主席词句'更喜岷山千里雪'为题的画里，不仅毛主席和周总理的相貌及人的神情都画得真切动人，而且对这两位伟人关系的处理也十分贴切。"（原中

《更喜岷山千里雪》

国美协理事《美术》杂志主编华夏 2010 年 9 月 6 日在姚治华艺术研讨沙龙座谈会上的书面发言）。文化部原副部长陈昌本 2010 年 10 月 30 日看了《姚治华画集》上下两册以后，高兴地对姚治华说："画领袖的两幅画（指《更喜岷山千里雪》和《而今迈步从头越》）很精彩，领袖形象很传神，构图也好，可以看出你的功底。"10 月 31 日陈昌本和劳沫之通电话时，又以赞赏的口吻说："他的领袖人物既传神，人物关系的处理，远景和近景的处理也恰到好处。"1973 年，姚治华曾赴河北石家庄白求恩纪念馆，以白求恩和柯棣华为题材作画。《跃马百里救伤员》正是根据当时积累的素材，于 1989 年创作的。画面中栩栩如生地将白求恩不辞辛劳、完全忘我、一心为了救伤员的国际主义精神展现在观众面前。《雨夜出诊》刻画了印度大夫柯棣华得知需急救的病员，在雪夜顾不上穿好衣服，手拿听诊器急匆匆地朝病人住地奔驰的感人形象。

（二）参加全国美展和大型展览的佳作

《欢乐的火把节》有白描勾线稿和工笔重彩稿两幅。1980 年，姚治华赴四川凉山彝族自治州体验生活，画了大量的人物速写，正好赶上了彝族一年一度的火把节，他满怀激情地将这一盛况描绘在画作中。先是用白描的手法画了一幅火把节的全景图。有斗牛、赛马、摔跤、对歌、跳舞等丰富内容。这幅画参加了当年的全国美展，并收集在北京出版的大型画册之中。1989 年，在这幅画的基础上，截取了其中突出的一段，采用敦煌和永乐宫壁画的形式，以工笔重彩的方法着色，在画面的中心着力表现一群彝族女青年手拉手围着熊熊的火堆载歌载舞的热烈场面。周围的人群有的手持火把在看热闹；画面的右角有四位彝族中年男子手执不同的乐器在弹拉吹唱；画面的左下方约有八九位彝族老者同一位身着中山装的国家干部正举杯畅饮，同庆盛节；还有不少人在拉家常；有的彝族妇女正亲吻怀抱的孩子，有的妇女正在给孩子喂奶，有的妇女身背孩子，都以不同的姿势参加欢庆的活动。画面左上角顶部有一对男女恋人正依偎在一起谈情说爱。整幅画面各种生动表情的人物竟有七八十人之多，可见场面之大，也可见画家刻画人物的功力。这幅工笔重彩画受到广大观众的喜爱可说是理所当然的了。当年加拿大驻中国使馆的一位工作人员曾出资 5000 加元收藏此画，画家却不忍舍弃这幅精品。

《欢乐的火把节》

《战洪峰》作于 1981 年，画家在这幅画的题款中写道："欣闻黄河上游四省区几十万军民同心协力，团结一致，不畏艰险，不怕牺牲，夜以继日，奋力拼搏，终于战胜了新中国成立以来特大洪峰，保卫了亿万人民的生命财产，由此联想起亲身参加和亲眼看见的抗洪斗争壮观景象，心潮澎湃，信笔作画。"画面生动地再现了二十一位军民与洪水搏斗的场景，感人至深。张安治教授对这幅画做了十分中肯的评价："从来是'艺如其人'，治华为湖北人，在考入中央美院以前，就在武汉的抗洪战斗中，参加抢险而立功受奖。他的《战洪峰》虽是在八十年代初有感而作，但其构思、构图，极其生动的人物动态、表情，都带有作者亲身经历的深刻烙印。当然也同时表现了他曾经师承蒋兆和、叶浅予诸教授的技法特色，如笔法的健劲，用墨的挥洒自由，都准确而活泼地体现了对象的质感和明暗的特征，使人物有血有肉，全画很有气势，又富于节奏感。”（见 1987 年中国摄影出版社《姚治华画选》序）。原《美术》杂志主编华夏以赞赏的口吻说：“《战洪峰》是 1981 年为歌颂黄河上游人民战胜洪水而作。所画与洪峰搏斗的景物和人物，走笔挥洒自如，形象生动，是富有感染力的。该画的篇幅较大（192 厘米 ×177 厘米），而竟能在两天之内完成，这除了作画的技巧熟练，还在于作者 1954 年参加过闻名武汉的防洪斗争（抢险中立过功），对此有深入的体会有关。”（见 1992 年人民中国出版社《姚治华山水画选》序）“众多与洪水搏斗的军民，无论在岸上打桩垒沙包，还是在水中搏斗，他们各种奋不顾身与洪水搏斗的精神，都是在简约的点线描绘下形成的。”（见华夏《在姚治华艺术研讨沙龙座谈会上的书面发言》）

《较量》作于 1961 年，着重描绘了水利建设工地上（画面用淡墨淡彩表现的远景红旗招展，劳动大军蜂拥而动）在休息间隙，两位身强力壮的劳动者进行角斗的场面。围观的十六位劳动者，有鼓掌喝彩的，有握拳高喊加油的，大都脸带笑容欢畅地观赏这场角斗。华夏在上述书面发言中对这幅画做了详尽的评述：“又如表现角斗场面的《较量》，虽然是一幅场面较大、人物较多的作品，但作者并未因此使他对人物神情描绘的重视受到影响。尽管这方面的人物较多，但对每个人物神情的描绘并无任何的放松。这幅画是两个小伙子火热地角斗时，招来了众人的围观。作者除了把角斗双方的全身都在使劲的架势绘画得形象逼真外，比如他们的腿脚都像木桩一般，牢牢地扎在地上，还细致地将他们粗大的双臂、嘴、脸和颈部也都画得鼓鼓的，像是使尽浑身解数来拼搏的样子。在围观的群众当中，老老少少的表情都画得很生动。有的看得入神，有的鼓掌欢呼，有的托着下巴边看边思量，谁会是赢家，还有的一边抽烟一边夸奖着谁。非常难得的是，画上所有不同人物的神情都是用很简单的点线随意地画出的，并取得了恰到好处的效果。”

《人人为我 我为人人》（为了集体），画的是一幅中年的街道妇女双手提了很多热水瓶，欢快地迈步向前走，为街道服务社工作人员送水的街道女服务员的形象。主要用白描勾线，略加笔墨渲染的方法刻画人物形象，取得了较好的视觉效果。1960 年参加全国美展后，多家报刊登载，有的杂志还用它做了封面画。

《欢笑洒满青山》作于 1984 年，入选中央美院优秀作品展览。刻画了三位植树造林青山育苗的老农民形象。三位老人穿着服饰和姿势不一，一位双手紧握锄柄，一位手拿微型收音机，一位口衔长杆烟锅，三位老人都笑容满面，不仅表现人物对育苗劳动的热爱，而且对育苗的成绩流露出自豪感。画面的背景极其简单，右上角有用花青渲染的远山和几簇矮小的丛林，左下角有用浓墨和花青点染的松树幼苗，而对三位育苗人则采用雄健有力的线条和浓墨渲染，再涂以淡淡的花青，使人物形象显得十分鲜明突出。

（三）表现黎民百姓奋发向上的精神面貌的作品

《凉山美姑泉》创作于 1981 年。作者在题款之前，引用了一首彝族的山歌：“美姑山泉清，美姑山泉甜，山泉滋润阿妹心，汲水思念引泉人。”接着写道：“1980 年夏，治华赴四川凉山自治州采风写生，虽语言交流困难，但彝族人民的丰富生活从奴隶到成为凉山主人的精神面貌无不感人，凉山人为了新的幸福生活励精图治，乐观热情，处处洋溢着凉山春天的信息，深入美姑河畔，清泉流绕青山。每到傍晚，彝族姑娘聚到泉边，那笑声和歌声真让人陶醉。”画面的左上方几股山泉瀑布直泻美姑河，画的下端占画面三分之一的位置，刻画了六位彝族姑娘动作各不相同、欢快汲水的表情，形象地印证了画家的感受。

《天山瑞雪》，描写三位新疆妇女（其中一位带领孩子骑在毛驴上，两位头顶杂物）不畏严寒，冒着风雪赶路的生动场景。用淡淡的花青渲染出远处的雪山，以简洁的笔墨和扣打的白点营造风雪的环境，突出地表现了人物坚韧不拔的精神面貌。

《青藏路上》，1986年画家游祁连山回青海西宁住处的途中，所见两位牧牛妇女手拿牧牛杆，一头狩犬在前引路，远处有两群牦牛在奔跑。画面的左上角一轮红日喷薄欲出。表现了牧牛女迎着朝阳放牧的情景。弯弯曲曲的道路巧妙地用五六根线条就表现出来了，人物的服饰则涂以浓墨和明亮的色彩，突出了人物的形象和动感。

《东海之滨》

《矿工》，着意刻画了三位身着矿工服、头戴矿工帽、姿势各不相同，但都脸带笑容的年轻矿工的形象，表明他们对矿工这一职业的热爱。

《除夕之夜》，描绘了清洁工为了给大家带来干净的环境，而牺牲个人节日的休息这一崇高的精神。

《抗震救灾》，表现了汶川地震消防员不怕牺牲，冒着生命危险抢救伤员的光辉形象。

《东海之滨》，反映了浙江东海渔民勤奋劳作的画面。

《渔岛小姐妹》，表现了在晒渔网的场地上两个小姐妹认真学习写作业的情景。

其他诸如《洪湖女民兵》以及彝族广播员、彝族中老年人头像的人物肖像画就不一一列举了。

（四）舞蹈戏剧人物和少数民族生活习俗速写式的创作

《春江花月夜》《断桥》，请看徐小斌（著名作家、国家一级编剧）在《谈姚治华先生的绘画艺术》一文中对这两幅作品的点赞：

姚先生的人物画师承叶浅予先生，用笔遒劲有力，用墨挥洒自如，线条韵味十足，具有一种流动的音乐感。

《春江花月夜》在国内外得到很高的评价。

墨与花青融为舞者透明的衣裙，除扇子上淡淡染了些朱膘之外，淡雅的色彩浑然一体，反衬出头饰和粉面朱唇的鲜丽。裙袂飘曳多姿，真有一种飘飘欲仙的意趣。

戏剧人物画《断桥》，捕捉了青蛇欲斩许仙，白蛇阻挡，许仙跌落尘埃的瞬间，造型及用色动静结合，明暗对比，突出了白娘子之美，独妙如神。

其他舞蹈速写式的创作如《万方歌舞庆中华》《飞天舞》《盅碗舞》《延边鼓声》《彝族舞步》《凉山舞步》《非洲鼓声》等作品中所刻画的人物形象可谓惟妙惟肖，使人耳目一新。

《延边春意》，1959年冬，为了给中国军事博物馆创作志愿军赴朝鲜参战的作品，画家亲临延边朝鲜自治州体验生活。一天清晨，目睹朝鲜族妇女披着五颜六色的披肩，背着孩子行进在白桦树丛林中，构成了独特亮丽的风景。画家捕捉到了这一瞬间人物的优美动作，并赋以“延边春意”的主题，不仅含意深，也富有情趣。

第八，古为今用，洋为中用

习近平总书记在文艺座谈会上强调：“中华优秀传统文化是中华民族的精神命脉，是涵养社会主义核心价值观的重要源泉，也是我们在世界文化激荡中站稳脚跟的坚实根基。要结合新的时代条件传承和弘扬中华优秀传统文化，传承和弘扬中华美学精神。我们社会主义文艺要繁荣发展起来，必须认真学习借鉴世界各国人民创造的优秀文艺。只有坚持洋为中用、开拓创新，做到中西合璧、融会贯通，我国文艺才能更好发展繁荣起来。”

2012年9月，姚治华接受《人民日报》海外版记者采访时，谈自己的创作体会，其中重要的一点就是：“要以‘我’为主。”他说：“我觉得中国艺术不能越搞越洋，也不能越搞越古。一定要在扎根于民族的基础上来生根开花，这样的艺术才更能屹立于世界艺术之林。作为一个中国艺术家，其作品应该以数千年中华民族优秀文化为根基，以中华民族文化艺术精神为灵魂，紧跟时代环境，广博容纳，不断追求个人风格与美的创造，真正体现中华民族的传统文化内涵和文化特色。”我认为他的这些体会，在一定程度上是符合习近平总书记上述讲话精神的，在他的实践创作中，既不忘继承中国画的优良传统，又注重吸收西画的精髓。他历来注重学习中国美术史，注重研究历代《画论》，注重研究石涛的《画谱》，注重学习徐悲鸿、黄宾虹、李可染、蒋兆和、叶浅予、石鲁等大家和名家的成功经验。他也注重学习西洋美术史，注重吸收借鉴凡·高、莫奈及许多印象派画家的有益经验，他也推崇日本著名画家加山又造、东山魁夷的画作和创作经验。因此，在他的许多画作中，做到了古为今用、洋为中用，在此前提下，大胆创新，“不断追求个人风格与美的创造”，致使他的作品常画常新，不落俗套和窠臼，而受到广大观众的推崇和喜爱。

姚治华常说他赶上了一个好时代，遇到了一批好老师，在中央美术学院受到了良好的教育，并有机会欣赏中国和外国许多著名画家优秀的艺术品。任教期间，在众多学生的教学实践中得到了充实和提高。从一个“美术兵”成为一名“艺术家”，虽然征程艰难曲折，但在党的领导下，时刻不忘老师的谆谆教诲，一路奋勇向前。在他的艺术生涯中，终于取得了世人瞩目的光辉成就。

劳沫之 中国人民大学新闻学院教授

载 2016 年 1 月 5 日光明网・文化频道

2016 年 1 月 15 日中国网・中国视窗

姚殊的成长

姚殊 1994 年 7 月获得清华大学计算机系软件专业博士学位以后，通过托福和 GRE 考试获得美国伊利诺伊大学厄巴纳 – 香槟分校计算机系工程专业奖学金，于 1995 年 1 月赴美留学。1997 年 12 月，姚殊获硕士研究生学位，由于他不想再攻读博士学位，毕业以后就被微软公司总部录用。从 1998 年 2 月至 2008 年，在微软工作 10 年，任职计算机软件高级工程师。因父母年事已高、体弱多病，身边无子女照顾，遂从微软辞职回到了北京。2013 年，他被上海携程公司聘为顾问，从事旅游软件项目的研究和开发。姚殊现在已成为计算机软件的高级人才。回顾他成长的轨迹，深感各级学校教学组织和老师对他的精心培养和谆谆教诲，使他得以茁壮成长。为了印证各级学校教学组织和老师在姚殊成长中所发挥的作用，并借以感谢各级学校教学组织和老师对姚殊的培养之恩，在此着重按照府学胡同第一小学、北京市第五中学和清华大学三个阶段，仅就我所掌握的部分情况，从侧面叙述其成长过程，以为留念。姚殊的父母虽然均在高等学校任教，但由于忙于本职工作，对教育姚殊所投入的精力颇少，这可说是我的一大憾事。

姚殊出生于 1965 年 11 月 13 日，出生后一直由保姆照料。后来发现其保姆患有癔症，无法继续照料姚殊，且当时正处在“文革”中，难以物色更好的保姆，不得不将年仅两岁两个月的姚殊，全托到九条托儿所。这所托儿所的住房极其简陋，是一座灰色砖瓦结构的平房，孩子活动室的场地，铺的是灰黑色的砖。现在的孩子三四岁自己还不好好吃饭和睡觉，真难以想象，幼小的姚殊在那时就学会了自己吃饭和睡觉。每每想到这里，我内心里总有一种愧疚之感。姚殊三岁半时转入北京市著名的北海幼儿园。这所幼儿园地处北海公园东侧，环境优美，老师常带领孩子到北海公园活动。园内有三座两层的楼房。孩子的活动室和卧室窗明几净，居住条件舒适。这里有从幼教专业毕业的老师，师资质量好，对孩子的教育和生活管理都很规范。六一儿童节，老师组织儿童排练节目，并在表演时常请家长参加。另外，幼儿园还举行各种比赛。记得一次中午午睡起床时组织穿鞋比赛，姚殊穿好鞋领先到达了指定终点。老师还教孩子每次睡觉前，将脱下的衣服叠整齐，放在枕头旁边。直到姚殊成年以后还保持了爱整洁的好习惯。他的书桌、工作间和衣柜等处都经常归置得整洁有序。幼儿园分大、中、小班，根据孩子的不同年龄，安排文化、绘画、讲故事、拼积木、做手工等学习内容。老师还教孩子唱歌跳舞，做游戏，采用多种方式开发孩子的智力。姚殊在这里受到了良好的德、智、

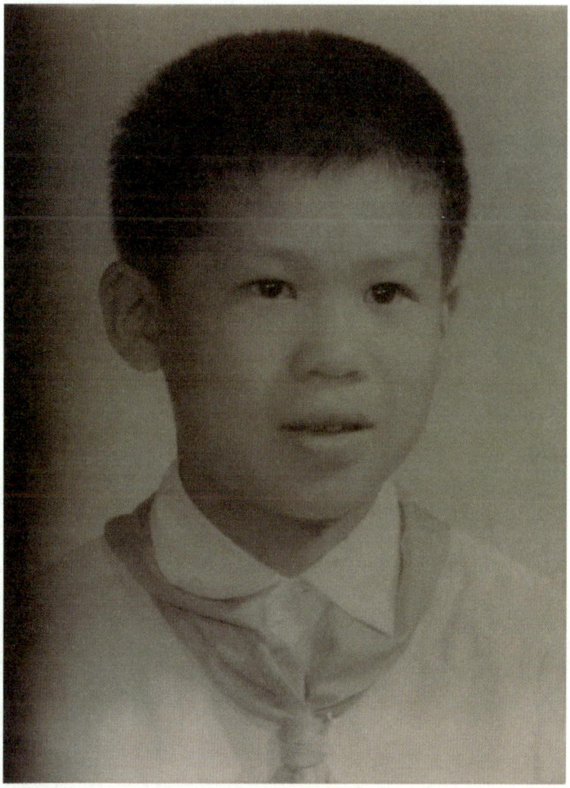

姚殊加入少先队时留影。

体、美全面发展的启蒙教育。

府学胡同第一小学阶段

姚殊在府学胡同第一小学就读五年（当时小学为五年制），从不懂事的孩子，成长为班长（三到五年级均任所在班班长）、少先队（当时叫红小兵）中队长、三好学生标兵、学习毛主席著作积极分子，毕业时，以算术和语文双百的成绩考入北京市第五中学。姚殊的成长同学校领导贯彻德、智、体全面发展的教育方针和采取多种有效的教育方式方法有密切关系，也同他所在班的班主任孙纹绣老师对他的谆谆教诲、不辞辛劳潜心引导有密切关系。孙老师从三年级开始，直到五年级第一学期，要求姚殊每天写日记，孙老师坚持每天批阅姚殊的日记。最近我仔细翻看了姚殊 1975 年至 1977 年的四本日记和五年级部分作文，从中梳理了促进姚殊茁壮成长的十点成功经验。下面我以姚殊的日记（摘编有关部分）和作文为佐证，加以具体阐述。为了节省篇幅，老师对每天日记所写的批阅时间免去，仅留下对日记有批语的记录。

第一，教育学生关心国家大事

孙纹绣老师要求姚殊坚持每天收听新闻广播，坚持每天读报纸，并将重要新闻于每天早读前写在班上的板报上。

（一）坚持每天收听新闻广播

一九七五年七月十三日　星期日　晴

今天我们来到学校做扫除，老师问我听没听新闻，我说没有，老师说星期日也要听新闻。我想老师说得对，不但要星期一、二、三、四、五、六听，星期天也要听，要养成一个习惯。

一九七六年一月九日　星期五　晴

今天我听到一个不幸的消息，我们中国人民伟大无产阶级革命家、我党和国家久经考验的卓越领导人周恩来总理于1月8日早9点57分和我们永别了。我非常难过，但我一定要化悲痛为力量。下面我就说说我的计划：每天认真听广播看报纸，关心国家大事；认真学习毛主席著作，学好社会主义文化课；现在要好好复习功课，使期末有好成绩向党中央毛主席汇报，还要积极参加“埋葬帝修反”的斗争。

一月十七日　星期六　晴

今天我们新闻组早上没有出新闻，这是不对的，我们没有出新闻，同学就不能及时看到新闻知道国家大事，那些不爱听广播和看报纸的同学也就不能知道国家大事了。今后我一定要及时出新闻，让同学早知道新闻。

三月十六日　星期二　晴

今天一到校我又和王欲红一块出新闻。今天的新闻是老挝党政代表团由凯山·丰威汉同志率领来我国访问到达北京，党和国家领导人华国锋等到机场迎接。……老挝党政代表团这次访问将会使中老两国的友谊万古长青。今后我一定要坚持听时事广播，然后到学校去写出来，让同学们都知道国家大事。

老师批语：这两天的日记都是记你关心集体的事，望你在行动上表现出来。

三月二十六日　星期五　晴

今天我又没有出新闻，这是不对的。我口头上说是坚持出，可是没有落实在行动上，那就成了“口头革命派”了。我一定要说到做到，不做“口头革命派”，坚持出新闻，让同学们早知道新闻。

一九七七年七月二十二日　星期五　阴

八点钟收音机里传来了十届三中全会胜利召开了的振奋人心的喜讯，会上华主席党中央做出恢复邓小平职务的决定 ，还做出了永远开除王、张、江、姚“四人帮”党籍和撤销其党内外一切职务的决定，特别是做出了追认华国锋同志为中共中央主席、中央军委主席的决定，会议还通过了提前召开十一大的决议，并把王、张、江、姚“四人帮”反党集团列为党的第十一次路线斗争。这真是大得人心大快人心，我坚决拥护这些决定，并热烈欢庆十届三中全会的胜利召开，我决心一定要紧跟领袖华主席将革命进行到底。

七月二十九日　星期五　晴

今天我听了广播，美国以及一些资本主义国家和我国的一些比较，一比不要紧，我国的经济工业生产都太落后了，一比就觉得落后了一个时代。这都是“四人帮”给搞的，这笔账只能算在“四人帮”身上，这更需要我们加紧努力学好文化，为赶上和超过世界先进水平而努力奋斗。

（二）坚持每天读报纸

一九七五年五月二日　星期五　晴

今天我在看报的时候，看到一个好消息，西贡解放了，这真是振奋人心，这充分显示了越南人民的力量，这也证实了毛主席“小国能打败大国，弱国能打败强国”的指示，这真是一次具有世界意义的胜利。

五月八日　星期四　晴

今天我在报纸上看到有一批解放军复员军人立志到农村干革命，他们学习了无产阶级专政理论以后，思想有了深刻变化，申请不回城市，去农村干一辈子革命，他们有的去革命老根据地井冈山，有的去陕北扎根农村干革命，有的去西藏边疆安家落户，这种共产主义精神是值得我们学习的。

一九七七年五月七日　星期六　晴

今天我在报纸上看到了我们英明的领袖华主席视察唐山市，我的心里充满了对华主席的无限敬佩和热爱。连日来华主席先后视察了东北、河北等地，通过这些说明华主席和人民心连心，人民和华主席亲又亲。我一定要听从华主席党中央的指挥，落实抓纲治国的战略决策，我相信在华主席领导下一定会把我国建设得更好。

十一月一日　星期二　晴

今天报纸上发表了《毛主席关于三个世界划分的理论是对马克思列宁主义的重大贡献》，我认真学习了这篇文章，毛主席发表三个世界的划分是正确的，是对马克思主义列宁主义的重大贡献，但是阿尔巴尼亚却反对，我们一定要坚决捍卫毛主席的伟大旗帜。

第二，教育学生热爱党和毛主席，热爱卓越的无产阶级革命家，热爱社会主义国家

孙纹绣老师要求姚姝认真学习毛主席著作，长大后继承老一辈开创的革命事业，做革命事业的接班人。

（一）热爱党和毛主席

一九七五年六月三十日　星期一　晴

为了庆祝七一党的生日，我写了一首庆祝七一的儿歌，是这样的：

1921 年的七一，毛主席参加把党来建立。革命先烈举红旗，为的是实现共产主义。今天我们庆七一，要永远跟随毛主席。钢铁工人庆七一，奋发图

强炼好钢。农民伯伯庆七一，学习大寨多打粮。解放军叔叔庆七一，提高警惕保国防。红小兵庆七一，为革命上好社会主义文化课。

一九七七年七月一日　星期五　晴

今天是党的生日，中国共产党成立已经有五十六周年了。我们的党在毛主席的领导下历尽了千辛万苦，克服了重重困难，经历了多次考验，也经历了十一次路线斗争和同“四人帮”的斗争，取得了新民主主义革命和社会主义革命的伟大胜利，成为一个伟大光荣正确的党，这都靠毛主席的好领导。去年十月，毛主席的好接班人英明领袖华主席又力挽狂澜揪出了王、张、江姚“四人帮”，挽救了革命，挽救了党，使我们党没有变修，没有出现像苏联那样的悲剧。我一定要紧跟领袖华主席，听党的话，永远向前进。

八月二十一日　星期日　晴

锣鼓喧天鞭炮响，八亿人民心欢畅。中国共产党第十一次代表大会和十一届一中全会胜利召开了，全国人民都沉浸在无比欢乐之中，人们纷纷走上街头游行庆祝，我们小学生也进行了游行。在这次历史性的会议上，华主席做了政治报告，叶副主席做了修正党章的报告，并选出了新的中央委员会。这是我国人民在政治生活当中的一件大事，我一定要认真学习公报，武装自己的头脑。

八月二十二日　星期一　晴

今天我们学校开了庆祝党的第十一次代表大会和十一届一中全会大会，在会上同学和老师的代表都发了言。这次会议是在华主席主持下召开的，是一次团结胜利的大会。华主席在政治报告中说我国第一次无产阶级专政就以粉碎“四人帮”为标志胜利结束了。华主席的政治报告是一篇贯穿着毛泽东思想的纲领性文献。有华主席、叶剑英、邓小平、李先念、汪东兴副主席，有了这些坚强的富有斗争经验的在群众中享有威信的领导核心，就一定能把我们党我们国家我们军队建设得更好。

一九七五年十二月二十六日 星期五 晴

今天是毛主席八十二岁的生日，我首先祝毛主席他老人家健康长寿。多少年来，毛主席领导中国革命取得了一个又一个的胜利。他老人家日日夜夜都在为中国革命和世界革命花费心血，他真是中国人民的大救星。我一定要认真听毛主席的话，照着他老人家说的话去做，做一个毛主席的好孩子。

一九七六年三月五日 星期五 晴

今天是毛主席为雷锋叔叔光辉题词发表十三周年纪念日，上午学校开了大会，我代表红小兵发了言。我一定要学习雷锋叔叔他那爱憎分明的革命立场和他那艰苦朴素的革命作风，全心全意地为人民服务，做一名人民的勤务员。

一九七七年八月二十八日 星期日 晴

今天，我们全家来到伟大的领袖和导师毛泽东主席纪念堂，观看了纪念堂外围并照相留念。纪念堂建得非常雄伟壮丽，这都是纪念堂工地工人们怀着无比怀念毛主席的心情拼命干出来的。这是华主席党中央的决定，这是让我们世世代代都能够瞻仰毛主席遗容。我们一定要继承毛主席的遗志，把毛主席开创的无产阶级革命事业进行到底。

九月九日 星期五 阴转晴

今天是伟大的领袖和导师毛主席逝世整整一周年，中共中央国务院中央军委人大常务委员会政协委员会，在伟大的领袖毛主席纪念堂前举行了纪念大会和毛主席纪念堂落成典礼。在去年的今天，我们失去了伟大领袖毛主席，我们心欲碎、泪纷飞，忧心忡忡。去年十月，华主席继承毛主席的遗志，一举粉碎了“四人帮”。现在我们纪念毛主席，缅怀他老人家的丰功伟绩，更激起我们对毛主席的无限热爱和深切怀念。我们一定要继承毛主席的遗志，学好文化知识，为把我国建设成为社会主义强国而奋斗！

九月十日　星期六　晴

今天我和妈妈来到历史博物馆观看了关于毛主席的画展和毛主席的照片展览。看完后，我们来到天安门广场看了各个单位为纪念毛主席逝世一周年送的花圈，看完后我很受感动，决心继承毛主席的遗志做革命事业的接班人。

姚殊五年级的作文：

纪念毛主席逝世一周年

毛主席是各族人民的大救星，没有毛主席就没有我的一切。我点点滴滴的进步都离不开毛泽东思想的哺育。在那“文化大革命”的日日夜夜里，我经常凝视着一张照片想着出神，这是一张有些黄了的照片。那是爸爸1955年参加全国建设社会主义积极分子大会，毛主席会见全体代表时，和全体代表的合影。我觉得这是爸爸一生中最大的幸福，自己也常有一个美好的希望，有时做梦也在想：“这个生长在毛主席身边的少年儿童，哪一天能见到毛主席，哪怕是一分一秒也好呀，这也是幸福啊，我盼望着、等待着……”不料，啊，一九七六年的九月九日，一个极大的不幸传来。伟大领袖毛主席逝世了，我简直不相信自己的耳朵；把讣告听了一遍又一遍，从那时起我就决心把毛主席的遗志来继承。

啊！今年的九月九日，这悲痛的日子又来到了，我们来到了刚刚建成的毛泽东主席纪念堂 。毛主席啊！从一九二一年建党到秋收起义，从八年抗日战争到三年解放战争，从一九四九年中国人民站起来，中国人民的每一个胜利都离不开毛主席的指引，现在每当我想起毛主席的谆谆教导身上就有无穷的力量。我就决心要化悲痛为力量，学好文化知识，长大为人民服务。毛主席您给我们选定了英明领袖华主席。毛主席！您放心吧，“四人帮”已经粉碎了，您开辟的道路后继有人，华主席能够继承您的遗志，把无产阶级革命事业进行到底！

老师给这篇作文的成绩判了“优”。评语是：写出自己的感情，层次清楚，内容安排得较好。

向雷锋叔叔学习

随着“嘣嘣”的声音，我正欢快地走到楼下去玩，嘴里还不时地哼着歌。当我走到三层时，突然，一股臭味扑鼻而来，停住一看，原来是一些垃圾在垃圾箱外散发着臭气，我连忙捂着鼻子往下跑去。

这时，我猛然想起了有一件事还没有完成，“因为今天是伟大领袖毛主席为雷锋叔叔题词发表十四周年纪念日，团市委号召我们青少年每人做一件对人民有益的好事，到底做什么呢？”我闷闷地想着，这时，我想到“楼道这样脏，每天都要有许多人走，他们要都是在这样的环境里经过多不卫生呀？对！我应该把楼道打扫干净，使别人在干净的环境中行走”。我又马上跑回家，拿上笤帚和簸箕高高兴兴地扫了起来。过了一会，院里的一个小孩走了过来，他看见我在扫地便说：“咳，扫它呢，又脏又累，有着工夫玩一会去多好哇。”的确，我也确实有些累了，想玩一会不扫了，正在这时我想起了雷锋叔叔帮助一位老奶奶找儿子的事情，对！为人民服务应该服务到底。想到这，我又埋头扫了起来，把什么苦呀累呀都忘得一干二净，可是那个小孩却等急了，便问道：“你到底去不去玩？”啊，这时我才想起来了，连忙说：“你先去吧，等我扫完了再说。”过了一会，我终于扫完了，望着干干净净的楼道，我的心是多么高兴呀，因为我为人民做了一件有益的事。

老师给这篇作文的成绩为“优”，评语为：选词造句较好，句子通顺，书写整齐，练习分段。

记红五月歌咏比赛活动

时针指向了两点，闹钟把我从睡梦中惊醒了。我连忙向学校走去。走着走着，想起了红五月歌咏比赛的事情，为纪念毛主席在延安文艺座谈会上的讲话发表三十五周年，北京市号召中学生和小学生进行一次歌咏活动，学校把会演的任务交给了我们，为了更好地完成任务我们就得加紧练习。我这样想着走着，不时加快着脚步来到了学校。

宽敞的校园里听到的只是嘹亮的歌声，清脆的钢琴声和小鸟的吱叫声，那小鸟好像是在说：“唱得好，唱得好！”天气虽然很热，但同学们还是在精神饱满地唱着，可前几天唱的要和现在唱的比起来差距可就大了，那我们现在为什么唱好了呢，说起来还有一段转变过程呢。前几天因为我们对唱歌的目的不够明确，还有由于过去有许多音乐的基本知识不会，更不会保护嗓子，所以歌唱得不是音调不准，就是没有感情。说句不好听的话吧，有些同学唱的，真有点像敲破锣的声音一样。后来我们对唱歌的目的明确了，再加上老师的多次辅导和同学们的努力，我们的歌终于唱得好了。

“我们今天为革命而努力学习，明天要像海燕一样，迎着暴风雨，勇敢飞翔……”这歌声象征着我们为革命而努力学习的坚强决心。每当我唱到这就想道：“长大了我可能去工厂手拿钢钎做一名钢铁工人，为祖国多出钢铁；也可能我长大了去农村，开上拖拉机，为普及大寨县贡献力量；还可能我手握钢枪，保卫着祖国的边疆。这一切的一切都需要我们啊，这些都迫切地要求我们现在努力学习文化，长大为实现共产主义而奋斗。”

老师给这篇作文的成绩判为“优”，评语为：能够记这次活动，记叙清楚，有的形容词用得较好。

（二）热爱卓越的无产阶级革命家

一九七六年一月十二日 星期一 晴

今天我校召开了向周恩来同志遗像告别的大会，我怀着极其沉痛的心情走进学校的礼堂，顿时一种严肃的场面出现在我面前。礼堂讲台的中央上方挂着我们敬爱的周总理遗像，下面是我校全体师生献的花圈。默哀时，我静静地想，敬爱的周总理，您安息吧，我们毛主席的红小兵和全国人民一道，将完成您未完成的事业。通过开这次会使我更加剧了对我们敬爱的周总理的衷心爱戴，您虽然逝世了，但您那种为革命英勇奋斗、鞠躬尽瘁的革命精神将永远在我们心里扎根，我们一定要向您学习，学习您的革命精神。我决心要化悲痛为力量，像周总理那样，把自己毕生的精力贡献给伟大的社会主义祖国。我还要认真学习马列及毛主席著作，认真上好社会主义文化课，做到德、智、体全面发展。

老师的批语：要以实际行动悼念我们敬爱的周总理。

姚殊五年级的作文：

幸 福

谁都有真正的幸福，人与人的幸福也是各不相同，我的幸福是见到敬爱的周总理那回。

那时我刚上一年级，有一天晚上，妈妈带我去看乒乓球赛，来到了首都体育馆。体育馆里灯火通明，座位上坐满了看球的人们，我正等待着球赛开始，忽听坐在我旁边的人说：“今天可能有中央首长要来观看球赛。”“到底是哪位首长呢？”听了那人的话我就猜了起来。这时体育馆的灯更亮了，人们忽然都鼓起掌来，“首长来啦！”有人喊起来，我站起来一看，啊！在主席台上出现了一位身材魁梧和蔼可亲的人，他就是我们敬爱的周总理。周总理和我们一块看球赛来啦！我多么高兴呀，我的心情特别激动。这时的心情真比吃了蜜还甜，我也顾不上看球了，望着主席台把周总理看了个够。过了一会儿，我的喜悦有些消逝了，因为我看到周总理和蔼的脸庞显得消瘦了，这都是他老人家坚决贯彻执行毛主席的革命路线，日夜为国内外大事而劳累的呀。这时，我多么想和周总理说句话，让他多休息一会儿呀。球赛结束了，我看着周总理退了场，那时的高兴心情是无法形容的。现在每当我想起那次见到周总理的情形，我的心里就感到特别高兴，那是我一生中最幸福的时刻。

我们敬爱的周总理于一九七六年一月八日和我们永别了，但他那光辉的形象永远活在我们心中。现在我一想到见到周总理的情形，一想到周总理在四届人大会上提出实现四个现代化的宏伟目标，一想到周总理的革命遗志正等待我们去继承，我的身上就有使不完的力量，我们一定要努力学习文化知识，为实现四个现代化贡献力量。

老师给这篇作文的成绩判为“优”，评语是：能通过具体事写出自己的幸福，有的句式很好。

一九七五年四月四日　星期五　晴

今天我在报纸上看到一个不幸的消息，中国共产党的创始人之一、党和国家的卓越领导人董必武同志逝世了。我很沉痛，我要像报纸上说的那样，向董必武同志学习，听毛主席的话，长大接好革命的班。

一九七七年七月五日 星期二 雨

今天我们听了录音，介绍了伟大的无产阶级革命家朱德委员长的生平事迹。朱委员长很早就参加了孙中山先生所领导的辛亥革命，后来又寻找中国共产党，坚持对敌斗争，在紧要关头灵活机动，表现了机智勇敢的精神。朱委员长跟着毛主席转战南北历经千辛万苦，做出了不可磨灭的功绩，为我们打下了美好江山。朱委员长的革命精神是我学习的榜样，我还要学习朱委员长机智勇敢的精神，继承老一辈革命家的遗志将革命进行到底。

七月十四日 星期四 晴

今天的报纸上发表了叶副主席七律诗《八十书怀》，在诗篇里，叶副主席还决心要拼命干革命，叶副主席这样大年纪还要继续革命，我们更要好好学习长大干革命。我一定要向叶帅学习，长大接好革命班。

七月十九日 星期二 晴

今天吃过晚饭，就听见大门口传来鞭炮声，我赶快跑去一看，只见许多人正在贴标语，再一看标语，我不禁脱口而出："邓小平同志出来工作啦。"那标语上写着："坚决拥护热烈欢呼中共中央决定邓小平同志任中共中央副主席、中央军委副主席、国务院副总理、中国人民解放军总参谋长。"我多么高兴呀，这是我们盼望已久的事情，现在在华主席的领导下终于实现了。我坚决拥护中共中央这一决定。

（三）热爱社会主义国家

一九七五年五月七日 星期三 晴

今天我们来到陶然亭公园做军事游戏，来到这里我们先进行了操训，然后做了抓特务的游戏。我想我们每个人都要有敌情观念，也要像一个抓特务的样子，不能想我们是到这里玩的。这次军事游戏，使我们从小就懂得提高警惕，保卫祖国。

五月二十二日　星期四　晴

今天学校请大夫给我打了乙脑的预防针。只有在新社会我们还都没有得病，党和毛主席就派大夫给我们打预防针。要是在旧社会，早就没命了。我们在红旗下长大，我们不能忘记旧社会的苦、新社会的甜。

六月一日　星期日　晴

今天是六一国际儿童节，我在中山公园参加了游园活动。我们新中国的少年儿童在自己的节日里可以愉快地过节。可是在许多国家劳动人民的子女过节不能游园，不能看电影，连饭也吃不饱啊！我们生长在党的怀抱中是多么幸福啊！

六月二十七日　星期五　晴

今天口腔科的大夫又给我和我们班的几个同学治了牙，这是党和毛主席对我们少年儿童的关怀。在过去，贫下中农的子女哪有钱治牙呀，牙坏了就只好坏了。可是现在，我们的牙只要有坏的，医生就亲自到我们学校给我们治坏牙。这充分说明了我们生长在社会主义国家的幸福。

老师6月28日批阅，并写了批语：旧社会不仅牙坏了不能去治，就是病得要死，也没钱去治，只好等着含恨死去。

一九七七年八月五日　星期五　晴

今天我和孙文胜来到了陶然亭公园，进行了游园。我们刚一进公园，首先就被公园里像糖一样白的雪山吸引住了。我们迅速跑了上去，沿着曲曲弯弯的小道，这小道很是艰难，稍微不注意就会掉下去，往下看看也是很害怕，爬到半山腰我就不想爬了。可是我想当年红军爬雪山比这不知难多少倍，这点艰难算什么，这样我就爬了上去。通过这次活动更使我想到了当年毛主席率领解放军打江山的不容易，更知道了新社会的甜。我一定不忘阶级苦，牢记血泪仇，让我们的红色江山永不变色。

一九七六年一月一日　星期四

今天是一九七六年的第一天，又是元旦，我一天吃的是鸡鸭鱼肉，玩的是鞭炮，穿的是新衣裳。可在那暗无天日的旧社会劳动人民哪能这样幸福啊！旧社会，劳动人民过元旦地主来逼债，吃的是野菜。这新旧社会的对比，越比越觉得我们今天幸福，越比越觉得我们更加不能忘记旧社会的苦。

一月三十日　星期五　晴

今天是大年三十，我们可以欢欢喜喜地过年，吃的穿的玩的都很好。我们的祖国欣欣向荣，不断地前进，我们新中国的少年儿童就好比是朵朵向阳花，也在幸福地成长。

姚殊五年级的作文：

欢度国庆

一九七七年，我们伟大的祖国迎来了粉碎“四人帮”后的第一个国庆佳节。我们伟大的祖国以战斗的姿态胜利地踏进了第二十八个年头。我们现在的祖国啊！各条战线捷报频传，工农业生产飞速发展。你看那，一块块大寨田果实饱满，一个个工厂热火朝天，一张张喜报满载着胜利的果实飞向北京，今年国庆的大好形势，与以往有着特殊的意义。

十月一日，当太阳刚刚升起，首都的北京就披上了节日盛装，天安门广场更加雄伟壮丽。入夜，广场上灯火齐明，松树上披挂着节日的彩灯，参加晚会的人们穿着节日盛装，手拿花束彩带成群结队地涌向天安门广场。晚上八点，灯光更亮了。在雄壮的《东方红》乐曲声中，华主席健步登上天安门城楼，顿时，口号声、欢呼声响成一片，经久不息。这时，北京的夜空节日的礼花腾空竞放，五彩缤纷，争相开放组成了各种图案，天空的礼花在探照灯中飞舞。地上的人们也欢快起舞，表达对毛主席、华主席的无限热爱。

此时此刻，我仰望着天安门城楼，脑海里又浮现起一九四九年十月一日毛主席在天安门城楼上向全世界庄严宣告"中华人民共和国成立了"的情景，想起了秋收起义，南昌起义，二万五千里长征，八年抗日战争，三年解放战争和为了人类的解放、为了打下我们红色江山而牺牲的老一辈无产阶级革命家。此时此刻，我又不禁想起毛主席亲自选定的接班人华主席为使我们红色江山不变颜色而英明果断地行动，国庆啊，今天的国庆是多么不容易啊。这时第二次礼花又腾空而起，让我们为庆祝粉碎"四人帮"，为庆祝十一大的胜利召开，为庆祝中华人民共和国成立而欢快起舞、热情歌唱吧……

老师给这篇作文判的成绩为"优"。

（四）认真学习毛主席著作

一九七五年五月十九日　星期一　晴

今天我改完了学习毛主席著作心得体会以后，我先开始没抄，因为没有纸，得等妈妈回来才能抄，我就先去对门看电视了。等妈妈回来已经是晚上九点多了，还抄不抄呢？我又犹豫起来，对！要抄。我暗暗下了决心，然后我就抄了起来。

五月二十八日　星期三　晴

今天上课时，杨海燕写着字，钢笔没有水了。她向我借，我一看我的钢笔墨水也不多了，这时毛主席“关心他人比关心自己为重”的教导在我耳边响起，我想：对！应该按照毛主席的教导去做。然后，我就借给她了。

七月十七日　星期四　晴

今天我们三年级全体同学开了学习毛主席著作心得体会经验交流会，在会上我发了言。我虽发了言，但不能就算完了，我还要继续学习毛主席语录，学了就照着去做。

一九七六年六月二日　星期三　晴

今天我和我们院里的小孩打架来着，这是不符合毛主席教导的，毛主席说：“不打人，不骂人。”我没有按照毛主席说的话去做是不对的，今后我一定要说了就做，并改掉打人的坏毛病。

一九七七年六月二十五日　星期六　雨

今天老师找我谈了话，让我把学习班办好，认真学习毛主席著作，争取在九月九日之前学完《毛泽东选集》第五卷。另外我还要帮助小组同学学好文化。今天我们的学习班就上得很好，每个人都做完了作业，然后学习了《毛泽东选集》第五卷中《反对官僚主义命令主义和违法乱纪》一文。回到家里，我又学习了《批判大汉族主义》这篇著作，今后我们一定要坚持。

老师阅后批语：好。

六月二十九日　星期三　阴

今天我学了《毛泽东选集》第五卷中的一些毛主席著作，学完了毛主席著作就觉得心里特别亮堂，懂得了许多过去不懂的东西；学完了毛主席著作才觉得，自己的知识太渺小太少，这就更应该好好学习毛主席著作。另外，我还看到毛主席写的文章都特别好，内容丰富非常有味。毛主席所以有这样的学问，都是从小刻苦学习的结果，这也教育我们现在应该努力学习，今后我一定要坚持学习毛主席著作。

八月十四日　星期日　雨

一个星期过去了又一个星期来临了，在上一个星期里我都做了些什么呢？下面我就总结一下：

这个星期我通读完了《毛泽东选集》第五卷，暑假作业也完成了本星期应该完成的学习任务，积极参加了向阳院（注：中国人民大学家属委员会办的课外活动站）一切政治活动，并能够听从辅导员指挥；积极参加了学习班，就是有时爱说话，有时做作业比较粗心不认真。在下星期里，我要继续通读《毛泽东选集》第一卷，认真完成作业，把暑假活动搞好。

姚殊五年级的作文：

学习白求恩同志对工作精益求精的精神把工作做好

——学习《纪念白求恩》一文的心得体会

学习了毛主席著作的《纪念白求恩》一文后，我觉得特别受教育，白求恩同志高尚的国际主义精神和共产主义风格深深地感染了我。

白求恩同志为了帮助中国的抗日战争，拒绝了让他到英国皇家医院当医生的高级工作，毅然离开自己的家乡不远万里来到中国，为中国的抗日战争做出了贡献，白求恩同志对工作总是精益求精，一丝不苟。比如有一次白求恩同志看见台阶少了一层，有一个医生因为急于去看病一步就迈上去了，这时白求恩同志就把那个医生叫住了问他："你过去了伤员能过去吗？"这个医生这才明白了，马上和白求恩医生一起找了一块石头把这层台阶填上了。毛主席在《纪念白求恩》这篇著作中高度地赞扬了白求恩同志说："白求恩同志毫不利己专门利人的精神，表现在他对工作的极端的负责任，对同志对人民的极端的热忱。"

在《纪念白求恩》这篇著作里，毛主席还尖锐地批评了那些对工作不负责任、自私自利的人。我原来对工作就是拈轻怕重不负责任，比如有一次老师让我发篇子，我因为想出去玩，所以刚发了几张我就分给了别人，自己出去玩了，这都是我对工作拈轻怕重不负责任的表现。学习了《纪念白求恩》就好像毛主席的话是针对我说的。从那以后，我就决心对工作认真负责。比如老师把负责同学早读的工作交给了我，有一次我来到学校出了早读题，一看有几个同学正围在一块议论着看电影的事，我看挺好玩就也想听听，正在这时白求恩同志对工作认真负责的精神闪现在我的面前，对！应该对工作负责任，这样我就上前劝他们让他们早读去了。

毛主席说："一个人能力有大小，但只要有这点精神，就是一个高尚的人，一个纯粹的人，一个有道德的人，一个脱离了低级趣味的人，一个有益于人民的人。"我一定要牢记毛主席的教导，学习白求恩同志对工作认真负责的精神，做一个有益于人民的人。

老师给这篇作文判的成绩为"优"，评语是：能够写出自己的心得。比较具体。

第三，培养学生的集体主义精神

孙纹绣老师要求姚殊树立集体主义观念，关心集体，爱护同学，帮助同学齐进步。

（一）树立集体主义观念，关心集体

一九七五年五月十五日　星期四　晴

今天的体育课，什么都不做，就有一个任务，就是铲土，同学们干得都很欢。女生，老师让她们去跳皮筋。男生，老师就让我们去铲土，因为男生劲大女生劲小。我干了一会，就觉得胳膊很酸，我想歇一会别干了反正我是胳膊酸。可是又一想修操场本来我们三年级就不参加，现在有机会让我们参加，我们还不为集体出一把力。干还是不干呢？思想上展开了激烈的斗争，对，一定要干，然后我又高兴地干了起来。

老师 5 月 16 日批阅，批语是：对！应该干下去。

七月二十三日　星期三　晴

今天老师带我们到美术馆看了展览，展览里有年画、儿童画和摄影，我非常爱看，我也要多画画多练习，使我的画画技术逐渐提高，到那时可以为班里和学校出板报。

一九七六年三月十五日　星期一　晴

今天学校开校会点了一些排路队好的班，我们班没有点，这说明我们班的路队还不太好。当点哪班有迟到现象时，却点了我们班，这说明我们班在遵守学校十条中的两条不太好，这也和我做思想工作有联系，平时没有和同学谈心。今后我一定要多做同学的思想工作，协助老师把班里工作做好。

三月十八日　星期四　晴

今天我们初中班的中队委参加了初二年级的现场批判会，开完会以后，我们参观了初二年级专栏和板报，他们布置得很好，思想性很强，可是我们班的板报却非要老师提醒，请大哥哥大姐姐来帮助写，今后我一定要把这个事抓起来，督促同学出，把班里的专栏和黑板报搞起来。

三月二十一日　星期日　晴

今天是第四周的最后一天，在这周里，我们参观了四川大邑《收租院》泥塑展览。开学已经将近一个月了，班里工作都有进展，纪律也一天天地好起来，我们和老师的关系更密切了。在下星期里，我一定要协助老师把班里工作搞得更好。

老师批语：把字写整齐。

三月二十四日　星期三　晴

今天上珠算课时，我们班里很闹，课任老师批评了我们，说我们班是四年级里的最不好的一个班。我们不能甘心落后，我们一定要赶上去，我一定要多多帮助同学，找同学谈心，把班里工作做好，把纪律促上去。

三月二十七日　星期六　晴

今天我校三、四、五年级进行了队列比赛，我们班也参加了队列比赛。我们按照顺序从头到尾做了一遍，别的班有许多优点值得我们学习。这次队列比赛是为了加强同学们的纪律性。我们在今后的排队站队时都要像今天比赛这样整齐，保持先进班集体的荣誉。

一九七七年六月三日　星期五　晴

今天我们小队练节目，练到很晚才回家，在练的过程中有一件事很值得注意。刘彤和杨蕙先把张瑞霞的辫子揪着玩，然后刘彤和杨蕙还乐，张瑞霞特别不高兴。这就是把自己的欢乐建立在别人的痛苦上。目前我班许多女生都爱欺负张瑞霞，这是一种坏现象，我们要坚决反对。

老师批语：你反映得好。

六月二十八日　星期二　晴

今天是我们组做扫除，做完了扫除，我看见还有许多同学正等着背桌椅，可背的人又很少，所以他们就在等着。我开始却没把这些放在眼里，只是催着组里的人快走，可后来我想我应该去帮着背，减轻别的同学的负担，想到这我就帮助背了起来。

老师批语：你主动找工作做，这是关心集体的表现。

八月四日　星期四　晴

今天我看了《长空比翼》的电影，在影片中有一个名叫张雷的飞行员，他的任务本来是当僚机，但他没有尽到责任而自己去打敌机，致使长机负责这次战斗没有打好，这是他有个人主义，没有想到集体。后来在同志们帮助下改正了缺点，成了一个好飞行员。我也要随时克服个人主义，多从集体的利益着想。

十月二十八日　星期五　晴

今天我帮助还没有通过体育锻炼标准的同学测验，我开始想，我都通过了，为什么还管别的同学呢，我应该回家去写作业不管他们了。可我又一想，通过体育锻炼标准是大家的事情，也是我们班集体的事情，这样我又帮助测了起来。

十二月四日　星期日　晴

今天我看了故事影片《龙马精神》，影片中的韩芒种给我的印象最为深刻，他没有私心杂念，一心想着集体，自己的东西什么都舍得，可是谁要破坏集体他却坚决不答应。我一定要向韩芒种学习，热爱集体。

十二月十六五　星期六　晴

冬天已经来到了，北风呼呼地刮着，我正在给学校出着板报，手都快冻僵了。我便有些不想写了，可又一想，这是我的任务，所以我就又写了起来，最后终于写完了。

（二）爱护同学，帮助同学齐进步

一九七五年四月二日　星期三　晴

今天我拿着水碗去喝水，水只有一点点了。这时刘可人拿着水碗也来喝水了。于是我并没有自己接了喝，而是把仅有的一点水让给刘可人了。这是为什么呢？因为我想到的不是自己而是同学，今后我一定要关心和爱护同学。

老师看后批语：这是好品质，是按毛主席“关心他人比关心自己为重”的教导做的。

四月十三日　星期日　晴

今天下午，我在外边玩的时候，看见陈万刚和他姐姐正忙着给他们家种的东西浇水，我看到以后马上就把陈万刚的水桶拿了过来，然后就接水去了，浇完以后我的鞋虽然脏了，但是我却很高兴。我为什么有这样充足的干劲呢？因为我想到了雷锋叔叔对工作像夏天般的火热。今后我一定多做一些对人民有利的事。

老师 4 月 14 日看后批语：毛主席说你们青年人朝气蓬勃，正在兴旺时期，好像早晨八九点钟的太阳。因此今后你一定要多做一些对人民有利的事。

五月五日　星期一　晴

今天下午我班开了给同学提优点的班会，在会上红小兵们积极发言，我也发了言，我们要时刻看到同学的优点，不能老看同学的缺点。我们红小兵更是要看到同学的进步，帮助他们早日加入红小兵组织。

老师5月6日看后批语：最近日记写得很乱。（注：日记有多处涂改，写得不整洁。）

六月十九日　星期四　晴

今天在老师的帮助下，我们的算术学习小组组织起来了。今后，我们一定要多帮助算术不会的同学，使他们在期末考试时有好成绩。

老师6月20日看后批语：你写的字太不工整了。

一九七六年十二月九日　星期四　晴

今天是我在张兵家上学习班的第一次，这一次上得很好，我们三个人谁也没有说一句话，谁都写自己的。因为我们没有说话，所以我们一会儿就写完了。只是罗进在家里自己赶写了一点，这是不对的。今后我和张兵一定帮他改正这个缺点。

老师12月10日看后批语：还要和他谈心，帮助进步。

一九七七年一月四日　星期二　晴

马上就要考试了，我们班的算术都上完了，语文也上完了，下星期就得复习，就只有一个星期的时间了，语文还有23课、3个阅读课和9个练习。我在复习期间一定要好好复习，上课认真听讲，回家认真做作业，不但把自己学习搞好，还要帮助学习差的同学把学习都搞好，一块升四年级。

四月十三日 星期三 晴

今天在课堂上我做完算术后，老师让我帮助一下秦建刚，开始我想：“为什么让我帮助他，帮谁也不帮助他。”可是又一想：“他虽然有许多缺点，但我们还是要帮助他，使他进步。”想到这里我就帮助他做了。

老师的批语是：对待同学一律平等。

五月五日 星期四 晴

下课了，同学有的打乒乓球，有的跳皮筋，我也要去玩，这时张兵把我叫住了，让我帮他改算术。我望着手中的拍子心里犹豫，这时老师的话鼓励了我：不能光是自己好，还要帮助同学。再说张兵和我是朋友，不能光和他玩，还要帮助他学习，想到这我就把拍子搁下帮他改了起来。

老师批语：这样才够得上好朋友。

六月二十七日 星期一 雨

今天我做完算术正在检查时，杨蕙说她有一道题不会，问我，我开始和她讲，可她不明白，这时我就有些不耐烦了，就直接把这道题的得数告诉了她。这是不对的，如果我今天告诉她这道题的正确得数，可考试她还是不会，这是坑害她，今后我应该耐心地给她讲，不告诉她得数。

七月十八日 星期一 晴

今天我们班做篇子，有一道题有许多同学不会，全班只有四个同学对，其中有我，开始我很是美滋滋的，心想，我的算术挺拔尖的了。可我又一想，自己不能对了一道题就沾沾自喜，我班还有许多同学不会，这都是“四人帮”不让学习而造成的，我不能骄傲，应该热情帮助同学和同学一块进步。

老师批语：还应该找出教训，你也有错的。

九月二十九日 星期四 晴

今天我在做题时有一道题我开始没做对，后来我在检查中才检查出来改了，这是因为我没多看题。孔杰这道题错了，他还有点不明白，我们俩就互相分析了这道题，最后使谁都懂了。

第四，培养学生的责任心

孙纹绣老师要求姚殊认真完成老师交给的任务；认真对待路队队长、学习小组组长、一班班长、红小兵小队长中队长大队委的职责，以身作则，起模范带头作用。

（一）认真完成老师交给的任务

一九七五年四月十六日 星期三 晴

今天我们班做大扫除，同学们都干得热火朝天，但是我没有参加。因为我有别的事，我的任务是刻蜡版。虽然我没有参加火热的劳动，但我也没有不高兴，因为我想，什么工作都是革命工作。因此老师让我干哪样，我就应该干哪样。

老师批语：这样想是对的，革命者就应该哪里需要到哪里去。

五月十四日 星期三 晴

今天老师让我和周昀帮助一些成绩不好的同学做篇子。我想这样回家就得很晚。但是我想："老师去开会，这些同学没人看着就不好好做作业，等到考试就考不好，老师把这个任务交给我，我应该很好地接受。"想到这里我就高高兴兴地接受了任务，直到同学们都做对了才走。到家以后虽然快晚上七点了，但是我很愉快，因为我把老师交给我的任务完成了。

七月十四日 星期一 晴

今天下午用药水刷牙，金老师让我去通知各班，金老师让我通知的班虽然都是三四层楼的，但是我还是继续地通知。最后虽然我满头大汗，但心里却很愉快，因为我完成了老师交给的任务。

八月四日 星期一 晴

今天我去学校返校，老师让我和张辉到前圆恩寺小学去学习写黑板报。这是老师和同学对我的信任，我一定要好好去学。

八月七日 星期四 雨

今天下了一场大雨，早上我要去前圆恩寺小学活动，心想下那么大的雨趁早别去了。可是又一想，我们班那么多同学只让我和张辉两人去，这说明老师和同学信任我，我要是不去怎么行呢？想到这里我就去了。

一九七六年一月七日 星期三 晴

今天下午何老师让我给每班的老师传个信，我开始想，哟！传那么多班，还得上四层楼，有的班的同学还打过我。为什么非让我去不让别人去？可我又一想，老师给我任务说明信任我，我一定要好好去完成，困难虽多，但我要克服它。想到这里，我就愉快地接受了任务。

四月六日 星期二 晴

今天老师第一次让我去学校参加学校板报组和别的同学一块出板报。我开始想别去了，还想玩会呢，可是又一想，出板报是宣传毛泽东思想，我不但要去出，而且要出好，想到这里，我就高高兴兴地去学校出板报了。

老师批语：组织上交给的任务，要认真完成。

一九七七年五月二十日　星期五　晴

今天我犯了好几个大错误，昨天孙老师让我拿着钥匙从班里拿了十一把椅子，由于我责任心不强，没有把钥匙搁到传达室而拿回了家，可今天早上又没有带来，以致丢了六把椅子，还让同学等了半天。另外下操后，我还没组织同学排好队。所有这一切都是我不关心集体、贪玩、责任心不强造成的恶果。特别是在体育课上，我这个体育队长由于“好玩”之心没有想到集体，所以翻跟头没有好好翻，给五年级一班集体抹了黑。我一定要吸取这次教训，痛改前非，在哪摔倒的在哪爬起来，我一定要做到以下几点：

1. 对什么事都要虚心；

2. 热爱集体；

3. 对工作认真负责；

4. 认真遵守纪律，克服散漫；

5. 认真复习功课把学习搞好。

我一定说到做到，请老师和同学看我的行动，哪做得不对就提出来。

家长姚治华 5 月 20 日批语：有错误能认识是个进步。怕就是认识了不改正。一定要严格要求，说到做到。

老师批语：希望你立即行动起来，不要辜负大家对你的期望。

五月二十三日　星期一　晴

今天我真正感觉到了对工作不负责任的痛苦，班里缺六把椅子坐，这给老师和同学都带来了麻烦，老师和同学都得到处去找椅子。这就是对工作不认真负责造成的后果，我一定要接受这个教训把工作搞好。

八月二十七日　星期六　晴

昨天下午老师派同学交给我一项任务，就是去买宣传画贴在班里。可是下午绕了半天几个大新华书店都没有。这样我就决定今早到王府井去买，可这时我又想跑那么远干什么呀，跟老师说没有就行了。可我又一想，为人民服务应该完全彻底。这样我就到王府井去，终于买上了。

九月二十一日 星期三 晴

今天我们老师交给我们一个任务就是刻印篇子。下午我和孔杰就刻印起来，可是一张蜡纸不够，我们正想刻另一张，而集合的时间到了，我们还没有完成任务，感到很惭愧，今后我一定要尽早完成任务。

（二）认真对待路队队长[①]、学习小组长、一班班长[②]、红小兵大队委的职责

一九七五年十二月十五日 星期一 晴

今天中午我们放学以后，刚一出校门有几个二小的大孩子就把我们的放学路队给冲乱了，可是我这个路队长只顾和排头的说话，根本没想把队伍停下来整整队。这是不对的，我是个路队长，本就应该禁止同学排路队说话，可我却还说话，这就更不对了。队伍散了，也不管，这是我对工作不负责任的表现，今后我一定要改正。

老师 12 月 16 日的批语是：你考虑一下结果，会发生什么事故？

一九七六年一月八日 星期四 晴

今天我们看完《小将》的电影后，时间已经比较晚了，老师让我们自觉

① 当年小学生放学不需家长接。放学时组成路队，由路队队长带领回各自的家。

② 学生放学后，将住在同一处的学生组成课外学习小组，一般三四人，在住房较宽敞的同学家集体做老师布置的家庭作业。

排成两队回家。有些同学没有排队，作为队长，我也没有排队，这是不对的，今后一定改正。

一九七七年五月十三日　星期五　雨

今天第四节课同学给我提了一些意见，说我没有认真负责路队，而且自己还说话，这是不对的。我是班干部应该给同学起模范带头作用，不应该带头不好好走路。今后我一定给同学起模范带头作用，管好路队。

一九七五年四月五日　星期六　晴

今天我们上学习班不太好，因为罗进比较闹，陈万刚给告他爸爸了，罗进就跟陈万刚打了起来，我就去劝架。虽然我身上挨了几拳，但是我劝住了他们，我的心里还是舒服的。

五月六日　星期二　晴

今天上学习班的时候罗进和陈万刚打了起来，因为罗进的爸爸问陈万刚罗进在学校怎么样？陈万刚说他打架来着，罗进的爸爸就打罗进了，罗进恨陈万刚，所以一上学习班就打了起来。在他们打架的时候我没有管，而是做我的作业。这是不对的，学习班里打了架，学习班组长就应该管。但我却做我的作业，这说明我的脑子里还有私字，今后我一定起到一个组长的作用。

五月九日　星期五　晴

今天我们学习班经过调整上得很好，罗进也有很大进步，我们俩互相帮助。罗进虽然患有耳膜炎耳朵比较痛，但是还坚持上学习班，这种精神是值得我们大家学习的。

老师 5 月 10 日的批语是：可以写一个通讯稿（再修改一下）。

七月五日　星期六　晴

今天我们学习班上得很不好，我们老说话，不专心做功课，而且罗进和张兵都没有做完就走了，这是很不对的。这些都是我这个学习班组长的责任，今后我一定要把学习班工作做好。

七月十六日　星期三　晴

今天都下午两点多了，我们小组的张兵同学还没有来，罗进说要找他去，我却想多麻烦，别找他了，后来罗进一个人去了。今后我一定要向罗进学习，不怕爬五层楼，做好学习班组长的工作。

老师 7 月 17 日批语：最近你写的字太不整齐了。

一九七六年三月三日　星期三　晴

原来我们学习班老是先玩，可是今天我们一开始就写功课，在写功课的时候也没有说话，所以我们非常快地就把作业给做完了。这是我们的一点点进步，比起王燕珠他们小组来还差得很远，我们一定要再接再厉发扬优点改正缺点，把学习班办好。

一九七七年八月二日　星期二　雨

今天是暑假的第二天，我和孙文胜两人上了学习班，因为张兵去学画画不能上学习班，刘小刚不知什么原因没有来。我们今天做完了作业早散了一会，以后一定要注意。也不能把刘小刚落下，既然学习班有他，就应该让他坚持上，我一定要帮助他。

八月九日　星期二　晴

今天我看见有几个同学在玩蟋蟀，我看挺好玩便也去逮着玩，结果耽误了上学习班。这是不对的，玩蟋蟀本来就很不卫生，而且我又耽误了上学习班这就更不对了，今后我一定不玩蟋蟀，按时上好学习班。

一九七五年十二月六日　星期六　晴

今天我没有上学习班，因为我在向阳院借的一本书还没看完，今天就应该还了，所以我就向学习班请了个假在家里看书。这个理由很不充足，我可以上完学习班再看书，负责借书的人五点半才走呢。今后我一定要按时上学习班，除非有病或者有特殊原因才可以不上学习班。

十二月十三日　星期六　晴

今天下午我应该去学校上学习班，但因为妹妹在家我不能去，把妹妹带到学校去也不行，因为我妹妹有病刚好。我已向王燕珠请了假，希望老师批准假。

一九七六年二月十三日　星期五　晴

今天罗进因早上看病没来得及上学习班。但他看完病后又主动来找我一块去上学习班。毛主席教导我们："看问题总是一分为二的。"他虽然有缺点，但也还有许多优点，看完病后还来上学习班这一点就是我所做不到的。我一定要多学习别人的长处，不要老看到别人的缺点，做一个优秀的红小兵。

二月十六日　星期一　晴

今天我因向向阳院负责人要电影票，把上学习班的时间都耽误了。这是不对的，要电影票是私人的事不应该占用公家的时间，应该等办完公事再去办。这说明我还有私字，今后我一定克服掉。

二月十七日　星期二　晴

今天我们学习班比以往有了很大进步，我们基本上没有说话，罗进有几道题不会，我就教给他，他很快就学会了。今后我们的学习班应该坚持这样做。

一九七七年八月十三日 星期六 晴

今天我们上学习班时我做完了作业便把本子一扔准备回家，可又一想还没有检查，这样我们就互相检查起来。我开始想对一下不就行了吗，可又一想，对虽然对了，但不能使同学特别明白，只有使同学明白了才能达到做题的目的，这样我们就又检查了起来。

八月二十三日 星期二 晴

今天在上学习班时我写完作业后还没有到时间就想走，想赶快去玩，我们小组的同学就没让我去。后来我想这是对的，身为组长应该起模范带头作用。

一九七五年四月十七日 星期四 晴

今天老师去看病，课由我们班长给上，上第一节课时比较好，可是第二节袁东凡、张辉同学就和杜培新、张砚国、李宝云、何志扬同学打了起来。这些同学打架是不对的，他们违反了课堂纪律。我应该做好班里的工作更好地团结同学，互相帮助加强团结，使每个同学都按照毛主席的话去做：好好学习，天天向上。

老师 4 月 18 日的批语：班长要以身作则，给同学做个榜样，要协助老师做好个别同学的思想工作。

十二月八日 星期一 晴

今天我在上操的时候和罗进闹来着，这是不对的，作为一个班长就应该给同学起模范带头作用，上操就应该好好锻炼身体，不应该闹。

一九七六年一月十三日 星期二 晴

今天我从大街买东西回来，见张兵正和院里小孩弹球，我看挺好玩就玩了一会。这是不对的，弹球是赌博性质的游戏，玩弹球也很不卫生。我是个班长看到了同班同学在玩，不但不管，而且还一起玩是很不应该的。

老师的批语是：要和不良现象斗争，要帮助他。

三月四日　星期四　晴

今天政治和珠算课的老师都批评了我们班，说我们班纪律不好，太活跃了。我在上政治课的时候身体也没有坐直，有时搞小动作；在上珠算课时随便动算盘，这都是不允许的。我是个班干部应该处处给同学起模范带头作用，上好这两门课。

老师3月5日批语是：认识到，就应该改正。不但严格要求自己，而且还要做同学的工作。

三月十日　星期三　晴

今天晚上妈妈带我去看了马戏杂技，在这里面有许多都是经过长期训练的项目，这就需要演员刻苦训练的精神。一种技能仅练习一次是不容易成功的，只有多练才可以成功。我有时总想一次就把事情办好，但总是有漏洞，今后要多想办法把班里的事做好。

三月二十二日　星期一　晴

今天下午，我们班开了班委会，总结了开学以来班里存在着的问题和一些好的地方，并重新选了班里的干部，我被选为班长，我一定要谦虚谨慎、戒骄戒躁，把班里的工作做好，还要抓同学的思想工作，协助老师把同学帮助好。

一九七七年六月八日　星期三　晴

今天第二节课我们班的老师去二班听课了，老师让我管同学。开始有些同学没遵守纪律，说话下位子，我因为怕别人说自己，所以开始就没记，这是我不敢向不良现象作斗争的表现。后来我想对工作应该负责不怕别人说，这样我就把说话的人记下了。有些同学就说我，我就又有些泄气，心想这班长真难当，你管他是为他好，他却老骂你，真是好心当成了驴肝肺，干脆别管了。可我又一想，我应该向不良现象作斗争，不怕讽刺打击，所以后来我就大胆地管起来。今后我一定要敢于向不良现象作斗争，把班里工作搞好。

老师的批语是：对。

八月三十一日　星期三　晴

今天我们开了干部会，会上我们定出了图书馆将要借出图书的事，并定了各个校外活动组，选定了组长。今后我一定要对工作负责任把班里的工作搞好。

十月八日　星期六　晴

最近我班有几个同学结成一伙，搞流氓勾当。他们污辱女同学，漫骂老师，头脑特别肮脏，他们还经常在班里散布这种不正之风，使我们班有很大的退步，我一定要肃清他们的流毒和他们斗争，把班里搞好。

一九七五年四月二十九日　星期二　晴

今天我在上体育课的时候把手扭了，当时工宣队师傅看见以后，马上过来给我揉，我很感动，今后我一定要学习工宣队师傅这样爱护同学的精神，做一名优秀的红小兵战士。

七月九日　星期三　晴

今天下午我们第一小队同学来到了美术馆看画展，开始同学看的还很好，可是后来有些同学就不太爱看了。这说明我的工作没有做好，今后我们小队活动前，一定要向同学们讲清楚去的意义。

老师7月10日批语：对！无论做什么工作之前，总应该有个动员，使每个同学思想都明确了“为什么”，事情就好办得多。

一九七七年六月二日　星期四　晴

今天我和张兵、孙文胜一起编排了我们小队将要演出的小话剧《校外阵地》。另外，我们还讨论了小队的工作，听孙文胜说，我们小队的周昀和陈万刚很不愿意排练文艺节目，我一定要帮助他们把我们小队的事情搞好。

十二月二十五日　星期日　晴

今天我没有去参加小队的活动，这是不对的。今后我一定要认真参加小队活动，努力做到每次都认真按时参加。

一九七五年四月八日　星期二　晴

明天就要开中队会了，下午老师让我们来到了学校，给我们交代了任务，是让我们背老师写的诗朗诵。等了一会，老师不让我背了，她让我当中队会主席，还让我晚上和爸爸一起写一篇我的发言稿。我是多么高兴啊！

四月九日　星期三　晴

今天我们三年级联合中队会召开了，这是老师和同学们准备的结果。在会上各中队汇报了成绩，并演了文艺节目，我也讲了话。今后，我们一定按我们说的去做，做一个雷锋式的好少年。

七月三日　星期四　晴

今天下午在开红小兵会的时候，老师和同学们推选我当中队长，这是老师和同学们对我的信任，今后我一定耐心帮助同学，找同学谈心，在班里起带头作用，把班里工作搞好。

十二月二十八日　星期日　晴

我在这一星期中课堂上纪律不够好，没有起到一个中队长的模范带头作用，上课老爱和同学说话。这也和我学习毛主席语录不够认真有关。想想邱少云叔叔，我还差一大截。邱少云为保家卫国到达朝鲜战场同美国鬼子进行斗争，在一次执行任务时被烈火烧身，但他有坚强的纪律性，为了更好地完成任务，为了不暴露目标而壮烈牺牲。我一定要向邱少云叔叔学习，做一名优秀的红小兵。

老师 12 月 29 日的批语：要时刻以英雄为榜样，严格要求自己，做同学们的好班长。

一九七六年二月十五日　星期日　晴

再过一个星期就开学了，寒假即将过去，我们马上将是四年级的大学生，不能像以前那样了，我们都懂事了，就应该好好学习社会主义文化知识，不能让老师多操心。我是个中队干部，要多帮助老师做点事，也要改掉粗心的毛病。

一九七七年十二月十二日　星期一　晴

今天我们开了中队委会，讨论了怎样才能使这次爱科学为主题的中队会开好。最后决定，中队委会和庆祝新年的会一块开。我们一定要积极准备开好这次中队会。

十二月十六日　星期五　晴

今天我们各个小队进行了讨论，准备在新年开一次以爱科学为主题的中队会。我们有好些日子都没有召开中队会了，这次中队会我们一定要努力搞好，这样就能加快同学们的学习步伐，鼓舞同学们的学习热情。

一九七六年十二月三十日　星期四　晴

今天我们中队开了向公元2000年进军的中队会。这次中队会的主要目的是让同学们爱学习、认真学习。这次中队会开得很成功，虽然由于筹备中队会耽误了许多时间，但我的心里是高兴的。我一定要抓好中队工作，把学习热潮在全班掀起来。

一九七七年五月二十六日　星期四　晴

今天我们大队委开了会，主要讲了四件事：一是就六一儿童节开会的事，二是讨论新红小兵，三是大队委分工，四是布置六月份工作。我在大队委中当组织委员。我一定认真负责搞好工作。另外，我还要严格要求自己给同学起模范带头作用，以实际行动来证明。

第五，培养学生的优良品德

孙纹绣老师要求姚殊养成爱护公共财物、保护益虫、艰苦朴素的作风，锻炼具备独立生活的能力。

（一）培养学生秉公办事、不徇私情、不说假话的优良品德

一九七六年四月五日　星期一　晴

今天张兵和秦建刚打架，我就上去拉秦建刚。当时我怀有这种思想——就是不想让张兵挨打。因为张兵与我平时比较好，因为秦建刚平时跟我不好，所以就向着张兵。这种思想是不对的。

老师的批语：一个干部，处理问题，不能有个人感情，要以是非为标准。

五月六日　星期五　晴

今天老师在介绍几名同学的日记时谈到了张兵和刘小刚损坏树木的问题，这件事我本来是知道的，并且还摘了一些树叶，可是因为当时我考虑到我和张兵的朋友关系，没有向老师汇报，这是我不敢对不良倾向作斗争的表现。今后我一定要努力克服自由主义。

老师的批语是：真的好朋友，应该在思想上、学习上对他进行帮助，千万不能迁就他。

六月十日　星期四　晴

今天下操后，我们画了图画的同学被叫到革委会，到革委会一看，才知道是发几个跟日历一样的卡片，一人五张。赵老师给了我以后，我没数就回到了班里，在班里一数多了一张，心想多就多了，反正不是我拿的，是给的。可又一想，多发我一张，必然别的同学就少一张，再说我不能占公家一点便宜。于是我毅然举起手向老师说明了这件事，老师很支持我，让我马上退了回去。

老师的批语：你做得对。

一九七七年六月二十四日　星期五　晴

前几天我没有检查身体就让医院盖了合格的图章，是我的思想错误，为图省事不愿花一角钱就让同学孔杰在他们医院盖了章，我没有想到这件事会造成什么后果。再说，我这种做法也受了“四人帮”的流毒和影响进行走后门。今后我一定要肃清“四人帮”的流毒，学习大庆人“三老四严”的革命精神。

老师得知情况后批语：没有检查身体，就请人家帮盖个图章，这件事一定要从思想上提高认识。

七月二十三日 星期六 晴

暑期组织的四部电影我订了两部，并各订了两张票，准备带着妹妹一块去看。可回家一跟她商量，她又要去练体操，我就想把这两张电影票送给别人去看。这时院里一个小孩就对我说你真傻，把这两张票卖了还值几毛钱呢。可我想：要是公事卖了钱交公也没什么，可是私事卖了自己得钱就有了资本主义思想。这样我就没有听那小孩的话，今后我一定要抵制资本主义思想的侵蚀。

八月六日 星期六 晴

今天我到院里去买菜，由于比别人来得晚了点，所以排的队已经很长了。我想不排队为图方便，就找了一个认识的人加了一个塞儿。这是不对的。我只从个人利益出发，没有想到全局，也没有想到后果，要是别人都像我这样，那菜就卖不好了。

八月十二日 星期五 晴

今天刘老师来检查我们学习班，我们开始正在说话，当刘老师一来，所有人赶紧不说了，可是等刘老师一走，我们就又说开了。这种做法是不对的，这是两面派的做法，这说明"四人帮"的流毒我们还肃得不够干净。今后我们一定要肃清"四人帮"的流毒，改正两面派的做法，上好学习班。

九月二十七日 星期二 晴

今天我班因为昨天有两个同学放学后打架，所以得了"中"。我很气愤，就想找那两个同学狠狠地批评一顿。可我一打听里边有孙文胜，心想就算了吧，别去批评他们了，这样我就没有去。这是不对的。

姚殊五年级的作文：

一件小事

这是一天的下午，我和一个亲戚的小孩去买皮筋，买完以后，我们各自数起皮筋来。“二五一十，十五、十七，哎，怎么多了两根呀？”那个小孩惊讶地问。我听见以后一数果真多了两根。“嘿！你真赚，回家吧。”可他却往回走去，我以为他还要买什么东西，便问：“你还买什么呀？”“我去把多出来的皮筋还给商店。”“什么……”这完全出乎我的预料，也许他没听见吧，还没等我跟他说，他就跑走了。我便一边等他一边埋怨起来，我想：“这人真是大傻瓜，这样好的便宜都不要，唉。”这时他回来了，我一看见他便把一肚子的埋怨都倒了出来。当他听完我说的话后，他说：“两根皮筋虽少，但这也是占国家的便宜，我虽然赚了，可国家却要受损失。”他这一说，我没词了，惭愧地低下了头。

这两根皮筋虽是小事，但它却反映了我们两个人不同的思想境界，我只想到赚，就是光想着私，没有把国家利益放在眼里，而他却公私分明不占国家一点便宜。通过这件事说明我的脑子里还有资产阶级思想，“私”字胜过了“公”字，这样做是危险的，我必须告诫自己：“姚姝，你要公私分明，以集体利益为重，这才能实现共产主义的远大理想。”

老师给这篇作文的成绩判为“优”，批语是：句子通顺，层次清楚，记叙和议论配合恰当。

（二）养成爱护公共财物、保护益虫、艰苦朴素的作风，锻炼具备独立生活的能力

一九七五年四月三日 星期四 晴

今天老师让我去给三年级三班送《北京儿童》回来的时候，感觉很渴，

正好路过水管子，我是多么想喝一口啊，但是没有，因为这是上课时间，再渴也不能喝。下午，我和赵经龙、张兵三人第一次种上蓖麻，我是多么想让它快长大，为国家贡献力量啊。今后，我一定好好呵护它，让我们第一次种的蓖麻丰收。

一九七六年一月六日　星期二　晴

今天我在玩的时候看见有些小孩摇弄小树玩，心想真好玩，我也去玩会吧。但又想这是公家的财产，爱护公物是我们红小兵应尽的责任，我不但不能去玩，而且要去劝阻那些小孩，想到这里，我就去劝了。

一九七七年八月二十五日　星期四　晴

今天我看见有几个小孩爬到抗震棚上去玩逮人游戏，当时我也想去玩，可又一想搭建棚子很不容易，再说有许多家都是双职工，弄坏了棚子也没有时间去修理，这样我就没有去玩，并将那些小孩组织起来踢起了足球。今后，破坏人民利益的事我一定不能做。

五月二十五日　星期三　雨

这几天采蜜的农民叔叔在我们院花园的大树下，摆放了几个采蜜箱，吸引了一些蜜蜂。今天我看见几个小孩在逮蜜蜂玩，最后把蜜蜂都弄死了。我开始也想去玩，可又一想蜜蜂是益虫，它可以采蜜制蜂蜜，我应该保护益虫，不玩蜜蜂。再说蜜蜂蜇人还很痛还会肿。想到这，我就不去玩了。今后，我一定不但自己不玩，还要劝别人不要玩。

一九七五年七月十八日　星期五　晴

今天我逮了一只蜻蜓，这是不对的。蜻蜓可以吃蚊子，我们要保护它，让它多吃蚊子。

四月六日 星期日 晴

今天我和爸爸去柜子拿衣服换，我挑了件新衣服正要穿，爸爸就给我拿走了，还给我换了件旧衣服，当时我很不高兴。可是爸爸对我说要节约闹革命。我想爸爸说得对呀。后来我就换上了那件比较旧的衣服。

老师4月7日的批语：旧衣服只要还能穿，一定要继续穿，不可以浪费。

五月十日 星期六 晴

今天下午我睡觉起来就收拾屋子，收拾完以后，我就拿一个字没写的纸叠皮带，这是不对的。好好的一张纸工人叔叔造出来很不容易，我们不能白白地浪费，如果一个人浪费一张纸，那全国八亿人口要浪费多少张纸呢?

七月二十六日 星期六 晴

今天我正收拾我的东西，想要买暑假作业本，可是我还有许多本没有用完，买还是不买呢，思想上展开了斗争。这时耳边响起了毛主席节约闹革命的教导，对！要听毛主席的话，想到这里，我就把我的旧本当暑假作业本了。

一九七六年二月十九日 星期四 晴

今天我正在准备开学的东西，发现书包脱线了，本来缝一缝就可以用了，但我没有这样做，而是央求爸爸给买个新的，可爸爸说“应该节约”。我刚想再去说，这时毛主席“节约闹革命”的教导在耳边响起，我应该听毛主席的话，向老红军学习，想到这里我就不再央求了，愉快地准备起了开学要用的东西。

二月二十一日 星期六 晴

今天我正在洗米，不小心掉在水池子里几粒米，我开始想算了吧，就那么几粒米，可是又一想这是贫下中农辛辛苦苦种出来的，别说是几粒，就一粒也不应该掉。想到这里，我就自觉地把掉在水池子里的几粒米一粒一粒捡起来了。

四月二十六日　星期一　晴

今天我在吃饭的时候，不小心掉了几颗饭粒在桌上，我想贫下中农种粮食很不容易，每天起早贪黑，我们去学农时也是这样，不应该浪费贫下中农辛辛苦苦种出来的粮食。想到这，我就把那几颗饭粒捡起来吃了。今后我一定要不浪费粮食。

一九七七年六月二十六日　星期日　雨

今天我在家里看见有一张白纸，就在上面乱画小人胡乱写，爸爸看到后就说，你别在那胡画了，这样的白纸是写字画画用的，不是胡画的，工人叔叔生产这样的一张纸是不容易的，要经过许多道工序，我们不应该浪费工人叔叔的劳动果实。我想对呀，工人叔叔很不容易制造一张白纸我又浪费了，这能对得起工人叔叔吗？我决心从此以后不浪费纸，珍惜工人叔叔的劳动果实。

七月九日　星期六　晴

今天我从家里找出了一些小铅笔头，我想这些小铅笔头扔了很可惜，还不如找个笔帽将小铅笔头套上用呢，这样也节约省得买笔了，于是我就把笔头削尖放在铅笔盒里了。通过这件事使我懂得了节约闹革命不是一下就节约许多，而是由节约点点滴滴做起来的。雷锋叔叔就是那样他连一个螺丝钉都不放过。今后我一定要从生活中的每一件小事进行节约。

一九七五年五月十八日　星期日　晴

爸爸又走了，家里就剩下我一个人，又要过独立生活了。我一定要多多锻炼自己，管理好自己，请爸爸放心。（姚姝的父亲带学生到外地写生，母亲到中关村北京大学中文系上班，每天早出晚归，常常晚九时左右才能到家，姚姝独自睡觉时还有点害怕。幸运的是，同住在一个单元宿舍的档案系王秉学老师便守在姚姝的床头看报纸，等姚姝睡着以后帮忙关好灯才离开。）

六月八日　星期日　晴

今天是我单独买菜的第一回，买完以后我很高兴，今后我还要这样锻炼下去，多帮家里做事。

一九七六年六月二十一日　星期一　晴

今天妈妈回来对我说，她明天清早六点钟集合去参加三夏劳动，所以今晚到学校去睡，家里就我一个人睡觉。我觉得这正是锻炼自己的好机会，因为我马上就要成大孩子了，应该会自己料理自己，想到这，我就愉快地同意了，晚上一人睡觉。（注：当时姚姝的父亲正在河南林县红旗渠体验生活。）

老师批语：你如果有事可向老师说，自己还要多注意。

一九七七年五月八日　星期日　晴

上午，爸爸让我把屋子里清理干净，还让我洗一些衣服，我都同意了。我把屋子里清理得整整齐齐，衣服也洗得很干干净净。我已经不小了，应该多做些事情，不能饭来张口衣来伸手，也不能好逸恶劳，要养成爱劳动的习惯。

第六，培养学生认真听讲，认真做作业，认真复习功课，努力学好社会主义文化课的优良素质

孙纹绣老师要求姚姝坚持每天写日记，反复要求姚姝养成学习踏实细心的习惯，改掉浮躁粗心的坏毛病。

（一）认真听讲、认真做作业、认真复习功课，努力学好社会主义文化课

一九七五年四月十一日　星期五　晴

今天我们班上政治课的情况不太好，有些同学不遵守纪律，我也不怎么好，因为我没有举手就发了言。这是不对的。上政治课是要人们用政治武装头脑，什么事都要用政治去指导。今后我一定改正，我也希望那些同学尽快改正。

四月十八日　星期五　晴

今天我看电影很晚才回来，吃完饭以后，才想起作业还没做，但我又一想《奇袭》我还没有看过呢，再说明天又不上课，明天再做吧，然后我就去看了。这很不对，哪天的作业，应该哪天做完，多好的电视也不应该看。

四月二十二日　星期二　晴

今天下午本来应该不上课，因为老师明天有事，改成星期三不上，今天下午照常上课。我是希望不上课，可是我想上社会主义文化课是件好事，怎么不想多上几堂课少玩点呢？因为为革命多学点文化是多好的事情哪。

老师的批语：想好了再写。（注：今天的日记有六处被钢笔涂掉。）

四月二十五日　星期五　晴

今天我在做题的时候看见几道题都没学，好不容易才做完一道题，心想反正我也没学过，别做了，后来我又一想，我要向雷锋叔叔学习那股钻研的精神。想到这里，我就愉快地又做了起来。

六月三日　星期二　晴

今天代课老师在判我们做的家庭作业时，非常生气，因为我们做得很乱。

这是不应该的，学习是为革命学习，不能马马虎虎、潦潦草草，今后我一定要把我的作业做好。

六月四日　星期三　晴

今天孙老师还是没来，白老师给我们上课。学的是“归一应用题”，有许多同学都注意听讲，但有个别同学不注意听讲。这是不对的，今后我一定要帮助他们，使他们更快地改正。

六月十四日　星期六　晴

今天老师虽然留了许多的作业，但我和罗进还是很认真地做完了。因为我们懂得，做作业不是为老师学习，而是为革命学习。

六月二十二日　星期日　晴

昨天的作业我还没写完，今天不写其实也可以，但是我想到这是为革命学文化，老师留下的每一项作业一定要认真地完成。然后，我就开始认真地写起作业来。

老师 6 月 23 日的批语：对！

六月二十九日　星期日　晴

今天又是一个星期天，时间过得多么快呀，转眼就到期末了。现在，我一定要好好复习，争取期末有好成绩。今后我在家里要少玩一点，多复习一点功课。

七月四日　星期五　晴

今天下午我们三年级同学在礼堂召开了“为革命而学习”的大会。在会上，我和一些同学讲了革命故事，并观看了三个班同学写的作业。通过这次大会促进了大家的学习，使同学们知道要为革命而学，争取期末都考出好成绩。

七月六日　星期日　晴

今天又是一个星期天，下一周就是第二十周，时间过得多么快呀！一眨眼就要期末考试了，在这一阶段复习课中，我一定好好复习，把自己不会的字或者算术题复习好，让期末考试有好成绩。

七月七日　星期一　晴

今天金老师给我们做了期末考试动员报告，讲了考试的意义，使我们懂得了考试不是为了考一个一百分，而是检查检查这一学期学的知识你都会了没有。从现在开始，我一定认真复习，迎接期末考试的到来。

七月二十二日　星期二　晴

再过几天就要放暑假了，我订了一下暑假计划：

1. 每天早上七点起床，午睡后下午三点起床，晚上九点睡觉。
2. 每天早上八点至八点半学习毛主席语录。
3. 八点半至十点学习社会主义文化。
4. 要做到天天打苍蝇，积极开展捕蝇活动。
5. 每天早上七点至七点半听新闻广播。

以上是我的暑假计划，我一定按着去做。

七月二十九日　星期二　雨

算今天，放暑假已经两天了，在这两天里作业都完成了，计划也执行得很好，日记也没有拖，只是作业和大字写得有些乱。今后我一定要发扬好的，改正坏的，争取在下学期期末当上三好学生。

一九七五年十二月二日　星期二　晴

今天我校开了一个纪律会，在会上革委会对我校何振华等四名同学进行了处理，这四名同学是受了社会上的影响才在学校破坏纪律的。会上各年级都表了决心，我是代表三年级表决心的。我坚决支持革命委员会对何振华等同学的处理意见。今后我一定要按照课堂常规去做。

老师 12 月 3 日的批语：写完日记也应仔细检查两遍，看一下是否有错字和落下字。（注：日记中将一个同学的姓写得不清楚，有一句话还不通畅。）

十二月十二日　星期五　晴

今天我校开了第四次纪律大会对几个闹的同学进行了处理，会后老师又到我们班上点了几个人的名字，虽然没有点我的名字，但这几天我在课堂上的纪律也很不好，老和同学说话。这是不对的，上课如果和同学说话，老师讲的我们就听不见了。

十二月二十一日　星期日　晴

今天是星期日，下周就是第十八周，马上就要考试了，我在复习期间一定要好好复习。现在上新课我一定要好好听讲，不和同学说话，不搞小动作。

老师 12 月 22 日的批语：说了就要有实际行动。

十二月二十九日　星期一　晴

今天我算了算到放寒假只有 23 天了，在这 23 天里我们又要复习功课，又要考试，又要搞期末工作，到考试时留给我们的只有两个星期了，可是现在语文还有一课没上。光靠在课堂上温习完所学的课有些困难，所以我就要在家里好好温习功课。我计划一天温习三课，做到读熟、会背、会默，把期末考试考好。

一九七六年一月二日　星期五　晴

今天不放假了，可我在上课时还老想着玩，不专心听讲。这是不应当的，上课就不能再想放假的事，只能专心地上课。

一月十四日　星期三　晴

还有三天就要考试，如果不算明天的话，就只有两天了。在这两天里复习二十三课课文、三个阅读课和九个练习是不可能的，要想考出好成绩来，必须在家里加强温习功课。我一定在学校完成课堂作业，在家里完成家庭作业，还要复习功课，争取期末有好的成绩。

一月十六日　星期五　晴

今天我以极其沉痛的心情收听了追悼周恩来同志的悼词，心里觉得非常惋惜。革命老前辈一个一个倒下去了，我们应该站起来接过老前辈的革命大旗，让它高高飘扬，永远飘扬，让外国预言家们妄想把和平演变的希望寄托在我们第三代、第四代身上，让他们的美梦彻底破产，要不然我们这样的社会主义国家就会像苏联一样了。

一月二十一日　星期三　晴

今天晚上我的牙齿非常痛，可是我的作业还没有完成，心想就别写了，反正牙痛，但我又一想，周总理在医院癌疼得那样，仍一声不叫，我这一点痛又算得了什么呢？对！向周总理学习，后来我就接着写下去了。

二月二十二日　星期日　晴

今天是寒假中的最后一天了，整个寒假我过得非常有意义。在寒假里，我参加了向阳院的各项活动，完成了作业。明天开学后，我就是四年级的大学生，就更懂事了。我一定要上好社会主义文化课，做好班长的工作。

二月二十四日 星期二 晴

今天学校基本上开始上课了，而且每堂科任课老师都提出了这学期的要求，我一定要按照各个老师提出的要求去做，上好各门功课，长大后更好地为人民服务。

三月十三日 星期六 晴

今天在常识课上，老师给我们讲了温度表的使用和液体固体气体三者之间的关系。今天的课堂纪律非常好，同学们都认真看了老师给我们做的科学小实验，以前很难理解的东西经过这样一结合实际后，我一下子就懂了。以后应该多做这样的实验，多学懂知识，长大后更好地为人民服务。

老师用红笔改正了日记中用错的一个字，将“听”改为“看”字。

三月二十九日 星期一 晴

今天下午我看完电影后就老玩，玩了半天，家里的什么事都没做，尽玩了，连作业都没写就去玩，这是不对的，应该先做完作业再去玩。再说老玩就玩野了，心就放不下来了，就老想着玩。今后我一定要多帮家长做些事，做完作业再去玩。

老师的批语：你能找出自己不对的地方，这样就能进步。

四月十日 星期六 晴

今天我班常识课的纪律有很大进步，开始同学们都看书，没有一个人说话，只是后来有一个同学叠东西，还有几个同学说话。这次课的纪律虽然有进步，但做得还很不够，我们班干部一定要多多帮助同学，把常识课上得更好。

老师的批语：应该及时反映给老师。

四月二十日　星期二　晴

今天上课张辉叠了一个小玩具，我看挺好玩就也想叠一个。但一想，上课叠东西就不能好好听老师讲课，一会做题就不会，叠好了一玩，就会影响别的同学。想到这里我就不叠了，又抬起头听老师讲课了。

老师的批语：你做得对。

四月二十八日　星期三　晴

今天下午一回家，放下书包也不管老师留的作业，就想去玩。我想作业就别完成了，去玩会吧，反正就这一次没完成。可是又一想，我们学生的任务就是学习，我一次不完成作业也不对，想到这，我就愉快地拿起书包做起作业来。

一九七七年五月十一日　星期三　晴

明天就要语文考试了，今天我练完节目后就回家认真复习起功课，因为我想这次考试是测验我们半学期来的学习成绩，这也是粉碎“四人帮”以后的考试，不能和从前相比了，我明天一定要好好考出优异的成绩。

五月十五日　星期日　晴

昨天工业学大庆会议胜利闭幕了，今天华主席和叶副主席又亲切接见了全国工业学大庆会议代表。华主席在工业学大庆会议上做了重要讲话，华主席说要尽快把我国建设成社会主义强国。到20世纪末只有23年时间了，那时我们正是工作的时候，也正是我国飞速发展的年代，为了那时更好地为建设祖国贡献力量，我们现在就应该更好地努力学习科学文化知识，长大后为人民服务。

老师的批语：结合自己学习谈谈就深入了。

五月十九日　星期四　晴

今天晚上我玩到很晚才回家，爸爸说我都玩疯了，的确我是玩得太多了，功课也不爱复习，导致没有一门得一百分的成绩。所有这些都是我这学期骄傲自满贪玩造成的。我一定要不贪玩，多复习功课把学习搞好。

老师在“我一定不贪玩”中“不”字下面用红笔打了一个问号，因“不”字写得不清楚。

五月二十七日　星期五　晴

今天上午算术课画图，我没有带半圆仪，所以图画得很潦草，可是下午我仍然没有带，这就是对学习不重视的表现，上次考试考得不好的原因就是这样造成的。今后我一定要对学习重视，不能耍个人小聪明，一定要把学习搞好。

老师在“今后我一定要对学习重视，不要个人小聪明，一定要把学习搞好”的下面打了红线，以引起重视。

六月十日　星期五　晴

今天上午，我没上完最后一节课就被何老师叫去了，所以作业没做完，回到家心想反正我是有事，写不完没什么关系，可又一想学习是我们学生的重要任务，我们为革命要努力学文化，就是要认真完成作业，想到这我就自觉地写起作业来。

一九七七年七月十二日　星期二　晴转阴

考试即将来到，现在已进了复习阶段，同学们都在努力学习争取有好成绩。我也要认真复习，我的主要复习对象是算术，应用题要争取不出错，其次是复习语文的造句、同义词和反义词，我一定要认真复习，其他的我也应该认真复习。

七月十五日　星期五　晴

今天高老师给我们出了几道1966年以前五年级课本上的应用题，特别难做，我做了半天才做出来。这说明我们现在的文化程度太低，这都是“四人帮”给搞的，我一定要肃清其流毒，认真学好文化。我还希望老师多给我们出些这样的题，让我们多动动脑子。

七月二十四日　星期日　晴

明天就要考试了，我今天哪也没去，同孙文胜、孔杰、张兵复习了整整一天，只有认真复习才能取得好成绩，明天早自习我还要进一步巩固一下。后天考算术我也要认真复习争取全部满分。

老师的批语：好。

八月十七日　星期三　晴

前几天我就听妈妈说过邓副主席有些讲话谈了许多有关教育方面的问题，今天爸爸又对我讲了讲话的精神，邓副主席说以后大学百分之五十要从高中毕业生中招。今后我一定要认真刻苦地学好文化知识。

八月三十日　星期二　晴

今天老师给我们念了报纸，老科学家劳动模范在中山公园开了座谈会，老科学家们纷纷写信勉励我们要学好基础理论，长大为人民服务。我决心认真学习好文化科学知识，长大努力为实现四个现代化贡献力量。

九月二十二日　星期四　晴

今天由于我们要进行舞蹈排练，因此回家会特别晚，还有许多作业没做，我开始想我们跳舞就别写作业了吧，可又一想跳舞是政治任务，但也不能因此而影响学习。我应该做到所学的知识必须会，而且还要学深了。回到家后，我就把家庭作业补上了，并且还把课堂作业也补上了。

九月二十六日 星期一 晴

今天老师出了两道比较难的题让我们做，我做了半天才做对了一道。这说明我的知识掌握得还不灵活，今后我一定要灵活掌握知识，认真去做，明天我一定要把另一道题做出来。

十月十一日 星期二 晴

今天我们班进行了五十个词和一百个字的默写，在默写中大部分的词我都很熟，只有一个词我想了半天才想出来，还不知道对不对。这说明我的知识掌握得还不算特别巩固，还有一些问题，我一定要认真复习，把知识学得好好的。

十月二十日 星期四 晴

今天老师讲统计图表，我因为上课没有认真听讲，所以在画统计图表的时候非常吃力。今后上课我一定认真听讲，把老师说的每一句话都记住了，这样我的学习才能越来越好。

十月二十一日 星期五 晴

今天在政治课上，老师进行了政治测验，在答题时我错了两道题，说明我对政治课不太重视，这是不对的。政治课也是一门比较重要的主课，我们一定要认真学好。

十一月一日 星期二 晴

今天政治课考试，虽然这次是测验，但是这次测验就比上回好，因为上一回我是没有温习，而这一回我是经过充分温习和准备的。上回测验我才得80分，可这回我就得了100分，这是多大的差别呀！今后我一定要认真温习。

十一月十一日　星期五　晴

今天我们进行了语文考试，我由于平时没有认真复习，所以考得不太理想，我在填“的”“地”“得”的时候，应该填“的”可我填成了“得”字，这说明我学的知识不够扎实，今后我一定要认真学习。

十一月十六日　星期三　晴

今天在课堂上老师要我们写一篇作文，我开始没有好好地写，可又一想，我不能光一门数学好，别的各门功课都应该好。这样对我来说比较讨厌的音乐课也爱上了。我们一定要遵照毛主席的教导，德、智、体全面发展。

十一月二十三日　星期三　晴

今天我校召开了第二次处分大会，对不遵守纪律、任意打骂、欺负同学的侯龙和刘义进行了处分，并对有些人点了名，我班的张砚国也被点了名。以前在课堂上我的纪律有些散漫，通过这次处分大会我提高了认识，决心改正课堂纪律散漫的毛病，认真学好社会主义文化课。

十一月二十五日　星期五　晴

今天我在家里对我的一篇作文进行了充分的修改，这篇作文的题目叫作《我的表哥》。这篇作文是我期中考试时写的，因为老师要编作文选，所以让我改一改。

十二月五日　星期一　晴

今天我认真地在家里背了英语单词，现在我只差四课的单词不会了，我是怎样落下的呢？这是因为以前我对英语不很重视，觉得现在说英语过早，可是后来在家长的帮助下提高了认识，终于又学了起来。现在我正补过去落下的，我一定要认真学，把过去落下的全补上。

十二月十七日　星期六　晴

从明天开始我就跟着电视广播学习数学，但是今天我跑了几个大书店就是买不着书，没有书怎么学呀，我有些泄气了。可是我又想到华罗庚教授当时的学习条件是那样的艰苦，他还坚持学习时，我的身上就充满了力量，决心坚持不间断地认真学习。

十二月十九日　星期一　晴

今天跟着电视广播学习了初等几何，今天讲的是基本概念，所以我都听懂了以后会越来越难，我一定要坚持认真学习，努力做到当天的知识当天完成。虽然这是中学学的课程，但我也是可以学的。我现在虽然没有书，但我可以多记笔记。我一定要做到懂就懂，不懂就问，不装懂。

一九七八年元月三日　星期二　晴

今天老师宣布了造句比赛的成绩，我错了两道题，只得了八十八分，所以没有排上名次。这是不应该的，都是我上课没有认真听讲的缘故。

（二）坚持每天写日记，学习踏实细心，改掉浮躁粗心的坏毛病

一九七五年五月四日　星期日　晴

今天我很贪玩，下午很早就回来了，可是到了家就去玩，把写日记早忘到后脑勺去了，一想起写日记就想明天补，所以没写日记。这样是不好的，当天的日记应该当天写。

这是一天的晚上，我们全家吃过晚饭后，爸爸就催促我："赶快写日记。"我一听心里猛一惊，急忙一想："哎呀坏了，我日记好几天的都没写呢，这该怎么办呀？"可我不写也不行呀，我只好硬着头皮去拿日记本。这时，我脑子一动，想出了一个主意，连忙拿了本，按照这个主意写起来。不一会就写完了。我故意大声地说："日记写完了。"紧跟着我就要往书包里搁。"给我看看。"爸爸说着伸手来拿我的日记本，我的心咯噔一声，心想："这事麻烦了，要是让爸爸看见了少不了又要被说一顿。"原来我刚才写日记时，只写了今天的日记，前几天的根本没写。我控制住内心的惊慌装着满不在乎的样子说："都写完了，不用检查了。"可是爸爸却好像看出了我的惊慌，偏要看。我没有法子，只好乖乖地把日记本交给了爸爸。当爸爸把我的日记本打开的时候，我的脸感到火辣辣的，忽红忽白。"那几天的日记为什么不写，一天到晚就知道玩。"爸爸严厉地批评了我。爸爸又说："你还说你都写了，说谎更不对，以后日记一定要天天写，日记还要好好记，不能光记流水账。赶快把那几天的日记都补上吧。"听了爸爸的批评，我惭愧极了，真恨透了刚才想的那个主意，我默默地补上了日记。从爸爸批评以后，我的日记写得就有很大的进步，并且也坚持天天写了。（摘自姚殊五年级的作文《我的爸爸》）

五月二十六日　星期一　晴

今天我做算术，做了两道，也错了两道，这说明我太浮躁。人只要一浮躁，就什么事情也做不好。

七月十日　星期四　晴

今天我翻开作业本一看，一下错了三个字，昨天的作业虽然多，但也不允许马虎。错这么几个字是不应该的。今后做作业时我一定细心，保证不错字。

老师7月11日在“错这么字”句中“字”的前面加了“几个”二字。

七月十一日 星期五 晴

今天我在学校做的算术题全都对了，这是为什么？这是因为我在写作业的时候专心，没有想别的，并且细心了。今后在写作业的过程中也要像今天这样专心细心地写。

十二月一日 星期一 晴

今天我又换了一个本写日记，因为那个本用完了。今天正好是十二月的第一天，原来在那个本上老师经常给我批上“乱”或者“写得不整齐”几个字，可以看出我写的日记不够整齐太乱。从今天起我在这个本上写日记，一定要写得干净整齐，写完仔细检查不让一个字落掉，哪天的日记哪天写并及时交。

老师批语：应该这样。

一九七六年一月二十日 星期二 晴

今天我们考算术，我本应该全对的，但因为我太浮躁，再加上粗心大意，把“÷”写成了“×”。这说明我粗心大意的毛病还未改，另外还有一些骄傲的因素认为自己了不起。这是一个坏的苗头，希望老师加紧对我帮助，帮我改正这一坏毛病。

二月四日 星期三 晴

明天就不放春节的假了，我该写作业了。我们不该老想着玩，应该专心地做作业。如果老想着玩，做作业就不能专心，字就写不好，算术就会出现差错。我一定要专心做作业。

二月十二日　星期四　雪

雪真大啊！整整下了一上午，我也整整玩了一天雪，大字和日记什么也没写。我光顾着玩，把别的都忘了，放寒假也只能适当地玩，老玩就玩野了。

二月九日　星期二　晴

今天我做算术题时很不专心，马马虎虎地做完了就要去交，顺便检查了一下，结果真有做错的。这时下课铃响了，我急着去玩匆匆改了一下，结果还不对。第三次由于我认真地改了，所以对了，这说明不专心是改不对的。

老师将日记中“这说明不专心是改不成事的”句中“成事”二字改成“对”字。

三月十七日　星期三　晴

今天我一打开作文本，发现有几个字错了，其中有几个是因为不细心才错的，抄完以后也没有检查。今后我一定要养成一个好的习惯，抄完或写完作业都要检查一遍，看有没有丢字落字，改正粗心的毛病。

老师将“丢字拉字”中的“拉”字改为“落”字。

五月十日　星期一　晴

今天我在课堂上很早就做完了算术作业，可我没有检查，而是和周昀对了答案，所以我全对了。开始我还挺高兴，可我回家一想，这不是真正做算术，也不能算是全对，因为这不是真正的成绩，是欺骗老师，老这样对答案，就不知道自己什么地方错了，到考试时还是不会。今后一定要自己的作业自己检查，不和同学对。

五月十七日　星期一　晴

期中考试胜利结束了，有些考得好的同学都向家长汇报，我却是低头回家。这是因为我算术只得了九十五，语文得了九十九，这样我才完成了百分之九十几的任务。语文我把反义词“冷淡”写成了“热火”，应该是“热情”，这就是我平时骄傲自满不刻苦学习造成的恶果，毛主席说：“虚心使人进步，骄傲使人落后。”真是一点也不错，我这学期不刻苦学习很骄傲，所以就退步了，算术我落掉一个“1”，错了一道题，这就是我粗心大意。我应该从现在想到将来，比如长大我到农村去当会计，要盖新房，要1.8万块砖，我把“1”落掉了，结果房子盖到一半就没有砖了，这会给国家造成很大损失。另外这里面也有骄傲的因素存在。总的说起来，我这次考试考得不好的原因有三点：一、骄傲自满，学习不刻苦；二、粗心大意，不认真检查；三、平时太浮躁，不注意复习。通过这次考试，使我认识到“学如逆水行舟，不进则退”这个道理。今后我一定要努力吸取这个教训把学习搞好。

家长姚治华5月17日批语：善于找差距，才会不断进步。

一九七七年六月七日 星期二 晴

今天算术课我们学了除法，然后就做题了，可我在做题中光想着快，所以就有问题，这样就错了三道题。毛主席说多快好省地建设社会主义，可我光想着快，却没有想着好。我应该既快又好。做到多快好省，努力学好文化知识。

六月十二日 星期日 晴

今天我在清理屋子时，找着了过去写的作文本和日记，就翻着看了看，可真有意思，看了过去的再看看现在的，就觉得有很大进步，对思想也有所提高，这样的日积月累，日记会写得更好。今后我一定要认真地记日记，把写好的日记都保留起来，以后再看。

七月十一日　星期一　晴

今天我在做题时，没有按照老师的要求做第二遍，所以做错了一道题。这都是因为我责任心不强，这样长大以后工作也会不专心，今后我一定要做完后认真检查做第二遍。

七月十三日　星期三　晴

今天老师说李主任将到我们五年级蹲点抓算术，我听了以后非常高兴，因为能让革委会知道我们算术的底了，这样就可以帮助我们。我的毛病是粗心大意，我一定要克服，做完题以后检查两遍。

七月二十日　星期三　雨

下午我们班做篇子（注：测试卷），我一定要好好做，争取得一百分。这样我就认真地做起篇子，做完后又认真检查，最后终于全对了。通过这次做题，说明我要是认真做还是能对的，过去不对的原因就是因为我没有认真做、认真检查。今后，我一定要像这次一样把题做好。

七月二十六日　星期二　雨

今天我们进行了期末考试，考的是算术。我想这是汇报一学期来的学习成绩，应该认真答题。我做完后认真进行了检查，直到两遍做的都一样为止。今天的考试我终于全对了，这比期中考试进步了一些，但语文还不是满分。今天算术全对还有一个原因，就是吸取了语文考试错的教训进行了改正。在下学期，我还要更加认真学习文化知识，完成下学期的学习任务。

九月十一日　星期日　晴

今天我在做题时，做错了几道题，后来一检查，原来都是粗心造成的。若不会，错了还情有可原，可是粗心就不对了。

九月十三日　星期二　晴

今天我们进行了算术比赛，我因为图快没有注意质量，没有检查，所以错了一道题，这是一个极大的教训。今后我一定要总结经验，质量是主要的，不应当图时间快。

十月二十七日　星期四　晴

今天做题时，我由于粗心马虎，没有认真检查，有道题由于计算中只做了一次而错了，今后我一定要认真检查，认真做题。

十一月十日　星期四　晴

今天我们进行了算术考试，在考试时，我认真地做题，做完后对每一道题认真检查，直到没有错为止。由于我认真做题和认真检查，我终于取得了一百分的好成绩。

十一月二十六日　星期六　晴

又一个星期过去了，在这个星期里我在算术上有些粗心，作业本上出现了好几个“良”。这是为什么呢？这和我这个星期的纪律是密切相关的。这星期因为我上课老和孙杰说话，所以做作业就有些马虎。

第七，培养学生在成绩和荣誉面前谦虚谨慎、不骄傲自满的品德

孙纹绣老师要求姚殊虚心学习同学的优点，正视改正自己的缺点。

（一）在成绩和荣誉面前谦虚谨慎、不骄傲自满

一九七五年五月十六日　星期五　晴

今天我们三年级期中考试结束了。这次考试是检查我们这半学期所学到

的东西。我算术虽然得了一百分，但是我不能因为这而骄傲，而要更加虚心，向成绩好的同学学习，做一名优秀的红小兵。

十二月五日　星期五　晴

今天上午我班用了一节半课的时间，评选优秀生和纪律好的学生，我也被评为优秀生。我虽然评上了，但我的缺点也不是没有，同学就给我提了很多。我一定要接受同学给我提的意见，改正缺点，争取期末再当上优秀生。

一九七七年一月二十四日　星期一　晴

今天我参加了地区先进共青团员、先进红卫兵、红小兵先进集体代表大会，在会上一些同学介绍了他们的经验。我虽然这批被选上了，但要是骄傲自满，下学期就可能没有我。因此，我一定要谦虚谨慎向表现好的同学学习，学先进赶先进。

五月三十日　星期一　雨

今天同学们选我当优秀红小兵，这是同学们和老师对我的信任，但我还有许多缺点，比如：有时散漫，对工作有时不认真负责等等。我一定不辜负老师同学对我的信任，还希望老师和同学帮助我改正身上的所有缺点。

六月九日　星期四　雨

今天何老师对我说，我被选为标兵，我很激动。这是老师和同学对我的信任，我一定不辜负老师和同学的期望，更加严格要求自己，给同学起到模范带头作用。另外我不能骄傲，毛主席说“虚心使人进步，骄傲使人落后”，我骄傲是要退步的，我一定再接再厉继续努力。

六月十五日 星期三 晴

今天我校开了优秀红卫兵红小兵第一届大会，我被同学们选为标兵。下午我们交流了经验，老师给我们提出了一个问题，全校同学向我们学习，那我们该怎么办？华主席在为湖南题词中写道：“先进更先进，后进赶先进，革命加拼命，无往而不胜。”我们虽然当上了标兵，但是还要更加努力，向新的高标准进军。同学先进了，我们还停滞不前，那我们就会被同学超过，要进一步前进，用更高的标准来要求自己，使自己更好地前进。

老师批语：你想的对，标准要提高。

六月二十三日 星期四 晴

昨天我没有睡午觉就去游泳，中午不睡觉这是违反了学校的规定。即使是游泳也应该睡完觉再去，游泳还要注意安全。今后我一定要睡午觉，这样才能使身体更健康。

下午我们八名标兵向全校介绍了自己进步的经验，然后程老师找我们谈了话，给我们提出了更高的要求（一共有五点），我一定要按照程老师给我们提出的要求去做，在成绩面前不骄傲，在荣誉面前不自满，攀登科学高峰，对学习要像白求恩同志那样精益求精。我还要时时刻刻同自己头脑中的自私和散漫的行为进行斗争，对班里的工作要认真关心。另外程老师还让我们订下一步自己的计划，还要求我们每一个月向组织交一份思想汇报。我一定按照去做。下面就是我从现在起一直到下学期期末的行动计划：

1. 认真学习毛主席著作，用毛泽东思想武装头脑，指引我们前进。我不但要自己学习还要带领同学学习，争取在九月九日以前学完《毛泽东选集》第五卷。

2. 同学们向我们学习，我一定不能骄傲，真正做到在荣誉面前不骄傲，在成绩面前不自满，向更高的标准进军。

3. 认真学习社会主义文化知识，学好为人民服务的本领，刻苦钻研，攀登高峰。

4. 认真遵守纪律，上课不说话，遵守学校制度。有了好的纪律才能把学习搞好。

5. 对工作认真负责，关心集体，在老师不在时，起模范带头作用。

6. 认真锻炼身体，做好“两操”“一课”，把身体锻炼好。

7. 办好学习班和“毛著”学习小组，把同学学习“毛著”的积极性带动起来一块进行学习。

对以上行动计划，我一定要说到做到，争取当三好学生。

家长姚治华6月23日批语：游泳锻炼是好事，但休息不好，不是有组织去就会出问题。学校规定午睡，以后要严格执行。否则下午上不好课，还会影响身体健康。当了标兵要更加严格要求自己，小事也不能马虎，处处高标准，学雷锋，学大庆人，思想上要过得硬。

老师批语：关于学习班的事应该写在计划内。（注：原来计划中只有六点，老师批语后加了第七点。）

六月三十日　星期四　晴

今天我们参加了地区首届优秀红卫兵红小兵代表大会，在会上有四名同学介绍了他们的经验，我一定要向他们学习。另外同学选我当了优秀红小兵，我一定不能骄傲，要更加努力，协助老师多做工作，争取当三好学生。

七月六日　星期三　雨

今天高老师给我们讲了革命烈士江姐的孩子彭云为革命勤奋学习的故事，故事中的一段是彭云有些日子认为自己做得很好了，学习很不错了，所以有时上课他就不认真听讲，当他学习了毛主席著作以后，就深刻认识到这是骄傲，他就立马改正了。我就是这样，认为自己的算术都会了，老师讲题也不认真听，所以有时经常出错。我一定要向彭云学习，改正骄傲自满的毛病。

老师批语：一定不能自满。

九月十五日 星期四 雨

今天我校开了三好学生代表大会，在这次大会上我被同学们选为三好学生标兵。这只能是我的新起点，我一定要戒骄戒躁继续努力，夺取更大胜利。

九月十六日 星期五 晴

今天我校召开了第一届三好学生代表大会闭幕式，在会上有些标兵进行了汇报，并对标兵发了奖。我也是标兵，今后我一定要再接再厉，戒骄戒躁，更好地完成组织上交给的各项任务，起到模范带头作用，随时向别的三好学生学习。

九月二十八日 星期三 晴

今天我在考试中获得了好成绩，得了一百分，这样算上我昨天得的一百分就是二百分了，可我一定要戒骄戒躁，在明天的考试中获得更好的成绩。我还要帮助后进的同学，使他们赶上来。

十月五日 星期三 晴

今天是最后一个篇子，我们一共考了六个篇子，前几个篇子我都是一百分。今天这个篇子比较难，可因为做得比较用心，做完以后又进行了检查，所以考得比较好，也得了一百分。这样我就是考了六个一百分，这只是我经过一段时间努力取得的一点成绩，但我还不能骄傲，一定要不断努力学习。

（二）虚心学习同学的优点，正视改正自己的缺点

一九七五年三月三十一日　星期一　晴

今天晚上天虽然很晚了，但是袁东凡的爸爸还带着他来到我们家。他们来干什么呢？原来是星期六袁东凡把我家灯泡弄坏了，他的爸爸来看看灯泡什么型号，以便好赔一个相同型号的。我一定要学习他这种自觉遵守“三大纪律”“八项注意”的精神，做一个毛主席的好孩子。

老师批语：要时刻学习别人的优点，自己才能进步快！

四月十日　星期四　晴

今天在中队会上，唐老师发了文艺材料，让我们每人带一支笔，为的是材料有的地方不清楚，好描一描，我只让王燕平带了，自己没有带。在描的时候王燕平的钢笔不出水了，我就没法描了。我就知道依赖她，没有想到自己也应该带一支。王燕平带了，笔不出水是另外的事，这事应该自己负责。

老师 4 月 11 日批语：认识到错误的地方就要坚决地改正。

四月十五日　星期二　晴

今天上午下第二节课后，老师说会背“基本路线”的出去玩，不会背的在教室背。我背完就急着去玩了。可是有几个同学，他们牺牲了休息时间，去帮助不会背的同学，这种好品质我应该学习。

老师 4 月 16 日批语：要学习别人的优点，补自己不足之处。

四月二十一日　星期一　晴

今天学校开批斗大会，我们低年级不参加。放学的时候，老师让我自己走。

这说明老师信任我，但是我没有那样做，喝完水后就去看。看了一会，我想“校内要求”上写着“同学没事就马上回家”，但我没有按着这条去做。想到这里，我就自觉地离开学校了。

老师 4 月 22 日批语：知错能改就好。

六月十三日　星期五　晴

下午在上课时，我作业都写完了。老师就让我帮助老师判同学默写的课文，是照着我自己的判。在判的时候我发现自己有一个错，我开始想：“别告诉老师了，让老师画上个横道多不好看。可是又一想，给画出来，是对我今后有好处的。到底告诉还是不告诉老师呢？对！应该告诉老师。”想到这里，我就主动告诉老师了。通过这件事，我认识到，我虽然是个班长，但在学习上还不能自满；虽然老师让我判别人的，但是我也有不足之处。今后我要在学习上更加努力，不骄傲自满，改掉粗心的坏毛病，向别的同学学习，弥补自己的不足之处。

老师 6 月 14 日批语：你想得对，做得也正确，希望继续保持这种作风，一定更严格地要求自己，才能有更大进步。

六月二十四日　星期二　晴

今天下午我们班劳动，任务是用簸箕运土，虽然火红的太阳晒得特别热，但同学们干劲还是很大，干了一节课，老师就让停了，我们都拿着水碗去喝水。霍青同学宁愿自己不喝，也给同学扶着装水的桶，这种精神是值得我学习的。

七月二日　星期三　晴

今天我不小心摔了一跤，以后一定要注意。生活中人是经常摔跤的，但注意就可以不摔了。自己的缺点注意克服，就不会犯错误。这两种意思是一样的，所以今后我就要注意改正自己的缺点和错误。

一九七六年一月五日　星期一　晴

今天我在默写课文的时候一下子错了五个字，这说明我平时温习得不够，回家老师留的背诵我也没有背，这是不对的。我要向默写好的同学学习，做一个先进的红小兵。

一九七七年五月二十四日　星期二　晴转阴

今天下午，我看见罗进在院里用石头弹弓打东西，开始我也想去玩，可又一想，玩弹弓是一种不好的游戏，容易把玻璃打碎，弄不好还会打瞎眼睛，所以我就没有玩，可我却没有去劝说罗进不要玩，这就不对了。

老师批语：检讨得好。

七月七日　星期四　晴

今天下第三节课，我班有七个同学摔跤，老师说了他们，虽然老师没说我，但我下课也没有玩正当游戏，我和孔杰在楼道里追跑来着。下课应该玩正当游戏，可我却追跑，这是违反学校规定的。

老师批语：能做自我批评。

七月二十三日　星期六　雨

今天是我们算术预考，有一道小题我做错了，老师说这题出得不明确，可这也证明我有的题还学得不扎实，以后还应该认真复习。今天有一道应用题因为我没有认真分析，光凭自己的小聪明，所以开始就没有做对。刘彤同学很踏实，又认真地分析了，所以她就做对了。我应该向她学习，认真地分析。

八月三日　星期三　晴

今天下午，我正要找陈万刚去玩，忽然看见关春峰同学正在说服另一个表现不是很好的同学。我再仔细一听，原来他们有四个人成立了学雷锋小组，今天是活动日，可那个同学借故不去，关春峰同学正在耐心地做着那个同学的思想工作。我真佩服极了，我一定要向关春峰同学学习，做好同学的思想工作。

十二月十二日　星期一　晴

今天老师给我们拿来一道代数题让我们学着做，我由于没仔细分析题所以做错了。孙文胜同学就做对了，我一定要向他学习。

第八，培养学生努力锻炼身体，上好体育课，磨炼出坚强的意志，以达到德、智、体全面发展的目标

孙纹绣老师要求姚殊热爱劳动，积极参加力所能及的劳动和公益活动。

（一）努力锻炼身体，上好体育课，做到体育全达标

一九七五年五月二十九日　星期四　晴

今天体育课的任务是把黄土里的石头集中在一块，在找的时候，我们发现了一块很大的石头，开始只有几个人，后来同学都来了，大家一块就把石头搬走了。通过这件事，说明人多力量大就能把一件事情办好。

老师 5 月 30 日批语：写完日记要检查一两遍。（注：因为五月二十八和二十九日的日记中都有写错的字和漏写的字。）

十二月三日　星期三　晴

今天我校召开了冬季跳绳比赛大会，开这次大会的目的，是为了让同学

们更好地搞好冬季锻炼。我也参加了这次跳绳比赛，项目是跳单摇。跳绳比赛虽然比赛完了，但不等于我以后就不去跳绳了，跳绳还得继续练，要向跳得好的同学学习，把冬季锻炼搞好。

老师 12 月 4 日批语：把身体炼得棒棒的，准备更好地为人民服务。

十二月十九日　星期五　晴

今天下午，我参加了地区跳绳比赛大会，开始我很带劲，决心要跳出好成绩。虽然天气很冷，但我也没说一声冷字。可是当最后发奖的时候，我一听连一个奖都没有我们学校的，就像泄了气的皮球。心想费了那么大劲练，今天坐着又冻了半天，结果连一个奖也没有，还不如不参加呢。可是最后经老师一说，我懂得了我们比赛不是为了争奖，而是为了好好锻炼身体，我们没有得到奖也是因为事先我们没有练好。我们应该虚心向跳得好的同学学习，把跳绳跳得更好，把身体锻炼得更好。

老师改正了日记中写错的一个字。

一九七六年二月二十六日　星期四　晴

今天上体育课老师教我们立正稍息、向右看齐、解散和集合，因为我认真听了老师讲的各个动作要领，所以各个动作都学会了。下课了，虽然我两条腿很累，但心里是高兴的，因为我学会了各个动作。

三月二十三日　星期二　晴

今天早上老师让早来，好练习队列。我去的时候，别的早来的同学已经练上了。这就说明我迟到了，这是不应该的，也说明我还有娇气。今后，我一定要克服娇气的毛病，把队列练得更好。

老师批语：这是二十四日的事，大约二十三日你没记。

一九七七年七月八日 星期五 晴

今天天气非常炎热，丁零零……该上操了，同学们随着铃声迅速地站好，我站的地方正对着太阳光显得更加炎热，不一会就满头大汗，这时我就想让老师给我换一下地方，可我又一想，太阳晒的没有什么，解放军叔叔在烈日下站岗还是一动也不动，我这点算什么。对！应该向解放军叔叔学习，坚持下去，这样我就坚持把操做完了。

十月十日 星期一 晴

今天老师给我们说了怎样开运动会，为什么要开运动会。我原来本是不想参加运动会，可我一想到毛主席让我们锻炼身体我就充满了信心。我一定要认真锻炼身体，因为有了好的身体才能为革命认真工作，我一定要把身体练得棒棒的，日后为祖国做贡献。

十月二十六日 星期三 晴

今天我全部通过了国家体育锻炼标准，我心里很高兴，我想这是为革命锻炼身体，身体是革命的本钱，有了好的身体才能更好地为人民服务，今后我一定要认真锻炼身体。

十一月十五日 星期二 晴

今天我校举行了冬炼动员大会，会后我们举行了第一次长跑，冬炼就要开始了，我在冬炼里一定要努力学习，认真锻炼，在冬季长跑中努力做到坚持跑下去，争取跑完 2000 公里的全程，向科学现代化进军。

一九七八年十一月二十四日　星期五　晴

今天下午，我们在学校练习了跳绳，我是练习跳单摇的，我半分钟能跳115下，但魏老师还是指出了我的缺点。我一定要认真改正，争取再提高速度。12月10日就要开跳绳比赛大会了，我一定要认真练习，努力锻炼身体。

十一月二十七日　星期一　晴

今天刮着大风，我在上操的时候觉得很冷，就把手套给戴上了，这是怕冷的表现，达不到锻炼自己的目的。今后，我一定要克服各种困难锻炼自己。

十一月二十八日　星期二　晴

今天下午，我在家里练习了跳绳，因为我跳单摇比较熟了，所以我又在学双摇，这样我就都可以掌握了。我一定要认真锻炼身体，努力做到德、智、体全面发展。

十一月二十九日　星期三　晴

今天上体育课时我班练习跳绳，可是谷佳、张砚国却不好好地跳，老捣乱，体育老师很生气——希望他们努力锻炼身体，改掉身上的缺点。另外我也应该热情地帮助他们。

一九七七年十二月九日　星期五　晴

今天我们练习了跳绳，因为男生都想为班里争光，所以跳得比较好。明天就要比赛了，我们一定要认真努力地练习，这样才能锻炼身体增强体质，为班集体争光。

十二月十日　星期六　晴

今天我校进行了跳绳比赛，在比赛中我班跳得比较好。因为我们班平时经常练习，所以取得了好成绩。虽然我们跳得不错，但也还有缺点。我们一定不能骄傲，要认真坚持锻炼身体，做德、智、体全面发展的接班人。

姚姝五年级的作文：

记我校冬季跳绳比赛

“啪”一声清脆的跑枪声划破了校园的天空，好像就在这一刹那，“嗡嗡”的声音立刻堵住了我的耳朵。只见操场上，矫健的小运动员们像一只只轻快的燕子，绳子在他们手中就像失去了作用，由他们任意摆布（老师在这四个字的下面画了红线）。一年级的小同学虽然很小，但也不示弱（老师在这三个字的下面画了红线），一个个小脸蛋上显得有些紧张，但是很有朝气。我们班的场地上更是精彩（老师在“精彩”这两个字的下面画了红线）。谷佳同学的双摇真是太引人注目了，“一个、两个、三个……五十二”“哈！太好了！”我情不自禁地叫了起来，看着看着，我的思绪又回到了几个星期前。

那是一天的下午，我们响应了体育老师的动员，同学们一听说举行跳绳比赛，那个高兴劲就别提了，有的说：“咱们班体质比较差，早该锻炼啦！”有的说：“咱们一定要好好练习，为班集体争光。”总之，同学们的劲头可大了。别看是这么说，同学们也是这样做的。下午一放学，操场上立刻出现了练跳绳的同学，有练双摇的、单摇的、集体八字的。不管是刮大风还是下大雪，同学们总是态度认真地练着。有一次我班抡大绳的杜培新、张勇常由于老练，腕子都有些肿了，同学们劝他俩休息，可他俩却说：“为革命锻炼身体嘛！没关系，练吧！”“练吧！”这句话简直成了同学们的口头禅。经过几星期的刻苦练习，同学们的跳绳技术大大提高了。可以说已是万事俱备，只欠东风了。男子八字长绳开始比赛，“哦！哦！该上场了。”我离开了座位向比赛场走去。

这时我屏住气，有些紧张地等待着命令，“啪！”同学们一个接一个地跳了起来……我又向别的比赛场地望去，只见大跳绳卷着尘土在空中一闪一闪，初二的同学跳得真是难以形容。“啪！”随着跳绳的停止，我回到了座位，出于急切的心情，我赶忙问结果，“二百八十一”，好像达到了我的心理预期。“这样好的成绩饱含着同学们的心血啊！”我的心里想着。

我校同学正在为革命努力锻炼身体，争三好，老一辈革命家未做完的工作正等待着我们去做……

老师给这篇作文的成绩判为“优”，评语是：记得具体，有些形容词用得好，插叙这段可压缩点。

（二）热爱劳动，积极参加力所能及的劳动和公益活动

一九七五年三月三十日　星期日　晴

今天是星期日，晚上我们人大的向阳大院（注：由中国人民大学铁一号家属委员会主办的校外活动站）终于成立了。开始大家一块唱了《东方红》，然后向阳院的负责同志以及其他有关部门的代表都发了言。最后还给我们放了电影，虽然风很大，但是人们的心却是热乎乎的。大家都想着把向阳院变成毛泽东思想的大院。

五月十七日　星期六　晴

今天上午，我们班拿簸箕运土，同学们干劲都很大，我也运了好多簸箕，可是比上别的同学还差得很远。开始我干得很欢，到了后来就觉得有些累了。当我想到雷锋叔叔带病运砖的情景，就不觉得累了，而且坚持干了下去。

六月六日　星期五　晴

今天我们带着簸箕来到操场运渣土，我是给同学铲土的，虽然天气很热，

但是我们也没歇着。干了一会儿，我身上的汗水如下雨似的掉下来。我只是擦了一把就又接着干，但是和别的同学相比我还差得很远，我一定要向劳动好的同学学习。

六月十一日　星期三　晴

今天上午，我们三年级全体同学都参加了运土的劳动，同学们干得热火朝天，干劲十足。我和张辉一块并肩劳动，我俩好像洗澡一般，汗如雨下（老师在“好像洗澡一般，汗如雨下”句子的下面，用红笔打了圆圈），干完以后，虽然身上全是土，脸上全是泥，但心里是舒服的（老师在“心里是舒服的”句子的下面用红笔打了圆圈）。

六月二十一日　星期六　晴

今天老师选了几个红小兵和两个同学下午来学校刷墙，其中有我。下午来学校后，我们先是擦玻璃，等老师来了以后我们就开始刷墙了，虽然大白灰弄了我一身，但我看着刷好了的墙，心里是高兴的。

六月二十三日　星期一　晴

今天团员和老师计划在我们班开会，老师留下了我和几个同学，让我们刷墙和做扫除，做完以后，我去给唐老师送钥匙的时候，一问又不开了。这时我想，白费了那么多力，结果又不开了。可是我又一想，做扫除是应该的，反正都是为了班上的清洁，我就愉快地回家了。

老师批语：难道平时你们不做扫除吗？这种思想不对头。只不过咱们赶了一下时间罢了！

一九七六年一月十日　星期六　晴

今天因全体老师开会要用我们班的教室，所以我们班还没到第四节课，老师就让大部分同学回家了，只留下一小部分同学扫除。我本来想我不劳动了吧，反正老师也不会选我，我还得吃食堂饭（注：如前所述，因父亲出差，母亲白天上班，下午很晚才回家，姚殊午饭和晚饭都在住处职工食堂买饭），可又一想，现在还不到吃饭的时间，做一会扫除误不了吃饭，然后我就自愿留下了。今后我一定要在家里和学校都多劳动。

二月十八日　星期三　晴

今天我正在玩，就看见向阳院主任正在校外活动站生炉子，就主动进去帮助生炉子。今后我一定要多做这样的好事。

三月七日　星期日　晴

好久没有参加向阳院的大扫除了，今天我起得比较早就参加了。我不能光在家里劳动，不在向阳院里劳动，应该关心集体。我老不参加，说明我对集体关心不够，劳动观念不强。今天我参加了是一点点进步，今后我一定要坚持下去。

四月十八日　星期日　晴

今天早上向阳院做大扫除，我也参加了，扫完院子以后，向阳院负责人又要我们捡砖头。我想昨天刚劳动完（注：到农村学农参加劳动），挺累的，别去了，可是又一想，我应该发扬连续作战的精神。（老师在这句话的下面用红笔画了红线，并批语：很好）想到这，我就愉快地去捡了。

一九七七年五月二十九日　星期日　阴

今天早上院里人都在外面打扫院子，可我却在屋里睡大觉，这就是我不爱劳动的表现。平常我在院里还很爱砍石头扔纸团，我不仅没打扫卫生，还破坏卫生，这就更不对了。下个星期日我一定要积极扫院子，平常还要保护好院里的环境卫生。

七月四日 星期一 晴

今天是我们第一、二小队做扫除，我开始想干什么非让我们去做扫除，他们就可以回家了，思想没有想通干活也就没有劲。这时雷锋叔叔利用星期日为工地推砖的形象闪现在我的面前，我的劲足了。心想，这是为学校、为班级，牺牲自己的时间也是值得的。这时我看到装笤帚的三角柜里废纸和脏土太多，我就主动清理起来。这里灰尘太多直往嘴里灌，可想到了雷锋叔叔的光辉形象，我就坚持干完了。

八月十五日 星期一 晴

今天向阳院里交给我和妹妹一个任务，向阳院要办画展，让我和妹妹一人画一幅画参加画展。开始接到这个任务我很不想干，心想为啥让我画呢，让别人画行不行呢。开始我就觉得是个苦差事，可后来一想，画画是宣传毛泽东思想，再说让我画也是向阳院对我的信任。这样我就认真地画了起来。

八月二十日 星期六 晴

今天老师用联络网（注：正值暑假期间）把我和许多同学叫到学校去搬教室，我听到以后马上去了。到了学校我就干了起来，可干了一会就觉得特别累，再加上天气太热，个个都是满头大汗。尽管这样，我们还是坚持干到底，完成了任务。

十月二十三日 星期日 晴

今天我又像每个星期天一样拿起笤帚到向阳院参加打扫卫生的活动，可这时张兵同学找我来玩，心想先玩会去吧，可又一想还是先打扫卫生要紧，这样我马上拿起笤帚干了起来。

一九七八年十一月九日　星期四　晴

今天我们来到了太阳宫公社参加抱大白菜的劳动，劳动一开始，我们就热火朝天地干了起来。我一下子抱了四五棵大白菜，脚下像踩着风，一会就抱了三四十棵。可干了一会我就没有劲了，脚步也慢了，抱的大白菜也少了。但一想到这次劳动是个锻炼的好机会，我便又加快了步伐，终于我抱得又多又快了。这次劳动在中午十一点半左右就结束了，我们迈着整齐的步伐赶回了学校。

第九，老师言传身教，做学生的知心朋友

孙纹绣老师对姚殊既严厉又爱护，师生之间能够思想交流，说真心话，互相关心。

一九七五年五月三十日　星期五　晴

明天老师就要休息了，因为老师的病又加重了。老师休假后，班上的事情，就寄托在我们红小兵、值日生、班干部身上了，我们要协助代课的老师把班上的每件事搞好。

六月五日　星期四　晴

今天，赵老师、霍青、曾小红、张勇常、张辉、杨海燕和我一起去看孙老师。来到孙老师家后，我们刚坐下，孙老师就拿出红枣给我们吃，还向我们问班里的情况。我要向孙老师这种虽然病在家里，但心却想着我们的精神学习。

六月九日　星期一　晴

今天孙老师又给我们上课了，因为今天没有老师给代课。孙老师虽然来了，

但我们班干部工作也不能松，要像老师没来的时候那样干，把班里的样样工作搞好。

六月十七日　星期二　晴

我发了两天烧，今天还有些拉肚子，身体还虚弱，所以还不能去上学。这几天我一直在拉肚子，不能上学，真是叫人着急。

老师批语：别着急，以后吃东西应该注意，不要生病才好。

六月十八日　星期三　晴

两天没有见着老师和同学们了，今天终于重返课堂，我在病假期落下了许多功课，我一定要把这些落下的功课都补齐。

老师批语：现在也不需要补什么，抽时间老师给你说一下算术就行了，只是要细心、踏实。

十二月二十三日　星期二　晴

今天早上我和几个同学刚到学校就看见屋里有许多烟，但我和那几个同学都没管，怕呛着都跑到外头来了，可是老师来了以后马上自己进去了，有几个同学也要进去，却被老师轰了出来，直到屋里没有烟了才让我们进去。原来烟筒口被煤灰给堵住了，烟出不去，就都往屋里冒了。我一定要学习老师这种舍己为人的精神。

十二月二十七日　星期六　晴

给老师提一点意见：

毛主席教导："没有调查研究就没有发言权。"今天中午我们学校决定做大扫除，把一部分同学留下做，学校为了扫除能做得长一点，把课间操半个钟头的时间占掉了。第四节课的下课铃已经打了很长时间老师才让做大扫除，当时我向老师请假回家去买饭，去晚了就买不着了。可是老师也没看表就说还早着呢。可我和王艳萍第一个走的时候就十二点十分了。我认为老师没有看表就说还早是不对的，希望老师改正。

老师批语：接受你正确的意见，以后注意改正。

一九七六年一月二十二日　星期四　晴

今天天气非常冷，在上操的时候我没戴手套手很冷，开始老是缩着手，可是我想到珍宝岛的解放军战士趴在地里一动不动不比现在还冷，这一点冷又算得了什么？后来，我就把手伸出来用力做了起来。

老师 1 月 23 日语重心长地写了这样的批语：最近你不够踏实，对学习又不认真，因此作业上经常发生不应有的错误，大考的语文和算术上都有错误，这是多么不好啊！

四月二十八日　星期三　晴

今天下午我班开班会，老师说让我们同学给老师提做得不对的地方，每提一条老师都虚心地听着。我有时别人给我提意见，我就不耐心听，这是不对的，提意见是帮助自己改正错误，应该虚心地听，今后一定向老师的这种态度学习。

一九七七年六月十七日　星期五　晴

今天同学们来到学校上早读，我只把早读要做的作业一布置后就不管了，只知道自己看小说，同学们打闹也没有管，直到老师批评我时，我才想起这件事来，当上了标兵更应该努力工作，为班里服务，可是我却在退步。

老师批语：应该随时向自己散漫的毛病进行斗争，随时想到自己应起的作用。

第十，学校组织多种活动、采用多种方式，使学生从中受到教育

例如：组织各种活动，使学生向英雄人物、工农兵知识分子先进人物学习；组织学生学工学农，注意学习工人和贫下中农的优秀品质；组织学生看主旋律的电影，使学生从中受到教育。以上种种，激励学生刻苦学习科学文化知识，长大为建设社会主义国家贡献力量。孙纹绣老师要求姚殊以实际行动积极参加上述活动，鞭策他不断进步。

（一）向英雄人物和工农兵知识分子先进人物学习

一九七五年五月十二日　星期一　雨

今天我们来到交道口纸品厂参观学习，这里原来是一个只有十几个人的小厂，可是现在小厂变成了大厂，能生产许多纸盒，有的还出口了，这真是变了样。这也充分显示了我国工人阶级的力量。今后，我一定要向工人阶级学习。

老师批语：要把字写工整。

六月十日　星期二　晴

今天北京地毯厂的张阿姨给我们忆了苦，上了一堂生动的阶级教育课。我们现在的生活要和张阿姨那时的生活比起来真是大不一样。我们一定不忘阶级苦，牢记血泪仇。

七月三十一日　星期四　晴

今天妈妈带我参观了鲁迅博物馆和鲁迅旧居。鲁迅是我国的革命家、思

想家、文学家，我一定要像鲁迅那样对革命工作满腔热情，对阶级敌人无比痛恨，做一名优秀的红小兵战士。

八月一日　星期五　晴

今天是八一建军节，妈妈带我参观了北京东方红炼油厂和橡胶厂等一些工厂。我参观完很激动，又想起了我国石油困难时期，还得依靠国外进口的洋油。可是在毛主席领导下，我国的石油工人不怕艰难困苦打出了我国第一口油井，扔掉了石油落后的帽子。现在眼前这样多的石油，是石油工人用血汗换来的，这是毛主席革命路线的伟大胜利。通过参观使我知道了工人阶级的伟大，我一定要向工人叔叔学习，长大为国家多做贡献。

一九七六年二月二十五日　星期三　晴

今天我们三、四年级请来了解放军王叔叔给我们做报告，讲了解放军的优良传统。王叔叔很小就参加了革命，参加过中国解放战争、抗美援朝战争和中越边境自卫还击作战。他用他的亲身经历讲了过去解放战争的艰苦，没有文化的痛苦和不遵守纪律而付出的不必要的牺牲，并和今昔对比。这次报告会使我更加认识了不学习文化的害处，不遵守纪律的危害。今后，我一定要好好学习文化遵守革命纪律，让我们的红色江山永远不变颜色。

老师 2 月 26 日批语：好！

三月十九日　星期五　晴

今天老师带我们参观了泥塑展览。我怀着激动的心情观看了全部展览。这次展览给我们上了一堂生动的阶级斗争课，使我们知道了在旧社会劳动人民的痛苦，地主恶霸吃喝玩乐地享受生活。

姚殊参观北京东方红炼油厂时留影。

四月二十七日　星期二　晴

今天我们请北剪子巷粮店的石叔叔给我们讲了粮食战线的阶级斗争、毛主席关于粮食的一些指示和人民政府关心群众生活直接抓粮食生产的一些事。石叔叔说每天晚上还得结账，多了或少了都得给上级写报告。石叔叔还给我们讲了节约粮食的意义，还计算了一下一个人一天节约一粒粮食，全国就可以节约 28000 斤粮食（老师将这句中姚殊写的“2800 万斤”中的“万”字改成一个“0”字）。今后我一定要不浪费粮食，自觉节约粮食。

一九七七年七月十日　星期日　晴

今天我看完小说《红岩》，故事中的革命烈士给我留下了深刻的印象，我太佩服他们了，尤其是革命烈士江姐的革命精神更是使人佩服。江姐在敌人给她往手指尖里钉竹签的时候，她对敌人的酷刑一点也不害怕，最后她说道：“毒刑拷打是太小的考验，竹签子是竹子做的，共产党员的意志是钢铁。”虽然最后江姐光荣牺牲，但她的革命精神将永远鼓舞着我们前进。

八月十六日　星期二　晴

今天我看了一本小儿书，名叫《滚雷英雄罗光燮》，罗光燮从小就受压迫、受剥削，在罗光燮幼小的心里就埋着仇恨的火焰。一九四九年他的家乡解放了，罗光燮非常热爱农业社，把它当作自己的家。1958 年罗光燮光荣地加入了共青团，1960 年他参加了人民解放军，在部队里，他认真学习毛主席著作，认真练兵。1962 年他参加了中印边境自卫反击战，在战斗中为了开辟胜利的道路，舍身滚雷壮烈牺牲。我一定要向罗光燮烈士学习，学习他一不怕苦二不怕死的革命精神，学习他认真学习毛主席著作的刻苦精神。

十一月十八日　星期五　晴

今天一个阿姨给我们做了一个报告，题目是“为革命努力学习”。这个阿姨曾经在延安的一所小学校里念书，当时的条件是很苦的，但是他们还认真地学习。今天我们的条件是多么的好呀，我们没有理由不去好好学习。

十一月三十日　星期三　晴

今天科学研究所的叔叔给我们讲了世界科学技术和我国科学技术的比较，一讲我才知道我国与世界像落后一个时代。这是由于“三座大山”的压迫造成的。这就更需要我们努力学习文化，长大为实现四个现代化而努力奋斗。

一九七八年二月三日　星期五　晴

今天我们在宏伟的首都体育馆召开了首都科学家劳动模范青少年春节联欢会。方毅、倪志福等同志也都参加了大会。会上，老科学家周培源给我们讲了话，勉励我们要好好学习，为实现四个现代化而努力奋斗。劳动模范也讲了话。高士其伯伯因病没来参加我们的大会，他写一首诗《春天》致首都的青少年。大会上还演了一些节目，有些老科学家还兴致勃勃地为我们演唱了歌曲。通过这次大会对我有很大教育，今后我一定要认真地努力学习，为早日实现“四个现代化”而努力奋斗。

（二）学工学农，学习工人和贫下中农的优秀品质

一九七五年四月十二日　星期六　晴

今天上午我校召开了学工学农动员大会，在会前我们高呼口号，在会上请工人和贫下中农代表发了言。学工学农是搞好开门办学唯一的出路，我们要坚决走毛主席指引的“五七道路”，搞好开门办学，走出去，请进来，与工农兵相结合，做革命事业的接班人。

老师批语：应该这样想，将来照这样做。

一九七六年三月一日　星期一　晴

今天上午，我们四年级请来了副食店的宋师傅，让他结合实际给我们讲小数点的意义和学算盘的意义。宋师傅讲的我们都能听懂，这比老师在教室里讲的还容易懂，因为这是结合实际讲的。听完了以后，学校紧接着给我们做了学工学农动员。过去的学生见了大粪车都捂着鼻子走过去，可是现在的学生可以和贫下中农一块撒粪，这是过去的学生所做不到的。我一定要积极参加学工学农，在学工学农中锻炼自己。

老师批语：好。

四月九日　星期五　晴

今天太阳宫公社第二生产队的王叔叔给我们做了学农的动员，下星期我们就要去学农了，这是我们向贫下中农学习的极好机会。我在学农中一定要做到一切行动听指挥，不搞特殊化，在学农中克服娇气，锻炼自己。

老师批语：好。

四月十二日　星期一　晴

今天我们听了下乡知识青年许叔叔到农村后的一些收获体会后，我们认为许叔叔结合实际讲得非常好。许叔叔鼓励我们在学农中一定要虚心接受贫下中农的再教育，向贫下中农学习。我在学农中一定要做到。

老师改正了日记中写错的一个字，并补上了一处写漏的一个字。

四月十四日　星期三　晴

明天我们就要去学农了，今天我把学农中要用的东西准备好，明天就会不迟到（老师在这句话的下面用红笔打了曲线，并批语：应该这样），在学农中我一定虚心接受贫下中农的再教育，把这次学农搞好。

四月十五日　星期四　晴

今天是我们学农的第一天，刚走进生产队我就觉得有股臭味，我想：真臭，还不如不来呢，可又一想："没有大粪臭哪有五谷香，贫下中农每天和粪打交道为什么不嫌臭，而我们却嫌臭呢？"（老师在这些句子的下面用红笔打了曲线）想到这里我就不觉得臭了，我们就向劳动的地方走去。在劳动中给我们分工的是贫农王奶奶，王奶奶年纪很大了，但为了普及大寨县为建设社会主义还辛勤地劳动着（姚殊将辛勤的"辛"写成了幸福的"幸"，老师用红笔改正），看到这些身上力量增添了，我一定要向王奶奶学习，虚心接受贫下中农的再教育。我们的任务是捡稻草，我开始干得很起劲，可是干了一会稻草扎得手非常痛，就有点不想干了，可是一想到贫下中农战天斗地的革命精神，我就又接着干了起来。这次学农，使我们很受教育，在后两天的学农劳动中，我一定要虚心接受贫下中农的再教育，把学农搞好。

四月十六日　星期五　晴

今天是学农的第二天，我们的任务是种老玉米。我先想这还不会，挖一个坑搁几粒种子就可以了，所以就没怎么好好听贫下中农讲。在种的时候坑老挖不好，很长时间才挖一个坑，可是贫下中农却非常熟练，这都是我们不经常干活的缘故（老师在这句的下面用红笔画了曲线），也是我不听讲的结果，今后我一定要认真听，把事情做好。

四月十七日　星期六　晴

今天是学农的最后一天了，我们的任务是抱竹竿拆帐子。辅导员给我们讲完后，我们就分头干了起来，同学们干得非常起劲，本来让我们拆四排，可是我们一下子拆了九排。劳动结束后，王奶奶就我们三天劳动的情况进行了总结。在三天的劳动中，我们在贫下中农身上学到了许多高贵的革命品质。今后我们一定要与工农兵相结合，大小课堂结合，拜工农兵为师，把开门办学搞好。

老师批语：这三天日记记得很好。

一九七七年六月十三日　星期一　晴

今天是我们班学工的第一天，开始我干得非常欢，不一会儿就叠完了一百个纸盒。两节课过去了，我已经叠完了三百个，正要再拿一百个，看见该我拿的那一百个很不整齐，就有些不想要，想抽着拿，可是一想："这就是自私自利，把不好叠的让给别人，我应该把方便让给别人，把困难留给自己。"这样我就拿了那一百个叠了起来，叠了一会儿，手被纸盒拉得挺疼，就想慢慢地干，可这时大庆人的先进事迹闪现在我面前，我又鼓起勇气忍着疼叠了起来。

老师批语：这种精神要发扬。

六月十四日　星期二　晴

今天是学工的第二天，我们今天是干半天，我共叠了八百个纸盒。我旁边的刘立新手划破了，但他还是认真叠，一声也不哼。今天我叠的纸盒是比较快，但质量没有昨天好。毛主席说，多快好省地建设社会主义，我光图快没有做到好，明天我一定要注意这个问题。

六月十六日　星期四　阴转晴

学工已经过去了一半，今天我总共叠了一千一百个纸盒，这是因为下午我去开了一节课会，所以比别的同学少了一些。今天我完成的质量不太好，有好几个都重叠了。在学工中，谷佳同学拿六十六充做一百，老师问他，他还不承认，欺骗老师。问他就是为了让他叠得更好。欺骗老师这是一种坏思想，我们一定不能学，要对这种坏思想进行斗争。

老师指出了日记中一个错字。

六月十八日　星期六　晴

一周的学工胜利结束了，我在学工中学到了许多工人阶级的好思想、好品质。通过一星期来的学工，也说明了我身上还有自私自利的表现，还缺乏劳动锻炼，也暴露了我们身上的资产阶级思想。今后我们一定要多多劳动，在下次学工中发扬优点，改正缺点。

六月十九日　星期日　晴

明天我们就要去农村参加紧张的三夏劳动，当前农村形势一片大好，在这大好形势下去学农是考验我们的好机会。在这虎口夺粮的紧张时刻，我们一定要为农村贡献力量。我在农村里一定要不怕苦、不怕累，认真听指挥，在这两天多时间里为农村贡献力量。

六月二十日　星期一　晴

今天我们来到了太阳宫公社第二生产队参加三夏劳动，开始我们干的是摘扁豆。这活看起来很容易，可一实干起来却很费劲，不是错摘了小扁豆，就是没摘干净。我干得很慢，还自认为我摘的扁豆多，可一看陈万刚比我的还多，陈万刚给我介绍了摘得快的经验，所以最后我就摘得快了。

摘了扁豆休息了一会儿我们又去拔草，我在拔草中看到有些小青蛙就想去逮，于是我就逮了一个。我没让老师发现，所以老师没批评我，但这是不对的，明天我一定要改正。

老师批语：应该自我批评。

六月二十一日　星期二　晴

今天是学农的第二天，我们干的活是拔草，拔老玉米地里的草。我们看见一棵棵小草像敌人一样围在老玉米中间吸着它的营养。我开始拔得特别快，不一会儿碰到了一些上面长满小刺的草，这种草特别长很讨厌，可一拔挨在上面还很难受。这时我就想把这草尽快干掉，正当我马上想用手使劲拔掉的时候，发现这个草的根没刺，我就捏住根使劲一拔就把这个“敌人”消灭了。通过两天劳动使我体会了贫下中农的好思想、好品质，也对比我们身上存在的资产阶级思想，我一定努力向贫下中农学习，改造自己的世界观。

十月十四日　星期五　晴

今天学校进行了学农动员，我们在下星期就要去太阳宫公社进行学农了，在这次学农中，我一定要做到以下几点：

1. 虚心向贫下中农学习。

2. 听从指挥。

3. 劳动时不怕苦、不怕累。

4. 不逮虫子。

5. 对小组长工作认真负责。

我一定说到做到，认真学农。

十月十七日　星期一　晴

今天是学农的第一天，我们迈着整齐的步伐来到了太阳宫公社，我们的任务是拔芥菜疙瘩，劳动开始了，同学们就你追我赶地干了起来。我们拔得很快，不一会儿就拔了一大片，可运输起来却很费力气。我看到筐太少了，就主动脱下衣服用衣服运，最后终于突击运完了。我看到这些丰收的果实，心里非常的高兴。

十月十八日　星期二　晴

今天是学农的第二天，我们的任务是摘扁豆。扁豆有干的和青的，干的放一堆，青的放另一堆。这个活虽不像昨天那样累，但是却是个细致活，一不小心就很容易落下许多个。这样我就认真仔细地干，不让落下一个。因为我想这是贫下中农经过许多个黑天白夜才种成的，是他们辛勤劳动的成果，这样我就特别地仔细。

十月十九日　星期三　晴

今天和前一天的活一样，也是拔芥菜疙瘩，但今天比第一天还费劲，因为今天我们是在一条大沟边上劳动，道路很不好走。拔倒不算什么，主要是运，运本来就费劲，再加上道不好走，没运上几筐就累得满头大汗。这时，我就想休息一会儿，可我一想到贫下中农战天斗地的革命精神，身上就增添了无穷的力量，这样我又继续干了起来，终于干完了。

姚殊五年级的作文：

记一次劳动

大白菜是我们经常吃的蔬菜，它对我们来说是再熟悉不过了吧！那你再想想，抱大白菜那该是多么有意义啊！（老师对这一段写了眉批：开头引人注意）

这天早上，我们来到了太阳宫公社，队长把我们领到了一片白菜地旁。因为刚下过小雨，所以地皮显得湿乎乎的（老师在“湿乎乎的”下面用红笔打了曲线），水珠从大白菜的菜叶上流下来。看着这一棵棵粗大的白菜，我的眼前又浮现出贫下中农起五更睡半夜精心护理蔬菜的动人情景。“一定不能损坏白菜！”好像是受了贫下中农革命精神的感染，我心里暗暗下了决心。“同学们干吧！”我的手早就痒痒了，一听到老师的命令便拼命地干起来，衣服被打湿了，下巴上沾了泥。但我们似乎没有看见也没有感觉到，心里只想着一个字“干”。在全体同学的努力下，满地的大白菜顷刻之间已成了高大的白菜垛，这凝结着贫下中农精心浇灌和同学们认真劳动的心血啊！……劳动的第一回合胜利啦！第一个任务完成啦！

但剩下的任务也是很艰巨的，那就是把大白菜叶拢在一起，大概你会知道白菜叶还是养猪的最好饲料呢。又一个战役打响了，我又认真地干了起来，白菜叶慢慢地像被什么东西吸住一样都收拢了。我看看自己的手套，再看看同学们的手套已被染成了黑色，我不禁愉快地说：“任务完成了，终于完成了。”“同学们，咱们再把那块地包了好不好呀？”“好！”同学们又蜂窝着向那块地跑去。我口上说“好”，可心里却在嘀咕：“任务已经完成了，为什么还要超额？我真不明白。”想着想着，我的手也不听使唤了，不觉慢了下来，再看到别的班同学都回家了，我真有点不愿意干了。终于额外的任务也完成了。同学们都沉浸在欢快之中。我的思想也随着转变了，开始醒悟了。

回家的路上，贫下中农那高大的形象又出现在我的眼前，河水哗啦哗啦地流着，它好像正冲击着我头脑里的资产阶级臭思想……（老师对这一段写了批语：含蓄的结尾很好）

老师对这篇作文的成绩判为“优”，最后的批语是：有的词用得好，句式也较好，注意词要用准确。

（三）观看主旋律电影，使学生从中受到教育

一九七五年六月二十八日　星期六　晴

今天下午我们来到学校看了三部电影，在看《成昆铁路》这部电影的时候，我看到了我国工人阶级和铁道兵指战员不畏艰险架大桥、凿隧道，使成昆铁路在七月一日胜利通车。

十二月十六日　星期二　晴

今天我刚到学校同学就问我带看电影的钱没有，我一听，心想糟了，我忘带钱了，可是又一想爸爸还给了我一块钱是让我买关东糖的。我拿买关东糖的钱买票看电影是看还是不看，思想上展开了斗争。是吃糖重要还是看电影重要，再说电影票就几分钱，剩下的钱也可以买嘛！对，拿买关东糖的钱订电影票，我下了决心，然后就去交订电影票的钱了。

一九七六年一月二十七日　星期二　晴

今天我看了《黄河少年》的电影，影片中的小英雄赵志燕给我留下了很深的印象。我一定要学习他，学习他胆大心细、机智勇敢的革命精神，学习他不顾个人安危、舍身救人的革命精神。

二月三日　星期二　晴

今天我看了一部《我们都是向阳花》的电影，电影表现了我们少年儿童茁壮成长，我们的祖国欣欣向荣、蒸蒸日上的情况。而决不像"反华小丑"所说的那样，这是给"反华小丑"又一记响亮的耳光，我们一定要用我们的双手把祖国建设得更加美好。

二月五日　星期四　晴

今天我看了一部名叫《阿勇》的电影，影片中的阿勇给我留下了深刻的印象。阿勇是贫农的后代，当他和红小兵们接受了放鸭任务以后，他们就不管风吹雨打，每天坚持放鸭，同阶级敌人的种种破坏进行了顽强的斗争，并拉过来了后进的战友。我一定要学习阿勇机智勇敢、提高警惕的革命精神。

二月八日　星期日　晴

今天我又一次看了《金姬和银姬的命运》的电影，使我更理解了这部电影的意义。金姬刚开始生活在北方，在金日成将军身边，从小就过着幸福的生活。但金姬不知道幸福是怎么来的，认为："幸福就是幸福。"后来由于金姬受到父母的教育渐渐懂得了幸福来之不易。我也是在红旗下长大的，开始也和金姬一样认识不清幸福到底是怎么来的（老师在这一句的下面用红笔打了曲线）。后来经过老师和家长的教育，才懂得了幸福是革命老前辈不怕牺牲流血流汗换来的。我们一定要做无产阶级革命事业需要的接班人（老师在这一整句的下面用红笔打了曲线），决不能让革命前辈的血白流。

三月八日　星期一　晴

今天我看了《难忘的战斗》的电影，影片拍得比较生动，讲述了中国共产党的一支购粮队在党的领导下，依靠群众同土匪进行斗争的事迹，描写了田文中赵冬生等英雄人物，赵冬生后来为了保护粮食献出了自己宝贵的生命。影片最后故意留下一个坏蛋，表示阶级敌人还在，在社会主义阶段还有阶级斗争，我们决不能丧失革命警惕性（老师在"表示"以后这句的下面用红笔打了曲线）。

老师批语：体会很深。

三月二十日　星期六　晴

今天我看了《节振国》的电影，电影主要说了开滦煤矿工人阶级打日本鬼子的故事。影片突出了节振国这个英雄形象，开始因为没有跟党走造成了很大伤亡，后来因为走上了革命道路跟党走，所以战胜了敌人，取得了胜利。以后我一定要听党的话，党叫干啥就干啥。

一九七七年五月二日　星期一　晴

今天我高高兴兴地来到电影院观看电影《祖国啊，母亲》，我深深地被电影的故事吸引住了，影片中的巴特尔是个蒙古族的八路军，他在党的领导下领导农奴同地主王爷贵族进行了斗争。他既勇敢又机智。可是红格呢，她虽然很英勇，但却不知道用计，有些莽撞。我们在工作时应该会工作，不能像红格一样，我一定要向巴特尔学习。

五月四日　星期三　晴

今天我看了电影《年轻的一代》，电影中就两个问题进行了斗争：是留在大城市过着资产阶级所谓的幸福生活，还是听从分配到祖国最需要的地方去。有着为革命奋斗到底的决心的肖继业虽然一只脚有被锯掉的危险，但他仍要继续工作，而受了资产阶级思想腐蚀的林育生为了留在上海，欺骗组织当了资产阶级俘虏。他为什么会这样呢？这就是因为他平时不注意学习毛主席著作，贪图享受。这是一个教训。我一定要自觉抵制资产阶级思想的侵蚀，做德、智、体全面发展的好学生。

老师将日记中“贪吃想受”改为“贪图享受”。

八月十日　星期三　晴

今天我看了电影《上甘岭》，看完以后使我很受教育。在电影中描述了中国人民志愿军在上甘岭痛歼敌人的动人情景。当时因为考虑到敌人太多，中国人民志愿军便主动隐蔽在坑道，坑道里吃水贵如油，敌人把水坑都控制住了，战士们都渴得不行，说话也都很困难，可是他们照样坚持战斗打击敌人。这种顽强的斗争精神将永远是我们学习的榜样，我们一定要踏着烈士的足迹把革命红旗扛到底。

九月十二日　星期一　晴

今天我看了电影纪录片《毛主席在中南海住过的地方》，毛主席睡的床、穿的睡衣和鞋，还有毛主席盖的毛巾被全是很朴素的。毛主席还经常到小菜园里去参加劳动，毛主席的思想多么崇高啊！我们一定要继承毛主席的遗志，把毛主席开创的无产阶级革命事业进行到底！

十月六日　星期四　晴

今天我看了《智取华山》的电影，国民党保安五旅旅长方子乔逃到了华山妄想依仗天险，同人民反抗。我英雄的中国人民解放军在侦察参谋刘明基的带领下依靠群众，打破了“华山自古一条路”的传说，依靠无穷的力量和智慧智取了华山。我一定要向他们学习，做一个革命接班人。

十月七日　星期五　晴

今天我看了《白求恩大夫》的电影。白求恩大夫是加拿大共产党员，为了帮助中国的抗日战争来到了中国。白求恩一来中国就带着战地医疗队转战多个战场，在极端艰难的环境中为伤员治伤。

有一次为了救治一个伤员，白求恩让同志们在他身上抽血，使这个伤员获得了新生，晚上他还去病房为伤员盖被子。

1939 年冬天，白求恩在抗日前线涞源摩天岭抢救伤员时，手指感染中毒医治无效，于 1939 年 11 月 12 日光荣地牺牲了。

我一定要学习白求恩同志这种全心全意地为人民无私奉献的精神。

十二月八日　星期四　晴

今天我看了电影《青年鲁班》。电影中的李三辈同志为革命刻苦钻研，大搞革新，虽然遇到了许多困难，但是他有一股钻研的精神，所以他就能干出成绩来。我一定要学习他的钻研精神。

姚殊五年级的作文：

《烈火中永生》观后感

今天，我显得格外地高兴，脚底下简直像带着风。你大概还不知道吧，我们今天要去看歌颂革命先烈可歌可泣的革命斗争的故事影片——《烈火中永生》。

丁零零……电影开始了，我屏住气仔细地看着银幕上出现了许云峰的高大形象，看！“斗争就这样开始了……”

“竹签子毕竟是竹子做的，共产党员的意志是钢铁。”听！这铿锵的声音，它表现着共产党员钢铁般的意志。江姐因为叛徒的出卖不幸被捕，在敌人的严刑拷打面前，她表现得是那样坚强，她使敌人颤抖了，她使敌人的阴谋彻底破产了。

这时电影把人们带进了一个黑黑的地牢，革命的烈士许云峰就被敌人关在这里。这时，我们的地下人员“疯老头”华子良来通知许云峰转移，此时许云峰已用戴着镣铐的双手挖开了狱墙的砖石，为战友越狱突围准备了洞口。但许云峰为了让别的战友胜利越狱，他不顾个人安危毅然放弃这次机会留下了。不一会儿，敌人的处长来了，在这生命的最后一刻，许云峰自豪地说道：“我能从一个穷苦人变成一个能使敌人害怕的人，能够为人民而献身，感到无比光荣和自豪。”看！这就是一个革命者对于为共产主义而献身的崇高理想。

回家的路上，革命烈士的高大形象又一幕幕地闪现在我的眼前，他们好像是在说：“你们要继续战斗，永远革命，要珍惜今天的幸福生活，为实现共产主义而奋斗！”让我们像先烈们一样去战斗吧，为实现共产主义而奋斗！

老师给这篇作文的成绩判为“优”，批语是：开头和中间两段写得好。

学校除组织上述活动之外，我记得在姚殊四年级时，学校还让他参加了北京市东城区夏令营的活动，夏令营的地址设在北京西郊的鹫山（现为北京鹫峰国家森林公园），时间共五天。让年龄约十岁的孩子第一次离开父母到陌生的地方，同老师和同学们体验集体生活的乐趣，这对孩子的身心来说，无疑也是一次极好的锻炼机会。

下面从姚殊所写的《欢乐的营火晚会》一文中就可感受到，孩子们在这样的活动中是多么的快乐。

欢乐的营火晚会

天，渐渐黑了，夜，渐渐深了。在这夜深人静的夜晚，突然，在北京的鹫山脚下，升起来一堆熊熊的篝火。顿时，鹫山脚下沸腾了，歌声，笑声伴着微微的风传出很远很远。

原来，这是北京市东城区夏令营的营火晚会。在这绿色成荫、植物茂盛的鹫峰脚下，夏令营的同学们将愉快地度过夏令营生活的最后一个夜晚。啊！火更旺了，它把周围照得亮堂堂。这时，文艺节目开始了。第一个节目是小合唱《夏令营旅行歌》。我坐在草坪上，欣赏着小演员们那优美动听的歌声，又想起了五天来有趣的夏令营生活：爬山，游泳，做军事游戏，采集标本……“啊！夏令营生活，你使我学到了多少东西，你使我活泼健康。”我心里想着想着……“可爱的夏令营，欢乐的家，你使我们活泼健康。”歌声更响了，同学们也一同放声唱起来。“歌声啊！你说出了同学们的心里话。”我旁边一个同学激动地说。

集体舞开始了，同学们围成圆圈欢乐地唱着跳着，无比快乐。嘿！你看这边几名解放军战士正在和同学们欢乐起舞，那边我们少先队的大朋友——辅导员正放声歌唱。天上的星星眨着眼睛，连它也仿佛被这欢乐的场面惊动了。

“同学们，火星老爷爷也来参加我们的营火晚会了。”同学们立即被这个好消息所惊动了，几百双好奇的眼睛向主席台望去。啊！真的是火星爷爷，是火星老爷爷，同学们多么高兴呀。火星老爷爷讲话了：“同学们，我在火星上看到了你们的篝火，特地赶来代表火星上的人送给你们一点微薄的礼物。”火星爷爷说着向我们宿舍方向挥了挥手接着说：“同学们，当你们回到宿舍的时候，就会看到我送给你们的礼物了。”在一阵热烈掌声中，火星老爷爷走了。

营火晚会结束了，借着篝火我看到每个同学的脸上都浮现出高兴的神情，他们大概正猜想着火星老爷爷送的什么礼物，回忆着夏令营生活呢。

姚殊在府学一小参加少先队（“文革”期间叫红小兵）以后（入队时间记不清是一年级第二学期，还是二年级第一学期），学校还让姚殊到天安门广场人民英雄纪念碑前参加了红小兵集体宣誓（不知是否由东城区有关单位组织）的活动。通过这一活动，使学生更好地接受革命传统教育。

老师在教学中，还有意识地引导学生将眼前的学习任务和自己所树立的远大理想同国家的奋斗目标联系起来，并将这种抱负落实在行动上，为实现自己的远大理想而刻苦学习钻研。在姚殊五年级的另一篇作文中就反映了这方面的教学效果。

我的理想

每个青少年都有自己美好的理想，有的想当一名炼钢工人，挥舞钢钎战斗在火红的炼钢炉旁。有的想当一名勤劳的农民，开着拖拉机奔驰在祖国辽阔无边的土地上。有的想当一名空军战士，驾驶着雄鹰战机翱翔在祖国的天空。也有的想当一名人类灵魂的工程师、一名辛勤的园丁，让桃李满天下。也有人想当一名白衣战士，把病人从死神中拯救出来。

在我幼年的时候，也曾有过无数“理想”。我看了有趣的小说，曾经想当一名文学家，写出一本本小说，歌颂革命英雄的高大形象。看见了李四光的事迹，我也曾经想当一名地质学家，为祖国探寻丰富的宝藏。一张张美丽的图画，也曾吸引着我，想同爸爸一样，当一名画家，描绘祖国壮丽的图景。今天想当这个，明天想当那个，各种想法就像过电影一样，一晃就过去了。现在看来，都是些不实际的幻想。自从周总理在四届人大政府工作报告中提出我国要在20世纪末实现四个现代化的宏伟蓝图，在我的头脑里就想着这样一个问题："20世纪末，我国实现四个现代化，那时我三十几岁，该怎样为祖国做贡献，该战斗在什么岗位上呢？""是当科学家战斗在科学研究岗位上，还是战斗在别的工作岗位上？"我总是左右晃荡犹豫不决。一年、两年、三年、四年，这个问题老得不到圆满的答案，就老是在我的脑子里转来转去。直到五届人大胜利召开，华国锋总理的报告又提出了这个问题，党中央领导我们向科学技术现代化进军，我的问题才有了初步的解答，我不再犹豫了，决心长大当一名科学家。"可别的行业不也可以为实现四个现代化贡献力量吗？"你大概会这样发问。可是我想：一名科学家能用自己刻苦钻研的成果，解决生产劳动中的实际问题，能用艰苦的脑力劳动，把人们从繁重的手工劳动中解放出来，又能用自己的智慧去实现祖国的四个现代化。这对我国科学技术的发展贡献会更大。这样我有了真正的理想："长大做一名攀登科学高峰，努力攻关的科学家，为我国科学技术的发展做出贡献。"

有了美好的理想，就急不可待地要实现自己的理想。每当我从电视里、报纸杂志上看到科学家们又有了新的发明和创造，我就感到好像有一副担子压在肩上。它鼓励我努力学习，刻苦地学习；它让我抓紧一切宝贵的时间，把数理化掌握好，以便长大实现自己的理想。有一次在梦乡中，我实现了自己的理想。你瞧，我在研究室里正在专心致志地研究，桌上摆着一台微型电子计算机，我算呀算呀，不时地按动着计算机键盘上的按键，一会儿我陷入了沉思，一会儿又开始计算。时间一秒秒地过去，不知过了多久，我终于放下了手中的笔，脸上露出胜利者的微笑。又过了几天，我拿着论文正在学术讨论会上做着报告，对祖国我又有了一小点发明创造，工厂按照这方法劳动效率正在提高……

我每每想到和梦到这些，浑身就增添了无穷的力量。我要像陈景润、杨乐、张广厚那样，在攀登科学高峰的征途上，不畏艰险，不辞劳苦，一步一个脚印，直达光辉的顶点。

在“文革”期间，北京市小学学制都改为五年。综观姚殊在府学第一小学学习的五年间，由于学校领导和老师千方百计引导学生德、智、体全面发展，老师不辞辛劳耐心帮助学生改掉种种缺点，使学生打好了为社会主义建设刻苦努力学习社会主义文化课的坚实基础。这点，从姚殊的学习过程就得到了印证。姚殊从三年级直到五年级第一学期，自由散漫、学习浮躁不踏实、做算术题马马虎虎不细心、骄傲自满等毛病时有流露，在老师苦口婆心的指点培养下，这些毛病才彻底改掉。在五年级第二学期，他奋发图强，上课集中听讲，课后不怕苦不怕累认真复习功课。最后在升初一的统考中，终于以算术和语文双百的优异成绩考入市重点中学——北京市第五中学。老师让他向即将参加升初一统考的同学介绍了学习体会，从中可以看出老师对他的帮助和他所做的努力。

姚殊的学习体会

在老师、同学的帮助下，我在今年的初一统考中取得了比较好的成绩，老师让我给大家介绍一下学习体会，有讲错的地方，请同学批评指正。

在五年级第二学期开学时，当老师向我们宣布五年级升初一要统一考试时，我心里很高兴，希望自己能考上好的中学，带着这种心情我参加了复习。

在复习过程中，开始，我觉得，复习的知识自己都学过，没有什么问题，这样我对复习并不是很认真。可是经过几次测验，我才认识到自己的问题，看到学习上的漏洞，给我敲起了警钟。这时，我才真正感到了复习的重要，所以我对复习认真起来。

我上课集中精力听讲，使老师讲的每一句话都印在脑子里；做篇子时，我认真做好每道题。这样经过一段时间的努力，我的成绩有了提高，并且比较稳定了。可是，干什么事都不是一帆风顺的，在复习过程中又出现了新的问题。有一次，在做篇子时，一道简单的单位换算题把我难住了，一直到交卷，我仍然没有将这道题做出来，这件事给我的震动很大，这暴露了我的一个问题，概念不牢固，怎么解决这个问题呢？只有死记概念，这样，我就把小学学过的一些定律、公式、进率记在本子上，没事就念就背，使它牢牢地印在脑子里。另外我还找了各种各样的考查概念的题来做，这样做取得了比较好的效果。

还有一次，老师给我们出了一张算术篇子，这张篇子计算题复杂，应用题难度大，概念题多，并有许多题的类型我们没有见过，以致我这张篇子只得了八十分，错的应用题和计算题较多，这说明什么呢？只能说明我的理解能力与计算能力还不够，怎么办？只有多做题。从此，我就多找难题做，多找复杂的题，我还找来有关的书籍看，这样多看多练就能提高。有一次，老师给我们出了一道难度较大的量率题，我想了很久也没能解答出来。这时，已经是晚上九点多了，眼皮打架了，可我一想起陈景润叔叔刻苦钻研的精神，就好像不困了，我又继续算起来。经过半个小时演算，终于解对了。可是太麻烦，足有近十个步骤，能不能有更简单的方法呢？还有没有其他一种办法呢？我自己又提出了问题。这样，直到十点，我才将这道题做完，而解答得比较简便。

有一段时间，我做题老是粗心，有一次做题，答案本来是一又七分之四，可我偏偏把“一”给丢了，得了个七分之四，做别的题也是大错没有，小错不断。开始我觉得这没有什么，反正我会嘛，可是当老师发现我这个问题时却耐心地帮助我改正，使我认识到学习决不能马马虎虎。从这以后，我对待每一道题都特别认真仔细。又经过一段时间，我终于克服了这个学习马马虎虎的毛病。

在复习的这个阶段里，我做了许多次测验，做了上千道算术，每天都是学习。有时，我也觉得这样太累，可是我一想到祖国的四个现代化，一想到我们的学习目的，一想到我们国家还很落后，一想到祖国正需要着人才，我就觉得浑身是力量，觉得累一点没什么。统考之前的一学期，我就是在这种学习的气氛中度过的。这段复习使我增长许多知识，改正了许多缺点，也培养了我的学习能力和方法，它也使我考上了重点中学，它是使我难忘的一段学习生活。

同学们现在也正面临着初中统考，我希望大家按邓副主席在高教会上提出的“二十四字方针”去做，以攻关的精神去攀登学习高峰，希望有更多的同学考上重点学校。

姚殊在府学胡同第一小学的五年期间，被学校授予的奖状计有：“优秀红小兵”“年级学习标兵”“三好学生”“学习雷锋标兵”“学工劳动中被评为先进个人”“在学农中表现突出”等奖状。交道口街道文教组和交道口街道团委授予姚殊“先进红小兵”奖状，中国人民大学居委会和校外活动站向阳院管委会，因姚殊积极参加向阳院各项活动而授予奖状。另外，还获得学校颁发的荣获 1974 年府学胡同第一小学秋季运动会男子二年级 40 米短跑第三名、秋季田径运动会中荣获五年级组跳远第二名两张奖状。

1977 年 1 月 29 日，府学胡同第一小学革委会在放寒假之前给家长的信中，通报了姚殊的期末考试成绩语文和算术均为 100 分，并附有一份“学生成绩通知册”，所列政治、语文、作文、算术、常识、音乐、图画、体育各门课，平时成绩、期中考试、期末考试、期末总评均为“优”。“学生操行评语”是：“努力学习毛主席著作，积极参加批判‘四人帮’运动和学校组织的各项活动，认真学习文化知识，上课专心听讲，积极思考问题，有钻研精神，作业认真，书写整齐，积极参加学工学农劳动，关心集体热心为班里工作，能帮助同学，积极参加体育锻炼，能起到干部的带头作用。今后还要克服有时散漫的毛病，戒骄戒躁争取更大进步。”从这份“学生成绩通知册”所列的各项内容看，姚殊在府学胡同第一小学学习期间，可以称得上是品学兼优的学生。

近日，我以十分兴奋的心情阅读了 2015 年 5 月 16 日《北京青年报》上刊登的记者安苏采写的一篇报道：《府学小学运动会 奥运冠军鸣枪发令》。

这篇报道的全文如下：

府学小学运动会 奥运冠军鸣枪发令

本报讯（记者 安苏）昨天上午，府学优质教育资源带一校五址在国家奥林匹克体育中心田径场举行了“阳光体育促健康，携手同行向未来”运动会。来自府学小学、府学小学什锦校区、府学小学美后校区以及府学朝阳学校的近万名学生和家长共同参与了运动会。温哥华冬奥会冠军申雪、都灵冬奥会冠军韩晓鹏分别带领运动员和裁判员代表宣誓，乒乓球世界冠军杨影则鸣响了运动会的第一枪。

在开幕式上，同学们还进行了武术、空竹、街舞、击剑、棒球等十几个传统和现代体育项目的展演。值得一提的是，此次运动会的比赛项目不仅有传统的赛跑、接力、跳远，还有轮滑、跳绳等趣味项目以及抬轿子跑、踏石过河、三人四足等亲子项目。府学小学相关负责人表示，这是府学优质教育资源带的第一届运动会，希望能让资源带所有的学生都能感受府学文化，享受府学资源。

看来，府学小学目前已拥有“府学优质教育资源带一校五址”“近万名学生”。府学小学相关负责人表示：“希望能让资源带所有的学生都能感受府学文化，享受府学资源。”衷心祝愿府学小学越办越大，越办越好，让更多的学子像姚殊一样从中受益。

北京市第五中学阶段

姚殊考入北京市第五中学（以下简称五中）以后，接受五中校领导和任课老师的精心培养，德、智、体各方面进一步发展，得以继续茁壮成长。下面着重从三个方面阐述其成长过程。

一

由于在小学阶段打好了坚实的基础，进入五中后学习成绩一直保持优良，期末考试成绩，除初三第一学期化学课为良和高一第一学期政治、作文、体育三门课为良以外，初、高中其他各年级各科期末考试成绩均为优。初中三年年年被评为“三好学生”。从1979年2月、1979年9月、1980年9月连续出席了五中第一届、第二届、第三届“三好学生先进集体代表大会”。1981年7月，初三第二学期被北京市教育局评为市三好学生、颁发了“北京市初中三好学生奖章”和“奖章证书”。初二第二学期参加了共青团。

姚殊在初一和初二时，为了学好英语，他利用课余时间先后英译中，翻译了海明威的《老人与海》、马克·吐温的《王子与贫儿》《海底城市的国王》、狄更斯的《远大前程》等作品。我特地将其中翻译的三册练习本请我的大学同窗好友、时任新华社《参考消息》编辑部编辑的曹道明帮他指正。曹道明十分认真地批阅了姚殊的练习本。在多处用红笔画上曲线，批阅：“译得好”“好”“好”“好”！还改正了翻译得不够准确的地方。1980年夏，曹道明在看完了《王子与贫儿》的译稿后，还热情地在练习本的扉页上用红笔写了下面的文字：

英文理解细密正确，译文通顺流畅，很多地方译得很好，可见译者聪明好学，对于一个只学了一年英语的少年来说，堪称佳作。

注意书写w、r、m、n等字母，注意英语的习惯用法，进一步学习复杂的句型。

英语是世界上最优美的语言之一，好好学吧，愿与姚殊共勉！

这些忠告，无疑对日后姚殊学习英语起到了很好的促进作用。

姚殊同北京五中初中三年级（1）班男生合影。第二排左一为班主任郭树森老师，左三为姚殊。

姚殊初中毕业后，免试直升五中高中部。高中一年级第二学期，姚殊被评为校优秀共青团员。1982 年 9 月 1 日，高中二年级第一学期，姚殊被五中评为优秀学生，颁发了“优秀学生证书”。1983 年 7 月，高二第二学期，姚殊被北京市教育局评为市三好学生，颁发了“北京市高中三好学生奖章”和“奖章证书。”在初中和高中阶段，姚殊德育和体育均评为优，并一直担任班干部。1983 年 7 月，姚殊被评为优秀干部。“操行评语”中写道：“本学期对所担任的团支部组织委员的工作做得比较出色，为开创支部工作新面貌贡献了力量。”

二

学校对教学工作和学生的管理规范化有助于学生从德、智、体方面严格要求自己。初中阶段有“学生手册”，每学期手册中有“学习成绩评定”“考勤统计”“第一、二学期鉴定”，鉴定包括个人小结、小组意见、教师意见、奖惩日期及原因、教师签字、家长签字等项。

请看1979年学年度初中二年级第一、第二学期姚殊的学生手册中的记录：

第一学期学习成绩评定

科　目	期中成绩	期末成绩	学期评定
政　治	85	96	优
语　文	92.5	96.5	优
数　学	100+10	100+22	优
外　语	98	99.5	优
历　史	90	98	优
地　理	100	99	优
物　理	91	100	优
生理卫生	98	96	优
体　育			优
全班名次	第3名	第1名	
考勤统计（第一学期）	全　勤		

第一学期鉴定

个人小结：

1. 热爱祖国，要求进步。

2. 爱学习，有一定的学习方法，学习效果良好。

3. 积极参加建校劳动，尊敬师长，较关心集体。

4. 认真上好“两操”“一课”，本学期达标。

5. 本学期在学习上有偏科现象。

6. 上自习课说话较严重，帮助同学不够耐心。

小组意见：同意个人小结。

教师意见：接受能力较强，学习踏实、努力，成绩优良。锻炼身体，积极参加运动会。遵守纪律，尊敬老师，热爱劳动。积极参加班里组织的各项活动。

热爱集体，对工作负责。

希望今后既重理又重文，更好地全面发展，争取入团。

奖惩日期及原因：本学期被评为三好学生。

教师签字：　　　**家长签字：**姚治华

第二学期学习成绩评定

科　目	期中成绩	期末成绩	学期评定
政　治	100	96	优
语　文	91.5	94.5	优
数　学	100	100	优
外　语	99.5	98.5	优
历　史	88	96	优
地　理	99	100	优
物　理	96	96	优
生理卫生	100	96	优
体　育			优

第二学期鉴定

个人总结：

优点：

1. 积极要求入团，本学期加入共青团组织。

2. 较关心集体，参加集体活动。

3. 学习目的明确，态度端正，方法适当，成绩优良。

4. 参加体育锻炼，本学期达标。

5. 对老师有礼貌，能在同学中搞好团结。

缺点：

1. 本学期工作不够主动。

2. 有时帮助同学不够耐心。

3. 自习课还爱说话。

小组意见：同意个人总结。不爱帮助同学。

老师意见：希望今后以共青团员的标准严格要求自己，在班里发挥模范带头作用，书写红色的共青团员成长史。

再请看“北京市第五中学 1981—1982 学年度第二学期期末成绩表”：

班级：高一 (2) 班　　**姓名：**姚殊

	政治	语文		外语	数学	物理	化学	历史	体育
		常识	作文						
期末成绩：	90	86.5	/	89	100	96	92	/	/
学期总评：	优	优	优	优	优	优	优	优	优

考勤：全勤。

奖惩：被评为市三好学生，校优秀团员。获“青少年科学论文”区数学二等奖。

操行评语：在德智体各方面对自己都有较高的标准，有自己的奋斗目标。学习目的较明确，态度端正，有刻苦、钻研的精神，注意课内、外学习的结合，努力扩大知识面，积极参加课外学科活动，参加区、校的学科竞赛，均取得好成绩，学习成绩优秀。爱好体育活动，积极参加体育锻炼，达到体育锻炼标准。

要珍惜校团委授予的“优秀团员”的称号，更好地发挥模范带头作用，主动热情地关心集体、帮助同学，在各方面对自己都应有更严格的要求，做个名副其实的优秀团员。

在成绩表的下面右侧盖有“北京市第五中学教导处”的图章。

再请看“北京市第五中学 1982—1983 学年度第一学期期末成绩表”：

班级：高二 (2) 班　　**姓名：**姚殊

	政治	语文		数学	外语	物理	化学	地理	体育
		常识	作文						
期末成绩：	91	84.5	/	100	85	100	94	/	/
学期总评：	优	优	优	优	优	优	优	优	优

考勤：全勤。

德育评定：优。

在成绩表的下面右侧盖有“北京市第五中学教导处”的图章。

再请看“北京市第五中学 1982—1983 学年度第二学期期末成绩表”：

班级：高二（2）班　　**姓名：**姚殊

	政治	语文		数学	外语	物理	化学	生物	地理	体育
		常识	作文							
期末成绩：	83.5	88.5	/	100	87.5	86	98	91	95	/
学期总评：	优	优	优	优	优	优	优	优	优	及格达标

考勤：病假 2 节。

德育评定：思想上对自己的要求比较严格，注意学习政治理论，本学期对所担任的团支部组织委员的工作做得比较出色，为开创支部工作新面貌贡献了力量。学习兴趣广泛，努力吸收课外知识，在数学学习上比较突出。积极参加课外活动，如数学竞赛、“百花奖智力竞赛”等，并取得好成绩。团结同学，在学习上能帮助同学，在同学中有较高的威信。喜好体育活动，积极参加体育锻炼，积极报名参加运动会，并取得成绩。在学习上要注意各科的均衡发展，要重视平时的复习，在细节小事上要更严格要求自己，做个优秀的团员、优秀的干部。

陈宝富

1983 年 7 月 2 日

奖惩：评为市三好学生、校优秀团员、优秀干部。

在成绩表的下面右侧盖有“北京市第五中学教导处”的图案。

无论是初中时的“学生手册”，还是高中时的“期末成绩表”，校领导及有关老师在鉴定和操行评语中都充分肯定姚殊的优点，指明不足的地方，并指出不同阶段不同的努力方向。比如初二的鉴定中，教师及时提出：“希望今后既重理又重文，更好地全面发展，争取入团。”入团后，教师则提出：“希望今后以共青团员的标准严格要求自己，在班里发挥模范带头作用，书写红色的共青团员成长史。”校团委授予姚殊“优秀团员”称号后，教务处在“操行评语”中明确提出：“要珍惜校团委授予的‘优秀团员’的称号，更好地发挥模范带头作用，主动、热情地关心集体、帮助同学，在各方面对自己都应有更严格的要求，做个名副其实的优秀团员。”在“1982—1983学年度第二学期期末成绩表”操行评语中，陈宝富老师希望姚殊“在学习上要注意各科均衡发展”，“在细节小事上更严格要求自己，做个优秀的团员、优秀的干部”。所有这些，无疑可以有效地激励、鞭策姚殊朝着校领导和老师所指引的方向，不断努力，争取获得更大的进步。就要求姚殊“既重理又重文”这点来说，姚殊就以实际行动努力做到了。姚殊在高一第一学期时政治和作文曾评为良，以后都评为优。我虽然没有见过姚殊在五中时的作文，但仅从姚殊所写的《成语中的动物》这篇作文（载1984年7月31日《北京科技报中学版》第130期第四版头条），就可看出他思路别具一格，结构逻辑性强，有较强的文字表达能力，致使这篇文章受到任润芝老师的充分赞扬。姚殊的这篇作文全文如下：

成语中的动物

细翻成语词典，便会发现引入成语的动物不下数十种，体会琢磨，十分有趣。

马是出场最频繁的角色，而且总是和人同甘共苦。你看，“人困马乏”“人仰马翻”；出现“兵荒”，则必“马乱”；若有“盲人”，必骑“瞎马”，简直将人马相提并论。更有甚者，人死后以“马革裹尸”，说明马也和人“同归于尽”了。而人对马也委实不错，不仅“悬崖勒马”，而且要“死马当活马医”。人们对马的重视还表现在成语中对牛、马的叙述明显不同。如果说“土牛木马”还难分彼此的话，那么“木牛流马”便显出了区别。同是一个“老”字，对牛则“老牛破车”，对马却是“老马识途”。这边是“对牛弹琴”，那边却是“老骥伏枥，志在千里”，褒谁贬谁，一目了然。不过，马也确实名不虚传。你看，战前先是“厉兵秣马”，然后便“马不停蹄”地行军，战场上指挥官“一马当先”，猛将似“脱缰之马”冲入敌阵，后面则是“金戈铁马”“万马奔腾”，杀过来“千军万马”，终于“马到成功”。

俗话说“龙虎斗”，成语中龙、虎确实寸步不离。先是“龙潭虎穴”“藏龙卧虎”“生龙活虎”“虎踞龙盘”，它们有同样的出身；然后是“龙吟虎啸”“龙骧虎视”“龙腾虎跃”“龙争虎斗”，它们有同样的行动；最后“降龙伏虎”，落得同样下场。

鸡和狗也结伴出场，形象却不光彩。一上来就“鸡鸣狗盗”，竟一同作案，于是小偷对它们也一视同仁，来个“偷鸡摸狗”，闹个“鸡犬不宁”，直至“鸡犬不留”。但鸡和狗的结局却很浪漫：“鸡犬升天”——居然都成仙了。

鱼一出场便胆战心惊，人们对它的态度只是一个字：“吃”，这从“临渊羡鱼”便开始了，然后便用各种方法捕获：有的“以蚓投鱼”，愚蠢的“缘木求鱼”，高明的“太公钓鱼，愿者上钩”，两眼一抹黑的也要“瞎子摸鱼”，结果当然是“鱼游釜中”。

还有的动物虽只出场一次，却留下很尴尬的形象。你看驴，一出场便“黔驴技穷”。蚂蚁，一筑巢便闯下“蚁穴堤溃”的大祸，显得冒冒失失，远不如“蜻蜓点水”那般优雅。

这么多的动物进入成语，我想，从中可以看出人类和动物的关系是何等密切！

我喜欢成语，它不仅含义丰富、凝练，而且给人以启发。因此，我经常在作文中练习使用成语。用得多了、熟了，我发现不少成语中有动物这一有趣的现象，触发了联想，写成了这篇文章。

任润芝老师简评：姚殊同学肯于动脑，紧紧抓住了人和动物的关系这条线索组织材料，既介绍了成语知识，又有一定的趣味性。写出了一篇立意新颖、思路开阔的好文章。

此外，1984 年 5 月，在北京市东城区教育局、共青团东城区委员会主办的东城区 1984 年中学生“五四”表彰大会上，姚殊受到大会的表彰。在北京五中 1979 年秋季运动会中获得 400 米跑第四名，在北京五中 1981 年春季运动会中获得 400 米跑第三名，学校给姚殊颁发了两张奖状，表彰他对体育锻炼的重视。

三

姚殊在府学一小算术比较拔尖，在五年级时除完成课本上的算术作业外，老师还找了一些课外的难题让姚殊及班上组织的算术小组的成员做，姚殊还利用课余时间，跟随广播电视的数学讲座，自学了中学的基础课几何学和概率学两门课。进入五中后，受到数学老师的赏识，指导姚殊认真学习数学和物理课，使这两门课的考试成绩一直保持优秀。不仅如此，学校领导和数学老师还组织了一系列数学竞赛活动，姚殊在诸多数学竞赛中成绩突出。例如：

1. 在 1981 年北京市中学数学竞赛中获得初中组二等奖（获奖名单刊登在 1981 年 4 月 17 日《北京科技报》），由北京市数学会、北京市科学技术协会青少年部颁发奖状。

2. 在 1981 年北京市东城区中学生数理化竞赛中获得高一数学竞赛一等奖，由北京市东城区青少年科技工作者学会、北京市东城区理科学会颁发奖状。

3. 在 1982 年举行的北京市东城区第三次中小学生科学讨论会中获中学组二等奖，由北京市东城区教育局、北京市东城区科学技术协会、共青团东城区委员会颁发奖状。

4. 1983 年 10 月，荣获 1983 年 29 省市自治区联合数学竞赛“优胜者”称号，由中国数学会、省市自治区联合数学竞赛组织委员会颁发“优胜证书”。

5. 1983 年 12 月 17 日，在 1983 年北京市东城区荣获第四届中学生科学讨论会一等奖，由北京市东城区青少年科技活动办公室颁发奖状。

我不知道学校领导和数学老师是如何指导姚殊参加上述竞赛活动的，但我深深地感觉到，姚殊上述的得奖凝结了学校领导和老师的一番心血和对学生精心培养之情。

在高中毕业前夕，北京大学数学系 1984 年 4 月 2 日曾寄姚殊一封信，信中写道：“祝贺你在数学竞赛中取得优良成绩。”“我们热烈欢迎你在毕业后报考北京大学数学系。”经过慎重考虑，姚殊填写高考志愿时，选择了更感兴趣、实用性更强的清华大学计算机系软件专业。

清华大学阶段

姚殊以北京市第五中学高中应届毕业生的身份参加了 1984 年的高考，当年的高考时间为 7 月 7 日至 9 日。7 月 7 日上午考语文、下午考化学和地理。7 月 8 日上午考数学、下午考政治和生物。7 月 9 日上午考物理、历史、下午考外语。由于高考前姚殊对所学各门课目复习比较认真，高考的头两天，他已放下复习的课本，以平静的心态迎接高考。我记得高考的那三天，他按时起床，上所住宿舍楼顶层的阳台上呼吸新鲜空气，仅吃一两块维夫巧克力饼干就独自前往北京二中的考场应试。我不记得午饭是回家吃的，还是在二中附近的饭馆吃的。总之，他应试的心态比较放松，给人以胸有成竹的感觉，父母也没有特意为他做些什么。7 月 28 日，北京市高等学校招生办将姚殊的高考成绩打印好通知本人，总分为 607 分，每门课的成绩分别为：政治 89 、语文 92、数学

97+0、物理 95+3、化学 93+2、生物 46、英语 95+9。据说当年北京市考生中得高分的共 38 人，姚殊为其中之一。因此姚殊顺利地按照填报的第一志愿，被教育部重点大学清华大学计算机科学与技术系软件专业录取。

清华大学计算机科学与技术系软件专业本科的学制为五年，硕士研究生的学制为两年半，博士研究生的学制为三年。姚殊用六年的时间取得了学士学位和硕士研究生学位。因为他在攻读本科课程的同时，选学了硕士研究生的课程。本科和硕士研究生毕业后留系任教，他又花了四年时间修完博士研究生的课程（在职攻读博士学位学制为四年），而获得工学博士学位，并被评为“优秀博士研究生”，由清华大学校长张孝文亲自授予“优秀博士研究生”学位证书。姚殊在攻读博士学位期间，曾撰写了一篇有关计算机软件方面的学术论文，被在日本召开的国际学术讨论会选中，并印刷成册。当时由于身负教学和课题研究的任务等原因，姚殊没有亲自赴会，而由有关人员在会上宣读。姚殊在府学胡同一小时所写的《我的理想》的作文中，曾写有在梦中将自己的科研成果在一个学术讨论会上宣读的情景。这次他的论文被在日本召开的国际学术讨论会选中而在会上宣读，正好圆了姚殊的一个梦想。

姚殊在清华大学的学业之所以能够一帆风顺，首先得益于清华大学因材施教的优良传统。姚殊进入清华大学后，政治思想上严格要求自己，注意起共青团员的模范带头作用；学业上努力学习，刻苦钻研，一直保持品学兼优。1985 年，姚殊被共青团清华大学委员会评为“优秀团员”，1986 年又在全校数学竞赛上获一等奖，同时获奖学金一等奖。姚殊还被评为 1986、1987 年两届校三好学生，获 1988 年“一二·九奖”，荣获 1990 年特等奖学金。1991 年 1 月 19 日《北京晚报》在《清华大学设近五十项奖金》的新闻中，提到了姚殊荣获这次特等奖学金的情况。这段报道是：“奖学金的颁发有力地激发了学生们为祖国建设事业勤奋学习的积极性和自觉性。计算机系 25 岁的姚殊自 1984 年进入清华大学以来，始终刻苦学习，先后被免试推荐为硕士生和博士生，他还热心为同学服务，连年被评为校系两级三好学生。这一次他与其他4名学生一起获得了清华学生的最高荣誉——学生特等奖学金。”校团委授予1990年五四青年奖章。1990年10月30日，参加大学英语考试，由国家教育委员会高等教育司大学英语考试考试中心授予姚殊大学英语六级证书。1995年1月出国前，外国专家来清华讲学时，姚殊常做同声翻译，并陪外国专家游览北京的名胜。2008年北京奥运会期间，他还为专门前来观看比赛的三位美国朋友做翻译，带领他们游览北京的景点。足见他的英语水平达到了一定的高度。姚殊因品学兼优，清华大学特奖给1991、1992年光华奖学金一等奖，1993年光华奖学金二等奖。1992年9月3日，在清华大学任教期间姚殊热爱教育事业，积极从事教育工作，努力提高教学质量，在1990—1991年中荣获教学工作优秀成果奖（一等奖）（数据结构课教学）。1994年11月，国家教育委员会考试中心颁发聘书，聘请姚殊为剑桥信息技术（CIT）教材编写委员会编委。不难想象，如果清华大学不是因材施教，而是墨守成规，完全按照既定的学制执行，姚殊不可能在读本科时就选学硕士研究生的课程，也不可能被免试推荐攻读硕士和博士研究生学位。

其次，得益于清华大学对学生的严格要求，对教学工作和学生工作的科学管理，促使学生以积极向上的态度对待所学专业，以应有的责任感对待所承担的社会工作。

（一）清华大学对学生的严格要求贯彻始终。1984年8月，以共青团清华大学委员会、清华大学学生会名义《致新同学的一封信》中有这样的内容：“一位老同学曾说：‘我们的校园是美丽的，我们的学习、生活条件是优越的。但是，这绝不意味着大学生活犹如田园诗一般的轻松和浪漫。五年的大学生活，处处需要艰苦奋斗！’‘一个懂得父母慈爱的孩子，是不会向父母伸手要钱的。’在你准备学习生活用品的时候，千万不要向父母和亲友过分地要求什么。另外，我们学校有一条校规：男学生不得蓄长发，女学生不得留披肩发，不能穿大喇叭裤和超短裙等奇装异服。在你报到时，对这条校纪的遵守情况，学校是要进行检查的。”如前面所写到的，清华大学设立了近五十项奖金，激励学生刻苦学习钻研，力争取得好的学习成绩。清华大学还定期举办业余党校。经过党课学习，将具备条件要求入党的学生及时吸收到党内。

（二）定期将学生在校德、智、体方面的情况函告学生家长，让家长同学校一起“共同教育和培养下一代”。1987 年 10 月，我们曾收到清华大学计算机系写给家长的一封信，并附有“清华大学学生学年评定表”一份。这封信全文如下：

家长同志：您好！

为了更好地对学生进行教育和培养，我校党委决定：学生在校期间，在一年级、三年级和五年级末进行三次“学年评定”。“学年评定”是经常性的思想政治工作的组成部分，有利于促进学生德、智、体全面发展，是把思想教育同管理工作紧密结合的一种好形式。为加强与家长的联系，使您及时了解自己子女在校期间的表现，共同教育和培养下一代，现把对姚殊同学的评语和学习成绩寄给你们。请您看完后，签上意见，寄回我校。来信请寄：北京市清华大学计算机系学生组。另外，您对我们的工作有什么要求与希望，敬请随信提出。

此致

敬礼

清华大学计算机科学与技术系

1987 年 10 月

“清华大学学生学年评定表”的内容是：

班级：程 41　　**姓名：**姚殊

评语：

1. 坚持四项基本原则，注意政治修养，通过反自由化及社会实践，充分认识了理论联系实际的重要性，一切要从实践出发。

2. 积极参加社会实践活动，加深了对时事政策的理解，通过金工实习，提高了动手能力。

3. 明确学习目的，学习上认真严谨，一丝不苟，不但学知识，而且注重能力的培养，学习成绩优异。

4. 积极参加体育锻炼，身体健康，义务献血。（注：姚殊于 1987 年 5 月 15 日义务献血，由北京市红十字血液中心发给“献血留念证”）

5. 在担任系团组织组长期间，工作尽心尽力为同学服务。（注：姚殊在学习期间一直任班干部）

班主任 沈云发

1987 年 10 月 22 日

系意见：盖清华大学计算机科学与技术系图章。

备注：各科成绩

数据结构	汇编语言	数学逻辑	政治经济学	金工实习
98	91	84	75	80

我记得看了给家长的信和学生学年评定表后，当即复信寄给清华大学，感谢清华大学校领导和老师对姚殊的精心培养，并希望继续对姚殊严格要求，帮助他克服不足之处。

我曾到清华大学姚殊的宿舍看望一次，住的是平房，里外套间住有八名学生，空间有限，但学生毫无怨言。学生大都养成艰苦朴素的作风，大都骑自行车到教室上课，家在北京的学生，星期六骑自行车回家，星期天骑自行车返校。姚殊从清华骑车回家每趟至少要 50 分钟。姚殊在清华 10 年间，骑了三辆自行车（一辆被小偷偷走）。换下的衣服都是自己洗，宿舍有学生公用的洗衣机供学生使用。

各年级各班除设有班主任外，还设有辅导员，辅导员由高年级学生兼任。姚殊在攻读硕士和博士研究生期间，就曾担任一个班的辅导员，利用一次暑假，他曾带领学生到西昌卫星发射基地参观访问，受到基地领导的热情接待，使学生深受教育。设辅导员的好处是，辅导员同学生生活在一起，同学生打成一片，能及时掌握学生中的情况，协助班主任做好学生的工作。

实践证明，上述所有举措，对加强学生的培养和教育是行之有效的。

第三，得益于授课水平高、德高望重名师的教诲和计算机软件专业教研组全体老师对他的关心、支持和帮助。俗话说："名师出高徒。"姚殊在清华大学就读的十年，除了有高水平的老师讲授各门专业课和基础理论课之外，还有责任心强的班主任在政治思想上的关心和帮助。

姚殊在攻读硕士和博士学位期间，申请硕士学位论文的题目是："基于指称语义和改进 OAG 文法的语言解释器生成系统"，指导老师为林行良教授。姚殊在论文最后一页"鸣谢"中有这样的内容：

这篇论文是在我的导师林行良教授的耐心指导下完成的。无论是总体方案的选择，还是细节设计的权衡利弊，甚至词句的斟酌，都倾注了林老师的心血。我在此表示衷心的感谢。

在论文准备过程中，教研组的戴一奇老师、蔡黎明老师、贾志虹老师也都给了我很大帮助，在此一并表示感谢。

姚殊申请清华大学工学博士学位论文的题目是："基于 CMAC 网络模型的临场学习研究"。指导老师为清华大学计算机系系主任、中国工程院院士张钹教授。姚殊在论文最后一页的"致谢"中有这样的内容：

本文是在导师张钹教授的悉心指导下完成的。在四年的科研工作中，从张老师身上我学到了许多东西。张老师非常强调数学工具的重要性。他的许多文章都是出色使用数学工具的范例。正是在这一点上，我学到了做科研工作的基本方法。张老师思考问题很深刻、很彻底，往往能通过现象看到本质。在这一点上张老师对我帮助很大。科研工作的大敌是浮泛。正是在与张老师的一次次讨论中，我学到了如何将科研工作导向深入的思想方法。另外，张

姚殊同导师、中国工程院院士张钹教授及其指导的研究生们一起合影。第二排右三为张钹教授，左一为姚殊。前排右一、右二为教务处老师。

老师严谨的治学态度，脚踏实地的工作作风和兢兢业业的敬业精神也给我留下了深刻的印象。身教胜于言教，张老师在这方面的教诲将使我终身受益。值此论文完成之际，我对张老师四年来耐心的教诲和帮助表示衷心的感谢。

感谢教研组全体老师的支持与帮助。特别感谢研究生科的老师们对我的关心和帮助。

从上述内容可以想见，姚殊在撰写硕士和博士学位论文的过程中，不仅得到了指导老师的教诲，还得到了多方面老师的关心、支持和帮助，致使姚殊的论文得以顺利完成而获通过。

清华大学不满足于既有的成就，不辜负在国内外享有的盛名，校领导和教师为了更好地培养德、智、体全面发展的高质量人才，不断探索教学改革的新路。例如，2015 年 5 月 16 日《北京青年报》上刊登的《清华学生成绩“百分制”变等级制》的报道中写道：“清华昨天（5 月 15 日）宣布了新的‘促

清华大学校长张孝文给姚殊颁发优秀工学博士学位证书的留影。摄于 1994 年 7 月。

进学生全面发展的学业评价体系’方案。”“根据新方案，清华将对课程成绩以 A+、A、A–、B+、B、B–、C+、C、C–、D+、D、F 形式记载。其中 A+ 是荣誉性质，得 A+ 的人数不超过该课程修读总数的 5%；F 为不及格，不限制人数。”“2014 级本科生任孙禹昨日告诉《北京青年报》记者，按照以前的百分制，对优秀学生来说 95 分和 100 分有巨大差别，因此他们往往不敢牺牲 5 分去追求科研或自己感兴趣的东西。但换成 A+ 或 A，学生的压力一下子就减轻了。”作为清华教学改革重要部分的这一方案，从 2015 级本科生和研究生开始实行。又例如，2015 年 6 月 28 日《北京青年报》上刊登的另一篇报

姚殊在清华大学获工学博士学位的留影。摄于 1994 年 7 月。

道《清华研究生可停学三年创业》中提到："24 日，清华大学校务会通过了《清华大学研究生学籍管理规定》的修改方案，从今年秋季学期起，清华大学的硕士、博士研究生将最多可以停学三年进行创业；普博士的最长修业年限将限定在六年，到期就必须结束学业并办理离校手续，直博生和提前攻博生（含硕士生阶段）七年。这项规定从 2015 年研究生开始实施。""学校相关负责人表示，这项新举措意在推动研究生和导师更有效地安排时间和分配精力。"这一举措是"清华大学教育教学改革的重要部分"。我们有理由相信，未来的清华大学将会更上一层楼，为实现中华民族伟大复兴的中国梦，造就更多质量更高的栋梁之材。

2015 年 8 月完稿，12 月修订

姚嵘的拼搏

姚嵘出生于 1970 年 1 月 25 日，两岁半至三岁半在中国人民大学幼儿园，三岁半至七岁在北海幼儿园接受学前教育。1977 年入府学胡同第一小学就读。

一、在府学胡同第一小学既学好文化课，又兼学美术。姚嵘的拼搏，从府学胡同第一小学一年级就开始。

拼搏之一：在府学胡同第一小学春季田径运动会的操场上，只见瘦小的姚嵘如小鹿般向前飞快奔跑、奋勇冲刺，终于荣获一年级组女子 30 米（短跑）第三名。由学校授予奖状。

拼搏之二：在府学胡同第一小学秋季田径运动会的跳远沙坑前方，姚嵘助跑之后，只见她像矫健的飞燕一样，猛力向沙坑跳跃，终于获得二年级组女子跳远第三名。由学校授予奖状。

我们从府学胡同第一小学的《学生手册》中，可得知姚嵘在二年级时，不仅在跳远上获得了奖状，而且在学习成绩等方面也得到老师的肯定。请看姚嵘二年级第一学期鉴定：

学习踏实，成绩优良，接受能力强，上课专心听讲，作业按时认真完成，对老师有礼貌，团结同学，积极参加学校组织的各项活动，认真做两操。

这学期课堂发言不如上学期积极。

再看第二学期鉴定：

学习主动，上课专心听讲，作业一贯按时认真完成，学习成绩优良。关心班集体，做值日认真。团结同学，对老师有礼貌，听从老师的教导，发言积极，

姚嵘在府学胡同第一小学戴红领巾的留影。

遵守学校的纪律。

课堂有时与同学说话。作业有时粗心。

两个学期中，图画、音乐和体育课的平时总评和学期评定均为全优。出席情况为全勤。

三年级时，除学习成绩继续保持优良以外，老师在鉴定中写有“对外语课代表工作认真负责（注：其外语每学期成绩均为‘优’），热心为集体办事，积极参加班内板报工作，对少先队小队长工作认真负责”等内容。我见她有一本小队活动的记事本。她将每次参加活动的队员名单、活动地点、活动时间、活动内容记得一清二楚。还将每次活动的情况以及表现好的队员（包括同学）的事迹都记录下来。比如，有一次（1979年3月5日下午）小队活动的内容是：到交南七条教工幼儿园修补图书。对这次活动的记录是：“在这次活动中八名队员和同学表现的都很好。尤其是周昉同学，他虽然不是队员，但是他能自觉遵守小队纪律。此外还有在这次活动中，同学们发扬了互相帮助的精神。例如：战捷同学带了一把剪刀，她就帮没有带剪刀的同学剪纸。她这种互相帮助的精神值得我们学习。”府学胡同第一小学少先队大队部1979年3月10日见此记录，用红笔批了个“好”字。

拼搏之三：姚嵘在学好文化课的前提下，牺牲课后玩乐的时间，二年级时上东城区少年宫美术组学习，自己前往，不需家长接送。三年级时我陪她到设在景山公园寿皇殿古建筑群之观德殿内的北京市少年宫美术组应试，录取后跟随毛水仙老师（现为中央民族大学美术系教授）学习水粉画等画种一年。课后，凭月票乘公共汽车前往少年宫，学完美术课，再乘公共汽车回家。经过刻苦学习，绘画能力大有长进。姚嵘参展由北京市少年宫、北京市美术家协会举办的“六一”儿童画展的作品荣获三等奖。这幅画题为《欢乐的儿童节》。画面上有十几个身着节日盛装的男女儿童面露笑容载歌载舞，神情十分可爱。姚嵘美术方面取得的成绩，受到府学胡同第一小学美术课王老师的重视，她建议姚嵘毕业后可考入北京市第一中学，因该校有美术组。家长也认为姚嵘有画画的天赋，因而采纳了王老师的建议，舍近求远，放弃了离家近、不需乘车上学的重点中学北京市第五中学，而报考了离家远，需乘车上学的非重点中学北京市第一中学。

姚嵘在府学胡同第一小学参加少先队，曾任少先队小队长，并被学校少先队组织授予“优秀少先队员”“首都好队员”等称号和小队长肩章。

二、姚嵘在北京市第一中学的风光岁月，文化课和美术课双双获奖，德、智、体、美得到全面发展。

请看下列事实：

1982 年，市一中美术组颁发给姚嵘同学最佳组员称号奖状。

1982 年 10 月，市一中教导处颁发给初一（2）班姚嵘同学蝉联学习第一名奖状。

1982年11月19日,市一中教导处颁发给初一(2)班姚嵘同学优良生奖状。

1983 年 4 月，市一中表扬信：学生姚嵘在“五讲四美三热爱”活动中评为纪律、文明礼貌、班干部（注：姚嵘当时任班学习委员）模范特此表扬，并向家长报喜。望珍惜荣誉，戒骄戒躁，继续前进！

1983 年 8 月，市一中姚嵘同学在德、智、体三方面成绩优秀被评为1982—1983 学年度三好学生，特发给三好学生证书。

1983 年 11 月，市一中教导处颁发给初二（2）班姚嵘同学全优生奖状。

1984 年 4 月 28 日，市一中“五四”表彰大会颁发给初二（2）班姚嵘同学先进个人奖状。

1984 年 4 月，市一中教导处授予姚嵘同学文明学生奖状。

1984 年 9 月，市一中姚嵘同学在德、智、体三方面成绩优秀被评为1983—1984 学年度三好学生，特发给三好学生证书。

1984 年 10 月，东城区教育局教研室北京东城区中小学生美术展览授予北京市第一中学姚嵘优秀奖。

1985 年 5 月 5 日，北京市东城区教育局、共青团东城区委员会表彰姚嵘同学为区先进个人，并颁发“五四”表彰先进个人证书。

姚嵘在市一中参加共青团。

在此，我要特别讲讲市一中美术组的金玉峰老师。1983年11月2日的《北京晚报》在第一版，作者石湾曾以《画坛“人梯”——访北京一中美术教师金玉峰》为题，报道了他的事迹。报道中写道：“金玉峰1915年10日出生于辽宁的一个蒙古族家庭。他在奉天第一师范读书时，就开始学画。后来，他考入吉林师范大学美术系，得到教师的严格训练。他学得很扎实，在水彩画的技巧上，也很有造诣。新中国成立后，他多次放弃了从事高等美术教学和其他优越的工作待遇，一心扑在中学美术教学上，像一名勤劳忠实的园丁，向新中国少年的心田，播撒着美的种子……”“从他到一中任教开始，美术组就建立起来了。仅在‘文化大革命’前经他培养的毕业生中，就有七十多人成为专业美术工作者。”“1982年，一中美术组被东城区团委和教育局评为先进集体，金玉峰老师也赢得了东城区教育系统先进工作者的光荣称号，并在1983年当选为市政协委员。”

金老师除在学校给美术组的学生讲授美术课以外，还经常利用假期带领学生外出写生。我记得的就有两次：一次是带领学生乘火车到房山十渡风景区写生，学生自带行李，在风景区住宿一星期；一次是一年的暑假，带领学生到河北昌黎县住在一所中学的几间教室，金老师亲自到昌黎海边指导学生写生、画水彩。当时适逢姚治华等几位画家受邀到辽宁兴城一家疗养院画画疗养。等姚嵘在昌黎写生画画一段时间以后，一天，我从兴城乘车到昌黎接姚嵘。当我找到美术组的住地时已是中午，只见在教室休息的金老师正光着膀子，可见气候之炎热，也可见条件之艰苦（教室既没有空调，也没有风扇）。为了画好画，不知师生是如何适应当时这种艰苦环境的。虽然我同金老师没有交谈过什么，但他不辞辛劳、敬业爱生的崇高精神一直为我所敬仰，我打心眼里深深地感谢他对姚嵘的培养。

这次昌黎之行，虽然条件艰苦，但同学们见到“与别的大海是这般的不同”

时，“谁也抑制不住激动的心情”，在欣赏海水、海滩美景的同时，就快乐地完成了写生任务。说明这次外出写生，同学们是多么的喜欢，又是多么的有意义！姚嵘后来在一篇作文《昌黎海滩》中有具体描绘，请看以下文字：

卡车在飞快地行驶，老远就闻到了海腥味，昌黎海滩就要到了。

我们美术组的成员虽然都不是第一次看到大海了，但谁也抑制不住激动的心情，车还未停稳便一个个迫不及待地跳了下来，连最心爱的画夹也不顾了。我们就像电影里的慢镜头一样，在海水中奔跑着，迎着清凉的海风，飘飘然，仿佛入了另一个境地。

当我们停下来，睁开眼睛去欣赏大海时，才发现它与别的大海是这般的不同。太阳刚刚升起，大海泛着银波，忽明忽暗，她的“头发”好长啊，向东向西伸展着却不见尽头。从远处地平线上跑来了一条高高的、宽宽的白色纽带，时高时低，这般齐整却又这般地汹涌；有柔有坚，像白衣少女翩翩起舞，而那吼声却又像粗壮的小伙儿吹出的号子。周围真静啊，只有我们在倾听大海的诉说，像是与海上的纽带相呼应，海岸上也留下了一条白色的纽带。海螺、贝壳、宝贝、宝塔……汇集在一起，似一群旧友谈叙着旧情。我们也跑了过去，挑着自己喜爱的贝壳，总也捡不够。猛然间直起身子向周围望去，也许说这里的大海不同于其他的就是因为这沙滩不一般吧。那连绵不断的金黄色沙滩，有高有低，像一个个小沙丘，我们有如站在沙漠之中，而这大海就如在沙漠中发现的水源一样。这才感到脚下是如此的松软，低头细看，脚下踩着一个个绿豆大的小孔，小螃蟹如同绿豆在滚动着，我们拈来一点儿沙土把洞口堵死，小螃蟹倒是真厉害，一钳子便给捅开了。我们嬉笑着，奔跑着，忽然我们都停下了，眼前是一块不小的绿地，像沙漠中出现了绿洲，这里长着嫩绿的青草，却又不那么耀眼，显得与这金黄色的沙滩很和谐。再往前我们走进了一片树林，很难想象沙土中会长出如此高大的树木，树叶小而密，挡住了天空，只从缝隙中露出几缕阳光，偶尔还能看到杂乱的树藤和一两朵野花，好似原始森林。

到处都是静谧的，一切都显得如此的广阔，虽然没有千奇的礁石，没有特别的奇景，只有大海在独自倾诉，但这才是真正的大海，没有喧闹的人群，这才是真正的海的世界。不知什么时候，我们就已打开了画夹，每一个景色都被留在了我们的画页里，而我们却仍感到在漫游。

“涨潮啦！”哟，真的，我们都被水包围了，整个海滩变得陌生了，像是谁在画一幅写意画，信手拈来，画面上便是有浓有淡，有干有湿，一直在聆听海浪的歌声，这时才意识到已是下午时分，我们该走了，但并不惋惜，因为在我们的画夹里留下了一幅幅美妙的景色，有碧蓝的大海，金色的沙滩，白色的贝壳……

姚嵘在市一中时，继续发扬拼搏精神，除上述在文化课和美术课获得好成绩以外，她还利用假期参加中央美术学院举办的两期培训班学习素描。她在培训班所画的人物肖像素描给我的印象是，她能准确地把握人物形象的特点，画面整体感强，笔触和线条比较生动，整幅画显得大气不拘谨。在市一中初中毕业以后，姚嵘考入地安门中学上高中。

三、姚嵘在地安门中学崭露文学素养和较强的语言文字表达能力，受到语文课洪波老师的赞扬。

我非常感谢洪老师认真批阅姚嵘的每篇周记，批语对姚嵘多加鼓励。我很惭愧，虽然在大学讲授《新闻采访》和《新闻写作》专业课，批阅了学生的无数作业，却未曾指导过姚嵘写作。

下面是姚嵘的周记摘抄：

周记一：1985 年 12 月 9—15 日

一个星期内，我两次进商店，竟两次碰钉子，弄得心情不舒畅。

星期三，我去买笔芯。来到柜台前，只见三位售货员正簇拥在一起谈论一首歌，“哎这儿怎么唱？”“去去，都走调儿了！”“哎哎哎，得这么唱！”……

“同志，您给拿支笔芯。”我对他们说。“同志……”其中有一个看了我一眼，转而又接着谈论起来。“同志，您给拿支笔芯。”我的声音加大了，仍不理会我，我又重复了一遍。“你着什么急，等会儿就不行呀，要什么？”随着话音，“啪”一支笔芯摁在了柜台上，我也没好气地把钱一扔，拿起笔芯就走。当时，我真是又气又恼。星期五，我去买电池，同样的事情又发生了。

我本以为自开展精神文明活动以来，各行各业的服务态度都有了很大的转变，从许多行业上看，服务员都能以礼待人，与过去真是大不相同。例如，汽车上的售票员，现在都很认真负责，服务周到，使用文明语言。可商店的售货员为什么还会出现此类现象呢？

都说资本主义国家会做生意，他们为什么会做？而我们为什么就不行呢？首要的还是服务态度问题。比如日本，服务员都彬彬有礼，对每一个顾客都负责任，让顾客选购自己最满意的东西，让顾客能够信赖本公司的产品。这样，使顾客喜欢，生意就会兴隆起来。这就说明别人会招揽生意。而我们这样的服务态度使顾客气恼地离去，必然会影响货物的销售量。

精神文明是物质文明的基础，我真希望，我国的服务态度大大改变，各行各业的服务员都要使顾客满意！

老师 1985 年 12 月 16 日批语：从生活现象里思考，很有意义。

周记二：12 月 16—22 日

在夏天，我观察过日落，最近我又观察了日落，发现与夏日的日落有所不同。

天色已经转向昏暗，天边突然放出了刺眼的乳黄色的光，用眼睛盯着它，就好像眼前是一片空白。再过一会儿强光开始减弱，天色一下子暗了许多，这时候可以看清太阳的轮廓，并没有云去遮挡它的脸，它就慢慢地向山边靠近了，强光越来越弱，这时再盯住它，已经不刺眼，但太阳只剩下了半个脑袋，它把那朦胧的山峦当成了一块大手帕，捂住了脸，似乎只露出了一只眼睛，在窥探这被黄昏笼罩的世界（注：从“朦胧的山峦”到“笼罩的世界”这句，老师用红笔在句子下面打了曲线）。渐渐地山峦不再是朦胧的了，那高低起伏的山峰已经可以看清，但天边只留下淡黄色的微光，太阳已经走了。

冬天的日落颜色变化少，夏天的日落从淡黄—金黄—橘红—粉红—淡粉红，颜色变化多样，非常好看。夏日的日落并不是一开始便放出了强光，而是在接近山峰的一刹那放出金黄色的强光，非常好看。在夏天，太阳刚落山，你会发现山峰像镶了一道金边，轮廓极为清晰，而在冬天你却找不到这个现象。

老师 1985 年 12 月 25 日批语：不仅细，而且描写有灵气。你有较好的审美素质，发扬长处，全面进步。

周记三：12 月 23—29 日

她上身着一件齐膝的军大衣，下身穿着一条警察蓝的裤子，裤腿真宽，把那双亮亮的皮鞋挡住了，只在口边露出了尖尖的鞋头。

不，这不是我心目中的她。

她变了，的确变了。她那原来惹人喜爱的两条细细的辫子没有了，映入我眼帘的是那画得弯弯的细眉，涂得红红的嘴唇。要不然，刚才她又叫又招手的半天，我竟没认出来呢！

“怎么着，进了高中的门就不认人啦！”

啊，这已不是我所熟悉、我所爱听的话音。

我预感到我们的相遇、我们的谈话不会像以前那样热乎，那样热烈，但我仍想竭力亲热些，仍想在谈话中找找原来的那个她。

“噢，哪里，你那可爱的笑脸一直装在我心里呢！怎么样？学习紧不紧？”我笑着拉着她的手说。“学习？真没劲，我都烦透了，我现在也不管它了……”

这话竟出自她的口，我怎么也不能想象得出。简直让人厌恶，不知是我的，还是她的手首先滑了下来，我们的手分开了，她后面说了些什么，我一点儿听不清楚了。

沉默。我的脑海里在想着她那天真可爱的笑脸，那上课听讲的眼神，那帮助同学一丝不苟的神态……那才是她，我心目中的她！

“你怎么到这儿来了？”显然，我的话冷淡了许多。“我到这儿买东西，正巧碰到你。行了，没什么说的了，我还有事，先走了。再见！”

啊，只是“再见”，而不是我熟悉的那带着微笑，调皮的摆手动作。

她变了，的确变了。短短的相遇，我已不知她在我的心目中处在了什么地位。

我望着她的背影，又似乎在望着这条曲曲折折的小巷。她变了，究竟是什么使她改变了？是什么把我心目中的她夺走了？

我不知道。我想……

老师 1985 年 12 月 31 日批语：有鲁迅文章的味，注意了照应。

周记四：1986 年 1 月 1—5 日

在这个熟悉的展览厅里挂着不下一百幅名画，唯独它深深地把我吸引住了，看它的作者也并非名家，但我像被磁石吸住一般，虽然已看过多次，但我再不愿意从它面前走开。

画名叫《海伦·凯勒》，一个普通的渔家女恬静地坐在那里，手托着下颌，正陷入甜蜜的幻想之中。身旁的鱼篓和其中几条细长的青鱼表明了她的身份，而那显得陈旧的衣裙又使她区别于那些浓妆的贵族小姐，画家用他那绝妙的笔触使我们看到了一个卖鱼的少女。

说实在的，我并不懂艺术，但她那朴质的美却着实打动了我（注：老师在这一句的下面用红笔打了曲线）。她白皙的面容微微泛着红润，一头棕黄色的柔软的头发自然地垂在肩上，那微翘的鼻梁和微张的嘴唇更使人觉得那里蕴藏着不尽的美。而那水晶般的微蓝的大眼睛才是真正的美的所在，那里有她的希望，虽然也有一丝的迷茫，但更主要的是希望；她所有的幻想都从这双眼睛里无保留地表现出来：卖鱼得到的钱大概可以买件漂亮的裙子了。是的，还有什么能比得上穿上新衣的快乐呢？她已经意识到了自己的美，她还在追求着美。但这是朴质的美，是自然的美，是不加任何修饰的美。

她的身后是一棵巨大的灌木，几片宽大的绿叶遮在她的头上，挡住了远处落日的余晖，仿佛在保护着美神不受侵犯！

老师1986年1月6日的批语是：以语言勾勒出了鲜明的形象，文笔很成熟。

周记五：1 月 23—29 日

不知是什么事情惹恼了风伯伯，它竟大怒起来，从昨晚开始就一直发泄着怒气。

“呜呜……”风刮得真大啊，门窗被刮得“吱呀”乱响，小石子被刮得忽东忽西，上下乱窜，就连柳树爷爷那长长的头发也被吹得蓬乱地左右摇摆起来了。可是院子大门口的两排青松却是纹丝不动……

人们戴上了帽子、头巾，尽量挡住迎面吹来的沙子，但有人却与众不同，透过被风吹起的一片沙土，我看见有人正迎着风沙进行长跑、锻炼……（注：从“透过”到“长跑、锻炼”这句老师用红笔在句子的下面画了曲线）。

由于大风，一些人不得不放弃游玩的计划，大概也使一些庄稼受到了损失，但在某些有风车的地方，它正被利用发电呢。

中午，风伯伯的怒气平息了，我想这大概是太阳公公安慰的结果吧，因为我看到太阳公公满意地张开了笑脸。

老师批语：拟人文笔。

周记六：1 月 30 日—2 月 5 日

早晨七点的电影，我提前一刻钟就赶到了电影院，迷迷糊糊地坐在椅子上，向四周看看，没有认识的人，便揉了揉睡眼，等待着……

不知不觉电影就开始了。隐约觉得前排又坐了几个女同志。嗬！开头好吸引人啊，瞧，那露在帘外的一双绣花鞋。“咔嚓”一声把我紧张的心松弛下来。影院里黑咕隆咚，漆黑一片。突然，一盏灯亮了，接着便是哗声四起，众人皆指向放映室。我刚明白，原来是断片了……

谁知一波未平，一波又起，我前排的那几位小姐不知被谁惹了，转过身来破口大骂。一时间，世间一切污秽、不堪入耳的粗语，从这几位外貌文雅的小姐嘴里尽出无遗。我感到莫明其妙地看了好一会儿，才知道骂的是谁。

自此两场战斗全面铺开，并继续发展得激烈，几乎到了白热化的程度，其激烈程度比之电影情节有过之而无不及，一直到电影结束方止。

下面看一看战果。观众同放映员的战斗，共有三次，每次五分钟，历时 15 分钟，基本是舌战，但观众占明显优势。

我的“前排”和“后排”之间的战斗贯穿电影始终，历时一个多钟头，双方实力相当，以舌战为主，有轻微打斗。

这场电影看得何等好啊！内容之丰富哪场电影能与之匹敌！

老师批语：有幽默感。

周记七：2 月 6—12 日

大年初一之夜，我坐在回家的车上，心里还在回味亲戚家的佳肴美酒，还在想着一天来度过的愉快时光。突然，一辆垃圾车擦车而过，掀起一片尘埃，把我那快乐的心情冲淡了。车的大部分已被垃圾占据，车厢后面的特制梯上站着一排衣着不整的清洁工（注：从“车的大部分”到“清洁工”这句的下面，老师用红笔打了曲线）。看来垃圾发出的恶臭并没使他们感到不快，因为我分明看见他们还在快乐地谈笑。车在不远处的一堆垃圾旁停下了，他们一个个跳下车来，拿起铁锨铲起来。顿时，他们被灰尘笼罩了。但尘埃落下，车又开动了，留下一块干净的土地（注：在这一句的下面老师用红笔打了曲线）。看看表，已经是午夜降临了，透过那高层楼房上的点点灯光，我仿佛听到宴席上那叮当的碰杯声，舞会上妖艳震耳的舞曲声（注：从“透过那”到“舞曲声”这句的下面，老师用红笔画了曲线），麻将牌桌上洗牌的哗哗声。是的，在这节日之夜，人们都在欢笑，都在尽情地享乐。这当然包括我！可他们，年轻的高尚的清洁工们却用这难得的时光为人们创造了一块又一块干净之地。在节日的夜晚，他们的面前没有丰美的佳肴，没有五彩的银幕，没有别人有的一切，他们的面前只有垃圾，使人厌恶的垃圾。但是，他们无言地领受了一切，因为他们自认为在节日的夜晚过得很充实，很愉快，因为他们有着美好的心灵（注：从“他们无言”到“美好的心灵”这句的下面，老师用红笔画了曲线）。

我赞美清洁工人美好的心灵，我也真诚地盼望：垃圾的现代化处理能使他们和我们一块儿欢度春节！

老师批语：最后一句说得多好！

周记八：2月13—18日

《寻找回来的世界》终于看完了，我依依不舍地和那些可爱的人们告别了。白小远的那句话给了我很大的震动，她去找她苦苦寻求的世界去了。这是她生活的全部渴望。倩倩呢，她也在寻找着一个世界，她终于找到了，尽管经过了那么多的苦难，我真想去祝福她们。

这个电视剧中我特别喜欢于倩倩。教师真是世界上最崇高的职业，因为他塑造人，人是最宝贵的（注：从“教师真是”到“人是最宝贵的”句的下面，老师用红笔画了曲线），因而教师也是最高尚的。当然，这应该指那些真正献身于教育事业，从培养人、爱护人出发的教师，他们才是我们最可爱的人。

看这个电视剧是个享受，因为它体现了最高尚的道德。要以一颗博大的爱心，去帮助那些迷茫的人们找回他们的世界。我会永远记住那由长笛奏出的开头："找回来，帮他们找回那失去的世界！"（注：在这一句的下面，老师用红笔画了曲线）我必须记住！

洪老师1986年2月25日批语：很爱读你的周记，在流畅的文字、优美的词语后面，我看到了一颗善良、朝气蓬勃的心，张大眼睛观察世界，爱憎分明，头脑清醒。继续写下去吧，当小本记满的时候，一个更成熟、更高水平的姚嵘就会脱颖而出了。

周记九：3月10—16日

我似乎总是在成熟的边缘徘徊，总不能迈进成熟的大门，我想保持一颗天真无瑕的童心，又想要一颗成熟完美的心，致使我总是处于矛盾（注：在这二字的下面老师用红笔画了曲线）之中。

我爱生活，甚至爱我周围的一切，还爱想象，憧憬未来，美好的梦想总也数不尽。然而，有时候我又是这样地讨厌生活，甚至恨我周围的一切。正是它，将我的一个个美好的梦打碎了，使我完全陷入了自卑。有时候我真想大哭一场，甚至想完全向生活妥协："求求你，还给我吧，还给我那美好的梦。"我爱书，爱知识，总想胜人一筹，而当别人超过了我，我又沉浸在痛苦之中，甚至不能自拔。……这是我的童心，然而我那颗日趋成熟的心，又不允许我这样做。

我总想去了解世间的每一个人，看看他们都在想些什么，大家都互相了解，那有多好，然而我不明白，为什么有的人不愿意去了解别人，也使得别人不能了解他。我想象不出人世间没有互相了解的人那该是怎样的？！

人们总说十六七岁是让人羡慕的年龄，而我却羡慕那些成年人，他们了解社会，看法真是多呀。

日趋成熟的心，让我开始思考了，要爱生活，了解社会是要付出劳动的。我忽然觉得自己的脚步太慢了。我想，我该改变一下自己的矛盾心理了，然而该怎样改变呢？我继续思考着……

老师1986年3月18日批语：进入矛盾便是提高，打破矛盾便是站在了一个新的境界里，所谓“成熟”，我理解就是这样一系列的思考、痛苦换来的。

周记十：5月19—25日

几天来一直沉浸在琼瑶的小说中，而今天，柯云路的《夜与昼》又把我带回到现实生活中来。

《夜与昼》和《新星》有极大的不同，无论是从艺术还是内容、形式，都在追求新的东西。看《夜与昼》没有读《新星》那样为主人公的所作所为鼓舞、激励，生发出一种理想主义的激情。而《夜与昼》却是强烈的现实，让你不得不冷静一下头脑，严峻地思考、评判一些东西，重新去回想一些问题。

这是一幅社会长卷，形形色色的人物代表了我们这个社会，一切的矛盾都毫无掩饰地暴露着、表现着（注：在这一整句的下面，老师用红笔画了曲线）。每个人物都在追求自己的目标，不管是有意识的，还是盲目的，寻找着自己的位置。这部小说最突出的特点是表现了一代人，就是李向南的同代人，现代25—35岁的这一代人，他们有自己的生活、信念、理想、苦恼、幻想。原来自己对青年的想法总有些明亮，仿佛都是明智的、纯洁的、上进的，奋进而有理想的。今天我才明白，青年一代原也是这般复杂，或者说丰富多彩。他们不仅不像我想象的那样明快，甚至有许多很丑恶、很肮脏的东西，这难道都是那个时代的烙印吗？

小说的手法颇新，大段大段的心理描写，写人物一刹那间的感觉，甚至幻觉。

看完了小说，让我从纵的方向去考察一个人的生活道路（注：在这句的下面，老师用红笔画了曲线），到底是什么力量造就了你、我、他，是环境吗？人和环境又是怎样的关系呢？这是需要很好思考的。人的青年期与老人期到底有没有关系，为什么会有那么大的差别呢，仅仅是生理差别吗？

老师 1986 年 5 月 25 日批语：钦佩你的广阔目光和深入的思考能力。

姚嵘在地安门中学的同班同学李晓虹 1986 年 10 月 5 日给姚嵘的信中说：洪老师“要求我们要有求异思维，有无新观点、独到的见解，思想是否活跃，要求我们打破传统的东西，去其糟粕。我们语文不期中考试，主要看平时各方面表现”。我很赞赏洪老师的主张和对语文课考试的做法。

由于从总体上来说，地安门中学的教学质量比起重点中学还是有一定差距，对学生的管理也不及重点中学规范和严格。高二时，姚嵘便转学到重点中学铁路第二中。

高中毕业时，正值一股出国留学潮在年轻人中兴起。姚嵘受其影响，先是准备去日本学艺术，报了日语培训班学日语，后觉得去日留学机会太少，改为去澳大利亚学艺术，又报了北京市成人教育学院英语班学习。1989 年 11 月 15 日该学院签发了成绩通知书，并发给结业证书。成绩通知书上标注在该院英语班学习，学时数为 150 小时，成绩 90 分。结业证书内容为：姚嵘同志于 1989 年 8 月 4 日至 1989 年 11 月 15 日，在我院英语班学习，经考核成绩合格，准予结业。可见姚嵘学英语是下了苦功的。后来经过多方努力，终因姚嵘的上十幅绘画作品引起了澳大利亚驻中国大使的重视，而获准签发赴澳留学签证。

四、自费留学，当时家长仅能提供半年的学费和生活费，剩下的时间需要打工挣钱交学费和生活费，因此，必须发扬拼搏精神。

姚嵘在悉尼的拼搏，从她开始边学习语言边寻找工作开始。请看 1990 年 2 月 25 日给家人信中的一段话：

上星期忙乱了一阵，所以没时间写信。上星期忙着给一家丝绸印染厂设计图案、画版样。我是从报纸上看到广告要招人的，就自己拿着地图去找了，真是开天辟地头一回，看来我的胆量还行。老板看了我的画后，特喜欢画中的那两只仙鹤，于是我把两只仙鹤画上，又加些芦苇月亮及云彩，画成丝巾图案，效果蛮不错。老板是匈牙利人，对我极好，他一道道工序教我，我第一次知道制版、套色是怎么回事，总之，现在这一切我都会了。老板还特意把特制的桌子用car送到我住的地方，让我在家画，免得每天往厂里跑。其实，真正算起来，我也就画了六七个小时，况且那些东西对我来说并不难。但老板给的钱太少，50澳元一张，当时我很生气，有种受剥削的感觉，因为光设计这一项就应不少钱，还不算制版（这个相当麻烦的），可在这里没有艺术问题，他根本不管设计的过程，只是商业性的算成本。后来我讨价还价了半天，才算拿到100澳元，那天心里很不好受，因为我原来估计怎么也得200澳元以上的。匈牙利人抠得要命，虽然人不错，但也不能在这里干了。他们的意思是保持联系，有活再找我，我觉得这里没什么指望，所以现在还是没工作，但还算好，来了一个多星期挣了100澳元（注：约合人民币600多元），心里舒服多了。

初到悉尼，姚嵘英语的听力和口语尚难适应，因而需要英语水平高的工作无法应聘。她起初找了一家华人开的服装厂做熨衣工，一天干下来要熨二百几十件服装，累得汗流浃背。后因这个厂离住的地方和学校都很远，坐车也不方便，所以没有坚持下去。于是，她继续寻找其他工作。请看1990年4月23日给家人来信的叙述中姚嵘是如何寻找工作的：

记得上星期刚写了一封信，说没有工作，心情不好，结果不知上帝见我太可怜还是别的什么原因，第二天一下赐给我两份工作。其中一份在Burwood（住的地方，到那里只需三分钟的路程），我觉得来澳后简直幸运极了，我们屋的所有人都没在Burwood找到工作，我竟然找到了。那天，我就沿Burwood这条街走，挨家问有没有工作，最后到了一家洗衣店，有一份part-time工作，每星期六下午2：00—晚上7：00，星期日上午11：00—下午5：00，7个小时。开洗衣店的是一对老夫妇，他们对我好极了，这个店就我一个帮手。工作极轻松，只需将要洗的衣服放进洗衣机，烘干的叠起来。我很喜欢干这份工作。7澳元一小时也相当不低，离家又这么近，且又是星期六、日，平时还可找别的工作。干两天近八十块钱，已经够一星期的生活费了（包括房租、车费、饭费），这意味着平时工作挣的钱都可存起来了。这星期第一次干，我干得特卖劲，老夫妇很喜欢我。我想我一定要好好干，争取让他们收我做长工，即每天都干的，那样就再好不过了。这对夫妇是澳洲人，对我练习英语也有帮助。我太喜欢这份工作了。第二份工作讲给你们听，你们肯定不让我干。这份工作是在一个餐厅当waitress（服务员），这个餐厅在Central，就在我们学校旁边，本来是很好的工作及地点，只是时间是从晚上11：00—早上5：00。单从时间上看，我觉得不错，可以每晚干后，早上回来睡觉，不会耽误上课，只是安全方面不太好。这个工作一小时5澳元，一星期下来150澳元，老板是黎巴嫩人。我现在还没最后决定干不干，星期一（明天）放了学后，老板让我去试试，看看行不行后再定。不过我还是挺想干的，因为Central是市中心，一般没什么问题，另外这份工作正好不与上课时间冲突，能够保证不缺课，真是很难找到不与上课时间冲突的工作，地点又离火车站近。只是工资低了些，但我想如果干得好，老板会给涨工资的（餐厅都这样），另外waitress可能会有小费的。我想如果老板肯定让我干，我就试一星期再说。如果这份工作不干，我就要再去找别的工作。

再看看姚嵘在语言学校学习英语的情况。1990年4月12日在来信中是这样叙述的：

这星期一我已开学了。星期一考试，先笔试再口试。我考得不错，星期二到学校一看名单，我被分在总校上课了（注：这所语言学校分总校和分校，考试成绩好的就分到总校上课，姚嵘能够分到总校上课，说明她在国内所学的英语有一定的基础），真是高兴极了。从 Burwood 到学校只需 20 分钟，非常方便，如果在这条火车线上找到工作那就太棒了。我们这批开学的同学中日本人和韩国人很多，中国人被分在总校上课的不多，所以我着实美了一阵。我们学校是所有语言学校中最好的，各方面条件都相当不错。上课时间是这样：下午 2：15—4：15 第一节课，4：15—4：45 咖啡，休息；下午 4：45—晚上 6：45 第二节课；晚上 6：45—7：45 语音听力，图书馆阅读（这一部分自愿参加）。我们班有十几个人，大部分是上海人，两个广东的，两个北京的（算上我）。我第一天上课就碰上了一个北京女孩，她 31 岁，也是学画画的，结果我们俩越聊越近乎，所以现在在班里上课也有伴了，真高兴。我们班的老师也好，抓考勤不严，有了工作后晚来他也不记。我觉得来到澳洲后，除了工作，其他方面都挺令人满意的。我们班大部分人都有工作，所以通常第一节课只有四五人上课，第二节课开始才陆续到齐。这里的考勤要达到 90%，但大部分有了工作的人都不可能达到，所以遇上我们这样的老师真是很幸运，否则迟到五分钟都要画 A 了。我们有两个老师轮流上课，八个星期调一次班。在这里上课真是很有意思，老师都相当风趣，每天课堂都很活跃。尤其是第一节课就我们四五个人时，交谈的机会多，很能锻炼口语。真是上学好，现在每天最快乐的时光就是上课的时候，开心极了。

姚嵘一面上学，一面继续找更合适的工作。1990 年 4 月 30 日她在来信中说：

我今天高兴极了，在 Ashfield 找到另一份工作，这个站就在 Burwood 下

姚嵘在悉尼美术设计学院举办的毕业生画展上留影。展板上悬挂的为姚嵘的画作。摄于1995年8月17日。

姚嵘在悉尼一处海滩的留影。摄于 1991 年 9 月 14 日。

两站，离火车站近，我上班只需一刻钟。这个工作也是在一个洗衣店，只不过是干洗店。周一至周五每天早上8：00干到下午2：00，工作很轻松，又离学校近，不耽误上课，只是工资不高，每小时5澳元，不过老板挺好的，他说我现在刚学做以后会给我加工资的，老板是澳大利亚人。现在老板让我写一些标签之类的活，一点不累，所以工资低些，我也满足了。Central那份餐厅的工作我没去做，主要是时间太晚了。Burwood那份洗衣店工作也相当不错，我干着特舒服，7澳元一小时我干着也带劲儿，而且这对老夫妇对我极好。现在全屋的人都羡慕我，倒不是因为钱多，我两份工作加起来的钱还不如他们有的人多，只是他们都说我运气好极了，总共就出去找了两天工作，而两天就找到了两份工，且又离住处和学校相当近，也不影响上学，工作也轻松，他们都说我命好。我也觉得到澳洲后运气好极了，我现在挺满足的，每星期六、日那份工作挣的钱就够花的了，那么从周一至周五这份工作挣的150澳元就可存上了，这样一个月可存600澳元了。

我们学校很不错，上三个月课后有一个月的假期，这期间可干Full-time工作。下星期我们就调班了。我们学校一个月调一次班，我估计下周我要升班了。我在我们班英文不错，两个老师对我的印象都不错，都说我英语Good，所以下周肯定能升班了。可能要升到LeveL3了，即第三个水平，我们学校总共分四个水平，每个水平又分A、B、C三级。LeveL4最高，即有TOEFL班、商业英语班等。我现在听力有进步，说起来还不太行，有时候好多话想说就是说不出来，主要还是词汇量少，现在我们班就我和那个北京女孩能保证全勤，常常第一节课老师就给我们两三个人上课，所以讲英语的机会多一些。

再看1990年5月6日的来信：

我来到澳洲后真成了幸运儿了，一切都进行得如此顺利。现在人人见了我都说我相当有运气。因为洗衣店的工作在澳洲算是很不错的工作，尤其对

姚嵘在悉尼一处景点的留影。摄于 1993 年 6 月。

于女孩子，算是相当好的。我的两份洗衣店工作都极其轻松，虽然一星期七天每天都要去工作，每天六小时，可一星期下来并不感觉到累。这星期第一次在干洗店干，老板对我极为满意，连声说我 Very good，说要给我涨工资，我现在一小时六澳元，算不错的了。我们店的工作不累，总共就我、老板和老板娘三个人，还有一个老板的兄弟管运货。我一般就管写写标签，把衣服放进机器，挂挂衣服，非常之简单。老板有时也让我接待一下顾客，练练英语。现在大家都羡慕我，两份工作都离住处和学校这么近，交通也极方便。我们屋的人上班的地点都很远，而且工作都很辛苦的，好几个在餐馆，每天早上五点多就要起床的，上完班又要去上学，一天下来非常疲劳。现在就我幸福，早上八点上班，七点多起床，七点四十才走。星期六、日这份洗衣店的工作比干洗店的还轻松，这对澳洲夫妇对我也相当满意，这份工作一小时 7 澳元。所以我现在非常满足了，假如以后再有工资高的工作我也绝对不换了。因为我也不想挣那么多钱，关键是能保证上学，且工作又不累。我现在每天有一点最惨，就是午饭问题，每天中午下班就要赶去上学，所以午饭只好在火车上吃，火车上又不能吃米饭，因此现在每天中午在火车上啃面包，没办法，别的也不好在火车上吃。不过我经常在课间休息的时候去补充营养，所以现在每星期的伙食费比以前贵了许多，一般要二十多块。我现在也不管那么多了，该吃的、想吃的就吃，所以我现在吃得特别好，很丰富。

现在上学每天应是下午2：15开课，但我每天下班后到学校一般是2：30，我仍是我们班第一个到，所以老师对我印象都很好。我们老师只要你迟到在45分钟之内都不记录，他们都知道我们要打工，很理解我们。现在留学生中像我这样这么重视上课的，恐怕没有几个。我了解了一下我们学校的一个月假期是怎么回事，就是休息这一个月可以去打Full-time工，但这个假期可要可不要，休假的和不休假的一个时间毕业，如果休假，就等于少上了一个月的课。所以我现在不打算休这个假期，反正我也不需要那么多钱。现在老板说我每天都可多干几个小时，可我也不想干，到2点就走，不想耽误上课。我们学校的老师从哪个国家来的都有，我们班是两个男老师，一个来自澳洲，一个来自希腊，还有两个女老师是英格兰的，也给我们上过课，学校规定一个月换一次老师，就是让你熟悉不同老师的语音。每个班有两个老师上课，星期一至星期三是一个老师，星期四和星期五是另一个。我们学校就是日本人开的那所，是相当不错的，我们经常到语音室上课，还经常看录像，也到图书馆上课。总之，这里上课丰富多彩，很有意思。我们还经常有郊游活动，我真喜欢在这里上学。

再看1990年5月14日信中的叙述：

现在一改政策，没有中国留学生来澳了，这里的语言学校全部面临倒闭。我们学校也没钱了，我们学校总共124位老师，88位被炒鱿鱼了，他们在6

月和7月就离开了，教我们的两个老师也在这88位之中。这两位老师的水平很高，人也很好，我们真舍不得他们。虽然仅上了一个多月课，但大家彼此都有了感情。我们老师要走了，现在也不给我们记考勤了，就让我们打工，只要每天来就行。现在我们学校有没有出勤率都可上了，且一年学费才2500澳元，包括语言和商科两种，学校包管办理一年的签证，且不收报名费。所以现在大家都借机多打长一些工，我本来也可以干长一些时间的，但我不太想干，有点钱挣就行了，还是上学有意思，因此现在经常是第一节前半节，老师给我一个人上课，我们俩就聊，这倒不错，能锻炼我的口语。在班上，老师对我最好，特喜欢我。我们现在还是那两个老师，本来说调班的，现在可能是等6月份这些老师离开了再调。这些老师也怪惨的，他们被炒了以后，也成了没工作的人了，也得到处去找工作。

为了多挣钱攒学费和生活费，姚嵘一直以来节假日不休息，坚持上班打工，因为按照澳大利亚的有关规定，节假日上班可以领双份工资。她除平时正常班以外再加上周末两天，后来平时正常班一天还干两份工作，到一家四星级酒店干完活再到一家五星级酒店接着干。有时连上十几天班不休息，累得脚丫子朝天。但澳大利亚对劳工的政策比较规范，加班加点后可以攒时间休假，并可带薪旅游。对姚嵘来说，最难的是要改变不喜欢早起的习惯，可是有些工作还必须早起。1995年6月，我和姚治华第一次到悉尼探望姚嵘时，她有一份工作是到一家医院当服务员，为老人送药、送午茶。当时正是悉尼的冬天，她早晨六点左右就得起床，并带上自制的三明治当午餐。实在是很辛苦。下面我从姚嵘给家人的来信中摘录几段，可见当时她边学习边打工的艰苦处境。

近来身体都不是太好，易生病，可能是冬天寒冷，加上早上上班太早的缘故。你们现在根本想象不出我早上什么样子，实在很狼狈。每天六点差十分起床后，穿上衣服，牙不刷，脸不洗，冲出门去。到了单位，换好工作服后，这才开始整理仪容。然后去热杯牛奶，吃两块饼干，这才开始工作。每天如此倒也自在。到吃中午饭时，单位里有微波炉，我把带来的饭热一分钟便好了，很方便。工作方面已经完全习惯了，给我多少个房间都没问题，咱们统筹安排，干活儿神速。所以我现在经常是下班前一个半小时便干完了，便可躲在房间里休息，自然不能让老板看见，否则又要给你分配额外工作了。这里可不同国内，单位里不可有游手好闲的人，没活要找活干，不能让老板看到你没事做。（1991 年 8 月 14 日）

这次有史以来连着工作了九天，人都散架了。这两星期我下了班回来就是睡觉，否则真是顶不住。前天又跟单位里那个 stupid 老太太干了一仗，她把我告到大老板那里，but nothing happen, 大老板对我印象颇佳。正写着，单位又打电话让我明天上班，本来我是今明两天休息的，这下又完蛋了，真厌倦上班。（1991 年 8 月 22 日）

工作了六天，而且这星期工作量很大，累得我喘不过气来，每天下了班回来就有种想发脾气的感觉，心情烦躁得很。上星期周末还跟副经理大吵了一架，他老是指使人干这干那，气得我在厨房里摔东西给他看，借以发泄一番。老外无所谓，来得快，去得快，现在我们还不是跟没事人一样。只是每周周末上班都很窝火儿，因为周末的工资比平时高，老板就让你干更多的活儿。唉，挣钱不易呀。

好像只有在澳洲的留学生才能做到家里电器齐全，住宽敞的房子，和老外拿一样的工资，待遇相同，其他国家都不能比，连美国都不行。看来我们都算不错的了，现在就是争取在学业、事业上更上一层楼的问题了。（1991 年 12 月 29 日）

我有时是很苦恼的。说心里话，我对做生意一点兴趣都没有。从小到大在家里，都是接受的文化与艺术的熏陶，接触的人也都是文人才子，对于文化圈以外的事真是很少知，亦很少明。出来以后周围的人都是我从未接触过的人，才开始稍稍明了三教九流是怎么回事。实际上做生意也不是什么坏事，但我骨子里总觉得我应该是搞艺术，做学问的，而不是从商。但在这里，做学问的人实在是太少太少了，至少我周围，我就找不到这样的人。（1992年1月17日）

出来才知道已不能像以前在国内那样，可以做自己想做的事，可以读自己想读的书，唉，创业难啊。（1992年3月18日）

来澳两年多了，对这里的一切都基本适应了，这其中经历了一些风风雨雨，增长了不少见识，丰富了自己的阅历，自己亦有所改变。但我觉得自己除了坚强了少许，独立了很多外，依然还是个很单纯的女孩子，没有变得世故，也未变得很俗气，我为自己庆幸。（1992年5月28日）

我这里都没什么新鲜事好说，还是老样子，上班，上学，每天照常。只是屋里几个人相处越来越好，俨然像一家人一样。我们是几个人一起做饭吃，大家一块儿吃很热闹，每天都是下午五点左右吃饭，然后又各自去上学，回来时九点多钟，再吃夜宵。有时便开车到China town去吃夜宵。从我们这里开车去那儿，只需十多分钟。这里只有China town，无论多晚都有的吃，其他老外经营的店六七点就关门了。不过下午那一餐通常是我做的，因为我下班最早，我也没什么怨言，反正做了饭就不用刷碗，再说屋里只有我做饭最好吃，别人做的东西吃得不香，倒不如自己动手了。我常常也有不想做的时候，于是全体出动到外面去吃。这里实在吃得太好，又常吃蟹、虾，所以每个人都肥得够呛。这里的螃蟹可是多种多样的，有花雕蟹、青蟹、皇帝蟹等，做法也很多。

“现在已是四月了，可我们这儿还是很暖和，只是晚上看书时坐久了，才会感到一丝寒意。在学计算机方面，我已有很大长进，学会了很多东西，还能用计算机画很多小画，自觉很新颖（因为有时会有意想不到的效果），只是我现在还没有买printer，所以没能打印出来。我打算攒些钱，过一阵子买个printer。”（1992年4月14日）

我上个星期已开始上班，但单位只安排我一星期上三天，而且是从上午

8：30—下午3：00，所以很轻松，并不感觉到劳累。这星期路过附近一家五星级饭店时，随便问了一下要不要人，结果跟经理谈了谈后，竟然让我下星期开始上班了，很是意外。这家饭店的上班时间是上午8：00—下午4：30，但我要求一星期只做三或四天，原来的单位我保留了周末两天也是从上午8：30—下午3：00，所以现在上班应该比原来轻松很多，不用早起那么辛苦，再说五天中有两天只干六小时，但由于五星级饭店工资很高，所以收入就跟原来基本一样。如果我在五星级的做四天，那收入就要比原来还多。（1992年10月21日）

我的工作又有了变化。原来HOTEL的老板叫我回去做Full-time，给我改变了工种，不再整理客房，而是在Laundry（洗衣店）里做工。我想了想还是回原来的地方做Full-time，不去那个五星级的，省得两边跑，再说我一直都在Laundry里干，因HOTEL里的Laundry很干净，每天只是洗洗桌布，叠叠毛巾、桌布之类的活，很容易，比整理客房轻松很多。所以我现在还是跟以前一样平时工作三天，周末两天。平时是从上午7：00—下午3：30，周末还是上午6：00—下午3：00。没办法，周末早上几小时我要cooking，因此时间改不了。不过我到蛮喜欢cooking的，周末我便是厨房里的大厨，六七种早餐都是我做，有时要做二十多份，所以现在老外的东西我也会做了。工资还跟以前一样，没有变。（1992年11月4日）

苦尽甘来。

姚嵘在国内学的美术技能终于派上了用场。进悉尼美术设计学院是要考绘画科目的。值得欣慰的是，姚嵘最终考入悉尼美术设计学院就读。学习了油画、版画、设计和摄影等她所喜爱的课程。毕业时，由于学习成绩优秀，学校为她和另一名澳大利亚学生开了画展。画展时，姚嵘有两幅作品被有关人士收购。她还利用业余时间自学计算机，操作电脑。回国探亲时，她到中央美术学院培训班学习平面设计和三维设计，并获得结业证书。后来被澳大

姚嵘在悉尼植物园的留影。摄于 1995 年。

利亚一家服装公司聘用，任服饰设计员。老板是澳大利亚人，员工也多为澳大利亚人，仅她一人是华人。经理是意大利人。姚嵘的设计能力受到老板和经理的重视。2007 年，因生子教子无法坚持上八小时班不得不辞职，虽经老板挽留，也只好舍弃她喜爱的这份工作。这里顺便说几句，姚嵘幸福地拥有一个年满八岁、聪明伶俐、容貌俊美、活泼敏锐、逗人喜爱的儿子锐轲。小学一年级时，锐轲被学校评为班上唯一的优秀学生。利用课余时间，他还上了各种培训班，学会了画画、弹钢琴、游泳，还学习国际象棋、打网球等项目，受到德、智、体、美全面发展的良好教育。小学二年级时，锐轲考入政府办的由尖子学生组成的一所优质小学。最近得知，本学期在全班 30 名同学中评选了两名优秀生，锐轲是其中一名，由校长签发了奖状。因谋生，姚嵘不得不放下绘画创作而从商（虽是自己不情愿的）。好在凭自己的拼搏，她已立足于澳大利亚，同丈夫一起，独立经营自己的商铺，并能兼顾教子和家庭。

姚嵘同父母在悉尼机场附近的一条街道上合影。摄于1995年6月。

最近，她还购置了比较宽敞的住房，日子过得越来越好。

姚嵘于1990年2月9日离开北京，2月10日抵悉尼。1990年12月14日（到悉尼10个月时）圣诞节前夕，姚嵘寄给家人的贺卡中有这样一段话：

澳洲的 Beach（沙滩）很美，每当独自漫步在这夕阳西下的沙滩时，便会想起你们大家。没想到会有一天只身一人来到另外一个国度闯世界，不管它对与错，但我确确实实开始亲身体会到了人生的酸、甜、苦、辣。人是要经过磨炼的，这是你们常对我讲的，希望你们再见到我时，说我变得坚强了、成熟了。

时至今日，姚嵘到悉尼拼搏已长达二十六年。2007 年，她临近分娩时，我前往悉尼照料了十个月。当我见姚嵘操着流利的英语同澳大利亚人打交道时；当她在生活中遇到挫折或者烦心事而处事不惊、不再抛洒热泪时；当她处理重大事件不再依赖任何人满怀自信自做决定时；一个坚强、成熟、热爱生活、执着追求美好明天的姚嵘已经矗立在我们的面前。我为之感到无比的欣慰和骄傲。祝愿锐轲在姚嵘的精心呵护和培育下茁壮成长！祝愿姚嵘事业兴旺发达！

2016 年 1 月定稿

锐轲诞生记

2007年8月8日，在悉尼一所公立大医院妇产科宽敞的待产室里，我独自一人坐在待产室的一角，从中午12点直到下午近2点，怀着焦急的心情等候姚嵘剖宫产的结果。当下午2点过了几分钟时，李红斌面带微笑抱着刚出生的孩子向我走来，告诉我手术顺利，孩子是男婴，随即将孩子递给了我。我双手紧抱襁褓裹着的婴儿，两眼饱含激动的泪花，一颗悬着的心终于放下了。约莫半小时后，一位白衣护士将婴儿抱到特定的工作台上称重量，报的重量是4100克。我当时真想大呼一声：呀！8斤2两！称完重量、量完身长之后，护士又将孩子交给我，直到姚嵘躺在活动床上，由护士从产房推到待产室，然后再转入病房，我和李红斌才将孩子交给护士护理，满怀喜悦的心情离开医院回家。

在澳大利亚，产妇分娩时，丈夫必须守护在妻子身旁。孩子出生后，当时家人即可同孩子近距离接触。这次锐轲当天一出生我就能亲手怀抱他，这真是太幸福了。

姚嵘这次预产期过了一个多星期才被接受住院分娩。澳大利亚医疗条件比国内要好。住院分娩和食宿都是免费的。姚嵘已是37岁的高龄产妇，为了安全起见，我们要求早点住院行剖宫产。但主治医生一直坚持要姚嵘自然分娩，而且经过多次检查直到住院当天的检查，都说胎位正常可以自然分娩。万幸的是，到了待产室后，一位经验丰富的护士作进一步检查时，发现胎位不正，属臀位，无法自然分娩。待产室的大夫当即做B超印证了这位护士的判断，并决定做剖宫产。原来医院拟预约在8月9日住院，经姚嵘要求当天（8月8日）住院剖宫产。医务人员知道中国人讲究8月8日是吉利的日子，因而满足了女儿的要求。事后想想，如果不是那位经验丰富的护士得出胎位不正的判断，而是坚持要姚嵘自然分娩，那该要冒多大的风险啊！想想都后怕。姚嵘出院时，打算找到这位护士好好向她表示感谢。遗憾的是一直未找到她在何处值班。后来姚嵘见到医院有关的医务人员反映主治大夫误诊为胎位正一事时，这位医务人员还说："给姚嵘检查的主治大夫是我们医院最好的大夫。"只是这位大夫虽然最好，但她未能认真履行主治大夫的职责，有几次我陪姚嵘到医院作例行检查时，未见这位主治大夫亲自动手检查，而是让护士或者见习的年轻大夫检查，这能不误诊吗？

三天后，姚嵘母子出院。我们兢兢业业地护理婴儿，从喂奶、换尿布、洗澡，直到哄他睡觉，都一丝不苟。没有料到的是，姚嵘出院在家待了三天突然出现了发热和子宫收缩出血的状况。不得不立即送她住院治疗。我和李红斌在家照料孩子。晚上由我独自在双人床上陪伴婴儿睡眠。姚嵘离开家的那天夜里，由于重任在身，我几乎一宿没敢合眼，生怕睡着了没照顾好孩子。我之所以有这种紧张心情，同我一直对姚嵘怀有负疚感不无关系。1970年1月25日，我在北京妇产医院剖宫产生了姚嵘。刚一出生，她看上去容貌靓丽、五官匀称、皮肤白里透红。护士送姚嵘到我身边喂奶时，临近的护士都围过来看个没完，还啧啧不停地称赞："这孩子太漂亮了！"可是刚过了一星期，却发现姚嵘白嫩的脸上起了许多小红点。经大夫诊断，是因为婴儿室温度太高，姚嵘不适应所致。建议提前出院。而此时的我，因剖宫产的伤口尚未愈合好，又无法同姚嵘一起出院。不得已，只好让姚嵘单独出院回家由保姆照料。在医院时，白天吃我的奶水，晚上再加牛奶。回家后就只好全喝牛奶了。我在医院又多住了一星期才出院。这时我的奶水已退回去了，无法再喂姚嵘。这就意味着姚嵘仅吃了我一星期的奶。这是我颇感内疚的事。还有更为内疚的是，姚嵘出生刚满一百天，我刚休完72天（当时按照剖宫产的规定）产假没多久，中国人民大学新闻系军宣队、系革委会就通知我到远离北京的江西余江县五七干校劳动锻炼。离家的那天，我甚至不敢低头去亲亲姚嵘，害怕我难忍的泪水浸湿了她的面颊。我是四月份离京的，当时，治华尚在北京，这使我有点放心。没想到我走后不满一个月，中央美院通知治华于五月份到河

锐轲儿时在悉尼的留影。

锐轲在北京的留影。2013年摄于北京天鹅湾公寓楼前。

北磁县五七干校锻炼。出生才四个月的婴儿父母就不在身边，她的哥哥也才四岁多。正全托上北海幼儿园，由保姆抱着姚嵘星期一送幼儿园，星期六接回家。一双儿女全交给一位四十多岁的保姆，真叫我难以放心啊！我的大学同窗好友、时任全国妇联书记处书记的关涛特地到我家看望两个孩子时，发现姚嵘正站在儿童推车里手拿圆珠笔芯放在嘴里啃得满嘴发蓝。姚嵘半岁时，得了一次急性肠炎，住了几天北京儿童医院，打点滴治疗。保姆还曾带姚嵘到北京顺义县（现为顺义区）牛栏山乡下她家里小住几日，姚嵘的双腿被蚊虫盯得发炎长疮。得知这一件件事真叫我揪心不已。1990年2月刚过完20岁

锐轲在北京同父母、姥爷、姥姥和舅舅合影。

生日的姚嵘就独自离家，漂洋过海自费留学来到悉尼，吃过不少苦，经受了不少磨难。深感姚嵘享受父母的爱太少了。她现在 37 岁才得了这个贵子。我要将姚嵘未曾享受的母爱给我可爱的宝贝外孙。我宁愿不睡觉也要照料好他。半夜里，我仔细观察他在襁褓里踢腿、伸手的姿态，并用相机一一拍了下来。真感到是一种格外的享受。

姚嵘第二次出院后，同我当年生她时一样，她的奶水已经退回去了，小外孙只好全喂牛奶。在以后的一个月里，我遵照先辈的习俗，让姚嵘母子不出门、不接受来人访问，在家静养、调理身体。我和姚嵘按照育儿指南上的要求护理孩子，为孩子念儿歌、诵唐诗（据说有益于开发婴儿日后的智力）。眼看孩子一天天增长体重和身高，真感到是一种莫大的幸福。姚嵘和我精心地将孩子每天的一举一动（何时开始微笑等状况）记在日志上。满月后，姚嵘在超市买了一本精致的日记簿，将记在单页纸上的日志誊抄在日记簿上。一天晚饭后，姚嵘倒垃圾时，顺便将一叠已誊抄完的单页纸日记同垃圾一起扔进了垃圾站的大垃圾箱里，准备让清洁工第二天清晨运走。当我仔细查看姚嵘誊抄在日记簿上的内容时，发现有部分内容被漏掉，我感到太可惜。于是我立即搬了一个板凳赶到垃圾站，站在板凳上用长棍翻找姚嵘所扔下的垃圾袋。我用力地翻来翻去，终因垃圾太多无从找起。不知这部分漏掉的内容后来姚嵘是否凭回忆补记上了没有。

为给孩子起名，姚嵘和我也下了不少功夫。先是姚嵘为孩子起英文名。她在电脑上查了许多名字做参考。最后选定了“RICO”为英文名。这是西班牙人喜爱的名字，意为贵族的统治者（注：取其“高贵”之意）。音调也朗朗上口。接下来想以英文名的谐音起中文名。翻汉语词典翻来翻去都未找到恰当的词。一天夜里我躺在床上左思右想，突然想到“锐轲”二字，感到这二字既是英文名的谐音，又有颇深的含意。“锐”字，可以表达锐意进取的意思；“轲”字，既是儒将孟子的名字，又是武将荆轲的名字。取“轲”字其含意是争取做一个能文能武的男子汉大丈夫。这同李红斌的名字也一脉相

锐轲在北京同母亲、姥爷、姥姥和舅舅合影。

承。第二天，我喜出望外地告诉了姚嵘，立即得到了她的认可。同时，也得到了李红斌的认可。直到现在，想起“锐轲”这个中文名字，我还感到美滋滋的。

我在悉尼陪伴姚嵘母子十个月后，又同母子二人一起乘飞机回到了北京。在离开悉尼之前清理行李时，姚嵘将锐轲出生时护士带在锐轲手腕上的标识圈拿出来问我是否保留。我毫不假思索地说：“让我代他保留吧！”这个标识圈直到现在还珍藏在我的皮包里。愿锐轲快快长大成人，等日后他懂事时再交给他留作纪念吧！

写于 2012 年 11 月

沉痛悼念一身清廉的好领导好师长

这真是一个令人悲痛不已的噩耗：去年 84 岁高龄仍然活跃在网球场上的张斧同志于 1995 年 11 月 10 日，竟然与世长辞了！我极力抑制住沉痛的心情，顿时，我的脑海里浮现出一幅幅昔日同张斧老领导、老师长相处时的画面。

那是 1949 年 7 月，16 岁的我，刚刚走出中学校门，离开父母，投身到湖北人民革命大学的怀抱，在武昌豹子澥革大一期二部一中心班学习。经过短短五个多月革命熔炉的洗礼，使我们这些出身于不同家庭、对革命道理一无所知的年轻人，懂得了社会发展的规律，懂得了国共两党的区别，懂得了追求革命事业的远大理想，懂得了用革命的立场、观点和方法认识问题，树立了为党所领导的革命事业战斗不息、全心全意为人民服务的革命人生观。虽然现在已历经四十六年，但革大给我的教诲一直铭刻在心，指引我不断地进取，不断地完善自己，激励我为共产主义的远大理想奋斗终生。在革大那段难忘的日子里，张斧同志曾亲自给我们上课，亲自阅读我们的思想总结，亲自启发我们控诉万恶的旧社会，同我们一起坐草垫（当时无课桌课椅和课堂，上课时手提自己用稻草编成的圆形草垫在露天场地听报告），在简陋的礼堂里看激发我们阶级觉悟的歌剧《刘胡兰》。

1949年12月，革大结业后，我被张斧同志选拔到革大校部教务处（张斧同志任处长），先后在图书室和校刊编辑室工作。我亲身体会到，他对干部关心爱护备至。开始时，教务处人手少，女同志仅我一人。事后得知，我到教务处前，他就向处里的同志打招呼，说我年纪轻，多给我帮助，不要给我找麻烦（指找我谈恋爱）。

1951年，因抗美援朝，校部暂时疏散到黄冈仓子埠。我记得图书室同张斧同志的办公室相隔不远。我当时的字写得并不好，张斧同志却对我很信任，常常将他起草的讲话稿或工作报告底稿之类的材料，让我誊抄在他的革大工作簿上，以便保存。

我还曾遇到过这样一件事：在教务处一起工作的一位年龄比我大好几岁的男同志，对我产生好感，一天，递给我一长便条追求我。我当时刚刚18岁，远离父母，十分单纯，对突如其来的这种事心情既紧张又不知所措，一时急得掉眼泪。我就到张斧同志的办公室向他说明了情况。他十分耐心地谆谆告诫我，一方面让我婉言回绝那位男士的追求，另一方面开导我，说我现在还年轻，应该把精力集中在工作和学习上，婚姻问题25岁以后再考虑。我一直牢牢记住他的教诲，虽然在25岁之前，我也谈过恋爱，但我一直等到大学毕业后27岁时才结婚。这在当时可算是晚婚的了。

1956年8月，我考入中国人民大学新闻系学习。后来听说张斧同志也调到北京师范大学任教务长（注：后来又调回湖北省有关单位工作）。大约是1959年，一次我到北海北京图书馆借书时，意外地遇见张斧同志也在图书馆借书。当时仅匆匆地见了一面，问明他在师大的宿舍住址，我便利用一个星期天到师大看望他，没想到很不凑巧，他不在家。我在当时看上去陈设显得颇为简单的宿舍等候一段时间后，仍不见他回家就告辞了。没想到从此就再也没见过他。

1992年，突然间收到了张斧同志于1月11日在北京亲笔书写给我的一封信，要我支持湖北人民革命大学校史的编写工作，信中恳切地写道：“热盼积极参加协同努力完成这一光荣的历史任务，借以教育我们的后代！”张斧同志给我写信时已年高82岁，为了编写革大校史的事还不辞辛劳，亲身奔波北京动员校友尽力协助完成这一编写任务的革命热忱，使我深受感动。当时，我正忙于教学工作，无暇写回忆录，遵嘱将我所知道的革大校友的名单告诉了湖北省驻北京办事处主任程沐雨同志（系程坦同志的长子）。后来，我给校史办公室汇寄了300元人民币，为编写校史聊表心意，以不辜负张斧同志的期望。

1995年2月18日，在黄灏等同志的精心组织下，“革大校友北京联络组”正式成立。张斧同志闻讯，及时写来热情的祝勉辞，并附寄他的近照一幅。他的祝勉辞是：“热烈祝贺革大校友在京的欢聚！送上我一九九四年十月，江公郑绍文老校长逝世周年之日，参加武汉市青少年宫网球场赛中留影和题词相勉励：‘生命在于运动’，但愿阔别将近半个世纪的老校友、老战友们‘多上球场，少上病房’。”由于这份珍贵的题词和照片2月20日才收到，校友们聚会时未能见到。当黄灏同志转来上述题词的复印件时，我虽然未见到张斧同志的近照，但当我想到张斧同志84岁高龄尚能在网球场上驰骋时，感到十分欣慰，确信老人一定会健康长寿。这还因为早在20世纪50年代初，我就知道张斧同志非常注意锻炼身体，当时条件艰苦，不可能有锻炼的时间和场地，为了增强体质，他一年四季坚持每天洗冷水澡。拜读了张斧同志的题词以后，我当即给老人写了一封信，表达我的喜悦之情和对老人的美好祝愿。也不知是由于工作繁忙，还是由于病魔缠身，我再也没有得到老人的信息。没想到最后盼来的却是叫我难以接受的噩耗！

1959年在北海北京图书馆，我和张斧同志匆匆握别之后至今已36年，当时张斧同志的穿着和音容笑貌我已经印象模糊，然而从1949年到20世纪50年代初，张斧同志身穿灰色粗布制服，脚穿布鞋和白布袜的一身清廉、和蔼可亲的这副好领导好师长的形象，却深深地留在我的记忆之中。

敬爱的张斧同志，您没有离开我们，您永远活在我们的心里！

永远怀念您的学生

劳沫之敬悼

1995年11月25日于北京

注：这篇悼念文章刊登在当年湖北人民革命大学校史编写办公室编辑出版的《江汉情深》一书中。

“一带一路”遐想

2017 年 5 月 14 日至 15 日，在北京怀柔雁栖湖国际会议中心举办的“一带一路”国际合作高峰论坛，取得圆满成功。通过论坛，弘扬了“一带一路”丝路精神，将中国“一带一路”的思想理念确立为构建和平、繁荣、开放、创新、文明之路。在论坛圆桌峰会联合公报中，将“和平合作、开放包容、互学互鉴、互利共赢”的 16 字丝路精神发展为 24 字，增加了“平等透明、相互尊重”。“一带一路”倡议以共赢为目标，核心理念是共商、共建、共享。“一带一路”是国家主席习近平在 2013 年 9 月和 10 月出访中亚和东南亚国家期间，先后提出的“共建丝绸之路经济带”和“21 世纪海上丝绸之路”的重大倡议。它惠及并属于沿线各国和世界。高峰论坛与会各方围绕“加强国际合作、共建‘一带一路’，实现共赢发展”主题，就加强政策协调和发展战略对接、深化伙伴关系、推动互联互通、促进人文交流等议题深入交换意见。

会议成果受到世界著名政要和知名人士的高度赞誉。我为此而欢欣鼓舞，并情不自禁地引发了无限的遐想——如果按照“一带一路”的核心和思想理念以及丝路精神广泛深入地发展下去，世界将逐步消灭战争和恐怖活动，将逐步消除压迫、剥削、奴役、侵略、掠夺、欺诈等丑恶行径，世界各国爱好和平的人民将携起手来走向世界大同。但愿实现人类这一壮丽而崇高的远景终将成为现实，而不是我的遐想！

2017 年 10 月 18 日，习近平总书记在中国共产党第十九次全国代表大会上的报告中指出："我们呼吁，各国人民同心协力，构建人类命运共同体，建设持久和平、普遍安全、共同繁荣、开放包容、清洁美丽的世界。""中国坚持对外开放的基本国策，坚持打开国门搞建设，积极促进'一带一路'国际合作，努力实现政策沟通、设施联通、贸易畅通、资金融通、民心相通，打造国际合作新平台，增添共同发展新动力。"

2017 年 12 月 1 日，习近平总书记在中国共产党与世界政党高层对话会主旨讲话中说："中华民族历来讲求'天下一家'，主张民胞物与、协和万邦、天下大同，憧憬'大道之行，天下为公'的美好世界。世界各国人民应该秉持'天下一家'理念，张开怀抱，彼此理解，求同存异，共同为构建人类命运共同体而努力。""我提出'一带一路'倡议，就是要践行人类命运共同体理念。4 年来，共建'一带一路'已成为有关各国实现共同发展的巨大合作平台。"

据悉，现在已经有一百多个国家和国际组织积极响应"一带一路"倡议，支持和参与"一带一路"建设，并已取得了丰硕的建设成果。联合国大会和安理会一些重要决议中也纳入了"一带一路"倡议的内容。

由上述种种，更加坚定了我的实现世界大同信念的遐想，终将美梦成真！

写于 2017 年 6 月，补充于 2017 年 12 月

域外篇

YUWAI PIAN

美国纪行

我和治华一起，为了参加儿子姚殊硕士研究生毕业典礼，于 1997 年 12 月 15 日抵达美国伊利诺伊大学厄巴纳-香槟分校。在我们到达之前，姚殊已通过笔试和面试，被微软公司总部录用。伊利诺伊州与微软公司总部所在地西雅图相隔数千里，姚殊需将所有行李打包办理长途托运。我们花了一周的时间，帮助姚殊整理行李、装箱、打包，直到办完托运手续。虽然来美国仅三年时间，姚殊购买的画册、书籍、经典电影录像带、音乐光盘及其他生活用品，竟装满了 26 个皮箱和纸箱。尔后，姚殊带领我们游览了芝加哥、纽约、华盛顿、费城、旧金山、西雅图、洛杉矶等城市。治华因国内尚有中国书画函授大学的教学工作，于 1998 年 2 月 14 日离开美国回北京。我则在西雅图陪伴姚殊，直到半年的签证到期，于 1998 年 6 月 6 日乘东方航空公司航班返京。下面将我在美国期间的所见所闻谈点粗浅的感受。

夜访伊利诺伊大学

将姚殊的行李托运以后，吃过晚餐，姚殊陪我和治华踏访了伊利诺伊大学厄巴纳—香槟分校。

首先参观了姚殊就读的计算机系工程学院教学楼和计算机实验室。工程学院的教学楼是一栋深褐色砖瓦结构的四层楼房。计算机实验室就在楼房的第二层。我们进入实验室，室内约有八九台电脑，我们看了姚殊使用的电脑及其他设施。电脑均能上网，可以 24 小时使用。根据需要，使用者凭借磁卡，可随时刷卡进入大楼和实验室，从事课程学习和研究工作。1995 年 1 月，姚殊离开清华大学计算机系赴美前，系里只有姚殊导师的电脑可以上网，系里的计算机实验室每周只能开放两三次。相比之下，这里的学习和研究条件真是优越多了。

接着姚殊带领我们参观了工程学院图书馆的一个阅览室。阅览室长约 100 米，宽约 40 米。整齐有序地摆满了书桌和两人一排的座位，每张书桌上还配有台灯。我们站在楼道旁不动声色地向阅览室观望，只见紧挨书桌旁的过道还摆放了几个单人沙发，其中一个沙发上有位学生正躺在上面休息。原来此时学校正值期末考试，阅览室 24 小时都向学生开放，摆放沙发可让阅读劳累的学生作短暂的休息。阅览室还安排了若干约 20 平方米的小房间，内有长条桌和座位，可供 3 至 5 人组成的学习小组集体讨论问题。阅览室书籍均开架，学生可以通过电脑查找、借阅有关书籍。虽值冬天，室内暖气温度很高，有的学生甚至穿着短袖 T 恤衫。

第二天中午，我们乘坐校内公共汽车巡游。白天看校园，教学楼和道路排列整齐且富有变化。校内有小桥，有小溪一样的小河，绿草坪上还有跳跃着的小松鼠出没，环境优美宁静，男女学生来去匆匆，显得很有生气。

伊利诺伊大学的学生宿舍实行租赁制。在学校附近，校方盖了很多一室一厅的单元平房，室内有厨房设施，可供学生解决吃饭问题。学校四周没有围墙，学生出入学校课堂十分方便，也为学生节省了许多宝贵的时间。

学校还十分重视在学生中开展业余体育活动。在校的中国留学生组建了足球队。一向酷爱踢足球的姚殊是球队队长。平时由他保管球队的足球和队服，安排比赛。

姚殊 1994 年 7 月获得清华大学计算机系软件专业博士学位以后，通过托福和 GRE 考试，享受攻读州立伊利诺伊大学计算机系工程专业博士学位的奖学金，于 1995 年 1 月赴美留学，每年奖学金 2.3 万美元。他缴税以后其中一小半交学费，一多半自己开销。姚殊除房租和日常学习生活花销以外，还花 1500 美元买了一辆二手汽车。学习和生活颇为顺畅。姚殊在伊利诺伊大学获硕士研究生学位以后，不想在美国的大学任教，而想到计算机软件公司工作，毕业以后被微软公司总部录用，因而不再继续攻读博士学位。

绚丽斑斓的芝加哥

我们一行三人，于 1997 年 12 月 19 日至 22 日，在美国第三大城市芝加哥游览了四天。离开伊利诺伊大学乘长途大巴约三个小时抵达芝加哥城。此时已是华灯初上，光彩熠熠。姚殊的学友李涛驾车接我们，途中穿过一条宽约 50 米的街道时，一股浓浓的圣诞节气氛扑面而来。虽然离圣诞节还有五天，可是街道两旁住户门前的场院里已经竖起了闪闪发光的圣诞树，伫立着满脸笑容迎接宾客的圣诞老人，还有坐着圣诞老人由小鹿拉动的雪橇，所有场景均装有五彩灯光，不停地闪烁，蔚为壮观。

第二天上午，李涛开车带我们参观芝加哥市容。我们参观了最繁华的密歇根大街，也参观了耐克和索尼商店。耐克产品价格之昂贵令人咂舌，一件运动背心或短裤，竟要 25—30 美元。我们还登上 110 层高的西尔斯大厦俯瞰芝加哥全景，在这里，可以观赏到芝加哥多姿多彩的建筑群。楼下，碧绿的芝加哥河从城中穿过，远处，密歇根湖一眼望不到边，岸边有白色的波浪拍岸，同悉尼港的海涛近似。根据介绍我们得知，1871 年 10 月 8 日，芝加哥市区的奥利里牛圈失火，火势蔓延，连烧三天，城市三分之一被毁。随后的重建让芝加哥成为美国第一个拥有摩天大楼的城市。芝加哥有很多著名的建筑，像位于芝加哥和密歇根大道交汇处的里格利大厦；建于1969年，高100层、344米的约翰·汉考克中心；建于1974年的西尔斯大厦高443米，地上共108层，地下3层，大厦落成时，成为当时世界上最高的大楼。下午，我们到芝加哥艺术博物馆参观。馆内名画甚多，仅莫奈的作品就有近20幅，还有毕加索等名家的作品。能看到这么多知名画家的原作，真是难得！夜晚，我们来到密歇根湖边的海军码头上看夜景。码头很大，像一座半岛，里面有个儿童博物馆，展品多为科技知识方面的内容。有通过玻璃球和玻璃柱相互摩擦，产生五颜六色线条的装置，有喷泉以抛物线的形式溅落在固定的小孔里，还有模拟飞机摇动的模拟器。在湖边的栈桥上，灯火辉煌，游人如织。在栈桥上看芝加哥夜景真是美不胜收。芝加哥摩天大楼五光十色的倒影在密歇根湖上闪闪烁烁，别有一番情趣。我们在湖边就座，尽情地享受这里得天独厚的美景而不舍离去。

第三天上午，我们到芝加哥郊区参观美国一位著名的建筑师的故居及其设计的有特色的教堂。这位著名的建筑师名叫弗兰克·劳埃德·赖特。他所设计的教堂不是传统的尖顶，而是平顶。室内装饰吸收了东方的艺术特色，如中国式的八角天窗、日本式的纸灯等元素，体现了一种东方神韵，给人以亲切感。他的故居也独具一格。我们参观后在其设计的建筑和故居前合影留念。下午，我们还游览了芝加哥一处规模最大的教堂和社区活动中心。教堂区域内，设有一座可容纳千人座位的剧场，还有供社区群众开展活动的活动室，还有购物店。当天，正值教堂开展活动，有组织地向社区群众发送有关的书籍。午饭时间还免费向数百群众和游人提供丰盛的自助餐。由于是星期天，来这里参加活动的人数众多，一个大型停车场停满了小客车，就餐的人也很多。父母携带子女一起参加活动、就餐，还有专门为儿童设置的活动场所。能看到如此众多的美国民众参加社区活动的情景，使我们对美国民众的生活增加了感性知识。返程时，在暮色中穿过悬挂着“西北大学”中文牌匾的校园区。距校园不远处就是一望无际的密歇根湖。我兴奋地下车走向湖畔，俯身用双手抚摸清澈的湖水，真是爽快至极。不过直到现在，我仍然不明白，美国西北大学的牌匾为何不用英语而用中文书写。

在芝加哥停留的最后一天，我们驱车到芝加哥城郊外，参观了芝加哥城一座最漂亮的清真寺。它室内室外装饰精致。紫蓝色高大的圆屋顶十分夺目。它坐落在一片宽阔的场地中央，四周大树围绕，环境优美宁静。清真寺免费对外开放，游人络绎不绝。清真寺设有放映厅，不时放映与伊斯兰教历史有关的纪录片。并设有书店，其中也有介绍伊斯兰教的书籍。

芝加哥还有两件事值得一提，一件是：它拥有规模巨大的飞机场 。最令人称道的是，旅客入境后，接机者可以直接到行李提取处协助取运行李。1997 年 12 月 14 日，我和治华从洛杉矶转机到芝加哥，刚办完入境手续，正在等候行李时，就看见姚殊已提前到达。有姚殊协助我们取行李，就省心多了。我常想如果我国的机场也能做到这点那该多好。另一件是：在芝加哥，有一家叫“陆毛”的中国快餐店。店面很小只有五六张餐桌，经营的快餐有炒面、虾仁和什锦炒饭以及几种家常炒菜。每样菜和主食价格都是 0.6 美元。我们选了虾仁炒饭和圆白菜炒肉片，另加一杯可口可乐。味道同国内的饭菜不相上下。价格实惠，方便快捷，颇受顾客欢迎。

令人大开眼界引人遐想的纽约大都市

我们从芝加哥乘飞机约两小时抵达美国最大的城市，也被称为“世界之都”的纽约。下榻在华尔街附近一家高 20 层的欧式建筑的酒店。虽是优惠价，一个可住三人的房间每天仍需付房费 114 美元。由于离市中心很近，外出参观十分方便，我们从 1997 年 12 月 22 日入住，直到 12 月 27 日才离开。

23 日上午，我们怀着好奇的心情参观了华尔街著名的证券交易所。从我们所住酒店步行十多分钟就到了。按照参观流程，我们同众多游人先在放映厅观看有关证券交易所的录像片，然后登上二层楼上的参观走廊，俯瞰一楼经营大厅的繁忙场景。最可贵的是，每个参观者都发一个耳机。耳机中可以选择收听英、法、德、日、中等各种语言的解说词。通过讲解，我们对证券所的大致情况有了一定的了解。真打心眼里感谢组织者的精心安排。

下午，我们从曼哈顿码头出发乘游轮到自由岛，参观了作为美国象征之一的自由女神像。我站在船舷旁，望着远处的自由女神像随着游轮的前行在不断改变面貌，无论是在曼哈顿岛远眺，还是在游轮上注视，自由女神都好像是伫立在海水中。直到上了自由岛，与自由女神像近距离接触时，才发现它高高地矗立在自由岛的土地上，我们必须昂起头向上仰望，才能看清她全身的真容。这座自由女神铜像，是1876年美国庆祝独立100周年时，法国赠送给美国的礼物，作者为法国著名雕塑家巴托尔迪。女神像从开始制作到完工，历经十年，奠基工程近一年。她被分装在210个集装箱中运抵纽约。足见这座造像工程的雄伟浩大。1886年10月28日，自由女神像落成揭幕，现在已成为纽约游客的必游之地。这个浩大工程的资金来源竟出自法国民众的捐款。这是多么值得赞颂的伟大友谊。

当晚，我们用餐后，就直奔百老汇娱乐区和时报广场。未到百老汇之前，我以为百老汇就是一个著名的大剧院，直到亲临其境，才得知它是一条长长的大街，街的两旁布满大大小小的剧院，统称为百老汇大街。我们步行了一个多小时才到达这条街的尽头。美国的很多电影演员就是从百老汇的一些剧院开始步入他们的影艺事业的。当我们来到时报广场，只见高楼大厦上五颜六色的霓虹灯正闪闪发光，镶嵌在高楼墙壁上的电视大屏幕不停地滚动着，我情不自禁地沉浸在这繁华热闹的氛围之中。我四处浏览张望，以捕捉这个广场所独有的特色。这一晚，由于过于好奇和兴奋，虽然步行了数小时，也没有太多的疲惫之感。

24日上午，我们参观了纽约世界贸易中心大楼。世贸中心有两座大楼，接待者安排我们参观了为纽约最高建筑的这座大楼。银白色的大楼高耸入云，在阳光的照耀下灿烂夺目，夜晚灯光闪烁，远远就能看到它的雄姿。在它门前的广场上，有一尊在浅褐色的大理石上刻有世界贸易中心标志的碑座。约有两米高，看上去显得平实而不张扬。雄伟的大楼和平实的碑座，它们永远地留在我的记忆里。

中午 12 点左右，我们造访了联合国总部大楼。由于游人众多，组织者让我们列队分批有序地参观。每批都有人讲解。联合国总部大楼里陈列了各成员国赠送的大幅绘画、大型雕塑和工艺品，都独具特色。比如日本送的展品，是第一颗原子弹在广岛爆炸后留下的遗物。我国赠送的展品为一座约一米见方的大型象牙雕刻，表现成昆铁路在崇山峻岭中通车的景象。我们着重参观了联合国会议大厅。主席台后面的墙壁上悬挂着联合国标志的巨幅图案。可容纳千人以上的会议厅，条桌和座椅排列整齐，条桌上安有同声翻译设备。我们选择一排座椅坐下默默遐想，体验各成员国出席联大会议的庄严情景。参观结束，治华和姚殊在大楼第一层设立的购物商店选购了几套有特色的邮票作纪念。走出大楼，我们来到大楼门前的场地，瞻仰高高耸立的旗杆上飘扬的各成员国的国旗，其中有我国的五星红旗，正迎风飞舞，兴奋与骄傲之情油然而生。

这晚正值圣诞节前的平安夜。我们先是到洛克菲勒大厦前的一个小型溜冰场观看人们溜冰的欢乐场景，然后到纽约最繁华的第五大道体验人们逛街购物、欢度圣诞节的喜悦心情。我们还到第五大道附近一家名为“五粮液”的川菜馆就餐点了鱼香肉丝、麻婆豆腐、清蒸鱼、炒扁豆等菜，主食为炒饭和小笼汤包。饭菜可口，说得上是正宗的中国风味。饭店高朋满座，喜气洋洋。饭后，我们还去了三十二、三十四街，观看了帝国大厦的壮丽风貌。最令人难忘的是，我们步入一座著名的大教堂，同纽约民众一起欢度圣诞夜。教堂的大厅摆放着一排排条桌和座椅，座椅上坐了有数百人，四周壁灯点着闪耀的蜡烛，弥撒主持者给与会者散发了印有圣诞诗歌和乐谱的印刷品，台上列队整齐的表演者正在放声高歌。我们意想不到，如此庄重的圣诞弥撒竟允许游人自由出入。我们入座观看演出，亲眼看见了美国民众欢度圣诞节的情景，可说是一大快事。

25 日，纽约的绝大多数商铺都关门过圣诞节。我们起床后，步行到纽约唐人街中国城购买食品。只见市面灯火辉煌，购物者人流涌动，既有华人，也有老外。我们走了几家店铺，中国特色的商品品种多样，货源丰盛，最后选了一家名为“天然居”的熟食店，买了一公斤的酱牛肉和叉烧肉。受到华人老板的热情接待。离店时，老板特意赠送我们一个漂亮的 1998 年的挂历。挂历长 37 厘米、宽 34 厘米。挂历的硬纸板封面在橘红的底色上印满了橘黄色的福、禄、寿、禧等篆体字。正中镶了一个鹅黄色的直径为 25 厘米的大圆圈，圆圈中凸印了一个紫红色的行书大“福”字。在大圆圈的下部和左右两侧有 12 个鹅黄色的小圆圈，上面镶有十二生肖的剪纸。挂历的硬纸板封底在洋红的底色上印有烫金的“天然居”中文和英文的店名及其地址和电话。尤为特别的是，分月的挂历上既有阳历，又有阴历（农历），每个日期的左右格内，还印有老皇历上常有的宜于做什么、不宜于做什么的字样。在异国他乡得到这样一个浓浓中国情的挂历，感到难以言表的温馨。

26 日，我们到纽约大都会博物馆参观。它是世界上最大的博物馆之一。其藏品浩如烟海，令人叹为观止。我们浏览了古埃及、古希腊、古罗马和非洲及大洋洲的艺术珍品，更饱赏了欧洲及东方的名画和雕塑。博物馆有数个宽大的展厅展出了伦勃朗、凡·高、莫奈、马蒂斯、高更、塞尚、毕加索等大师的名画，数量之多、画幅之大真是令人惊叹。在众多名画中，莫奈的多幅作品深深地吸引了我。其中有创作于 1876 年的油画《阳光下的阿让特伊莫奈花园》。莫奈和家人在 1874 年搬到阿让特伊这个花园附近，这是一个很大的圆形花园。画面中，远处的背景是隐隐约约的粉红色墙的房屋，左面有一棵挺拔的挂满翠绿色叶片的大树，画面的前半部分是开满鲜花、花枝向上伸长的一大丛蜀葵，地上也盛开着五颜六色的花朵，尤其引人注目的是，身着浅蓝色连衣裙的莫奈夫人站在大树左侧，在蜀葵中间十分抢眼。整幅画内涵丰富、色彩斑斓，给人以朝气蓬勃、欣欣向荣之感。还有莫奈创作于 1873 年的油画《卡米尔莫奈花园的长椅上》。画面中坐在长椅上的中年女士和依偎在长椅靠背上的中年男士，神态栩栩如生。而画面的左上角穿着浅蓝色连衣裙、手托浅蓝色阳伞、站在远处的女士，则可能是莫奈夫人的形象。还有创作于 1919 年的《睡莲》。莫奈以睡莲为题材的画作众多，且深受人们的喜爱。1900 年底，莫奈在巴黎丢朗-吕厄的画廊里初次展出他的《睡莲》连作 13 幅。1904 年之后，他又画了 48 幅《睡莲》连作。在这些画中，或有覆盖着索藤的日本式拱桥，或有布满睡莲花朵的池塘，有翠绿的池岸背景，池塘中水画得很深沉。另据报道，"从 19 世纪 90 年代起，莫奈的作品开始越来越多地以'睡莲'为主题，自此一直到 1926 年去世，莫奈共创作了 250 多幅《睡莲》。""莫奈始终坚持外光，就是去室外画真正的变动的光线。为此，他甚至经常凌晨 3 点就起床，一连几个小时坐在睡莲池畔。从清晨到落日，庭院池塘里开放的睡莲呈现不同的姿态。在明灭不定的日光下，他总能捕捉到某个刹那间、稍纵即逝的光影美感。"（引自 2018 年 11 月 6 日《北京青年报》记者张嘉所写《青睐讲座之〈西方绘画 500 年——东京富士美术馆馆藏作品展〉》）。我记得在展厅中还有莫奈以海浪和海岸悬崖峭壁、以农村干草垛等为题材的画作。"印象画派把光和色彩作为绘画追求的主要目的，倡导走出画室，描绘自然景物，捕捉大自然瞬间的'印象'。莫奈就曾宣言：'当你去画画时，要设法忘掉你面前的物体，一棵树、一片田野，只是想这是一小块蓝色，这是一长条粉红色，这是一条黄色，然后准确地画下你所观察到的颜色和形状，直到它达到你最初的印象时为止。'"（引自《三联生活周刊》2013 年第 25 期第 98—99 页）"他把一切自然对象都转化为光线的反射。光使万物有了形的意义，光也使万物有了颜色的区分。大自然中光线的不断变化，也使自然中的物体因此产生一系列的变化。这就是莫奈沉浸其间的美感源泉。"（引自 2014 年 4 月 11 日《北京青年报》）可以想见，莫奈正是遵循这些理念作画。因此，他的画作生动自然流畅，毫不刻板做作，构图新颖，设色淡雅富有变化，画面常给人以蒙上一层薄薄面纱的感觉。尤其是伫立在他的多幅《睡莲》佳作面前，令人久久不忍离去。罗丹以及文艺复兴时期著名的雕塑家的精品也专门设有展厅。中国古代的山水和人物画、中国的壁画、雕塑、铜器和瓷器，更是琳琅满目。我们尤其对八大山人 12 幅册页怀有浓厚的兴趣。展品醒目地陈列在展柜中。我们一幅一幅地仔细观赏，对古人精湛的艺术瑰宝赞叹不已。从开馆到闭馆，我们在博物馆流连了一整天。我们还浏览了其他许多未曾谋面的艺术品，真使我们大饱眼福。

我们还到一家私人开设的美术馆参观了现代艺术大师罗森伯格的展览。这位大师多年以前曾来北京在中国美术馆举办过画展。这里的展览规模大于北京。作品布满了展览馆二层的整个宽敞的展厅。展出的作品数量也远远多于北京。虽然我们对众多作品的含意不甚了解，但却给我们一次开眼界长见识的难得机会。我们还走访了各具特色、大小不一的许多家画廊。作品有抽象的，也有具象的。画种有油画、版画、装饰画。一位美国年仅十几岁的女画家所创作的抽象油画，据说很受美国人的喜爱，售价也可观。画廊中也陈列着有关国家不同流派的作品。我国著名油画家陈逸飞、版画家丁绍光的作品也被有关画廊陈列在重要位置。纽约作为文化艺术中心，它崇尚创新以及它对各种艺术流派的包容精神给人以遐想和启迪。

庄严温馨的美国首都——华盛顿市

1997 年 12 月 27 日至 28 日，我们在华盛顿市仅停留了两天。着重踏访了国会大厦、白宫、林肯及托马斯·杰斐逊纪念堂和阿灵顿国家公墓。

参观国会大厦那天，天气晴朗、阳光灿烂，高高矗立的白色圆形大厅在阳光下显得庄严温馨。当我们一步步踏着石级向上攀登，步入圆形大厅的入口处，同它近距离接触时，更切实地感觉到它的恢宏雄伟。原来它是依山而建，是世界上最大的圆形大厅之一。厅的正中有一座巨大的林肯座像，游人可在坐像前任意拍照。我们按照顺序巡视了厅中陈列的美国革命历史题材的大型油画和许

劳沫之在华盛顿美国国会大厦前留影。摄于 1997 年 12 月 27 日。

多名人的雕塑像。还参观了美国参议院和众议院的议事厅。当我们迈出圆形大厅，站在高高的台阶上面向前方宽阔的公园广场时，眼前又是另一番景象。离台阶最底层不远处，有巨型花岗岩砌成的石墙，石墙表面流淌着潺潺的瀑布，石墙下方，有喷泉和人工湖等景观。游人坐在喷泉旁与飞舞的鸽子相伴，人工湖中游弋着海鸥和野鸭等飞禽，游人坐在湖旁边歇息边观赏，显得格外爽快和自在。紧接着，我们来到似如一柄长剑刺向天空的华盛顿纪念碑，体验它的庄严与神圣。面对华盛顿纪念碑及国会大厦，在公园广场的另一端，是林肯纪念堂和杰斐逊纪念堂。在那里，我们瞻仰了林肯坐像和 6 米高的杰斐逊铜像。我们还重点参观了建在公园广场中段的“越战纪念墙”。越战纪念墙由两扇像手臂一样“V”字形伸开的黑色大理石墙组成。约 4 米高、78 米长的墙面上，镌刻着 58209 名死亡或失踪的美国军人的姓名。这座纪念墙于 1982 年建成，由一位年仅 19 岁的耶鲁大学华裔女学生所设计。美国政府这种不拘一格任用人才的精神值得赞颂。后来当我在国内从一家报纸上的一篇文章中得知，这位女大学生与我国著名的女建筑师、梁思成的夫人林徽因有亲属关系时，令人倍感亲切。

当晚，我们步行穿过宾夕法尼亚大街，来到总统官邸白宫铁栏杆外联系参观事宜，不凑巧的是当晚不向游人开放。由于机会难得，我不忍就此离去。便在铁栏杆外借助昏暗的灯光，观看了白宫的前后门。可看清屋前竖有飘扬着美国国旗的旗杆，前后门场地均有高高的树木和草坪。只隐约见到白宫的轮廓。它不像国会大厦的庄严雄伟，却使人有种平和亲近之感。因为它的四周不见有戒备森严的警卫和高高的围墙，四周只有铁栏杆。在前后门的铁栏杆前均有游人参观摄影。离白宫前门不远处，一座高大的、闪烁五彩灯光的圣诞树塔格外抢眼，现在回顾起来，仍觉历历在目。

12 月 29 日，在离开华盛顿市那天的上午，我们前往建于 1864 年的阿灵顿国家公墓参观。这里安葬了 30 多万名美军将士、为国殉职的政治家、公务人员以及对国家做出突出贡献的人士，包括在冷战、二战、越战、伊战和阿富汗战争中阵亡的官兵，还包括美国挑战者号航天飞机失事而献身的宇航员。进入墓地，只见数不清的成十字形的墓碑整齐地排列在宽阔的场地之上。每座墓碑占地约有一平方米。多数墓碑上列有安葬者的姓名，有少数为无名烈士的墓碑。据美国的传统，在每年 5 月的最后一个星期一来墓地向为国捐躯的军人表达哀思和敬意。2013 年 5 月 27 日，阿灵顿国家公墓就举行了“阵亡将士纪念日”活动，美国总统奥巴马偕夫人米歇尔出席，并向无名烈士墓敬献了花圈。在无数墓碑的另一端，坐落着一排类似纪念堂的建筑。它们是为纪念逝去的不同身份的人士而建立的。其中有一座为国捐躯的妇女的宽大纪念堂，显示了政府对为国捐躯妇女的牺牲精神的尊重和张扬。最后，我们参观了美国第 35 任总统约翰·肯尼迪的墓地。约翰·肯尼迪遇刺殉职后以国葬的礼仪安葬在国家公墓。我们进入约有 60 平方米的墓地，只见墓前燃烧着的长明圣火不停地上下闪烁，火焰约有二尺多高。并发现同约翰·肯尼迪一起安葬在这里的，还有他的夫人杰奎琳、儿子和女儿等家人。墓地既肃穆又简朴。墓地四周无围墙和栏杆，也无卫兵看守。游人可以自由进入近距离地巡视，或拜谒，或献花。

费城的感悟——独立、自由、平等永恒的追求

12 月 29 日中午，我们驱车踏上了从华盛顿到费城的宽阔平坦的公路。行至中途，天色变暗，不一会儿就小雨纷飞。临近费城时，变成了瓢泼大雨。穿过一座不太长的铁桥后就到了费城市区。从 29 日到 31 日，我们一直下榻在姚殊上清华时的同学租住的公寓楼。

费城是美国革命的圣地。主要遗址有：1776 年 7 月 4 日，通过美国独立宣言、起草美国宪法的独立厅，独立广场和自由之钟陈列馆。我们怀着仰慕之情走进独立厅。这是一座不足 100 平方米、单层低矮的平房。在一张不大的条桌前，曾为英国殖民地的 13 个州的代表或坐或立，代表们在《独立宣言》上签字的情景，通过栩栩如生的雕塑展现在参观者的眼前。让人联想到美国早期的革命，通过独立战争，争取独立历程的艰辛。《独立宣言》签字后，曾鸣响自由之钟召集市民听宣读《独立宣言》。革命遗址还有早期的国会厅。1790 年

至1800年，费城曾为美国的首都。国会厅就是当年美国国会的所在地，是一座墙体为浅赭色，体积略大于独立厅的建筑。

费城拥有美国常春藤盟校之一的宾夕法尼亚大学。它所属的沃顿商学院、医学院、护理学院、法学院和教育学院都闻名于世。由于姚殊上清华时的这位同学正受聘任教于沃顿商学院，在他的带领下，我们参观了这所学院。给人的印象是，教学楼宽敞，教学设施齐全先进。最难忘的是走访了宾夕法尼亚大学的人文博物馆。走入博物馆的正厅，即刻令人震撼的是，迎面伫立了一幅高约三米、宽约二米的我国“永乐宫壁画”。画中刻画的是面部神态温文尔雅、雍容华贵、身着翠蓝色长裙、服装飘逸挺拔的一位宫女形象。再往前行，更令人震撼的是，对面的展壁上镶嵌着两匹神态各异的骏马浮雕。啊！这不是“昭陵六骏”中的两匹马吗？何时流落此处？日后，姚殊帮我从百度百科中查阅有关史料，遂得知“昭陵六骏”有关史料的详情。即是指陕西醴

劳沫之在宾夕法尼亚大学人文博物馆陈列的“昭陵六骏”浮雕之一的“飒露紫”浮雕前留影。摄于1997年12月30日。

劳沫之在费城参观宾夕法尼亚大学人文博物馆时，在陈列的“昭陵六骏”浮雕之一的“拳毛騧”浮雕前留影。摄于 1997 年 12 月 30 日。

泉唐太宗李世民昭陵北麓祭坛东西两侧的六块骏马青石浮雕石刻。每块石刻宽约 2 米、高约 1.7 米。昭陵六骏造型优美，雕刻线条流畅，刀工精细、圆润，是珍贵的古代石刻艺术珍品。这组石刻立于贞观十年（636 年），分别表现了唐太宗在开创唐帝国重大战役中所骑战马的英姿。六骏分别名为“拳毛騧”“什伐赤”“白蹄乌”“特勒骠”“青骓”“飒露紫”。为纪念这六匹战马，李世民令工艺家阎立德和画家阎立本，用浮雕描绘六匹战马列置于陵前。六骏中的“飒露紫”“拳毛騧”于 1914 年被打碎装箱由驻京文物商购得运到美国。另有一说是：1912 年，陕西督军陆建章任袁世凯总统府警卫军参谋，后升任陕西总督，任职期间将“昭陵六骏”中的“飒露紫”和“拳毛騧”售予外商（引自 2014 年 21 期《三联生活周刊》第 69 页）。我们在宾夕法尼亚大学博物馆所见到的正是这两骏。其余四骏也曾被打碎装箱，盗运时被截获，现陈列在西安碑林博物馆。“飒露紫”，色紫燕，前胸在战斗中中一箭，是李世民平定东都击败王世充时所乘的坐骑，牵着战马正在拔箭的人为李世民的侍臣猛将丘行恭。六骏中唯这件作品附刻人物，还有其事迹。原来，当李世民被敌人团团包围时，正是这位猛将赶来营救，使李世民突阵而归。为此，李世民才特别将他的英雄形象雕刻在昭陵上。“拳毛騧”是一匹周身旋毛呈黄色的黑嘴马，前中六箭，背中三箭，为李世民平定刘黑闼时所乘。石刻上的“拳毛騧”身中9箭，说明这场战斗之激烈。自这场战争后，唐王朝统一中国的大业便宣告完成了。当时面对三件国宝级的文物，一时感慨万千。一方面见到我国历史悠久的优秀文化遗产受到美国人民的尊重和推崇而感到亲切和骄傲；另一方面如此重量级的国宝国人未能保护好，而流落异国他乡，真令人遗憾之至。不知有朝一日，它们是否还能回归故土？我们聚精会神地注视着墙上两匹骏马浮雕的生动形象，并以它们为背景拍照留念。博物馆里还有数尊保护完好的古埃及木乃伊等有重要价值的展品。一所私立大学的人文博物馆，竟收藏了如此高品位的展品，真令人感叹不已。据说有些展品是有关校友给学校的赠品。

美国是个移民国家。现有原住民印第安人仅85万人。早期移民来自西班牙、荷兰、英国、法国、意大利、德国。现代的许多移民，来自中国、印度、韩国、越南、墨西哥等国家。美国善于吸纳各国的高端人才，并创造良好的环境，使其能自由地发挥聪明才智，为美国民众造福。在费城的郊外，有一处阿米什人的居住区。颇为奇特的是，虽已进入20世纪90年代，这里的居民却坚持自给自足的经济。衣食住行等方面的需求，不依赖市场，全靠自力更生。比如自己种粮食，自给自足，自己纺线织布，缝做衣服。不允许年轻人学习掌握先进的科学知识，避免同外界接触，以防止外界不良习俗的侵袭。我们参观时，见到他们所使用的农具、纺织用品，以及其他日常生活用品等物。2014年10月15日《北京青年报》上一篇文章，帮助我了解了阿米什人在美国的来龙去脉。作者对阿米什人的形象做了具体生动的描述：“男人身穿浅色长袖衬衫、黑色背带长裤、头戴宽边帽子，女人身穿素色或格子连身长裙，头戴白色或黑色系带无边小布帽子，活脱脱一副欧洲中世纪打扮。”“后来，在学校社会科学课上我才知道，这些人是阿米什人（AMISH），是18世纪来自瑞士和德国裔的一支基督教分支。他们在周边的俄亥俄州、宾夕法尼亚州等22个州建立社区定居下来，现在美国有近20万的阿米什人。”“阿米什人至今拒绝汽车，而是沿用中世纪的四轮马车”；“阿米什人至今拒绝使用电力，他们仍然使用提灯照明，用人力、畜力劳作”；“阿米什人至今拒绝使用手机、电话、电视、计算机”。这都是“由他们教义理念形成的生活方式。他们认为‘只要够用就行了’，过多的都是不必要的”。“虽然有些规矩会与时俱进地‘松动’，但阿米什人追求简单的生活方式和信念未曾改变。”“阿米什社区现在逐渐允许信徒出远门时可以搭乘别人开的机动车，某些阿米什乡村接通了12伏特的电力系统，发电机被允许用于特定场合，例如金属焊接、电池充电等，但电力必须严格控制在12伏特——无法启用诸如电灯泡、电吹风、微波炉、电视机等常用电器。”（摘自雷天杨所写《美国：阿米什人在诗意地栖居》一文）我们担心的是，这种自给自足的经济究竟能坚持到何时？可贵的是，美国政府以包容的态度，尊重阿米什居民的选择，任其自由发展。

我们还到一处小城走访了工艺品商铺一条街。从东到西约有200多米长。马路的右侧，在丛丛的绿树荫下，流淌着一条永不停歇的小河。商铺均为一小间一小间的平房。在马路的左侧一间挨一间地排列开来。有的卖五光十色的玻璃器皿，有的卖带有小喷泉的山石盆景，有的卖儿童玩具，有的卖富有特色的小装饰工艺品。我们一间一间地巡逛了一遍。每座商铺虽然不很大，但各类商品排列整齐有序，使购物者感到环境舒适，能从容不迫、自由地选购所需要的商品。在逛商铺之前，还有一个小小的插曲。抵达小城时，我们匆匆地迈出小客车，没想到姚姝在匆忙中未拔下车钥匙就关上了车门。这辆车并不是自驾车，而是在纽约市一家汽车租赁公司租用的。究竟怎样才能打开车门，陪同我们前来的姚姝的同学说，只能求助交通警察了。于是通过打听，我们找到交警办公的所在地，请来一位警察先生。他运用一种特殊的工具撬开了驾座旁的玻璃窗，顺利地取出了车钥匙。按照规定，还在警察先生带来的登记表上写明事件的原诿，并留下姚殊的签名。我们衷心地感谢这位警察先生热情认真的服务。这里附带说一句，美国的服务行业发达，采取了许多便民的举措。比如汽车租赁公司，姚殊在纽约机场附近的一家出租汽车公司花 280 美元租了一辆汽车，租用时间为 7 天，从纽约到华盛顿，再到费城，租期到了后，可以在费城的连锁店归还，大大地方便了游客。逛罢小城，我们驱车从小河的左岸穿过小桥到达小河的右岸。这里已属于新泽西州。在黄昏中，我们路经普林斯顿大学。由于在费城停留的时间有限，未能亲临校园访问。

12 月 31 日下午，我们驱车近一个小时，参观了杜邦的植物园。园中奇花异草，琳琅满目。还有高高的圣诞树，闪闪烁烁的彩灯，有种浓浓的迎接 1998 年新年到来的气氛。在参观过程中，不见植物园的工作人员。但络绎不绝的游人都安静有序地从一个展区到另一个展区，自由尽情地饱赏园中的美景。临近傍晚，我们来到植物园附近的杜邦故居参观。这里又是一种天地。修剪整齐的灌木丛，组成孔雀等动物形象的长青植物排列在马路两旁。当天色暗下来的时候，只见遍布故居周围高高的树枝上挂满闪烁的小灯，远远望去，犹如天上的星星，真令人赏心悦目。故居内，设有介绍主人生平活动的展厅，有展示主人生前活动的电脑屏幕，有许多电脑设施，任由游人点击感兴趣的内容。奇怪的是，这里也不见有看管的工作人员。参观者也是秩序井然。植物园和杜邦故居都是免费开放，由游人自由参观。我们有幸在这里欢度了 1997 年的除夕之夜，令人永志难忘。

旧金山——美国西部开拓精神的象征

我们一行三人，于 1998 年 1 月 2 日 16 时 50 分乘飞机离开费城，当晚 22

劳沫之在斯坦福大学广场留影。摄于 1998 年 1 月 5 日。

时 30 分抵达旧金山。入住一家单元房的客店。房间有两间卧室，并附设厨房用具以方便住客。在这座著名的海港城市停留了 4 天。我们游览了金门大桥、九曲花街、渔人码头、17 海里、美国最大的唐人街和 1915 年在此举办的万国博览会的艺术宫遗址。特别是走访了伟大的美国大学——斯坦福大学。

金门大桥建于 1937 年，主跨长 1280 米，净高 81 米。当我们迈步桥身，亲历其境时，才切实地感叹它是多么的雄伟壮丽！我们在桥身两侧的人行道上来回踱步，眺望从桥的这头到那头的辽阔的海岸线，俯视桥下汹涌澎湃的海浪以及穿梭于桥洞的大小船舶。我们还在桥头堡下的花丛中拍照留影，令人心旷神怡。九曲花街给我留下深刻印象。我们从大街平地驱车爬坡数十米高的一段花街，只见花街两旁从低到高处竖立着美国西部挺拔的常青树，两旁常青树的中央，则是鲜花簇拥的花坛。据介绍，旧金山城区建在 40 个小山上，地势起伏，使旧金山有“垂直城市”之称。因此，花街这种上下起伏的布局也是自然形成的景观。参观渔人码头的那天，游人川流不息。我们走近码头四处瞭望，也许不是渔人靠岸的时候，可惜不见船只和渔人。只是离码头不远处，在一个小小的站台上，站立了一个由真人男士装扮的“雕塑”，从脸部到全身服装都饰以银灰色的油彩。男士弯着腰一动不动，只见他偶尔眨着眼，才认出这是一座由真人装扮成的“雕塑”。我们花了一整天的时间畅游 17 海里。蜿蜒海岸的 17 海里是一道诱人的风景线。沿着海岸行走，或见悬崖峭壁，惊涛拍岸，或见无数海鸥迎着海浪上下飞舞。沿岸设有观景望远镜，凭借望远镜， 可以观赏到远处巨型礁石上海豹活动的神态。难能可贵的是，或远眺，或仰视，或俯视，可以观赏到千变万化的海景，还可以呼吸到海风和海浪带来的新鲜空气。旧金山的唐人街市场繁荣，生意兴隆。这里是美国城市中最大的唐人街。另有文章说 20 世纪 80 年代后，纽约曼哈顿唐人街超过旧金山唐人街成为西半球最大的唐人街。旧金山被称为移民之都。华裔约有 27 万。唐人街的中国城，不仅是美国最大，也是历史最悠久的中国城，其建筑的历史长达 120 多年。其入口处有高高耸立的深绿色中式牌楼，

姚治华、劳沫之和姚殊在旧金山 17 海里景点留影。

上书孙中山先生的“天下为公”四个大字。牌楼两侧坐落着一对石狮子。这一标致性的建筑，可说是唐人街的象征，也可说是中华文明的象征。我们走进中国城，到一家中餐馆，花 60 多美元，叫了五六道菜，美美地饱餐了一顿。还到一家免税商店买了一箱当时颇为流行的深海鱼油。万国博览会的艺术宫遗址是一座圆顶形的建筑。从地面到屋顶约有十多米高。方圆约有六七十米。整个建筑造型精致，墙体为浅褐色，显得淡雅高贵。据说这里曾是表演歌舞的场地。如今还保持较好的音响效果。艺术宫旁有一个数十米大的池塘，池塘中有游来游去的鸭群，为艺术宫增添了生气。据作者雷蕾在《民初国货巴拿马博览会之旅》（载《扬子晚报》）一文中介绍，1915 年 2 月 20 日在旧金山举办的巴拿马太平洋万国博览会上，中国赴美展品总量达 10 余万种，共 1800 余箱，重 1500 余吨，展品出自全国各地 4172 个出品人或单位。8 月，中国展品获奖牌总数 1218 枚，其中大奖章占 64 枚，其数量在参与的国家中排名第一。真可谓取得骄人的成就。

最值得一记的是，离金门大桥不远处的人行道旁，矗立了一个不足一米见方的木牌，简约地介绍了华人参与开发美国西部的辛酸历程。1848 年，旧金山发现金矿，引来大批移民，当时的政府还招募了大批华人“契约工”到旧金山挖金矿、修铁路。我无从考察，究竟有多少华人劳工参与挖金矿、修桥、修铁路，又有多少华人劳工为开发美国西部而献出了宝贵的生命。我只知道由纽约通往旧金山的美国第一条横贯美洲大陆的铁路于 1869 年建成。我还看过一幅黑白照片，画面上是庆祝横贯美洲大陆铁路建成的场景。出席庆祝活动的全是美国的有关官员，唯独没有参与建设的华人劳工的身影。

美国铁路大王利兰·斯坦福建造了第一条横跨美国东西的铁路——美国太平洋铁路的西部路段。这段铁路要经过内华达的崇山峻岭，犹他州的无人荒漠，要在人们认为毫无可能的地方打通几十座隧道、架设几十座桥梁，还要通过印第安人的聚居地。（见《三联生活周刊》705 期 52 页）正是华人劳工在如此恶劣的环境下参与建设，以不畏险阻、不怕牺牲的精神，凭借开山劈岭的高超技能和智慧，使铁路得以贯通。这些华人劳工多么令人崇敬，令人引以为骄傲啊！他们是不折不扣的开发美国西部的开拓者。他们的开拓精神永存！

令人欣慰的是，2014 年 5 月 11 日的《北京青年报》上刊登了一篇由中新撰文的新闻《美国表彰修建全美首条跨州铁路万名中国劳工》，并将他们选入劳工名人堂。

看后，情不自禁地流露出一股扬眉吐气之感。并由衷地感谢 12000 名中国劳工为祖国赢得了荣誉。愿劳工们在地下永享安宁！这篇报道的全文如下：

美国劳工部 9 日举行仪式，隆重表彰 1865 年至 1869 年期间参与修建美国第一条跨州铁路的约 12000 名中国劳工，肯定他们的历史贡献，这些中国铁路工人今天得以入选劳工部劳工名人堂。

1865 年，美国首条横跨大陆的铁路动工修建，由于美西地区严重缺乏劳力，从中国引进大批劳工修建西段铁路，占铁路工人总数的 85%，华工在极其危险的工作环境下做出艰苦卓绝的努力，用炸药打通了贫瘠的内华达山脉，帮助重塑了美国西部地理及社会版图。

美国劳工部部长佩雷斯当天说，跨州铁路修建完工为美国的商业发展和经济空前大繁荣奠定了基础，中国劳工为此做出巨大贡献，值得被高度肯定。

“5 月是美国亚太裔传统月，为铭记中国劳工的勇气和所做的牺牲，劳工部决定把他们纳入劳工名人堂，以表彰他们的历史性贡献，这是自 1988 年名人堂成立以来第一批入选的亚裔美国人。”佩雷斯说。

他表示，修建美国第一条跨州铁路是一项非常繁重和危险的工作，很多中国劳力在残酷恶劣的气候条件下死去，他们拿着微薄的薪水，面临歧视和社会隔离的巨大压力。但尽管如此，他们还是勇敢地挺身而出，为自己争取更公平的薪酬和更安全的工作环境。他们不仅修建了铁路，还为获得更平等的机会和更有尊严的工作而努力。

劳沫之在旧金山九曲花街留影。

美国总统奥巴马日前在庆祝亚太裔传统月的一份声明中肯定中国劳工的贡献。他表示，今年5月是全美第一条跨州铁路建成145周年，中国工人的努力使得铁路的完工成为可能，他们承担了绝大多数的危险和艰苦工作，他们入选劳工名人堂是一份“早就应该得到”的认可。

北京有家报纸曾刊登一篇短文，报道有关组织评出全球最美十所大学之中，斯坦福大学就名列前茅。当我回顾1998年1月初亲临斯坦福大学参观的情景时，感到的确是名不虚传。那天我们踏进校园首先穿越了一处方圆约400平方米的广场。广场中绿草如茵，广场两侧排列有序的是高耸挺拔的棕榈树。接着映入我们眼帘的是，在另一处宽阔的绿草坪对面，右侧坐落一排建筑造型精美独特的楼房。屋顶覆盖着浅紫色的瓦片，墙体呈淡褐色。最为独特的是楼房下层有一排宽数米的长廊。长廊面向草坪的一侧，有十几个拱形的门垛。当我迈进长廊，霎时有一种进入艺术殿堂的感觉。左侧矗立一座呈方圆形、直径约三米、高约十米的塔楼，四周有长方形的窗户，圆形的塔顶覆盖着浅紫色的瓦，墙体为淡黄色。这就是斯坦福大学标志性建筑——胡佛塔。胡佛为美国第31任总统。胡佛自称是斯坦福的第一个学生。他是1891年斯坦福建校后第一批进入地质学系的学生，并且是第一个住进校舍的学生。紧接着另一处更精美的建筑引起我们的关注。直径数米的大型拱门，拱门上饰有精致的图案。拱门后面是数百米大的鹅黄色场地。场地后面的建筑底层有六七个拱形的小门垛，顶层正中有拱形的彩绘玻璃窗，拱形窗的两侧有六个长方形的彩绘玻璃窗。拱形窗顶端的墙体上还绘有色彩斑斓的众多人物的圣像。屋顶正中伫立了一个显目的十字架。它就是斯坦福夫人为怀念斯坦福先生建造的纪念教堂。后来据说乔布斯的追悼会曾在这里举行。乔布斯虽不是斯坦福大学的学生，但曾应邀到校做演讲，在学生中颇有影响。此外，斯坦福大学有布局合理漂亮的教学楼和学生宿舍楼。校园内栽有4.3万棵树，均已绿树成荫，还有喷泉和池塘。其规模之大更是惊人。斯坦福大学是利兰·斯坦福为纪念早逝的儿子捐资创建的。他不仅捐赠了 4000 万美元（相当于如今的 10 亿美元），还捐赠了 8180 公顷的牧场土地。现在的斯坦福大学跨越两个县，行政上分属六个管辖区，有三个邮政编码。

斯坦福大学更令人赞许的是它的创业精神和开拓精神。曾任斯坦福大学教务长、商学院的名誉教授、物理学家威廉·米勒曾将斯坦福的“创业基因”与美国的“西部开拓精神”联系起来——“这也是一种开发西部，淘金潮还在延续，人们来到加利福尼亚就是开拓者。”曾在斯坦福教书超过 40 年的历史学家大卫·肯尼迪说：“这个地方（指斯坦福大学）的空气就是发明、创造、企业、传奇性的成功，这是我们每天都呼吸的空气。”斯坦福大学工学院院长詹姆斯·普拉默曾经提出，斯坦福大学要培养“T 型工程师”。所谓“T 型工程师”，是指在深厚的工程与技术知识的根基之上，再加上一系列对学生未来事业可能至关重要的“软技能”——创新、创造力、创业精神。（以上资料分别见《三联生活周刊》705 期 048、049、055 页）旧金山南部的圣克拉拉是著名的硅谷所在地。斯坦福大学临近硅谷，Facebook 就在校园边上，Google 在 6 英里以外。斯坦福大学同硅谷有着紧密的联系。许多学生就是边读书，边到硅谷创业而取得成功的。

洛杉矶——西海岸的“天使之城”

为了在洛杉矶举办治华的个人画展，我陪同治华于 2 月 4 日至 14 日在洛杉矶停留了 11 天。利用筹备展览的空隙，我们走访了几处洛杉矶独有的景点，使我们增添了对它的一些感性认识。

按照西班牙语意，洛杉矶即为“天使之城”。何谓“天使”，《辞海》的解释是：“基督教圣经中谓为上帝之使者，传达神意至人间者也。”（见 1948 年 10 月再版 408 页）这一解释无疑为“天使之城”洛杉矶蒙上一层神秘的面纱。

我们首先花一整天时间游览了世界电影中心、美国电影业的圣地——好莱坞。当我们步入环球影城的星光大道时，一座横挂“中国大戏院”牌匾的建筑深深地吸引了我们。我们在它的门前仔细观摩，倍感亲切。然后饶有兴趣地踏访星光大道上布满的著名影星的手印，寻找自己所熟知的影星留下的印迹。

好莱坞环球影城是环球电影公司利用巨大的摄影棚改造的游乐中心。占地 420 亩。追溯美国影视业发展的历史，得知起初纽约和新泽西是电影制作的中心。由于当时的拍摄都靠日光进行，而纽约和新泽西每年有三分之一以上的阴雨天却不能拍片。洛杉矶却拥有得天独厚充足的阳光和多彩多姿的外景吸引了东部的电影工作者，至 20 世纪 20 年代，20 家制片公司都来这里拍片。这里便成了电影业的圣地。这是否可以看作上帝对这座“天使之城”的恩赐呢！

接下来我们乘坐电瓶车穿越大小摄影棚及有特点的街道景区，亲自体验电影摄制中多种高科技手段的运用，音响、灯光以及科幻特效的效果。一边是熊熊烈火，一边是轰隆震耳的立体声音乐的奏鸣，使人产生如入摄影现场之感。然后我们乘封闭的露天电梯直达好莱坞山顶平台，俯瞰好莱坞的全景，远眺巨大的写有标致性白色的“HOLLYWOOD”字样的好莱坞墙。好莱坞山下可容纳两万人的好莱坞露天剧场又是一番情景。在不平静的海浪中，四五位表演者身着武士服，骑快艇在水上追赶拼杀的搏斗场面，激动人心。我们身置露天剧场，如同观看立体声电影。好不快哉！最为惊险的是在事先不知情而盲目参与“奔向未来”的游乐性节目。进入游乐现场，游客乘坐一排排的过山车，牢牢握紧过山车的扶手，随着过山车的启动，室内灯光冥灭，过山车在昏暗中飞奔旋转。时而袭来张牙舞爪的恐龙，时而火山喷发的熔浆滚滚落地，时而山崩地裂、飞石走壁、如入深渊的地震场面呈现在眼前。直到过山车停止旋转，室内重现灯光，提到嗓子眼的惊心动魄的心神才算缓过劲来。真难以想象，我们当时已是 65 岁高龄的老者，竟然经受住了这一游乐节目的考验，事后想起来都有些后怕。为了招来游客，在影城的一角，还专门让一位酷像玛丽莲·梦露的女士，免费同喜爱这位明星的游客拍照。只见同其拍照的游客络绎不绝。

治华的画展安排在2月8日至11日，利用画展后的空隙，我们观光了著名的拉斯维加斯赌城。12日上午9时30分，我们乘韩国旅游大巴士于下午2时抵达。约四个多小时，大巴士穿越在辽阔荒漠无人烟的大地之中。公路平坦，远处有树丛，有类似火龙果的植物。荒漠的大地有别于我们常见的戈壁沙滩。它的土壤是灰黑色的，还生长着一棵棵不知名的矮小的植物。远处有连绵起伏的不见树木的山脉。这便是美国西部的独特风貌。赌城就这样远离洛杉矶闹市。下车时，我们巧遇台胞苏先生。据苏先生说，他在北京开公司，利用休假和探亲的机会来此游乐。在他的带领下，我们来到一家有名的宾馆下榻。那天正好是星期四，宾馆是优惠价。平时要一百多美元一晚，这天只要41美元。因此来此下榻的游客较多。有点意外的是，酒店服务员见我和治华是一对老年人，不像是来下赌的，便告知无客房可住，采取不欢迎的态度。苏先生起先无奈，好心地说："反正我晚上在赌场活动，不会来客房睡觉，你们就住我的房间吧！"我们觉得那样不合适，请他再跟服务员商谈给我们安排一间客房（苏先生用英语商谈）。最后宾馆终于接纳了我们。我们本想回北京后，要登门感谢这位苏先生。不料在匆忙中将苏先生递给我们的名片丢失，未能如愿以偿，颇为遗憾。因我和治华来此纯粹是观光，所以安排好住处后，当晚就游览了几家酒店。这里的酒店不同于一般城市的酒店，这里的酒店，既是可住宿的酒店，又是可供游乐的赌场。拉斯维加斯建在连绵的山脚下，分老城和新城。我们所下榻和观光的酒店属于新城。

新城的酒店和赌场建筑风格多姿多彩、形态各异。有的酒店模仿纽约曼哈顿岛上的自由女神像的巨大雕塑，作为酒店的标致性建筑，在霓虹灯的照耀下，熠熠生辉，光彩夺目。有的酒店和赌场的墙壁上标有"MGM"的字样，不知是否属于米高梅电影公司经营的。给我印象深刻的是，这个酒店设有一处封闭式的约有200平方米的大厅，大厅的天花板上布满了闪烁的星星，室内灯光暗淡，给游人提供了一处静谧的歇脚点。有的酒店和赌场建筑酷似中世纪的城堡。在高高耸立的浅黄塔楼的顶端罩以深红色的尖帽。远远看去好生气派。还有其他一些不同建筑的酒店和赌场，也吸引了不少游客。这些酒店和赌场的共同特点是，来自各方面的游人可以自由出入，无人干涉。赌场内秩序井然，也不见门卫把守。

除此之外，拉斯维加斯还是有情人追求幸福的浪漫之城。有的情人不远万里到此登记举行结婚仪式。有的情侣乘直升机在拉斯维加斯上空举行婚礼。如果将它同洛杉矶相比，难道不是一座另类的“天使之城”吗?

不仅如此，拉斯维加斯还是世界演艺中心。据《北京青年报》2013 年 10 月 13 日的报道《PANDA！》将常驻拉斯维加斯演出。报道称：“一部融杂技、武术、魔术、戏曲、舞蹈为一体的中国风情秀《PANDA！》日前在北京制作完成，并进行了首次演出。这台娱乐秀是为美国拉斯维加斯金莎集团宫殿剧院特别打造的，将于 12 月 14 日在拉斯维加斯进行首演。”另据 2014 年 9 月 30 日《北京青年报》记者伦兵报道：“日前，从美国拉斯维加斯传来消息，来自中国的大型风情秀《PANDA！》从今年 1 月 3 日首演到 9 月 20 日，已在世界娱乐之都拉斯维加斯火爆驻演了 200 场。”“演出不仅上座率高，观众口碑更好，占每场观众 85% 以上的西方观众对中国剧目十分喜爱。据美国媒体报道，《PANDA！》80 分钟的演出中掌声欢呼声此起彼伏，谢幕达五分钟之久，全场观众起立鼓掌，一片欢呼声和喝彩声。来自美国东部巴尔的摩的观众马蒂尼斯说：‘中国的功夫、杂技、舞蹈、音乐和舞美的表现太神奇了，我的手都拍疼了，我还买了 PANDA 的功夫衫，我也想学中国功夫。’《PANDA！》驻场演出的宫殿剧院工作人员说：《PANDA！》上演以来，每天都有这么多的观众，这对我们这个剧院来说也是好多年不曾有过，虽然给这么多的观众检票、引位会有些累，但当看到每一位观众看完秀后高兴和满意的神情并随处听到‘太美了！太好了！’的赞美，我也非常高兴。”《PANDA！》由阎肃、谷建芬、韩美林、冯小刚任艺术顾问，姜昆、徐沛东、杨丽萍、杨澜、崔永元等任策划，赵安任总导演，将是中国第一个也是目前唯一一个在世界演艺中心美国拉斯维加斯常年的驻场演出。据介绍，美国拉斯维加斯每天晚上都有 60 个不同的秀同时上演，国际知名的百老汇经典音乐剧，世界魔术大师的表演，世界巨星演唱会都经常在这里演出。迈克尔·杰克逊、麦当娜、埃尔顿·约翰等国际巨星曾经或现在在此长期驻演，每年有 6000 多万人次来拉斯维加斯专程看表演。中国有关方面努力了多年，终于让这个巨大的娱乐舞台迎来了完全由中国人编创、制作、表演的《PANDA！》。可以预见，拉斯维加斯将以其独特的魅力吸引越来越多的世人前往游乐。

1998 年 2 月 8 日，在美国洛杉矶长青文化中心举办姚治华画展开幕式时，蒙市市长玛莉·波维斯给姚治华颁赠表扬状及市徽。图为市长一手拿姚治华的画册，一手同姚治华亲切握手表示祝贺，劳沫之手拿表扬状合影的情景。

治华的画展如期举行。在洛杉矶《国际日报》资深编辑张倩女士和资深记者王艾伦女士的精心操办之下，在长青文化中心展厅隆重揭幕。蒙市市长玛莉·波维斯及侨界名人汪子清将军等人剪彩。波维斯市长在致辞中特别赞扬姚治华在中美文化艺术交流上所做出的贡献，并给他颁赠了表扬状及市徽。特别令人难忘的是，汪子清将军、吴剑雄理事长、陆锵会长代表湖北同乡会对治华这位湖北籍的乡亲画家表示热烈欢迎，认为他在绘画艺术上的成就是湖北人的光荣。湖北同乡会2月7日举行理监事新春餐叙会时，还曾邀请治华和我到会与乡亲们共叙乡情。在画展期间，许多湖北老乡亲临现场观看画作。有位原籍孝感的女士特地将治华当场挥毫示范山水画法的作品予以收藏留念。四天展期，观众络绎不绝。对治华山水画作题材多样、构图新颖、画法独具、意境深邃等特点给予了热情赞扬。美国中华书画学会会长杨隆生感谢姚治华给此间华人画家一个很好学习观摩的机会。安徽同乡会理事长卢其宇在参观画展时，特地赠送治华一幅彩绸上书“三楚彩笔，洛城传芳”的题词。卢其宇介绍，姚治华曾九次上安徽黄山，画了很多黄山景色，非常传神，技巧特殊，值得后学者学习参考。在画展闭幕的那天下午，治华又举办了一次中国国画讲座和挥毫泼墨示范，吸引了众多绘画爱好者踊跃参加。在画展期间，洛杉矶多家报纸做了热情中肯的报道。如2月9日《国际日报》的标题是：《著名山水画家姚治华画展假长青文化中心隆重揭幕》，2月10日《中国日报》的标题是：《朴实无华坦诚面对人生 笃志追求步入艺术圣殿 画家姚治华不循陈规走出创新之路》，另外，还有多家媒体的报道，在此不一一赘述。综观这次画展举办的全过程，可以说画展取得了圆满成功。

富有亲和力及创新精神的微软总部

在西雅图期间，我曾两次到微软总部观光：一次是姚殊带我参观他的办公室；另一次是和姚殊同事的母亲步行到微软公司办公楼外观光。这两次给我的印象都是一种亲近感。它不像国内许多大公司有豪华的高高矗立的办公楼，而只是几座四五层的看上去平平常常的楼房。在楼房的前面，在一块不规则形状的黑色大理石上，写有“MICROSOFT”的字样。办公楼门口也没有门卫把守，更没有围墙将办公楼团团围住。楼房的周围栽有花草树木，有假山，有流水，当时只见有盛开的白色玉兰花。更为特别的是，离办公楼不远处，有一座绿草如茵的足球场。事后听姚殊说，这是微软总部为员工提供锻炼身体的场所。球队由男女员工混合组队，每周定有踢球的时间。姚殊在清华大学学习时就酷爱踢球，在伊利诺伊大学时还是中国留学生足球队队长。他自然也是微软业余球队的成员。正是在球队结下的深厚友谊，2008 年北京举办奥运会时，球队的队员一行三人，专程来北京观看三场比赛，并邀请姚殊同他们一起观看比赛，陪他们游览北京的名胜风景。

微软的亲和力不仅表现在外部环境方面，还表现在具有宽松的工作环境。姚殊上午 9 时或 9 时半上班，下午 6 时下班，极少有加班时间。办公楼内，牛奶、咖啡、果汁等饮料自由选择。给我印象尤为深刻的是，姚殊在他的办公室编程时，竟然允许边编程序，边戴上耳机聆听音乐。微软的规矩是任务交给员工后要求在一定时间内完成，至于员工如何安排时间由员工自行决定 。可以说只问结果，不管过程。这样无形中使员工能够轻松应对工作任务，而不致感到有压力。

微软总部从领导层到公司员工提倡实干和创新精神。人所共知，比尔·盖茨就是从实干和创新起家的。他即便成为全球首富后也仍然坚持发扬实干和创新精神，使微软能够不断创新产品，使公司永葆青春，经久不衰。我就曾看过一个录像片，由比尔·盖茨登台亲自推介新产品。微软公司如发现自己的产品存在某方面的缺陷，便毫不犹豫地加以改进或放弃。2012 年 11 月 7 日《北京青年报》上刊登的《微软或将宣布 MSN“下岗”》这一新闻中提到：“2005 年 5 月，微软在中国通过设立合资公司的方式将 MSN 带入中国，当时国内最火的即时通信工具是腾讯 QQ，对此 MSN 中国的管理层将其服务对象定位为商务人士。由于 MSN 在全球通用，几乎成为外企白领必备的沟通工具。”后来用户发现“MSN 始终无法解决服务不稳定的毛病”，“其一直标榜的安全性最近两年问题不断，国内的 MSN 用户频繁中病毒、被盗号却投诉无门，今年 MSN 更是被诈骗分子盯上。”而微软于 2011 年花费 85 亿美元收购的互联网电话公司 Skype，“其软件 Skype 主要为用户提供免费的互联网电话服务，同时也可以提供与 MSN 类似的即时通信服务”。“微软最新一季财报显示，Skype 在被微软收购后表现良好，用户数量增至 2.5 亿，上一季度的通话时长环比增长 50%，给微软的娱乐和设备部门带来了可观收入，这让微软有足够的底气将 MSN 合并到 Skype 中。”“微软放弃 MSN 还有一个大背景，那就是移动互联网在全球兴起，即时通信工具竞争的主战场早已从 PC 转向智能手机、平板电脑等移动终端。MSN 过于老迈的品牌形象显然无法吸引移动终端用户，而 Skype 却深受全球年轻用户欢迎，这将帮助微软在移动领域建立优势。”从这一新闻中我们不难看出微软是如何与时俱进，不断改进产品的结构，而立于不败之地的。2013 年 9 月 4 日的《北京青年报》以《微软 54.4 亿欧元收购诺基亚手机业务》为题，在报道中提到：“根据微软与诺基亚签署的协议，微软将以 37.9 亿欧元的价格收购诺基亚设备及服务业务部门，并以 16.5 亿欧元的价格获得诺基亚的专利授权，总计收购价格为 54.4 亿欧元。”“在协议条款下，微软将全面获得诺基亚的设备与服务业务，包括功能手机、智能设备业务，及行业领先的设计团队。此外，诺基亚所有设备及服务相关的生产、销售和市场活动以及相关支持部门也在此次收购的范围之列。”“收购完成后，大约将会有 3.2 万名员工转到微软旗下。”微软的有关人士发布公开信称，“微软收购诺基亚手机业务，为客户提供更多选择，促进 Windows Phone 生态系统的发展。微软更是指出，此举能够防范苹果和谷歌在手机应用领域，以垄断地位妨碍创新。”尽管业内有人质疑收购后微软能否追上苹果、谷歌，但微软这一举措的出发点无疑是积极的，是包含创新精神的。

微软的亲和力和创新精神还表现在微软在北京开设高级研究院的行动中。通过研究院交流科研新成果，培养计算机研发人才，实属难得的好途径。微软还曾邀请中国工程院院士、清华大学计算机系系主任张绂教授赴西雅图微软总部交流访问。姚殊在清华大学计算机系学习和工作期间，张绂曾是姚殊攻读博士研究生学位的导师。我问姚殊，张绂访问微软总部期间，是否宴请过老师。姚殊说轮不到他宴请，微软已安排宴请，并邀他和其他来自清华的员工作陪。

比尔·盖茨以其人格魅力在员工心目中享有崇高的威望，这无疑为微软的亲和力创造了有利条件。按彭博社 2013 年 5 月最新评估，盖茨个人财富价值 727 亿美元，重回全球富豪榜榜首。但他从不炫富。他热心慈善事业，将他所创造的财富回馈社会，帮助急需帮助的人群。1998 年我参观访问华盛顿大学时，就参观了他以他母亲的名义，为华盛顿大学捐款建立的一座规模可观的教学实验楼。

微软总部的亲和力、上下齐心干事业、实干和创新精神多么值得国人学习和借鉴！

值得眷念的西雅图

1998 年 1 月 6 日，上午 9 时 10 分乘飞机离开旧金山，于 11 时 10 分抵达西雅图。住在微软公司为新员工安排的两室一厅的临时住房，临时住房属于低层的单栋单元房。室内设有足够的厨房用具，住宿者可以自行起伙用餐，颇为方便。后来姚殊租赁了一室一厅的住房，并选购了足够用的家具，才于 1 月 10 日搬离了微软提供的临时住房。

在姚殊任职微软期间，利用节假日，姚殊带领我和治华，游览了一些西雅图有意义的地方。

首先给我们留下深刻印象的是所参观的波音公司总部。1998 年 1 月 22 日上午 9 时，姚殊驱车仅 35 分钟即抵达波音工厂所在地。同微软总部给我们的感受颇为相似。波音公司的厂房看上去也是很不起眼，不过是一座长长排列的四层楼。直到我们按序进入厂房内，乘坐电梯被运送到深约数十米的地下，沿着固定的参观路线行进时，眼前的景象使我们豁然开朗，惊叹不已。当我们向下俯瞰宽大的车间时，只见组装的巨型波音 747 飞机历历在目，车间巨大，操作的职工人数并不多，足见机械化程度之高。当今国土资源十分珍贵，波音公司向地下深度发展的举措，真值得我们借鉴。西雅图地区人口约有 62 万。其中很多人都在波音公司上班。西雅图真可谓飞机建造之城，难怪一直为世人仰慕。

其次是华盛顿湖的美景。姚殊每次前往西雅图中心，或到唐人街超市购物时，驱车都要穿过湖面上架起的大桥。无论阴晴或风雨天，湖面或浮光掠影，或细波涟漪，或风平浪静，总给人以亲切温顺的感觉。华盛顿湖之所以有如此吸引人的美景，是因为在西雅图的西北有一条华盛顿湖运河和一座希拉姆·奇腾登船闸。它是连接皮吉特湾的海水和华盛顿湖淡水的水道（因为西雅图正位于皮吉特湾和华盛顿湖之间的狭长地带上）。正是这座船闸既保持了湖面水位不变，又能保证水道的通航。

1998 年 1 月 30 日下午，天气晴朗，微风习习。姚殊带领我和治华游览了华盛顿公园。这是一个半岛型湖心公园，沿着湖边有宽阔的人行道。我们漫步在绿树丛丛的优雅环境之中，尽情地享受难得一见的景色。人行道上，时有身穿 T 恤衫和短运动裤慢跑的男士，也时有携带孩子散步的女士。我们同他们虽然从不谋面，但相见时都点头示意，和谐相处。我们步行约一小时遂离岛返程。此时正夕阳西下，晚霞布满天空。远远望去，一座雪山正坐落在天际，真是美不胜收。

特别值得眷念的是华盛顿大学东亚研究所图书馆。华盛顿大学简称“华大”，因为拥有超过 3000 名中国留学生被戏称为“华人大学”。其东亚研究所图书馆给我留下了许多美好的回忆。1998 年 2 月 28 日，姚殊花 75 美元办了一张借书证，随即借了几本感兴趣的书回家。借期是两周，如果没看完，可以续借。这个图书馆最为方便的是，读者可以直接到书库挑选各类图书。仅就中文类而言，包括文学、历史、哲学、政治、新闻和美术等项。还有为数不少的地方志。在众多的文学书籍中，给我留下较深印象的是王朝闻当时的新作《凤姐》。新闻类的图书包括大陆和台湾地区出版的多种著作。其中有中国人民大学新闻系的教材《近代报刊史》和《报纸编辑》，有复旦大学的新闻教材。有台湾地区出版的新闻采访与写作方面的著作多部。我曾借阅台湾地区出版的几本我感兴趣的著作，并认真做了阅读笔记。我和姚殊对名人画册颇感兴趣，因此这方面的图书借阅较多。诸如古代著名画家王时敏、王鉴、王翚、王原祁以及弘仁、髡残、八大山人、石涛等人的画册；现代著名画家任伯年、张大千、林风眠、吴冠中等人的画册。特别是《石涛绘画全集》上、下册，我阅读得比较仔细，甚至将有的画作中的题款作了摘抄。还有石涛的《画谱语录》我亦作了摘抄。姚殊还饶有兴趣地借阅过一本甲骨文的书籍，我也比较认真地阅读过。所有这些都极大地丰富了我访美半年的精神生活。

特别值得眷念的还有华盛顿大学校园里的 30 棵樱花树。1998 年 3 月 14 日是个星期六，姚殊和我到东亚研究所图书馆借书，突然发现校园里 30 棵樱花树开满了白色的樱花。由于没有带照相机，便于 3 月 15 日再次来华盛顿大

劳沫之在西雅图华盛顿大学校园樱花树下留影。

学踏赏樱花。可以说这里的樱花是我迄今为止观赏到的，树干最为高大、花朵最为漂亮的樱花。樱花树栽在两排教学楼围出的宽阔场地中。两排教学楼的屋顶均为翠绿色，场地铺满了深绿色的草坪，30 棵高约 10 米的樱花树正盛开着一丛丛洁白的花朵。见此美妙绝伦的景色，谁的心灵能不为之震撼！我和姚殊一棵棵地仔细观赏。从树根到树干再到树枝都特别留意。我这才发现每棵树不仅枝繁叶茂，簇拥的花朵争奇斗艳，连树根脚下和树干的枝丫处也点缀着白色的鲜花。我们仰望高耸的树枝和树梢，只见白色的朵朵花瓣，在灿烂的阳光照耀下，随着微风呈旋转的姿势，从上到下飘飘然坠下，而洒满绿色的草坪。我这才真正懂得了落英缤纷的含意。1998 年到 2013 年虽然已相距 15 年，每每想起这繁花似锦、多姿多彩的樱花，它们就鲜活地呈现在我的面前，难以忘怀。华盛顿大学四周没有围墙，每到樱花开放时节，《西雅图报》上还发消息，欢迎爱好者前往观赏。我们两次到樱花树下踏访时，只见三三两两的游人在绿草坪上铺上毯子，尽情享受樱花盛开带给他们的乐趣。

劳沫之到西雅图郊外参观郁金香田园风光时留影。

还让我眷念不已的是西雅图郊外大田的郁金香花。1998 年 4 月 5 日下午近 2 点钟，姚姝驱车一小时，来到一望无边的栽满郁金香花的大田游览。这是花农为城市提供花源的生产基地。广袤的郁金香大田竟有十几处之多。我们从下午三时到六时半仅看完六七处，真后悔没有安排一整天的时间。这里的郁金香不仅栽种的面积大，且品种繁多。放眼看去，真是五彩缤纷，斑斓多姿，千姿百态，蔚为壮观。色彩有粉红、洋红、橘红、紫红、纯白、纯黑、纯紫、纯蓝……而且株株花秆茁壮、花朵饱满。花秆有一米高左右，游人可以蹲在花秆下拍照。临近六时半，当我们兴致勃勃地赶往另一处大田时，没想到入口处一位工作人员说已经下班，无法进内观赏。我一时参观心切，不等姚姝上前交涉，便赶忙上前，操着不流畅的英语说道："Sir，please let us get in for five minutes."这位工作人员还有礼貌地询问姚姝："Is she your mother?"姚姝答曰："Yes！"这位好心的工作人员听罢竟然让我们入内参观了十分钟。这一处的郁金香栽种在一片丘陵地上，排列整齐呈坡形，色彩有红色块，有白色块，有紫色块，有黄色块。我们匆匆拍了几张照片，看上去十分别致。我们真打内心感谢这位友善的工作人员。临离开大田前，我们到郁金香销售点花 3 美元买了 10 枝含苞欲放的郁金香花，等我们回到家时，已是晚上 8 时 30 分。吃罢晚饭已是晚上 11 时，姚姝连夜专门开车到 24 小时营业的超市买了一个湛蓝色的花瓶，将 10 枝郁金香插入瓶中。这 10 枝花骨朵竟然都绽开了艳丽的色彩，持续了一个多星期。

刚到西雅图时，姚姝曾带领我和治华逛了逛美国享有盛名的海鲜市场——西雅图派克市场。这里干鲜果品和水产品摊位连成一片，市场繁荣。我们离开市场时还买了几袋西雅图生产的大粒杏仁干果。另外令人难忘的就是鱼市上的"飞鱼"，据说海鲜市场门口的鱼市创建于 1930 年。这里的鱼市有着独特的出售方式。出售者"借着'飞鱼秀'，让一条没有翅膀的鱼从前台伙计手中腾空而跃，嘴里还不忘吆喝着：'一条鱼飞哦！'店里其他正在忙活的伙计齐声应和：'一条鱼飞哦！'当后台伙计不差分毫地接着六七米开外飞来的大鱼，引来的岂止是喝彩欢呼声。原本有些犹豫的顾客在这种欢乐气氛的感召下，纷纷掏腰包下单”。（见 2013 年 4 月 10 日《北京青年报》姚园所写《西雅图派克市场有绝活》一文。）姚园文中所描述的这一生动场景，那天我们很幸运地也目睹过，当时只感到很新奇独特。

我在西雅图还有幸逛了一次洋庙会。1998 年 5 月 22 日，姚殊陪我到华盛顿大学通讯传媒学院参观。我们索取了有关的介绍材料，询问了有关的情况。得知学院设有自己的可供学生实习的电视台、演播室等设施，颇为羡慕。紧接着便到附近的一条街逛“庙会”。这个“庙会”是临时由一条长约千米、宽约百米的街道组成。街道两端临时封闭，禁止车辆通行。在“庙会”内设有多种摊位，有卖服装的，有卖工艺品的，有现场作画出售的，还有仿古董的艺术品。“庙会”上还有各种传统小吃的摊位。比如：现场爆炒玉米花，烤腊肠，以及其他不知名的传统小吃。这种自由灵活、出售商品者不需花钱买摊位，逛“庙会”者不需要买票入内。真可谓便民之举。不知国人能否借鉴？

新奇的雪山行也给我留下了深深的记忆。1998 年 5 月 23 日上午 9 时 50 分至 11 时 50 分，姚殊驱车两小时，来到了西雅图风景胜地雷尼尔雪山脚下的一处名为天使乐园的游乐场。游乐场足有三个田径运动场那么大，全被深约一尺多的积雪覆盖。远处耸立着数株高大的长满丛丛深绿色树叶的杉树。游人多以它为背景拍摄雪景。整个游乐场全为天然形成，毫无人工雕琢的痕迹。徜徉在这片天然趣成的银色世界，游人仿佛进入仙境，尽情地、无忧无虑地享受大自然赐予的胜景，以致忘却尘世间的些许烦恼。这岂不是天使的乐园！游乐场附近设有宽敞的停车场及其他服务项目。只是天色转阴，天际慢慢变得阴暗起来，而未能观赏到远在天际的雪山的真面貌，不免有点遗憾。我们在天使乐园停留约三个小时便原路返回，到家时已是傍晚五点半。在往返的行程中，我们还饱赏了沿途无数的自然风光。有清澈见底的淙淙泉水，有从峭壁上飞奔直泻的瀑布，有盘山道两旁的原始森林，有令人后怕的深不见底的沟壑，还有穿过灌木丛林和绿草平原上条条畅通的公路。车辆在公路上行

劳沫之在西雅图雪山风景区天使乐园的留影。

驶到一定距离，便见路旁设有服务站，驾驶者和乘客可以下车作短暂的休息。服务站里有清洁的卫生间，有免费的牛奶、咖啡等饮料。还设有能满足路人需要的小卖部。这既减轻了驾驶者和乘客长途跋涉的疲劳，也满足了他们一时的急需。

此外，西雅图人文明开车、爱护环境的美德也令人十分感动。在我探亲期间，姚殊在伊利诺伊大学的同学的母亲也来探亲。由于我们的住地都离超市较近，我和这位同学的母亲多次结伴步行往返于超市，常常要穿过高速公路的路口。当我们穿过路口时，如果碰上驶来的汽车，驾驶者便停下车来，用手示意，让我们先过马路。这的确减轻了我们过马路的紧张心情。离公路不远处，有一大片绿草地，还有开满玉兰花的树木和其他灌木林。一次，我们好奇地步入长长的绿草丛，惊奇地发现草丛中竟隐藏着无数只肥硕活泼可爱的兔子。有白色的、黑色的、灰色的，它们自由自在地在草丛中跳跃奔跑，见了我们也不逃跑。这全是因为西雅图人从来不会伤害这些小动物的缘故。西雅图人不仅爱护街道两旁栽种的花草树木，就连高速公路旁的野草野花也爱护备至。西雅图的春夏之间，公路两旁开满了类似连翘的黄色花朵。一次，我和姚殊同学的母亲从超市回家时，随意地来到路边采摘了一两枝黄花准备拿回家插在花瓶里。正在这时，停在公路上几辆车的驾驶者都不约而同地以不可理解的眼光注视着我们的行为举止。这一刻，我的脸颊在发烧，真有无地自容之感。回到家里，姚殊说西雅图人十分爱护自然环境，连野草野花也不会随意采摘。在北京我居住的小区花园里，我曾同正在拔草维护花园的郭师傅交谈，向他询问为何栽花不多，所栽的花名贵好看的也不多。他说如果栽种名贵好看的花，常遭路人采摘。我亲眼见园中的紫荆、百日红和紫丁香开花的树枝被人折断。真期盼这种不爱护公共环境的陋习早日离我们而去。

从 1998 年 6 月我离开西雅图至今虽已长达 15 年，但始终不忘与西雅图的那份情结，凡与西雅图有关的事都会引起我的关注。诸如我国订购了多少

劳沫之在西雅图姚殊住地留影。

波音公司的大型客机，微软公司又生产了何种新产品，连美国驻华大使骆家辉先生向中国老百姓推销华盛顿州盛产的甜樱桃的新闻也极感兴趣，并付之以行动，由姚殊在网上分两次订购了4公斤从华盛顿州航运到北京的大樱桃。当樱桃送到我们面前时，姚殊说："这樱桃就产于西雅图。"顿时，我心中充满了无比的喜悦。《西雅图不眠之夜》《北京遇上西雅图》等与西雅图有关的影片我也未曾放过。

特别有意思的是，美国西部时间2013年10月17日，由《北京青年》周刊主办的"达美航空·2013BQ明星品牌价值榜"在美国西雅图盛大举行。《北京遇上西雅图》导演兼编剧薛晓璐获得"年度最具影响力导演"大奖，"年度最具价值"奖项由演员李晨获得。本次活动的主题为"品牌中国梦·耀动西雅图"，旨在评选出最具号召力的明星、最炙手可热的面孔、最精彩的商业代言案例和最具影响力的商业品牌。晚会现场，贝尔维尤市华裔市长李瑞麟为薛晓璐颁发了荣誉市民奖章。由薛晓璐导演的《北京遇上西雅图》今年年初上映，随后便在国内掀起了西雅图热，带动千万国人慕名前往西雅图。为此，西雅图政府特别在机场专门设置中文标志。薛晓璐表示，她对西雅图有一种特殊的情感，尤其是西雅图特有的慢节奏，可以让人有充分的时间享受生活（据《北京青年报》2013年10月21日有关报道）。这又是一种国人与西雅图不同一般的情结。在此，我衷心祝愿西雅图更加繁荣昌盛，祝愿西雅图的湖光山色更加多姿多彩，祝愿西雅图的民众永远幸福安康。美丽的西雅图，我将永远怀念你！

2013年10月完稿

2018年11月修订

静谧和谐 瑰丽多彩

——袋鼠之国散记

我于1995年6月至10月、2007年6月至2008年4月，先后两次到澳大利亚探亲，有幸在悉尼、堪培拉踏访了一些地方。所见所闻，点点滴滴，颇多感受，随意写来，聊表眷恋。

一

这是悉尼一所美术绘画设计学院。在宽敞明亮的画廊里，墙壁上挂满了题材多样、五彩斑斓的几十幅油画作品。学院正为两名毕业生举办优秀作品展，一名是我的女儿姚嵘，另一名是姚嵘的同班同学澳大利亚的女学生。在姚嵘作品的前面，悬挂了一张姚嵘的巨幅肖像照。照片上的姚嵘，仪表清瘦端庄，头梳披肩发，身着淡紫色的套装，显得光彩靓丽，富有朝气。照片后面陈列的二十多幅作品大都为抽象的油画，有几幅小尺寸的是设计的装饰画，还有两幅大尺寸的用线条描绘的抽象画，没有颜色，全用黑色线条，看上去也独具特色。事后得知，这个展览颇受好评。展览结束后，姚嵘有两幅作品被有关人士收购。

1996年夏天，姚嵘利用回国探亲的一个月时间，在北京中央美术学院开办的计算机三维设计和平面设计两个班进修。北京的七八月份正是炎热异常的时候，姚嵘每天从红庙北里挤公共汽车赶到望京中央美院的新校舍区，上午听四小时的课，在中央美院食堂吃完午饭后，没有来得及休息，就接着听下午的课，也是四个小时。等回到家里，已经是亮灯的时候了。这样坚持了一个月直到领取两份结业证书。这该要多大的毅力啊！功夫不负有心人。姚嵘回悉尼后，凭借悉尼美术绘画设计学院的毕业证书和中央美术学院两份结业证书，终于在悉尼找到了一份稳定的工作——被澳大利亚人办的服装设计公司聘为服饰设计员，她所设计的产品颇受老板的赏识。这份工作一直干到姚嵘因怀孕分娩无法坚持八小时上班，才忍痛辞职。当时老板再三挽留，也不得不放弃。

回想姚嵘留学澳大利亚的艰难历程，今天能够立足于悉尼，实属不易。这是姚嵘奋力拼搏的结果。1990年2月9日，刚过完二十岁生日的姚嵘，就同她哥哥的一位到澳大利亚读硕士研究生的女同学一起，乘飞机抵达悉尼，开始自费留学的生活。家里仅为她提供了一学期的学费和生活费。一学期过后，就全靠自己边打工边上学。她课余的时间不得不四处寻找工作。她找到的第一份工作是为一家设计公司设计了一条丝绸头巾，报酬是一百澳元。刚到悉尼不久，就挣到了一笔钱，她真是高兴极了。但这份工作耗时太多，影响正常学习，而未能坚持下来。后来她利用课余时间到一家华人办的服装厂做烫衣工，再后来被一家五星级酒店聘为服务员，后又到一家四星级酒店洗衣房工作，还兼做大厨，为酒店顾客做六七种早餐，有时要做二十多份。再后来利用星期六、星期天的休息时间（可享受双份工资）到医院为老年患者送药、送午茶和点心，生活过得也很艰苦。1995年我和治华到悉尼看望她时，只见她每天早晨吃完早餐后，还带上自制的三明治（几片面包夹上午餐肉和生菜）

到学校作为午餐。周末时早早起床，换上医院的工作服为病人送药送饭。她到悉尼遭遇到的最大挫折是，曾经被不知底细的人骗走了两千美元。她最终挺过来了。现在日子过得一天比一天好。已经买有四室两厅的HOUSE，有两辆上下班用的轿车。有一个年满八岁的正上小学的儿子。为了有时间照顾孩子，她和丈夫一起在一家超市经营一处商铺，还请了几个留学生做钟点工。姚嵘现在最大的心愿就是好好过日子，将儿子培养成能够自立的、德智体美全面发展的人才。祝姚嵘如愿以偿！

二

当我一踏上悉尼这座城市，立刻就被她静谧和谐、瑰丽多彩的环境所吸引。

1995年6月，我第一次到悉尼时，姚嵘同从北京到悉尼自费留学的原中央乐团一位小提琴副首席合租印度人的一套两室一厅的单元房。十分显眼的是门前栽了一株枝繁叶茂、开满朵朵粉红色鲜花的山茶树。这是一座四层楼

劳沫之在悉尼植物园一处景点留影。摄于1995年七八月间。

的公寓。待我住下来仔细观察，才发现从一层到四层的阳台上都栽满了应时的鲜花，而且勤于浇水除草护花的人竟都是已退休的老人。住在第二层的一位老年妇女曾经到中国旅游过，对中国怀有深厚的感情。她和她的女儿同姚嵘成了要好的朋友。一次在洗衣房里，这位老人热情地对我说："Lucy（姚嵘的英文名）is a good girl！"我简单地回答了一句："Thank you！"我和治华从北京仅带了两条丝巾送给这位老人。当我们回国时，她却将她在中国旅游时所购买的一件绣有中国龙图案的丝绸长袍回送给了我们。我们真不知该如何感谢她。姚嵘和小提琴副首席上学时，将大门钥匙放在门框上即可。这使我感到，这里不仅环境优美，人与人之间还能和谐相处。后来我到住地附近的马路散步时，才发现马路两旁住户的庭院里都栽有各种色彩的茶花、杜鹃花，香气宜人的丁香、栀子花，还有开满淡黄色花朵、叫不出名字的大树。真使人感到置身于鲜花盛开的花园之中。

2007年6月，我第二次到悉尼时，上述感受更是强烈。此时姚嵘和丈夫已买了一所三室两厅两卫的住房。门前栽有一米见方的一大丛开满白色花朵的杜鹃花，还有栀子花和红色的茶花。约有五十平方米的后院里，东北角一棵约有两米高开满紫色花朵的常青树，树下有几棵热带令箭；院子的西侧摆满了大小花盆，有开花的，也有不开花的品种。房屋的东侧还有爬满墙的金银花。紧临后院的马路边有两棵高数米的石榴树。树上常有鸟雀飞上飞下，叽叽喳喳叫个不停。再往北远眺，一座座别墅映衬在丛丛绿荫之中，看上去，开阔静谧美丽。但令我不解的是，在丛丛参天大树的枝干上却不曾见到一个鸟巢。不知是否因澳大利亚日照时间长，鸟儿为躲避暴晒而到更适合居住的地方安家了？

给我留下深刻印象的是，离姚嵘住处约五十米的甬道旁有一株约有两米高、枝叶茁壮的昙花，先后竟盛开了十八朵花，洁白如玉，形如喇叭，时开时谢，只有人观赏，无人采摘。姚嵘住房周边的马路旁有许多高大的开满一串串紫色花朵的丁香树，远远地就香气扑鼻。房子的四周有开着硕大花蕊的铁树，开着淡紫色的薰衣草、白色黄色紫红色的菊花、红色的扶桑、粉色的月季、黄色的仙鹤来，还有挂满柚子和香蕉果的大树。在临街的马路两旁，长有挂满浅紫色像刷子一样的花朵和开满粉色合欢的大树。还有一处长有数米高的热带仙人掌。真是繁花似锦，瑰丽多彩。姚嵘所在的小区里，住有澳大利亚人、韩国人、日本人、印度人，更多的则是华人。他们的职业有计算机软件工程师，有私营邮电所老板，有电话接线员，有营销商，有服饰设计员，有出租车司机，有搬运车老板，有油漆工，有清洁工，有家庭托儿所负责人……尽管职业不同，均能和睦相处。白天大人都忙着上班，孩子忙上学和上幼儿园，小区安静异常。偶尔见有退休的老人为门前的花草浇水、剪枝、锄草。周末小区的几处网球场有成人打网球锻炼身体的，也有父亲教儿子学打网球的。几个游泳池也常有老人和孩子泡澡学游泳。更有三五成群的母亲推着童车，陪伴刚学走路的孩子在网球旁的场地上嬉戏游乐。显得和谐温馨！无论男女老少，日子过得从容不迫，静谧而不浮躁。据有关报刊载文，悉尼曾多次被有关国际组织评为宜居城市前十名之列（就生产总值、人均收入、受教育程度和寿命长短等几方面状况评定）。难怪有的商人在香港做生意，却把家安在悉尼。居住在悉尼的还有越南人、马来西亚人、墨西哥人等世界各地的人，这就不足为奇了。

悉尼之所以被评为宜居城市前十名之列，我认为可能与政府对居民的衣、食、住、行诸方面贯穿了以人为本的理念，采取了许多便民措施有关。

无论是大小超市，还是高档商品与廉价商品的超市，各类商品十分丰富，比如服装类高低档的兼而有之，童装的品种繁多。最为方便的是，各类服装售后一个月内，凭发票可以随时退货或换货。出售食品和水果的超市给人以安全感。凡要临近保质期的糕点，均提前一周以上降价出售。香蕉、脐橙等各类水果临近保鲜期也都是降价出售。无论是高收入或低收入的居民，只要有份工作，均可享受银行的贷款购房购车。因此做到了家家住有所屋，行有所车。政府为了节省进口石油的用量，提倡座车改用自产的天然气。如登记改装每辆车可补贴 2000 澳元。出行时从郊区乘火车到市内也很方便。乘公共

劳沫之在悉尼的一处海滩留影。摄于 1995 年 8 月 4 日。

汽车几乎每人都有座位。更别说“老、幼、病、残、孕”了。尤其难得的是，每辆公交车还为坐轮椅的乘客配有特殊的设施，汽车到站时，汽车可以向有门的一边倾斜，倾斜到车门口的脚踏板可以翻转，与街边的马路牙子形成约有上十度的斜坡，使坐轮椅的乘客能够自己上下车。一个星期天，我和女儿同租一套单元房的年轻夫妇到郊区的一个廉价商品超市采购蔬菜和水果。只见各类商品琳琅满目，犹如国内的大型菜市场。出售的蔬菜水果价格比市内超市便宜许多。凡人口多、收入有限的家庭，宁愿驱车一个多小时前往购买。有趣的是，那次我和年轻夫妇购物临近结束时，市场一个出售铁杆芹菜的商家吆喝大甩卖，几十斤重一大竹筐的芹菜竟只售一澳元。我们买了一筐一星期都未吃完。唐人街超市的食品和日用品等商品品种那更是数不清。

在悉尼周末，无论是澳大利亚人还是华人，全家外出聚餐是常有的事。各类餐饮业的价格合理，颇受顾客欢迎。1995 年我到悉尼时，凡中午到比萨店自助就餐，每人仅 4 澳元，各种比萨可敞开肚皮吃。同时还有各种蔬菜、水果、饮料、冰激凌任意挑选。2007 年我到悉尼时这样便宜的比萨店已不复存在，但花 15 澳元可以买两盒比萨饼，三口之家可以足足吃一顿。还有到华人俱乐部就餐，40 澳元可选购鱼虾肉食和蔬菜五六道菜加主食。还有一些经营广东早茶午茶的饭店，生意兴隆，凡星期天顾客需排队叫号才能入座。

三

我两次到悉尼，最使我赞赏的是政府对民众医疗服务灵活多样的举措。

澳大利亚公民或持有绿卡的长居人口均享受免费医疗的待遇。住院、医生诊治、各种先进设备的检查，乃至动各种手术，都是免费的。但都是按一定程序进行，并不是患者有什么要求都一一照办。比如妇产科主治大夫经例行检查，认为孕妇可以自然分娩，即使家属要求行剖宫产医院也不会轻易改变自然分娩的建议。虽然住院及各种治疗等项目是免费的，但药费却是自费的。大夫只给病人开处方，患者凭处方到有关药店买药。因此大夫不可能给患者开大处方，患者买回的药品也很少有浪费的现象。

在澳大利亚，公立综合医院、公立专科医院、私立医院、社区医疗服务中心、家庭式诊所并存。开办私立医院或家庭式诊所负责行医的人员都是经过国家认定持有行医资格的。凡享有免费医疗的家庭，首先就近选择一家私人诊所的行医者作为家庭医生。无论是成人或儿童有病时先到诊所看病，诊所的行医者根据患者病情的需要，或直接为患者开处方，或开转诊单，到有关的公立综合医院或专科医院，或私立医院作进一步的检查治疗。无论是到诊所或需转院看病时，都不需要到现场挂号，患者只需提前一天用电话预约就诊时间即可。到诊所看病还有特别方便的地方就是，成人带上儿童可以请家庭医生既为成人看病，也为儿童看病。这就为患者节约了很多时间。对此，我就有过切身的感受。我陪女儿每次作产前检查时只需事先预约时间。女儿生产后，陪女儿带着孩子定期预约到社区医疗服务中心检查身体（一次两名医务人员还登门为孩子作检查）。还陪女儿和孩子一起预约到诊所看病，诊所的行医者既为女儿开转诊单，也为孩子开转诊单，并代为预约时间。我还陪女儿带孩子到所转诊的私立医院和专科医院为孩子检查身体。这样看病，真是方便极了。据说到公立大医院看急诊时却要排队就诊。不知是看急诊的大夫人手少还是其他什么原因。

还有到各类医疗单位看病候诊的环境也很肃静。有的公立大医院对候诊者的服务更是温馨。候诊厅备有速溶咖啡、咖啡伴侣、滚烫的开水，还有一小包一小包的饼干，供候诊者选用。有的服务员还为候诊的长者递送热饮料。

这里看病如此方便，虽然与人口少有关系，但与政府对医疗服务采取了灵活多样的举措也有直接关系。比如单就家庭式诊所来说，我陪女儿带孩子检查身体、注射防预针时，就遇到了三种形式。一种是女儿选择的家庭医生周大夫同丈夫一起办的诊所。两口子都是从我国厦门到悉尼有关医学院留学毕业取得行医资格后而开业的。规模较大，医疗服务人员较多，每天预约看病的人也较多。一种是夫妻店，男的行医，女的做护理。还有一种是仅有行医者一人的小诊所。行医者为新加坡人。不知是他不会汉语还是不愿多说英语，为孩子打完防预针后，很少同就诊者说话交流。

澳大利亚国土面积 769.2 万平方公里，人口却只有 2486 万。因此，政府采取有效措施提倡每个家庭优生多生子女。育龄妇女每生一个孩子政府都给予补助。周末或星期天我陪女儿上超市购物时，经常见澳大利亚夫妇携带两三个孩子一起购物餐饮。我们结识一对来自台湾的夫妇，他们的大女儿和女婿都是儿科大夫，女婿在一家私立儿童医院当大夫。这对年轻夫妇竟生育了四个孩子。女士只好放弃了工作，当起全职妈妈。奇怪的是，我女儿结识的华人朋友除了少数几家生育了两个孩子以外，大多数家庭只有一个孩子。许多华人的家庭对孩子精心培育。如同国内许多家长一样，为孩子挑选好的托儿所、好的幼儿园、好的小学，力争孩子能考上重点中学，直到考上一流的大学。为了孩子能上重点中学，不惜花重金买房将家迁到有好中学的社区居住。

为了开发孩子的智力，华人的家庭还为上幼儿园年龄的孩子请家教，或教孩子学钢琴、学美术、学打网球、学游泳。他们的一门心思就是，力争把孩子培养成对社会有用的优秀人才。

四

悉尼众多的国家公园给我留下了深刻印象。所有的国家公园都免费向游人开放。

我最先游览的是悉尼植物园。宽阔的绿草坪，根深叶茂、树干茁壮的桉树，多姿多彩的灌木丛，小池塘里在水中自由游弋的羽毛黑黄相间的鸭群，游人同它们咫尺相见，它们也毫不在意，依然优哉游哉。

接下来，两次游览了海德公园。一次是白天。公园规模十分壮观。有巨型的喷泉塔。喷泉层层叠叠涌动，游人坐在喷泉圆形台座上欢快地观赏园中

劳沫之在悉尼海德公园留影。摄于 1995 年六七月间。

的美景。树干笔直翠绿、根座如酒瓶的参天大树，整齐排列耸立在绿草坪上，任由游人依偎拍照。一次是华灯初上的夜间。公园显得静悄悄的。不时见有小松鼠在绿色草坪中跳跃，还见有小树熊在大树根部周围攀上攀下，游人靠近大树，它们也不逃避。

一个星期天，女儿驱车带我游玩了另一处国家公园。园中湖水清澈见底，园内环境优美，坐在湖边岩石上拍照，好不惬意。公园另一处，只见鸭群在池子中游来游去。园中参天大树林立。更为可观的是，树丛中停歇了许多如孔雀样硕大的白色鹦鹉。见游人坐在公园的台桌旁餐饮时，竟然毫不惧怕地飞到台桌上向游人讨食。游人用面包喂了一只又来一只，直到游人喂完了所有的面包，它们才飞回树丛。有的文章写到，在澳大利亚西、澳大利亚州的首府珀斯，有数不清的鹦鹉。这里的鹦鹉有一种怪癖，喜欢吃草根部分的一些东西（不知是根部，还是根部下面的虫子）。被鹦鹉翻过来的草根在碧绿的草地上格外显眼，到处是黑土。但澳大利亚人容忍鹦鹉对草地的破坏。原来，

劳沫之在悉尼城内一处日本公园留影。摄于 1995 年 10 月。

在澳大利亚，动物的地位绝对不亚于人类的地位。因此，澳大利亚鹦鹉的地位是不可撼动的（参阅《北京青年报》2013 年 4 月 17 日关裕年所写文章）。难怪公园里的鹦鹉能够随心所欲地飞来飞去，做到同游人和谐相处。据说世界上大部分鹦鹉都是澳大利亚种。

还有一种设施比较单一的公园，在辽阔的绿草坪上只有儿童运动场。场地里设有秋千、大小滑梯、攀缘的支架、跷跷板等项目，供附近小区居民带孩子前往游玩。

在悉尼的一处绿草坪上，姚治华、劳沫之和姚嵘为海鸥喂食的情景。摄于 1995 年七八月间。

再有就是滨海公园。临靠海边的走廊，有坚固的石砌栏杆，走廊旁有供游人歇息的长靠背椅。一次当我们刚一坐下，就飞来一大群白色的海鸥围着我们叫个不停，直到我们喂完了手中的食物，离开座椅，它们才飞离。还有一次正午，我们一行四人，坐在海边的一个大草坪上吃比萨，又招来了一大群海鸥围着我们飞上飞下。我们将小块的比萨向空中抛去，机灵的海鸥竟能准确地衔到嘴里。真感叹鸟和人相处得如此和谐。

另有一个星期天，一对友人夫妇陪我们畅游了另一处滨海公园。驱车约有两小时，路经乌龙岗，到达大海边。岸上有高高的白色灯塔。海中汹涌翻滚的波涛层层地向悬崖边扑来。波浪中还有勇敢的年轻人站在漂浮的舢板上冲浪。最为扣人心弦的是在靠悬崖的涵洞中不时窜出上十米高的水柱，和轰隆隆的音响。我们走在岸上还见到一种奇观：无际的大海突然南北分明变成了两种颜色。靠南的海面阳光熠熠，海水亮丽；靠北的海面却阴沉沉，海水昏暗异常。此景颇使人感到诧异。当我们仰望天空时才发觉，这是天空的云彩在作怪。有阳光照耀的云彩，照射在海中海水自然亮丽。而阴云密布云彩的折射，便使海水变得阴沉昏暗。

下面谈谈畅游悉尼港的情景。一位朋友带领我离住地不远的游轮码头上船，从左岸到右岸绕悉尼港转了一大圈，约有一个多小时，悉尼歌剧院、悉尼港口大桥、悉尼港两岸具有特点的高楼大厦、停泊在港湾的游轮和货轮等

劳沫之在悉尼港口大桥脚下留影，远景为悉尼歌剧院。摄于 1995 年八九月间。

劳沫之在悉尼歌剧院场地留影。摄于 1995 年六七月间。

景色尽收眼底。又一个星期天，女儿陪我来到了造型奇特的悉尼歌剧院现场。“它洁白晶莹半弧尖耸的外形，远远望去，犹如张开的贝壳，绽放的花瓣，更像是一组扬起的风帆。悉尼歌剧院已成了这座城市，甚至澳大利亚的象征，人们称之为20世纪最伟大的建筑之一。”（引自《澳大利亚地图册》第85页，中国地图出版社2012年4月修订本）在游轮上远距离眺望时，感到剧院好像置身海水中。而当我近距离接触它时，才发现它是如此高大，如此雄伟。在剧院的屋檐下你甚至感觉不到海的存在。据介绍：“它三面环水，整个建筑占地1.8万平方米，长183米，宽118米。门前大台阶，宽90米，桃红色花岗石铺面，据说是当今世界最大的室外台阶。”（引文同前）屋檐下有许多类似小亭子的建筑独具特色，可供游人拍照。据说歌剧院旁出售的蛋卷冰激凌质量最佳、最有特色，品尝后果然名不虚传。最后一次到悉尼港时，特地登上停泊在港湾的美国来访的大型客轮上参观。从船头到船尾浏览了一圈，颇开眼界。从有关资料得知，“悉尼是世界上屈指可数的天然良港。港区在杰克逊湾内，离海口8千米。这个海岬作为天然屏障，挡住了太平洋上的狂风巨浪。港内潮差很小，无须修建防波堤或拦潮闸。悉尼港水深港阔，吃水10米的巨轮能随时出入”。（引文同上第84页）由于到悉尼歌剧院不易泊车，这次未能亲临歌剧院，只是以歌剧院为背景拍了几张照片。

我还同友人一起，到市中心悉尼最高的建筑——悉尼塔顶观光就餐。这座金黄色的电视塔塔高305米，超过巴黎的埃菲尔铁塔。站在塔顶四周，可以鸟瞰悉尼全景，好不壮哉！我还同女儿一起坐在达令港绿色的草坪上观看过新年的焰火，观看停泊在港湾的众多白色的游轮，在五彩缤纷的灯光照耀下，许多独特建筑和大小游轮的倒影在海水中摇曳闪动，真是美轮美奂。

悉尼既然是世界著名的海湾城市，就不能不提到它美丽的海滩。1995年10月，在我即将离开悉尼回北京的最后一个星期六，小提琴副首席开车，带领我和姚嵘来到了悉尼最漂亮的邦代海滩。尽管此时并非澳大利亚的夏天，海滩浴场中不见游泳者的身影，但从东到西近百米宽大的海滩上铺满细白柔软沙粒的场景仍然吸引了我。我好奇地迈步其间，来回走动，体验它带给游泳者的愉悦和温暖。在海滩的边沿处，还见到一位环卫工人手拿工具正在将从海滩上清理出的饮料瓶、海水漂流的杂物等垃圾投入特设的垃圾桶之中。从中可以感受到，环卫工人如何长年坚持不懈，用他们勤劳的双手爱护海滩优美环境精神之可贵。

五

难忘的堪培拉之行。

1995 年 10 月 1 日，女儿和我及同屋的一对年轻夫妇（此时小提琴副首席的爱人刚从北京抵悉尼），清晨六时许就自驾车前往堪培拉。除了参观堪培拉的景点之外，还要踏看正在举办的郁金香花展。这天正逢我国的国庆日，这对爱好音乐的夫妇将刚从国内带来的一张《红太阳颂》专辑在车内大声放送。歌颂毛主席的歌曲一首接一首地唱个不停，歌曲中还穿插着“毛主席万岁万万岁”的口号声。在异国他乡以这种形式度过我们的国庆节，真是别有一番滋味。行车四个多小时，于十时多到达堪培拉。我们决定先观赏郁金香花展。

这天阳光灿烂，五六处大田中盛开的郁金香在阳光照耀下熠熠生辉。五颜六色的花朵，有白色的、黄色的、粉色的、紫色的，还有黑色的。株株枝杆茁壮，随风摇摆婀娜多姿。有的花朵争妍绽放，有的含苞欲放，吸引游客不停地拍照留影。除花展外，还有许多临时搭建的摊位，或出售纪念品，或出售食品。人来人往，络绎不绝。还有无数年轻人骑着摩托车前来助兴。真是热闹非凡，如同庙会。

下午我们首先参观了堪培拉议会大厦。着重踏看了众议院和参议院的议事厅。两院议事厅的座位排列都是马蹄形。由于众议院有 150 名议员，参议院只有 76 名议员，因此座位的数量有所区别。我们站在楼上向下俯视，两院

1995 年 10 月 1 日，劳沫之到澳大利亚首都堪培拉参观国会大厦，在旁侧的国会山上留影。

议事厅的恢宏场景一目了然。据说议会大厦占地 32 万平方米，是世界上面积最大的议会大厦之一。议会大厦坐落在首都山上。我们从议事厅出来，沿着绿草地攀登至议会大厦的顶端。这是一个成弧形的长满绿草的规模宏伟的山冈。山冈上巨大的四脚支架撑起高耸的旗杆。旗杆上飘扬着深蓝色的澳大利亚国旗。据说这个旗杆高 81 米，重 220 吨，是当今世界最大的不锈钢结构之一。我们站在旗杆旁向前方远远望去，是伸延数百米的中轴线。中轴线上绿草如茵，有巨大的广场，中轴线两旁有整齐的建筑，有茂密的丛林。规模之大令人赞叹。

接着参观了澳大利亚战争纪念馆。据史料记载，“澳大利亚本土从未发生过大规模战争，但澳军曾在国外参战 11 次”。“一战时，澳大利亚总人口不到 500 万，但入伍人数达 41.6 万。澳军和新西兰军队共同组建澳新军团，参加了 1915 年在土耳其加利波利半岛的战役，损失极为惨重。澳军总计在一战中有 6 万人阵亡。二战时，日本轰炸达尔文港。澳大利亚先后有 98.9 万人参军，保家卫国，与盟军并肩作战，为打败法西斯做出了重要的贡献，其中有 3.3 万人献出了生命。”（引自中国地图出版社 2012 年 4 月修订版《澳大利亚地图册》第 98 页）纪念馆对上述参战的历程做了比较详尽生动的展示。有实物、有模型、有雕塑（全身武装的战士如真人一样高大）、有再现战争栩栩如生的场面。我看后颇受感动。战争纪念馆两边的场地上，还停放着各式各样的大炮、坦克、装甲车、飞机及其他装备。我们在这些武器和装备中穿来穿去，增加了许多对战争的感性知识。同时，我内心里也深深敬佩澳大利亚人的献身精神。

遗憾的是，我们在堪培拉停留的时间有限，未能参观澳大利亚国家美术馆。约下午五时，我们便驱车赶回悉尼。到悉尼时已是晚上九时多。在一家自助餐馆每人花了 15 澳元，饱食了一顿大对虾和其他食品。到达住地已近十一时。虽觉有点疲劳，但却为这一天丰富多彩的游历而回味无穷。

2012 年 12 月完稿

东瀛行纪事

1992 年 12 月初至 12 月下旬，经国家教委批准，我以公派名义，前往日本执行考察访问任务。同姚治华一起，先后赴日本名古屋、京都奈良、茨城、水户、千叶、枥木、筑波、热海和东京等地考察访问。虽然在日本停留只有二十来天，接触的人和事却一直留在记忆里，下面仅撮要叙述之，以资纪念。

姚治华画展获成功

受名古屋爱知日中青年研修协会理事长丹羽惠造的邀请，在名古屋举办姚治华画展。画展开幕之前，名古屋市长在议会大厅接见了姚治华画家，姚治华当场将所创作的中国画《日出》（黄山胜景）赠送市长，受到热诚赞扬。画展开幕后，又受到名古屋议会上十位议员的赏识，踊跃收藏其作品。

在画展的空隙，邀请者陪同我们参观了名古屋市第一名胜名古屋城。“名古屋城是江户幕府创建者德川家康下令建造的代表性平地城堡，作为控制关东、关西交通要道的据点。它动工于 1609 年，于 1614 年全部完成城体建设，

姚治华画展开幕之前，名古屋市长在议会大厅接见了画家，姚治华（劳沫之陪同）当场将所创作的中国画《日出》（黄山胜景）赠送市长的情景。

集当时建筑技术的精华,以豪壮坚固的结构名闻天下。"(见中国地图出版社《日本地图册》第85页。2008年1月第1版，2012年4月修订）我们亲临现场，登上城堡观赏，不仅感到其结构“豪壮坚固”，而且美丽绝伦独具一格。还参观了城堡内陈列的有关文物。城堡的负责人热情地将城堡屋脊两端所用的两片浅黄色瓦当复制品送给我们留作纪念。

金戒指失而复得

名古屋港在名古屋市区南部，是日本最大的国际贸易港口之一，年吞吐量上亿吨。这里有日本最大的水族馆，馆内“展示着从日本到南极的5个水域里生活的大约450类、总数达3万多种生物”。（引文出处同上）12月初，我们有幸前往参观。上午8时入馆，参观到10时休息。突然，我发现手指上的金戒指丢失。参观各种海中水生鱼类、蟹类、海星、海龟、贝类等陈列橱窗时，展室是不开灯的，参观者是在黑暗中行走的，我手拿佳能相机，但无法拍照。金戒指是在黑暗中丢失的。陪同参观的一位在日研修的女士得知后，到入口处告知服务人员丢失戒指之事，嘱托如果有人捡到请代为保管。等到参观到12时，走出水族馆时，那位研修女士到入口服务处询问，竟然有人将拾得的金戒指交到了服务处。金戒指失而复得，我真打心眼里佩服日本民众精神文明之可贵！

水族馆最使我难忘的是约200平方米宽大的企鹅馆。我曾以《名古屋港水族馆》为题，在1993年6月11日的《北京晚报》国际专刊上写有一篇短文，附录如下：

日本十二大名城之一的名古屋城有一个现代化的名古屋港水族馆。

一进水族馆，首先是一个宽约30米、高约3米的“黑潮大水槽”。只见上千尾各种斑斓的海洋鱼，在玻璃水槽内左右上下游来游去。再现了日本海洋鱼类多姿多彩的生动景象。接下来是深海地形模型水槽，展示了神秘莫测的海底生物世界。陈列馆内并配有特殊的影像放映装置，使看影像的参观者如同坐在潜水艇里感受海底探险的滋味。

反映赤道海壮观的有礁石大水槽和海龟洄游水槽。在礁石大水槽里，有海滩下五颜六色的礁石和珊瑚，有数不清的、游动着的热带鱼。在圆形的海龟洄游大水槽里，数只巨大的海龟或向左或向右欢快地游弋着。

最吸引人的是呈现南极企鹅生活环境的大水槽。这个水槽几百米宽，高四五米，里面栖息着数十只企鹅。企鹅所生活的水槽内的气温同南极相近。设计的山丘和地面覆盖着皑皑白雪。山丘和雪地上的企鹅，或伫立，或摇摇摆摆走动，或左顾右盼，神态各异。在附设的一米多深的水潭里，还有数只穿梭于水中的企鹅。它们的动作同在岸上的企鹅相比，要敏捷、灵巧、自如得多。

在离出口不远的平地上，还有一个长方形的水沙石盘。沙石露出水面，沙石缝里像海滩的礁石缝里那样，躲藏着小小的海蟹。

这个水族馆可说是海洋世界的一个缩影。在短短的四个小时里，就可使游人对海的世界有个具体形象的认识和真切的感受。

拜谒周恩来总理诗碑

周恩来总理诗碑坐落在京都市岚山。“岚山在京都西北山区，素有‘京都第一名胜’之称。这一带山清水秀，春季樱花如云，秋季红叶满山，风景特别美丽。”（见《日本地图册》第 97 页）我们 12 月 7 日拜谒时，四周遍布红叶树，地上铺满了红叶。我兴奋不已地在碑前摄影留念，并拾起了几片

劳沫之拜谒周恩来总理诗碑时留影。摄于 1992 年 12 月 7 日。

红叶，夹在我的相册里保存至今。

诗碑上镌刻的诗名为《雨中岚山》，周恩来同志作于1919年4月5日，诗的全文是：

雨中二次游岚山，两岸苍松，夹着几株樱。到尽处突见一山高，流出泉水绿如许，绕石照人。潇潇雨，雾蒙浓；一线阳光穿云出，愈见姣妍。人间的万象真理，愈求愈模糊；——模糊中偶然见着一点光明，真愈觉姣妍。

“一九一七年九月，周恩来同志满怀着寻求真理的热情，来到了日本的首都——东京，他一面在神田区的东亚高等预备学校学习日文和补习大学的各门功课，一面关切地考察日本现实社会的状况。”“特别使他不能容忍的，是日本军阀疯狂的军国主义的叫嚣和对中华民族的肆意欺侮。他目睹日本社会乌烟瘴气的黑暗现状，感到自己寻求真理、救国救民的心愿不能如愿以偿。愤恨、痛心、苦闷和誓雪国耻的决心交织在一起，使他感到茫然，不知道中国的出路到底在哪里。”“正当周恩来同志在黑暗中苦苦摸索的时候，在北方的俄国爆发了震撼世界的十月社会主义革命。”“十月革命的消息和马克思列宁主义的理论传到了日本。”使他“已经在阴云密布的黑暗世界中看到了一线的光明——一个新世界的曙光，使他摆脱了苦闷、渺茫的心境”。（见胡华《青少年时期的周恩来同志》第21—23页，中国青年出版社，1977年12月北京第1版）《雨中岚山》就是他这种心境的生动写照。周恩来同志为献身革命事业，毅然弃学回国，告别了他求学一年半的日本。

离开岚山诗碑已近黄昏。乘木船抵岚山温泉——岚峡馆下榻。在木船上只见山坡上五彩缤纷的丛林若隐若现。在下榻的岚峡馆房间里，窗下可见峡江水滚滚奔流，室内有小型的温泉浴池备用。沐浴后，穿上岚峡馆提供的日本和服进晚餐，颇感轻松惬意。

国宝文物备受爱护

从公元 794 年建都开始到 1868 年的一千多年间，京都就一直是日本的首都，它既是日本古代文化的发祥地之一，也是日本的经济和文化的中心。在京都有许多名胜古迹和寺院。

接待者曾带领我们参观过京都二条城，它和旧皇宫一样，是京都的名胜古迹。建于 1603 年。当时德川家康统一了日本，在江户（今为东京）设立了幕府。由于天皇的皇宫在京都，所以他在京都造了一座二条城作为宅邸，以便从东京来朝时有个住处。建筑古色古香，环境幽静。（参见《日本地图册》第 97 页）

在我们参观的寺院中，有现存世界最大的木造建筑——东大寺。它被誉为日本国宝，大佛殿高 46 米，正面东西宽度 57 米，南北深 50 米。大佛殿中的神坛上放置着高 15 米以上大佛像——卢舍那佛。我们进大佛殿参观前，都必须换上寺院特备的拖鞋（参观所有的文物寺院都须换拖鞋）。面对大佛像时，禁止高声喧哗。

2017 年 5 月 13 日，我在收视中央电视台中文国际频道《文明之旅》节目时，正在播出复旦大学历史系韩教授深度解析河南龙门石窟（营造时间长达四百年）中以武则天形象为模本雕塑的佛像和其他佛像所包含的深刻寓意。此石窟雕塑不愧为唐代石窟雕塑之瑰宝。韩教授并谈及，当年日本皇室一位成员十分推崇武则天，建日本东大寺时，遂将其 17 米多高的大佛形象雕塑复制在寺内。此时我才得知，这尊大佛的形象竟来自河南龙门石窟。

我们还前往鹿苑寺参观了幽雅美丽的园林式寺院——金阁寺。它为三层的木质结构，坐落在日本著名的镜湖旁。三面被绿色丛林环抱，正面的镜湖碧水如茵。其夜景更是金碧辉煌，加上湖水中衬托金阁寺的倒影，显得十分恢宏壮观。我们曾以它为背景摄影留念。

再值得一提的是，我们曾亲临中国唐代高僧鉴真的座堂——唐招提寺前

在鹿苑寺参观幽雅美丽的园林式寺院——金阁寺，姚治华、劳沫之同翻译顾威女士一起留影。

参观。不巧的是寺门紧锁，正值寺内做保护性的修缮。我们只好在围墙外缅怀这位中日文化交流史上有着非凡地位的高僧。据故宫博物院研究馆员、故宫学研究所副所长王军在《五台山佛光寺发现记》（载 2017 年 7 月 5 日《北京青年报》）一文中指出，鉴真大师赴日本所盖的这座唐招提寺完全是中国式的。可能是请中国工匠前往建造的，因此唐招提寺是地道的唐朝建筑风格。

留影富士山脚下

2013 年 9 月 2 日第 35 期《三联生活周刊》主笔袁越所写《翻越富士山》一文中是这样介绍富士山的：

“富士山海拔 3776 米，是日本第一高峰，也是日本的象征，但几乎所有的富士山照片都是远眺，而且大都摄于冬季，被白雪覆盖的锥形山峰左右对称，完美得甚至有些不真实。”

我和姚治华在富士山脚下留影时，也是“远眺”富士山。12月的日本也算是“冬季”了，锥形的山峰也“被白雪覆盖”，十分壮丽！

文章还写到，2013年6月22日，富士山被联合国教科文组织列入世界文化遗产名录，说明联合国专家们更看重富士山的文化意义。京都自公元794年建都开始就一直是日本的文化中心。文章还提到，一位日本导游说，在日本的文化传统中，山是宗教的象征，日本人把山看成是神的身体，登山是一种最高级的祭祀方式。难怪“日本人喜欢登山，攀登富士山几乎是日本人的成人礼”。

但是，富士山也有另外一面。它毕竟是一座活火山，随时有喷发的可能。我曾在电视新闻中看到过悲惨的一幕，当众多攀登者兴致勃勃地登上富士山山顶时，火山突然喷发，许多攀登者来不及逃生，而葬身于奔腾的泥浆和熊熊烈焰所形成的火海之中。看来，如何选择安全的时机登山至关重要。

姚治华、劳沫之在富士山脚下留影。摄于1992年12月初。

参观水户弘道馆

12月上旬，我们到达茨城县时，受到茨城县日中恳话会的热情接待。并特意在一处宽大的宴会厅举办晚宴，以丰盛的具有日本特色品味的菜肴招待我们，有十多位茨城县日中恳话会的有关人士出席作陪。茨城县日中恳话会副会长菊池不二夫先生还亲自带领我们参观了水户弘道馆。1993年8月11日，《北京晚报》上曾发表了我写的一篇短文：《忆水户弘道馆》，文中记述了当时参观的具体情况，这里附录如下：

当我收到日本朋友菊池不二夫先生寄来我们在水户活动的照片时，我的思绪一下子飞到了水户弘道馆。

水户弘道馆是一座古色古香庙宇式的建筑，环境肃穆而幽静。这所被日本列为“特别史迹”的弘道馆，是日本江户时代最大的藩校。由水户九代藩主德川齐昭于1841年开馆。从开始到闭馆约32年。当时，在水户藩财政穷困、外国列强的威胁增大、幕藩体制面临危机的情况之下，德川齐昭着手藩政改革。建立藩校，用改革的观点对藩士子弟进行教育，便是藩政改革的内容之一。特别引人注目的是，弘道馆在广泛开设军事科学、音乐、天文学、几何学、数学和医学等课程中，将我国孔子的儒学列在学习的首要位置，并在馆内建立了一座孔子庙。现在孔子庙依然矗立在弘道馆的东北角。

直到我们步入馆内，看了介绍，才领悟茨城县日中恳话会副会长菊池不二夫先生亲自带领我们来此参观的用心。原来这“弘道馆”的馆名，竟是根据《论语》一书中“人能弘道，非道弘人”的语句确定的。这想必是孔子向其弟子提倡的天下如果不太平（即天下无道），就需要众人一起来从事改变现实的工作这一主张，适应了当时藩政改革的需要。

我们按顺序参观，来到一间约有165平方米大、用作询问学识的正厅，

姚治华、劳沫之参观水户弘道馆时，在“游于艺”匾额前，同日本友人一起的合影。自左至右依次为茨城县鹿岛港司建设株式会社的菊池次男先生、茨城县日中恳话会副会长菊池不二夫先生、姚治华、劳沫之。摄于 1992 年 12 月 19 日。

只见正面的墙壁上方，醒目地悬挂了一幅长方形的用中文书写“游于艺”三字的匾额。有意思的是，这“游于艺”三字也出自《论语》的“志于道，据于德，依于仁，游于艺”之句。这是孔子教育学生的内容之一。可见当时弘道馆对孔子教育学生的内容和方法之推崇。菊池不二夫先生特意以这幅匾额为背景，让我们合影留念。

我们还兴致勃勃地浏览了陈列室。仰望墙上十几个镜框，许多当年弘道讲学之士的画像惟妙惟肖。玻璃橱窗里摆满了当时的一些文物。我们欣喜地发现，其中还排列着年久发黄的《大学》《中庸》《论语》等书籍，以及中国的绘画和书法作品。

尽管这次参观短促，然而，那弘道馆的馆名，那发黄的《大学》《中庸》《论语》，那静谧的孔子庙，却深深地留在我的记忆里。

赴茨城县鹿岛港临海工业区观光

关于这次观光的概况，在1983年8月22日的《北京日报》上发表我所写的短文《宁静优美的鹿岛港工业区》中做了具体叙述，现附录如下：

我们到达日本千叶市的当天上午，茨城县鹿岛港司建设株式会社的菊池次男先生，驾驶一辆白色小轿车载着我们赴鹿岛港临海工业区观光，小车一直穿行在港区道路两旁的绿色灌木丛中。

首先映入眼帘的，是高耸入云的十多座红白相间的烟囱，有的正冒着缕缕白烟。菊池先生告诉我们，它们大都属于生产电力和蒸气的四个热力发电所和一个火力发电所。

小车在港湾东岸的码头边沿停住了，我们下车向隔海数百米的西岸望去。只见高高低低约有十七八座烟囱错落有致地排列在那里。菊池先生说，那一大片是一座年产1000万吨钢管、钢板的大型炼钢厂。

接着，菊池先生带领我们游览临海的鹿岛港公园，园内遍布雪松、杉树、棕榈树和常青树。空气湿润清新，环境宁静优美。我们参观了港公园展望塔。塔高52米，塔顶可容纳30人。我们乘电梯直达塔顶。站在塔顶远眺，前方湛蓝湛蓝的海面风平浪静。东岸的不远处，数十个白色大油罐星罗棋布。那是生产轻、重油和石炭等产品的大型石油精制厂。坐落在南岸的，有大型饲料厂及其仓库。在港湾的轮船码头附近，我们看到两位老人坐在石堤上手持钓竿，正耐心地等待鱼蟹上钩。港公园是职工下班后的休息场所，也是儿童和青年人的游乐场所。港湾一排排的职工宿舍近在咫尺。

鹿岛港是个25年前完全用人工填海建成的大港。目前全港共有4万多人。这个现代化的临海工业区，有铁、钢、石油、石炭、化学、食品、土石、金属、机械、食料、饲料、电气、热供给及其他行业，总共有83个企业。拥有如此多的企业，而工业区的环境却如此清新、宁静、优美，这不能不使我们倍感惊讶！原来，这里的环保工作所以做得好，除了有赖于工业设备现代化程度高以外，这个港的建设者们十分注意综合治理，这是个主要因素。港区专门设有废油处理场、海洋污染防止对策协会、灾害对策协会等机构，人们精心保护环境，努力使现代化工业真正造福于人民。

到日本友人家做客

应日本水墨画家中村樱将的邀请，我同姚治华一起到水户画家举办的水墨画培训班讲学。在讲学过程中，姚治华用日本画片纸作画多幅，受到学员们的欢迎和收藏。我们参观了在茨城水户美术馆展出的中村樱将的水墨画展。姚治华还参加了由日本水樱会举办的第 10 回水樱会画展。姚治华 1992 年 12 月在日本创作的《东海日出》作为“特别出品”的参展作品参加了展览。1993 年出版第 10 回水樱会画展水墨画图录画册时，《东海日出》被安排在显要位置，并刊登了两幅照片，一幅为姚治华同中村樱将、菊池不二夫和译员一起的合影，一幅为姚治华和我在日本访问期间的合影。

在上述活动的间隙，中村樱将及夫人邀请姚治华和我到他们的乡村别墅做客。别墅为常见的日本式建筑，屋顶用湛蓝色的砖瓦铺盖，墙壁和门窗为木质结构。共两层楼。屋前有稻田，房屋对面的小山坡上植满了挺拔的杉树。中村樱将的画室在二层的阁楼上。晚餐后，让我们睡榻榻米，用电褥子取暖。临睡前，画家夫人帮我们穿上他们的男士和女士的和服，别有一番情趣。中村樱将多才多艺，会唱日本民谣，如《拉网小调》《四季歌》等。临走时还送姚治华一盘录制其歌唱的音乐磁带。中村樱将还特意带领我们到“北茨城·五浦”著名景点观光。姚治华饶有兴趣地在速写纸上写生留念。

随后，到中村樱将夫人之兄（为当地商会会长）家做客，住宿三天。为了便于交流，专门请了一位中国留学生到家做翻译。全家人陪我们游览东海，

姚治华、劳沫之下榻画家中村樱将的乡村别墅。画家的夫人热情地为姚治华和劳沫之穿上他们的和服，别有一番情趣。

姚治华、劳沫之下榻画家中村樱将的乡村别墅时的留影。

见东海岸旁的神社矗立在礁石和海水之中。姚治华回到住所当即用日本画片纸创作《东海日出》水墨画一幅，赠商会会长，会长爱不释手。会长家还专

姚治华、劳沫之同日本友人一起，在枥木县日光风景区留影。自左至右：画家中村樱将、商会会长、画家夫人、姚治华、商会会长夫人、劳沫之。摄于 1992 年 12 月 18 日。

门请厨师在家做饭招待，记得有生煎活鱼等多道菜肴，有特意订购的日本长寿面和荞麦面。还请我们到著名的海鲜馆品尝全蟹席。我们沐浴后换下的衣服，会长的夫人还亲自为我们用洗衣机清洗。并安排中型面包车全家人陪我们到枥木县参观著名的寺庙、江户时代的民俗陈列馆和著名的日光瀑布景点。帮我们联系“宅急送”，工作人员登门将我们笨重的行李箱从住地转运到下一个住地，使我们的行程感到轻松愉快。不知我国的“宅急送”是否有这样的服务项目？总之，日本友人对我们的接待真是热情周到至极。

若干年以后，中村樱将携夫人来华访问，下榻北京饭店，我和姚治华前往看望，并送中村樱将肇庆圆形端砚一台。当时中村樱将非常激动，随手从衣柜里取出他正准备使用的一条真丝领带回赠给姚治华。再后来，我得知，中村樱将不幸脑溢血去世。中村樱将送的音乐磁带和真丝领带尚存，斯人却已仙逝，实在令人惋惜。商会会长和夫人曾表示要来华访问，终未成行，颇感遗憾！

姚治华、劳沫之在栃木县日光风景区大瀑布前留影。摄于 1992 年 12 月 18 日。

造访《中日新闻》《茨城新闻》《新茨城新闻》三家报社

我们曾先后到过日本三家新闻单位同有关新闻工作者作学术交流。到《中日新闻》访问时，接待者专门为我们放映了该社记者到有关地区从事新闻报道的纪录片。给我留下深刻印象的是，《中日新闻》拥有数架直升机，可以及时将记者送到应急或灾害地区采访新闻。在高 13 层的办公大楼入口的大厅里还停放了一架直升机，我怀着羡慕的心情在直升机前摄影留念。在访问中，我将参与编写的《新闻通讯写作》一书赠送报社，报社回赠了介绍《中日新闻》概貌的册子、报纸和办公用品。同《茨城新闻》和《新茨城新闻》的从业人员座谈交流后，《新茨城新闻》报社特意将我们访问交流时的情况所写的新闻和拍摄的照片刊登在第二天（1992 年 12 月 17 日）出版的《新茨城新闻》上，并将他们出版的报纸和介绍报社全面概貌的书面材料赠送给了我们。

2013 年 6 月 26 日，《北京青年报》上有条新闻：《全国首家纸媒直升机亮相郑州》，新闻的全文为：

劳沫之访问《中日新闻》社时，得知《中日新闻》社拥有数架直升机，可以及时将记者送到应急或灾害地区采访新闻，她特意在办公大楼一层大厅里停放的一架直升机前留影。

“6 月 25 日，在河南报业集团院内，两架载着摄影记者的 407 直升机升入高空，执行采访任务，当日，两架美国贝尔 407 直升机飞临郑州，其中一架被命名为‘大河报号’。这标志着《大河报》成为全国都市报中首家拥有新闻采访直升机的媒体。”

“直升机将协助《河南日报》报业集团在全省开展突发事件报道、跨区域采访、重要活动航拍等飞行任务，进一步加强报业集团在应对突发公共事件传播等方面的时效性与灵活性。”

同时配有一幅标有“大河报号”直升机的图片。

见此新闻十分兴奋。没想到时隔 21 年，我们的媒体也拥有自己的直升机采访报道应急新闻等任务。期盼有更多的媒体拥有先进的采访交通工具，以增强新闻报道的时效性和现场感。

东京——感受大都市的繁荣

此外，日中恳话会另一位年高七十多岁的菊池先生引领我们游览了茨城县筑波山南麓世界最大的科学城筑波，参观了内容丰富的科技馆，乘缆车到山顶领略了筑波山的风貌。

最后，到滨海城市热海温泉观光，下榻静观庄，清晨可凭窗观看海上日出的美景。准备离开热海的第二天凌晨，我伫立窗前，万分激动，只见一轮红日从海平面缓缓升起，万丈霞光映照着平静的海浪，色彩斑斓。等红日升到高空，层层海浪又变得银光闪闪，美妙无比。我和姚治华情不自禁地向伸向海中的码头走去，与海水亲密接触，用相机捕捉瞬间动人的景色，真是流连忘返。我们还参观了热田神宫，目睹了日本民众对神宫的一片热情和虔诚。从热海乘新干线子弹头列车直达东京。坐在新干线列车上，不仅感到速度快，而且列车内座位宽大，乘客可随意调控座位的姿势，备感舒适。如今，我国由于工业迅速发展，已拥有自己制造的高速列车，并已建成通往全国各大城市的高速铁路（即类似日本的新干线列车），高速列车还出口到有关国家，并开始着手帮助有关国家建设高速铁路。这都得益于改革开放的战略决策。

日本的首都东京，集政治、经济和文化的中枢于一身。它也是全国最大的经济中心。当年我们访问时，市面游人如织，商业一片繁荣。我们有幸在著名的三越百货商店的顶层，参观了有关画廊举办的日本浮世绘画展。画展规模大，佳作多，以丰富的民俗风情为题材，人物造型生动，色彩明快靓丽，我们大饱眼福。

我们特意前往专售特色商品的商业街购买了日本的颜料和日本的画片纸。我们还逛了秋叶原电器街，只见顾客络绎不绝、川流不息。我们选购了一台新款的索尼牌小型摄像机。我还独自到繁华街道的银座转了一圈，只见街道两旁高楼大厦林立，商业繁荣。《朝日新闻》数层高的办公大楼也坐落在银座的繁华街道之中。我因未带有关的函件，也无人引荐，故未进办公大楼访问。

年近12月下旬，日本的大商场、大百货店的许多商品打折甩卖。比如一万日元可买一件西装的上衣，一千日元可买一双袜子或手帕等等。尽管是甩卖，但同国内同样物品的价格相比，仍显昂贵。当时一万日元相当于四百多元人民币，在国内可以定做一套面料高档的西服。因此大甩卖对我们毫无吸引力，仅仅观光而已。不过最终，我还是花二千九百日元买了一件我喜爱的长袖衬衣。在东京停留三天以后，我们如期回到了北京。现在提笔写起来，日本之行可算丰富多彩，令人回味。

2015年11月完稿

海上奇观

2002年10月30日至11月2日，在广西南宁黄先生的安排下，我同北京的一对书画家夫妇李先生和章女士，随一家旅行社前往越南芒街、下龙湾、河内和海防等地观光。芒街的购物商场，河内市中心清晨上班族驾驶着飞速奔驰的摩托车黑压压一片的盛况，美丽的还剑湖、神圣的巴亭广场以及胡志明居住的高脚屋，都给我留下了深刻的印象。然而最令我难以忘怀的却是下龙湾神奇的景观。从海防到下龙湾长达1553平方公里的北部湾的分支上，矗立着近2000（有说近3000）个形态各异、独具特色的岩石岛屿，真可谓海上奇观。由于它酷似我国桂林的山水，人们称之为“海上桂林”。

我们乘长途巴士越过中越边境线，先到越南芒街，然后再乘巴士，在高低不平的公路上颠簸了近5个小时。有的女士晕车而呕吐，有的女士感到腰部疼痛难忍。已到夜晚八时许，尚未进晚餐。当巴士停下作短暂休息时，李先生在路旁的小商店买了几盒方便面给我和他的夫人充饥。我们到达下龙湾已近午夜。这一晚真叫人疲惫不堪，连下榻在何处竟毫无印象。第二天清晨用过早餐，即兴冲冲地直奔下龙湾景点。当我们迈上游轮，置身美如仙境的岛群之中时，个个都笑逐颜开，昨天的疲劳换来今天的欢乐真是值得。

迎着朝阳，我们的游轮在石塔、石灰岩峰嶙峋的岛群中徐徐穿行。其中大多数石塔高约 50 米到 100 米。有的石灰岩峰高约 100 米，最高约 200 米。海面上泛着金色的光芒。有的石塔酷似两只雄鸡争斗的场面，它们嘴顶嘴，只争得相持不下，谁也不想认输。不远处，只见两座岛塔相视而立。看上去，它们就像头上戴着男女不同的服饰，脸部含情脉脉，犹如一对情侣正在互诉衷肠。随着游轮不停地移动，在游轮的右前方，是一组起伏不平的山石形成的一片山峦，以山峦为背景，有两座一大一小的岛塔，好像一尊仰面躺在海上的卧佛，令人遐想。游轮的左前方，在又一片山峦的衬托下，一个硕大的墨色蘑菇向我们靠近。游轮再前行，迎面两座岛塔仿佛两条扯满风帆一前一后乘风破浪远行的帆船。在穿行中，还见到其他许多千姿百态的石岛。有的像天鹅，有的像蛤蟆，有的像马鞍，有的像奔驰的骏马，有的像怪兽，有的像香炉，有的像大鼎，有的像茶壶，不一而足。在海湾中，还见到几艘绛红色船身、桅杆上挂满黄色风帆的平底帆船，在海水中游弋。它所靠的左岸是

劳沫之乘游轮畅游越南下龙湾留影之一。

劳沫之乘游轮畅游越南下龙湾留影之二。

劳沫之在游轮上拍摄的越南下龙湾景色之一。

高高低低的石塔，它的右边是湛蓝色的海水，黄色风帆的倒影在粼粼碧波中闪着黄色的涟漪，煞是迷人。

海湾上还有另一种风景线。不时有渔民划着一叶扁舟，靠近我们的游轮，向游客兜售海螃蟹、龙虾和各种贝类产品。随行的李先生夫妇便买了几只螃蟹，由游轮的服务员当即蒸熟。边欣赏美景边尝新鲜螃蟹的美味，好不惬意。还有果农划着扁舟向游客叫卖椰子、香蕉等时新水果。海面上一叶一叶扁舟你来我往，一片繁忙景象。在游轮上，还设有小商品商店，各类具有特点的小商品任由游客选购。据说越南的牛角梳子很出名，用它梳头有保健作用。于是我花 10 元人民币（游轮上收人民币）买了 5 把小梳子，还花 10 元买了一大盒清凉油，以备夏天防暑，防虫叮咬。

饱览下龙湾迷人的景色，只见石塔、海水、天色、叫卖者的扁舟和游弋的客轮五位一体，交相辉映，浑然成趣。所构成的景色如同一幅幅水墨画。我们乘着游轮，就如同穿梭在构图奇妙的山水画之中。

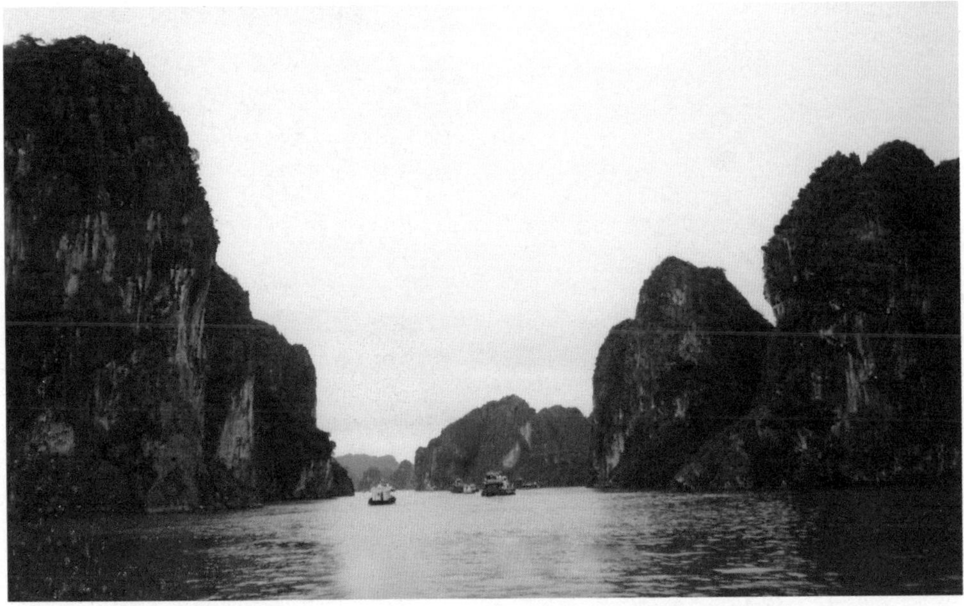

劳沫之在游轮上拍摄的越南下龙湾景色之二。从前面四幅照片中，可以窥见变化不同的岩石岛屿和石塔，也可以见到许多游轮在景区内游弋的繁忙景象。四幅照片均摄于2002年10月31日。

在越南停留的第四天，我们从越南最大的港口海防乘客船数小时抵达芒街。在这数小时的里程中，我们观赏到了同下龙湾港湾不一样的一排排呈锯齿状石灰岩柱或石塔，有高有低错落有致。它们超越了游人视眼的极限，它们漂浮在海岸线上，虚无缥缈，变幻莫测，神奇莫测。它们深深地吸引了我，使我忘却了旅途的疲劳。在整个行程中，我一直紧靠客船右舷的栏杆，任由海风吹拂我的头发和脸庞，聚精会神地眺望客船右侧对面悬浮在海面的石塔，并用相机不停地捕捉这难得一见的美妙景色。

下龙湾奇特的地貌究竟是如何形成的？主要有两种解释。一种为民间传说。传说有多种，其中一种传说是，从前有一条龙在这里入海，狂暴地来回摆动尾巴，因而把这片地区撕裂成了群岛，下龙湾（下龙的意思即为神龙入海的地方）由此得名。另一种为地质学者的解释。在 2.8 亿年至 2.3 亿年前，这里受到雨水和海水侵蚀，出现了一系列的山峦和成群的圆锥形的峭壁。而起落的潮水把锯齿状的凹槽变为了喀斯特地貌。（参见美国国家地理学会旅

劳沫之从越南最大的港口海防乘客船数小时抵达芒街，领略了“海上桂林”的变幻莫测，神奇莫测。劳沫之在客船上拍摄的“海上桂林”的景色之一。

行家丛书《越南》第96页）。喀斯特是南斯拉夫西北部伊斯特拉半岛碳酸盐高原的地名，意为岩石裸露的地方。近代喀斯特研究发轫于该地而得名。1966年我国第二次喀斯特学术会议建议将“喀斯特”一词改为“岩溶”，所以，喀斯特地貌亦称岩溶地貌。面积为434平方公里，共有775座岛屿的下龙湾中心区，在1994年和2000年被联合国教科文组织因其景观和地质地貌审美格外性价值而两次确认为世界自然遗产。

在游览下龙湾之前，我曾观赏了桂林漓江的胜景。从桂林至阳朔的83公里河段，漓江风光有山青、水秀、洞奇、石美“四胜”之誉，还有“深潭、险滩、流泉、飞瀑”的佳景。漓江桂林市区段，河槽宽在125—585米之间，河岸高3—5米。大部分河段河床滩长潭深。有些河段枯水期河滩水深一般不足1米，滩长一般在500—1000米，最长可达1970米。河段深潭处枯水时水深达6米以上，最深处有的达14米或12米以上。我游览漓江之时，正值深秋，河水充盈，来来往往的游轮川流不息。由于大部分河段河槽宽度较窄，两岸

劳沫之在客船上拍摄的“海上桂林”的景色之二。

劳沫之在客船上拍摄的“海上桂林”的景色之三。

劳沫之在客船上拍摄的“海上桂林”的景色之四。从前面四幅照片所展示的这些漂浮在海岸线上、虚无缥缈、高低错落的石塔中，令人产生无限的遐想，情不自禁地感到如入仙境。四幅照片均摄于 2002 年 11 月 2 日。

石林、石峰历历在目，游轮与游轮之间常常是擦肩而过。我站在游轮的观景台上可以清晰地看到对面，或左或右面游轮上旅客的举止动作，也能够用相机随心所欲地抓拍到两岸独具特色的画面。在游览漓江数年之前，我还曾游览了云南的路南石林。这片石林犹如千姿百态的巨型雕塑伫立在绿草如茵的大广场，任游人亲近触摸、偎依拍照。桂林漓江和云南的路南石林是我国发育最典型的喀斯特地貌。下龙湾喀斯特的地貌同它们相比，范围广、规模大，令游人捉摸不定，更具神秘色彩。盼更多世人和八方游客投入下龙湾数百座岛屿的怀抱，亲密地贴近置身于广袤无垠、沧海之上的数千座岛屿和石塔！盼下龙湾这一宏伟壮丽、具有独特魅力的海上奇观永存！

2013 年 11 月完稿

习作篇

XIZUO PIAN

我们的黑板报是怎样改进的

编者按：十班重视了黑板报的工作，并且（一）能够针对情况，抓住写稿中实际存在的一些问题，召开会议，通过讨论，求得解决，来提高同学对写稿的认识；（二）采取编通合一的办法，组织力量，分工办报；（三）适时总结了前段工作，开展批评，改进了缺点；（四）指定一定时间写稿，因此使工作开展起来。他们的努力是有成绩的，同时又能及时把情况和经验反映出来，这都是好的。大家都应该重视他们的经验。目前各班黑板报在克服追求形式，努力使内容紧密配合教学上已经有了很大的改进。希望继续做一些研究改进，充分运用这一有力工具，推动学习向前发展。

我们的黑板报截至目前已出刊十五期，在这段工作中，我们慢慢摸到了些门路。

过去经常听到报刊组的同学喊："稿子不及时"，"同学们对写稿不感兴趣，说写稿耽误了学习"。有的说：开始几期稿子一来就是八九十篇，退稿退不完，同学就埋怨；后来采取个别组织稿件的办法，同学又是埋怨："呵，为什么只指定他们几个人写，嫌我文化水平低不会写吧？！"有的同学因为写了几篇稿子没有登，或没有及时退回去，就不写稿了；也有的是文化水平低怕写不好，写半截不写了。这样工作展不开，明明学习得蛮热烈，可黑板报上就是反映不出来。

针对以上情况，报刊组召开了一次通讯员会，把这些反映出来的问题，让大家讨论：同学为什么会有这样的看法，怎样解决？大家研究出同学对写稿的意义还认识不清，没有把写稿看成能推动学习。另外也检查出我们通讯员在下面个别组织稿件时，方法太简单，没很好交代应该写些什么？怎样写？不是根据所发现的材料组织写，一般都是比较生硬地叫这个写，叫那个写。同时由于分工不细致，在工作上也确实存在一些粗枝大叶的现象，特别是头两三期稿子不但没有及时退下去，甚至把极少数同学的稿件搞遗失了，因此，引起同学的不满，认为写稿没什么写头。找出了这些原因，我们就更进一步地讨论出了改进的办法。

（一）重新调整报刊组组织机构，统一分工。原来出刊主要靠学代会报刊组四五个人编审排写，通讯员没起什么作用，甚至写稿都很少，组织稿件不主动，也就不及时，这样，决定了把通讯员与报刊组的人组织在一起，通讯员每个学习小组一人，每人都分配适当的工作，大家都直接参与工作。为了不过多地影响办报人的学习休息时间，分两个组（一组有六人）轮流负责出刊，现在我们准备改分成三个组，分工比过去细致，如谁画刊头，谁负责收集稿件，谁负责编写审查等。这样，发挥了每个人的力量。班部也做些具体指导和帮助，并决定写稿的时间放在早操、文娱和晚饭后的休息时间。

（二）进一步明确了以后组织稿件，必须具体，不能说谁爱写就找谁，而是根据学习中发现的材料问题组织同学去写。通讯员在同学中必须进一步地说明写稿的意义：它不但推动大家的学习，而且也帮助个人进步；使我们养成多动脑筋的习惯，又可帮助自己提高使用文字表达思想的能力，这样比专抄报告好得多。而主要是这样也能及时交流学习心得体会，加深理论认识。这样，以前不会写稿的同学也学着写了。如有位同学一次写不成就再写，写了几次，结果把它写好了。同时又在学代、学习小组正副组长联席会上提出了要协助通讯员随时注意组织稿件，并强调学代、学习小组组长应该积极带头多写些传播学习心得经验的稿件。

（三）将前段工作作了一个小结，公布在黑板报上。并把各组刊登稿件的数量一一公布出来，提出刊登稿件少的学习小组要向多的小组学习，争取做个模范的写稿小组。在小结中并检讨了报刊组过去粗枝大叶遗失稿件的缺点，保证今后一定认真负责地重视大家的稿件。

这以后，工作大大进展了一步，特别是《人不是从天上掉下来的》《互助组给我的帮助》等稿件，在黑板报上发表后很受欢迎。谁学习不认真，谁生活卫生好等批评和表扬，以及反映文娱等各方面的稿件都有了。过去两天出一期还愁稿件，现在一天换一次，稿子还有多的。

我们认为之所以能够这样，是工作方法改进的结果。

十班　劳沫之

（载1952年8月26日湖北革大第四期第一部教育科编印的《学习快报》第10号。）

注：这篇经验是1952年我在湖北人民革命大学第四期第一部（共有三个部）第十班任学习和组织干事时所写的稿件。

共产党员熊凤桃卖了余粮买农具和进行储蓄

汉川明启乡的群众，都知道熊凤桃是一个能干的姑娘，年纪只有二十岁，是该乡的团支部书记，又是共产党员。她结婚不久，丈夫就光荣地参加了志愿军，家里只剩下婆婆、爷爷和她三个人。今年，她家里一共收了三千六百斤粮食，除了缴纳爱国公粮和吃的外，余粮不多。她学习了总路线后，心里总是闷着想：要想打破群众“存钱不如存粮”的思想，除了宣传总路线和总任务外，干部不做出榜样还不行。但是，一想到自己的余粮不多，就不晓得怎么办才好？要是自己带头卖粮，到了青黄不接的时候，没有吃的又得向政府买粮，那时群众还会笑话自己，一定会说：“啊！卖了还是要买！”要是不带头，如何能把群众发动起来呢？真是困难。她又想到她的丈夫在朝鲜辛辛苦苦的，还不是为了大家将来过好日子，一定要克服这个困难才对。她又仔细地算了一算账：一家三口人，平时俭省点，再加上明年春季收的麦子、豌豆凑在一起吃，那就多六百斤谷了。再说粮食卖了，添置一点农具，买点油盐，钱是不会浪费的，不仅有利于生产，又支援了国家工业建设，真是一举两得。她越想越觉得这个办法对，就跑去和她的爷爷商量，决定就是这样办。

第二天，凤桃就驾着小船，把家里顶好的谷运到合作社去了。由于她的谷子好，合作社就按优质优价，给了她高价钱。她把粮食卖了后，就在合作社里订了大小镰刀各一把，买了半斤桐油和一些油盐，就笑容满面地划着船回家了。在路上，她又决定，把剩下的钱存到银行里去，明年好做生产用，还可帮助国家多办工厂，多造机器。

注：我在湖北省财经干部学校工作期间，于1953年11月至1954年1月，作为湖北省的工作队成员到湖北汉川县（现为汉川市）作粮食统购统销运动的宣传，在工作中了解到明启乡共产党员熊凤桃带头卖余粮的事迹后写成这篇短稿。载1954年1月《湖北日报》。《湖北日报》刊登这篇稿件时，我已离开汉川，回到了武昌。这篇稿件是由汉川第七区韩家集邮局转寄给我的。当时报社还寄了稿费至汉川，我没有去领取。

武汉的春天

蛇山公园又变成一片青绿了，红的、白的、黄的……各色各样的花朵都开放了，就连街道两旁曾经被人剪秃了的树枝梢头也长出了清脆的嫩枝。姑娘们，小伙子们，身上不再是灰溜溜的制服了，一个个都换上了刚从服装展览会上选择好的新颖喜爱的新装，脸上焕发出了红润的光彩，走起路来也显得格外有劲。

在百货公司，在合作社，在新华书店，在前往东湖风景区的宽敞的马路上，不管是男的女的，老的少的，谁不是喜笑颜开？谁不是怀着胜利者的姿态在那里说着，玩着。

在扬子江上，大桥工人为了争取在1957年铁路部分全部通车，日夜不停地在那里奔忙着，打桩的卸运材料的机器旋转得那么紧张，工人们身上汗珠湿透了他们的衣裳，可是他们丝毫不觉得什么，建设的歌声赶走了一切疲劳。

在工厂，在学校，在机关，人们正打着向科学进军的旗帜，要在十二年内赶上世界科学先进水平，要在十二年内培养出几千上万的红色专家、红色工程师，要在几年内成为一个人民的优秀教师、优秀作家、优秀的科学工作者，以及取得人民所给予的国家博士、硕士等光荣称号。

……

就为着这些，人们在紧张而愉快地劳动着。

这些，都是“春”给我们带来的么？是的，是“春”给带来的。但是却不能说全都是“春”给带来的。“春”，年年都有，可我没看见往年也是这一样。

那么，这些与往年不一样的“春”的景象究竟是谁给带来的呢？我听见一个工人同志这样地说：“是党、是毛主席领导的社会主义革命高潮给带来的。”

的确，他说的真是一点也不错，是党、是毛主席领导的社会主义革命高潮给带来的。——农村百分之八十五以上的农户加入了半社会主义或者是全社会主义性质的农业生产合作社；全市实行了全行业的公私合营；城市、农村、工厂、矿山，为着提前并超额完成第一个五年计划任务，正广泛开展着社会主义劳动竞赛；经过“肃反运动”，暗藏的反革命分子和坏分子也给清除出去了……这一切一切，难道不叫人兴奋鼓舞么？我们曾经还有过什么比这些更值得人欢乐的呢？没有，就连一件也没有啊！

在这样的一个叫人兴奋鼓舞的春天的日子里，我们感到愉快，我们感到幸福，我们将集中我们的全副精力，为了建设新武汉，为了建设社会主义而贡献出我们的一切力量！

注：这篇命题作文是1956年5月，我在中南财经学院职工业余学校学习时的一篇作业。当年5月10日，任课的刘老师给这篇作文的成绩判为“5”分（当时实行“5”分制），评语是：文笔流利，重点突出。

在社会主义高潮中我所看到的

——写在大学入学考试的时候

谁都清楚地感觉到，目前我们正处在社会主义革命高潮中，谁也都清楚地感觉到，党对农业、手工业和资本主义商业的社会主义改造在全国范围内已经取得决定性的胜利；现在接着而来的，是生产高潮、文化高潮，以及其他方面的高潮。

事实上这些高潮也的确是相继地到来了。

在工业战线上，各个厂矿、企业部门为了完成和超额完成第一个五年计划的任务都展开了厂际间的劳动竞赛，工人们发挥了高度的社会主义劳动积极性，创造先进定额的事迹以及提前完成年度计划的消息在报纸上越来越多了。武汉长江大桥的工人及工作者们正以忘我的劳动热情夜以继日地工作着，以保证大桥的提前通车。特别是全国先进生产工作者会议以后，社会主义劳动竞赛将会广泛地展开。

在农业战场上，勤劳的农民兄弟们在农业合作化胜利的基础上，他们利用集体生产的一切优越条件发掘生产潜力——改种优良品种、单季改双季、旱地改水地、山地改梯田……以便从各方面提高产量，增加收入，更好地支援国家的社会主义工业化，迅速地摆脱贫困的境地。尤其当党中央公布了全国农业生产发展纲要草案以后，他们正满怀信心地按着党和毛主席指引的方向往繁荣幸福的社会主义道路迈进。

在文化战线上，自从党中央召开了知识分子会议以后，所有的机关、学校都积极地响应党的号召，掀起了向科学文化进军的热潮，高等院校的科学研究工作大大地展开了，机关干部特别是专业机关的同志根据国家建设的需要和本专业的任务制定了具体规划，都是争取以尽快的速度赶上世界科学的先进水平，争取更快地把自己培养成为红色的科学家、专家、工程师，优秀的作家，优秀的演员……以适应国家建设的需要。特别是党和国家公布了扫除文盲的决定以后，在广大工人和农民群众中，已经出现了学习文化的热潮，或将要出现学习文化的热潮。

……

这一切都说明社会主义革命高潮使我国发生了一个根本性的变化。毛主席说：大约再有三年的时间，社会主义革命就可以在全国范围内基本上完成。到那时，我国在政治、经济、文化各方面将有更大的变化。我们确信，在不久的将来我们不仅在政治上，而且在经济上将以一个伟大、繁荣、富强的国家出现于世界。

生长在这样的时代，生长在这样的国家，真感到幸福，真感到骄傲。我将把我的一切贡献给这一壮丽的事业——为祖国的社会主义、共产主义建设事业奋斗到底！

1956 年 7 月写于大学考场

有这样一个青年

我原来工作的单位有一个青年，大家管他叫“老李”。无论“整风”“三反”或“肃反”，他都算得上是个积极分子。团员们不止一次地选他当了支部书记，领导也一连提拔了他好几次。很快地，他成了人事科的干事。

在单位里，年轻一辈的，年纪有比他小的，有相仿的，也有比他稍微大一点的，但入党都比他迟，提拔得比他慢。年长一辈的，除了领导以外，就是在旧社会待过的职员，他们有的虽然也入了党，但仍然保留这样或那样的缺点，其余大部分都是一般群众，或者就是超龄团员。

和大家比比，群众当然应该更信任老李，领导也当然应该更器重老李。

开始的时候，老李工作兢兢业业，虚心听取群众意见，办的事情也的确令人满意。领导对他更放手，群众也更听他的话。

日子越来越久了，老李慢慢地变了，变得那么怪：群众对领导有意见，他叫作“自由主义”；别人做个什么，他样样都不放心；不该他管的事，他要管，该他管的又马马虎虎；他喜欢开会，喜欢对别人指手画脚；批评别人，分析批判一大套……因为这些，慢慢地，大家见他就摇头，背地喊他为“小领导”。

怎么能说群众不对！只摆摆下面的情况就清楚了。

有那么一天，科里同志突然问起科里的机要秘书小张："现在已是五月初，怎么四月份的《宣传通讯》还未到？"

"什么？老李不是说他早已收过，已经发下去了！"小张急得没法直追老李找。

老李把自己写字台的十个抽屉都找遍了，甚至连桌面上大块的玻璃板也给翻过了，接着又气冲冲地转向组织干事小涂："看看你的抽屉有没有？"虽然小张在老李翻来覆去寻找的同时，早把自己的桌子检查过了，老李对她却还是放心不下，以一种似乎责任归小张的口吻说："小张，你再好好认真地给我找一找！"

不大的办公室，除了科长的桌子是静着的以外，其余三张的抽屉，时而开了，又时而关上，时而关上，又时而开了，此起彼伏，响个不停。看着看着各个的头上都冒汗了，特别是老李额上的汗珠儿几乎要滚下来了。可是却连一个鬼影子也找不到。

老李无可奈何地站起来，带着绝望的、苦不堪言的神情抱着头怔了一会儿，突然发现自己面前还有一个高高的长方形的档案柜。于是他又显得有劲了，好像《宣传通讯》就锁在这里似的。并且他又埋怨小涂了："钥匙在你那儿吧，快拿出来，把柜子开开！"

由于老李不相信小张和小涂会像他自己一样认真地找，同时也由于小张和小涂气得根本不愿意再随着他找了，所以这次是老李独个儿地伏在那里，抱着柜中的各类卷宗一个个地翻。眼看卷宗快要完了，老李浓浓的眉尖又快升起来了，猛地在整理好的"肃反"对象的一叠材料中发现了那两本"通讯"，这才发觉是自己的粗心大意，什么时候把文件和材料夹在一块儿，还记不起。

他拿着"通讯"直往科长那儿跑。眼尖的小涂看见里面还夹着两张什么，赶忙抓住他一看，原来是规定月底上交的一个报告表。小涂眼看月底已过去好几天，这个报告表竟然还没上交，急得不像样地把表抢过来直蹬脚："这些不关你的事，你为什么老是要插手！”老李却毫不在意地说：“管什么要紧，今晚开个‘夜车’就行了！”顾不得小涂的回答，他就一个劲地跑走了。就这样，小涂加上小张为着不必要的赶任务，又苦着脸开了一个“夜车”。

类似这样的事情还有很多很多。

每次出了问题，科长也找过老李，老李的缺点科长是不是清楚，别人也不知道。

谁能说自己没有缺点，谁能担保自己工作不出差错！要紧的是发现了缺点、出了差错该怎么办。

缺点、差错尽管在老李身上时时发现，老李却丝毫不在意。群众的意见在他脑子里比耳边风还要快地溜走去了，他满脑子仍然是：“我老李政治素质比你们谁都要强！”

“我老李政治素质比你们谁都要强”，这个绊脚石是多么重啊！压得老李再也爬不动。他开始往下摔了，摔得是那样的难堪！

一次单位里为了赶急完成第二季度的“肃反”任务，把老李也抽出去搞调查。坐船刚刚到南京，老李就做出了谁也想不到的事——当一位和他同舱的乘客要上岸的时候，他竟把那人的一条价值三十多元的呢裤偷偷地藏起来了。当失主上岸发觉，报告水上公安局来查询的时候，老李竟矢口否认，直到搜查出来才闭口无言。

一个共产党员干出了这样的丑事，对自己该是一个多么大的教训！“我老李的政治素质比你们谁都要强”，怎么还能够再这样想！

为了考验他，组织上又继续派他到另外更远一些的地方，这次还加派了一个青年团员小吴跟着前往。老李仍然处处摆着共产党员的“架子”，连让小吴到别的单位取调查材料都放心不下。后来组织上知道了，去信叫他们分头进行工作。出问题的不是小吴，倒又是老李了——谁知道他是怎样在工作的呢？竟把一个“肃反”对象的“外调提纲”丢掉了！——这可是机密呀，怎么能够告诉领导？老李又企图隐瞒下去，结果还是被别人揭发出来了。

……

年轻、单纯，领导器重，群众信任，入党早，这一切怎么不好？如果谁竟错误地因为这些而忘掉了与自己身上的一些各式各样的肮脏东西进行斗争，他终究要摔倒！

新闻系十一班　劳沫之

1957年4月写于春假期间

注：我在春假期间所写的这篇习作，现代文学课的有关老师看后，在文字上做了六处修改，改正了四个错别字，并在首页习作标题的上方，用红笔打了一个圆圈。

我伫立在长江大桥上

我多么想看看长江大桥啊！从1957年10月大桥落成的第一天起，我就一直渴望着能亲自看看她——这新中国的第一座长江大桥，也是世界的第一大桥。今年暑假我终于见到了她。

104次从北京到武汉的直达火车，到达武汉的时间正是清晨五时，一出车站，我就坐上了从汉口直到武昌的无轨电车，不一会儿就穿过了我所熟悉的汉水公路桥（它是大桥很重要的组成部分），再不一会儿，就上了长江大桥。桥头堡原来是这么高，这么大，真有点像故宫后侧的八角亭；桥身原来是这么宽这么长，真有点像长长的东西长安街。桥的两端有桥头公园，有树，有花，有草……这一切真比图片美得多！无轨电车开得是如此的快，竟连两边栏杆上的图案都叫人分辨不清。可我真想把她的每个地方都踏遍，看透！

在武昌一位朋友家里吃过午饭休息了几个小时以后，我就怎么也耐不住地拉着我的朋友，冒着烈日，沿着新修的公路直奔大桥。我们从桥的这端走到那端，嘿，足足花了二十分钟！两边栏杆上的图案塑造得可真细腻，龙、凤、小松鼠、小猢狲、桃子、葡萄……全看得分外清楚。我们摸摸这块，又摸摸那块，心里真舒畅。

夏天在武汉待过的人，都会深深地感到武汉的那股热劲，把它说成是“扬子江的火炉”，真一点不愧。可是当我们跨上大桥的时候情况全不是这样。清风一阵阵地吹来，越到桥中央风越大，拂到身上，可真凉爽啊！我们都情不自禁地停下来依着栏杆，久久地伫立着。时而顺着江水向前展望——江面竟是这么平静，如同一个无边的大湖，白帆在浮动，轮船在冒烟；时而以龟山和蛇山为中心扫视武汉三镇——黑的烟囱、红的瓦房、鱼肚白的大厦、绿的树梢，远远的一片一片简直看不到尽头；时而仰望天空——真是晴空万里，辽阔无边；又时而俯视水面——桥脚下的船夫正哼着歌摇着橹匆匆地穿过……这些，这些，怎么能不叫人心旷神怡！

“嘟——嘟嘟——”紧接着汽笛的是卡兹卡兹的车轮声，从蛇山脚下传过来了，它是一列载货火车，在我们的脚底上越来越逼近了，以致无法看见。我立即把脸紧紧地贴在栏杆上，我感到整个桥身在有节奏地颤动，我的心也随着在怦怦地跳跃。我的朋友见我一言不语，她微笑着说：“第一次通车时人们发觉桥身在颤动，怀疑是桥梁的质量不好，苏联专家说正是要这样，才合标准，桥的寿命才会长！”在这种时候，我们怎么能不想到苏联老大哥的无私帮助，怎么能不想到苏联老大哥的先进技术！

八月下旬的一个夜晚，我又一次地伫立在桥上。

这次是在我度完了暑假以后，从武穴（妈妈居住的地方）重返武汉时的事。从武穴到武汉的轮船午夜十二时五十分才抵达汉口，而我又必须连夜赶至武昌。这在大桥未架起以前真是想也不能想的事，渡江轮船早在晚十点就收了班。有了大桥，不管是从汉口到武昌，从武昌到汉口，还是从汉口到汉阳，什么时候想去哪里，就能去哪里。有了这样便利的条件，加之桥上闪闪烁烁的灯火的吸引，（她真比长虹美得多！）我简直顾不得疲劳，一骨碌就往大桥奔。

我独个儿背着行李穿过一条又一条马路，最后，我又一次地通过了灯火辉煌的汉水公路桥。当我到达龟山脚下，看见桥头堡时，已是深夜二时，除了偶尔有载重汽车疾驰而过以外，四周沉溺在夜的寂静之中。直到我不自觉地停在山脚下休息时，才发觉我的背后已经全被汗水浸湿，两腿已经有些发软。

“嘟——嘟嘟——”从我的背后突然传来了一阵汽笛声，接着是卡兹卡兹的车轮声。我欢喜得忘记了疲劳，立即转过身，踮起脚迎望着火车的到来，我看着一节一节的车厢从眼前通过，上面全是黑色的煤和一长串一长串的木材。我的眼睛跟踪着它穿入桥头堡，穿入桥身，霎时，桥上的灯火一闪一灭，真像一条黑色的长龙在夜空中蜿蜒爬行。我一直瞻望着，瞻望着，直到它的消失……

注：这是我在大学时1959年暑假回湖北探亲，度完假回校后写的一篇散文。当时被班里的墙报《百花坛》选用。

十三陵水库工地即景

一

社会主义高潮震动了这酣睡的山村
劳动者欢快的歌声日夜响遍
发展农业四十条纲要像一盏明灯
照亮了这静僻的田野
修建十三陵水库的号角
唤来了成千上万骏马般的人群
朝霞才刚刚闪亮
村头巷尾
黄尘滚滚的大路上
还有远处的山脚边
却涌现了一支又一支强大的人流

他们挺起胸膛
迈着矫健的步伐
一个劲地向前涌动涌动
他们扛着飘飘的映着晨光的红旗
昂首阔步地向前奔去
他们用共同熟悉的曲调
编出最能表达自己心愿的歌
高声地有节奏地唱着喊着
他们涌向 201、202……工地
奔向影壁山、莽山和水库坝基
他们唱着拿出革命干劲来
喊着社会主义胜利

二

插在鹅卵石堆上的刘胡兰红旗刚刚摘下
又换上了我们飘飘的红色的“海鸥”
坚毅勇敢的刘胡兰小队的战友们
紧张迅速地交给了我们
她们刚刚使用过的铁铲和挑担
我们来不及向她们握手致敬
她们就已排好队举手齐声为我们祝福
“望新战友稳步前进，
愿新战友劳动胜利……”
我们怀着一片激情

投入了这劳动的战斗
哪怕沙石凝得坚如铁
我们也能挖得它软松松
哪怕料台高又高
我们也能把砂土担到最顶峰
姑娘们姑娘们真好强
铲土忙得如同赛龙船
挑土快得如同骏马飞
挑了一铲要两铲
给了两铲又想争三铲
（铲土的怕压着了挑土的，铲了两铲就叫走，挑土的却死盯着要加不肯走，没法只得再加点，但是逞强的姑娘还不满足，偷偷地自己又捡起了两块大石头）
人人捡重活
个个不肯歇休

时间一天、两天、三天……地过去
挑土量一铲、两铲、三铲……地增加
直到满筐，直到堆成了窝窝头
铲呀，挑呀
铲得硬石直冒火
挑得担子上上下下闪得直发响
人人干得不觉累
个个越干越逞强

201 工地西头的料台怎么那么高

就是小伙子挑土爬上去腿肚怕也难得不发软
这是哪来的一群坚强姑娘
一直不停地干得欢
看这边，一位蓄着双双辫的小个子姑娘
从清晨就满筐满筐地往上奔
看那边，一位卷发姑娘硬是不听战友的劝
老是四筐四筐地往上挑
“未必是上天赐给了她们一双铜腿和铁臂
未必是她们根本不知道累
要不，这样的干劲究竟哪儿来？！”
一位来自远方的小伙子
站在旁边，吃惊地注视着
然后走近一个脸蛋黝黑的姑娘
这样把话问
“为社会主义
为人民造福
为战胜大自然！”
回答多么干脆，豪爽，明确，坚定，有力

三

我们小队分了八辆小推车
队长今天分配我们推小车
把废料从沙地的这一端运到另一端
这多容易，运起来该多快

姑娘们看着崭新的小推车心里痒痒的
都想推得试一试
最先推的是一位高个姑娘
前面还有一个小胖姑娘帮忙拉
她们开张就满装沙子整六筐
推推拉拉真是走得欢
恰时转身把坡下
车身一会儿变得摇摇晃晃
一刹那车轮朝了天
推车的姑娘滚倒在地上
赶忙爬起把车搬
只是沙子全撒光
推车的拉车的姑娘面对面地又发笑来又发愁
后面飞来了姑娘又一对
下坡上坡好容易都通过
不料快到尽头撞上一块大石头
弄得车子来了个九十度的小转弯
开始的一对姑娘看了不服气
未必姑娘推车注定就是翻
抢着再要试试看
上次装六筐这次只装四筐
上次推的速度太快这次慢点
终于成功，一切都很顺利
可是推得不多，还不快呀
再说这辆没翻，可隔壁左右的还在不停地
一会儿你翻，一会儿我翻

尽管风势很大，姑娘们的脸上甚至嘴唇
由于流淌着汗水而沾满了灰沙
尽管她们滚倒了又爬起来
爬起来了又滚倒
尽管她们运的废料已积满一大堆
可姑娘们丝毫不满足
她们要在劳动战场上争先锋
她们要在艰难的劳动中锤炼坚强的意志
她们继续推着装满废料的小车
一车一车地向前奔走奔走……

注：在大学期间，于1958年4月学校组织我们到十三陵水库工地劳动十天。回校后，我根据所见所闻和切身的感受写了这篇即景，当时刊登在班里的《百花坛》墙报上。

我为什么喜欢《故乡》

——重读鲁迅的《故乡》以后

《故乡》，和鲁迅的其他许多作品一样，看后，留给了我深刻的印象。我说不上究竟看过它多少遍，但却知道我是越来越理解它，也越来越喜欢它了。

记得还是童年的时候，父亲就曾像讲故事一样的给我讲过它——在月亮底下，闰土捏着胡叉向咬西瓜的猹猛地刺去的这一情节，直到现在还深深地印在我的脑海里。以后在中学的国文书里我自己又一次一次地看过它，但是我全不理解里面的意思，而只是觉着它写得很美，写得叫人看得很舒服。现在，我又一次一次地在看它，除了依然觉着它很美，叫人很舒服（注：老师在这句话的下面用红笔画了一条横线，在横线下面打了一个问号，并写有眉批：这句话含义如何？）之外，还感受到了一些过去我所不曾感受到的东西。

首先，我发觉我之所以喜欢《故乡》，是因为它具有一种诱人的魔力——它能够勾引住你的心，一下子把你的思想感情带到它所描述的历史境地，要你一直跟着里面的人物、景象打转，他们欢乐，你也欢乐，他们悲哀，你也悲哀。总之，使你的思想感情与作品人物的思想感情融成一片。（注：从“总之”到“融成一片”这一句的下面，老师用红笔画了曲线）比如我一接触“故乡”

二字，就很容易地想到自己儿时生活过的美丽的故乡。一看到作品中的“我”回忆起二十年前的闰土，回忆起闰土说的在大雪天里捕鸟，在月夜地下看瓜，在潮汛到来时的跳鱼儿……就想到了自己童年的那些有趣的事情：在大雪天捕鸟我也有过，只是自己不是“支起一个大竹匾”，而是支起一个大箩筛；在月亮底下看瓜不曾有过，在菜园后面的小竹林里捉刺猬却曾有过；潮汛到来时的跳鱼儿不曾见过，晚上打着火把在稻田埂上抓青蛙确曾有过……想到了这些，往往就情不自禁地把书中主人公的思想感情与自己的思想感情联系起来了。

说真的，每当我看到书中的母亲谈到闰土要来的时候，我也同主人公一样怀着一种莫名的愉快和关切的心情：“这好极！他，——怎样？……”尽管闰土以后的遭遇我早已知道。

以后，主人公与闰土果真见了面，主人公“这时很兴奋，但不知怎么说才好，只是说：‘啊！闰土哥，——你来了？……’而闰土则是：“……脸上现出欢喜和凄凉的神情；动着嘴唇，却没有作声。他的态度终于恭敬起来了，分明地叫道：‘老爷！……’”

听了这么一声“老爷”，主人公似乎打一个寒噤，我又何尝没打一个寒噤？！——儿时那种活泼愉快的生活，那种亲密无间的友谊气氛，霎时全给撵跑了，带来的却是一片郁闷、忧伤。

“闰土怎么会变得这样？

是什么可悲的厚障壁把他们隔得这么远？”

尽管这些答案我早已知道，但我还要这么问、这么想。（注：老师在这一句的下面，用红笔画了曲线）

于是，我拼命地继续看下去，我要从字里行间寻求解答。

很快的，我又看到了这里：

“他出去了；母亲和我都叹息他的景况：多子，饥荒，苛税，兵，匪，官，绅，都苦得他像一个木偶人了。”

“多子，饥荒，苛税，兵，匪，官，绅，都苦得他像一个木偶人了。”我反复念着这铿锵的字句。我一边念，一边想——处在那种罪恶的年代，面临着那种残酷的生活，闰土怎么能不变！不只是闰土变了，“豆腐西施”杨二嫂也变了，变得除了个人私利，对人已经毫无真情，已经完全失去了人对人的同情心；就连书中的主人公“我”也变了啊，作为那个时代的知识分子，他不满意那个时代的一切，他同情受折磨的劳动者（他自己也感觉着在受折磨），而又无能为力，他只觉得他的四面有着看不见的高墙，于是他忧伤，他痛楚。……总之，故乡的一切都变了，这世界的一切都变了，变得全不像儿时那么可爱、单纯！

是的，正是那个人吃人的社会制度损害了人们的正常生活，损害了人与人之间的正常关系，损害了世界上美好的一切。

想到这里，怎么能不愤慨，怎么能不诅咒！我深深地觉得作者正是怀着愤慨、怀着诅咒的心情继续写下去的。尽管他也感到悲哀，但更多的却是反抗。他没有绝望，他对未来满怀希望。他希望并确信这令人悲哀、痛楚的一切罪恶的东西，将被毁灭，尽管他还不明确究竟怎么才能被毁灭。他希望并确信一条新的道路将被走出来，尽管他还不明确究竟应该是怎么样的一条新的道路。正因为这样，尽管里面有着令人悲哀、痛楚的气氛，但最后给予人的却是鼓舞、是力量——正因为这个时代给予我们的是悲哀、痛楚，我们才更要急迫地把它摧毁掉，才更要急迫地为自己找一条幸福的路。

正是在这个时候，我开始理解到作者的思想感情，理解到作品的深厚的社会意义。因而我才更加喜欢它。（注：在这一整段文字的下面，老师用红笔画了曲线）

——开始的时候，我还这么想：它的情节这么平常、这么简单，而给人的印象却又这么深、这么难忘，这点我曾经几乎不可理解，可是现在我已开始明白：正是因为鲁迅抓住了生活中最平常的现象而又反映了最本质的东西，它才这么容易被人接受，被人理解。（注：从“鲁迅抓住了”到“被人理解”这一整句文字的下面，老师用红笔画了曲线）尽管有的人一时还不能理解，但他还是喜欢听、喜欢看，因为它写的全是生活中发生的或者可能发生的最平常的事情。我想在我还不理解它的时候，就觉得它写得美、写得叫人舒服，原因恐怕也就在这里。

其次，我发觉我之所以喜欢《故乡》，是因为它的结构严密，剪裁奥妙。它的笔调看来极其松散自由，似乎是想到哪写到哪，而当你仔细地看过几遍以后，你就发觉它的一些情节安排得是那么周密，那么前后呼应，甚至文章从头到尾的气氛也那么协调。你简直感觉不到有丝毫缺陷，有丝毫多余的东西，你只会觉得它的一点一滴都安排得非常自然，非常恰到好处，点点滴滴的东西都表现了作者所要反映的主题。

比如表现“豆腐西施”杨二嫂性格的几个细节：一是她出场的对话；二是顺便把一副手套塞在裤腰里，出去了；三是在背后议论闰土在灰堆里埋碗的事，自以为有功，“便拿了那狗气杀，飞也似的跑了”。看来事情都很简单，串起来却很能说明问题。

写闰土也是，只是通过他的几句对话，通过他拣好的几件东西（两条长桌，四个椅子，一副香炉和烛台，一杆台秤，所有的草灰），通过书中母亲叙说杨二嫂讲到他埋碗的事，就把闰土的整个精神面貌全给反映出来了。还有一处写到闰土第二次用船来装草灰的时候，水生没有同来，却只带着一个五岁的女儿管船只。这一细节似乎可要可不要，而实际上却非常妙，正是这一丁点儿小事——要一个五岁的小女孩管船只，就更好地帮助我们想象到闰土一家大小的全部生活景象。

再比如写水生宏儿。第一次见面，水生见大人很害羞，而等宏儿出来打招呼时，就松松爽爽地和宏儿一路出去了；后面又写宏儿在离家时问：“大伯，我们什么时候回来？可是，水生约我到他家玩去咧……”安上这一情节，与书中主人公“我”和闰土儿时的关系对比，与“我”和闰土现在的隔绝对比，最后写到“我们的后辈还是一气”，前后非常呼应，给人的印象极其深刻。

最后，我之所以喜欢《故乡》，还因为它的语言简练、精确、朴实、漂亮。比如写闰土与“我”之间的隔膜，用了“老爷”二字，就能说明很多很多复杂的问题。

再看“豆腐西施”的对话：

“忘了？这真是贵人眼高……”

“那么，我对你说。迅哥儿，你阔了，搬动又笨重，你还要什么这些破烂木器，让我拿去罢。我们小户人家，用得着。”

“啊呀呀，你放了道台了，还说不阔？你现在有三房姨太太；出门便是八抬的大轿，还说不阔？吓，什么都瞒不过我。”

“阿呀阿呀，真是愈有钱，便愈是一毫不肯放松，愈是一毫不肯放松，便愈有钱……”

仅仅这么几句，就使你清楚地觉得她是个什么样的角色了。特别是看着这些对话，有时甚至使人感到不像是在看文章，而像是发生在自己面前的真人真事。由此，说明其用语的生动、形象。

还有，我认为它的每个用字都很确切，都意味深长。比如母亲在回答闰土时的情况时说道：“他？……他景况也很不如意……”其中这个“也”字我认为非常说明问题。就是这个“也”字，它能使你想到像闰土这样生活不如意的还大有人在，闰土的遭遇正具体反映了当时整个劳动人民的生活面貌，使人想到闰土的问题是个社会问题。

正是因为这些，我越来越喜欢《故乡》，也越来越觉得其中有学不尽的东西。

新闻系二年级十一班　劳沫之

1958 年 5 月 10 日

老师用红笔写的评语：文章写来，亲切，自然，也比较抓住了问题。

注：当年学习现代文学课时，由汪金丁教授讲授鲁迅作品，这篇习作是学习鲁迅作品自选题材的作业之一。由于是上大课，批改作业的是哪位老师我竟然印象模糊，不记得当时这门课的课代表是否说起过。颇感遗憾！

关于鲁迅几篇描写知识分子的作品

——一次课堂笔记的整理

鲁迅的作品，一是写农民，《呐喊》中较多；一是写知识分子，《彷徨》中较多。写农民，以《阿Q正传》为代表，写知识分子则有各种不同类型。他是想通过农民与知识分子的分析、探索、理解，找出中国改造社会的力量。开始还缺乏阶级观点，到写《故事新编》时（注：在这一句的下面，老师用红笔画了横线，并写有眉批：这说法不明确，《故事新编》有的是五四后不久写的，有的则是1930年以后写的，应说明是其中的哪些篇），阶级观点很鲜明，已看出了广大人民的力量。为了改变被压迫阶级地位的东西，最初他是从改造国民性格着手，他不是在改造国民性格的同时改造社会。到写《伤逝》时，就不限于写国民性格了。在《伤逝》中，鲁迅由提倡个性主义到批判个性主义，写出了个性主义的没出路，提出只重个性改造，不改造社会，那个性的改造也会遭到破灭，指出在改造个性的同时，必须改造社会。鲁迅在写作过程中，始终在上下求索革命的出路。

鲁迅写的知识分子，一是代表封建统治阶级的；一是觉醒的，但还未彻底觉醒的。现在着重讲一讲鲁迅作品中关于知识分子的主题及其社会意义。

鲁迅写了哪些知识分子呢?

从《孔乙己》的孔乙己和《白光》中的陈士成这两个人物，我们可以得出这一结论：他们都是封建社会里面封建科举制度的牺牲者。他们本来都希望考取秀才，但没有。结果孔乙己是一生贫困，以至于穷死；陈士成先是教小孩，后来想挖银子，以至于发疯、淹死。这两个知识分子都是辛亥革命以前的知识分子。鲁迅当时的态度有讽刺，另外也暴露了封建制度封建统治阶级的罪恶。讽刺他们性格的愚蠢、可笑，而他们性格上的愚蠢、可笑的地方，也正是当时的社会给予他们的歪曲，他们本身还是善良的。两者命运都非常凄惨。作者通过这两个人物的描写，说明他们的遭遇是社会给予的。因此，看后首先使人感到对封建社会的悲愤，同时对孔乙己、陈士成也不会寄予什么希望（鲁迅对他们没抱有希望，只是暴露、讽刺），甚至有一定程度的厌恶、可笑，但是对他们也还有很大的同情。所以给予同情，是因为对那个社会的悲愤，在悲愤中有厌恶有同情。这是一种。

另外鲁迅还写了一些辛亥革命以前的知识分子。上面几个的命运是死掉了。《肥皂》中的四铭，《高老夫子》中的高尔础，还有《弟兄》中的张沛君，这三个人物也是辛亥革命以前的知识分子，但是他们都活下来了，一直活到五四以后。

四铭是个什么样的人物呢?他是康梁百日维新时期的人物，在光绪年间曾提倡开学堂，当时有人反对办学校，特别反对女孩子念书，他对反对的人还加以攻击。但是到五四时期，他却又反对办学校：“可万料不到学堂的流弊竟至于如此之大：什么解放咧，自由咧，没有实学，只会胡闹。”特别反对女子念书，他觉得：“……女人一阵一阵的在街上走，已经很不雅观的了，她们却还要剪头发。我最恨的就是那些剪了头发的女学生，我简直说，军人土匪倒还情有可原，搅乱天下的就是她们，应该很严地办一办……”而成为一顽强的复古主义者。他对学生提出的自由、解放，认为是胡闹。鲁迅一方面写他“很正派”，表面装成正人君子，另方面又很虚伪。

高尔础，同样是一封建复古主义者。在《大中日报》上发表文章《论中华国民皆有整理国史之义务》，表面上是正人君子；然而，正是这一人物，灵魂是肮脏的。一礼拜以前还与黄三一同打牌、看戏、喝酒、跟女人。鲁迅在讽刺高尔础时之所以提到看戏，是由于当时的看戏包含着许多不纯动机。

这些人都有一套封建道德，他们找了很多他们认为有理由的东西来掩饰自己。在《弟兄》中写的张沛君，封建道德表现很好，与弟兄相处，不把钱财两字放在心上。但是当弟弟生病时就有了打算：家什怎么支持，靠自己一个？弟弟的孩子怎么办？让谁读书？让自己的康儿，又怕大家批评薄待了兄弟的孩子……完全写出了他的自私自利、虚伪、假象、骨子里非常残酷。

鲁迅写这几个人物，一方面说明他们是封建的知识分子，反动的知识分子，他们是封建社会的产物，作者对他们极尽讽刺之能事；另外他们也拥护封建社会。我们对他们是憎恨，不像对孔乙己、陈士成有厌恶但有同情，对后者绝对没有同情。鲁迅曾在《马上支日记》中写一“做戏的虚无党”即指高尔础、四铭等一类的反动文人。他说：“有这么种人，一做戏，则台前的架子，总与在后台的面目不相同。但看客虽然明知是戏，只要做得像，也仍然能够为它悲喜，于是这出戏做下去了；有谁来揭穿的，他们反以为扫兴。”鲁迅对习惯势力非常憎恨。张沛君、高尔础明明满口仁义道德，心里却是男盗女娼，无所不为。四铭在儿女、妻子面前摆得很正，何道统一来就什么都做。所以鲁迅把他们的戏搬出来给我们看，把前后台都摆出来了。写高尔础、张沛君都是如此。把人物内心和表面的东西，以及人物在这一场合和那一场合的东西都摆出来，利用前后台对比的方法，揭示出内心的东西是真的，表面的是假的。并指出这种知识分子依然活着，而且有相当的势力，代表封建统治者，是顽强的复古主义者。让我们憎恨，同时告诉我们，他们还活着。

再有一种，像《端午节》的方玄绰、《孤独者》的魏连殳、《伤逝》中的子君涓生和《在酒楼上》的吕纬甫。方玄绰，他过去对社会愤愤不平，满怀不满，曾一度也受过新思想的影响，比较进步。但后来变得遇事“差不多”，他认为古今人不相远，各色人都是性相近。“譬如看见老辈威压青年，在先是要愤愤的，但现在却就转念道，将来这少年有了儿孙时，大抵也要摆这架子的罢，便再没有什么不平了。又如看见兵士打车夫，在先也要愤愤的，但现在也就转念道，倘使这车夫当了兵，这兵拉了车，大抵也就这么打，便再也不放在心上了。他这样想着的时候，有时也疑心是因为自己没有和恶社会奋斗的勇气，所以瞒心昧己的故意造出来的一条逃路，很近于‘无是非之心’，远不如改正了好。然而这意见总反而在他脑里生长起来。”过去对不平的就不平，愤恨的就愤恨，现在没有，古今之间差不多，人与人之间有压迫与被压迫差不多，薪水不发也算了，变成非常麻木不仁的颓废的人，麻木颓废到虚伪，无是非之心，以至到端午节没发薪只有到街上去赊酒。从对旧的愤激到无是非之心到麻木不仁到流于骗子。鲁迅对他也没抱希望，但他一度进步过，这与孔乙己不同，孔乙己被人打断了腿，还给别人搽粉。

魏连殳，读《孤独者》我们有些沉痛，魏连殳开始对旧社会憎恨极了，别人对他也感到可怕：他是进步的新党人物。鲁迅把他写得与旧的风尚习惯格格不入。但结果最后还是没找到新的道路，而同他憎恨的势力妥协了，以至于死——最后投到一位师长的名下就完了。

魏连殳是受过新思想影响的新人物，也是为新生活奋斗过的人，结果妥协以至于死。而《在酒楼上》的吕纬甫也是一新的人物，也曾为新的目标新的生活奋斗，是革命的，是少数觉醒了的新的人物，但结果变成敷敷衍衍、模模糊糊的人，教女儿经，为小孩迁葬奔波，对一切没有希望。

通过方、吕、魏的描写，说明方玄绰在思想上已有觉醒，吕纬甫、魏连殳不仅思想有觉醒，而且还有行动，但这些人的行动终究全无用处。

总结起来，鲁迅写了三类知识分子，一是以孔乙己、陈士成为代表的令人悲愤同情的；二是以四铭、高尔础、张沛君为代表的反动的知识分子；三是以方玄绰、魏连殳、吕纬甫为代表的觉醒了的知识分子，直到最后写出消生和子君。子君与涓生有相同的地方，也有不相同的地方：子君是从与封建制度决裂，到又妥协；涓生则是越来越坚强。

鲁迅是怎么写涓生、子君的呢?

通过《伤逝》的一些主要情节反映出两人的性格，反映出当时社会的情况斗争，另外也反映出了作者的思想。开始写涓生比较软弱，写子君比较勇敢，比如她说："我是我自己的，他们谁也没有干涉我的权利！"子君不来，涓生就寂寞，一来就热闹了，一来光就来了，新的气象就来了。写出了子君的大无畏，不愧为中国的新女性。然后写出他们的幸福。同时又写出这样一段："去年的暮春是最为幸福的，也是最为忙碌的时光。我的心平静下去了，但又有别一部分和身体一同忙碌起来。我们这时才在路上同行，也到过几回公园，最多的是寻住所。我觉得在路上时时遇到探索，讥笑，猥亵和轻蔑的眼光，一不小心，便使我的全身有些瑟缩，只得即刻提起我的骄傲和反抗来支持……"尽量反映出当时社会阴冷的一面，后来以至于子君同叔父、朋友断绝关系。说明幸福是他们两人的，而社会黑暗势力却给予他们以压力。进而又分析他们真正的幸福：子君有子君的趣味——爱鸡爱狗，不看书；涓生感到无聊——每星期中的六天，是由家到局，又由局到家。在局里便坐在办公桌前抄，抄，抄些公文和信件；在家里是和她相对或帮她生白炉子，煮饭，蒸馒头。幸福只是生活中的平淡、生活的无聊，兴趣也比较庸俗，再也不像过去谈家庭专制，谈读书之类的事了，而是养狗养鸡，与邻居吵嘴，幸福就是如此。接着是打击、挣扎。最初局子不要涓生，开始子君还很坚强："那算什么。哼，我们干新的。"涓生也到处登广告，抄稿子翻译书籍。接着更大的打击又来了，两人以至于破裂。穿衣服吃饭，子君很关怀涓生，而得不到涓生的温暖，感到好心没好报，感到爱没有寄托。子君爱狗爱鸡，以后由于生活贫困，鸡被宰杀了，狗也抛弃了，子君所爱的东西全被毁掉了。两人精神上距离越来越远，涓生后来竟感到在家里不能安身，而往通俗图书馆跑。鲁迅把涓生的内心写得很深刻，涓生回忆过去发现与子君只是盲目的相爱，把生活与爱情对立起来就不行。

两人要不就是携手同行，要不就是孤身勇往直前。结果提出的办法是分离，否定了过去的追求——打倒封建，冲出家庭，追求爱情，甚至勇气也没有了，而是感到空虚。最初那么相爱，最后那么不相爱，甚至彼此怀恨，彼此猜忌，直到破裂，子君死去。写破裂的这一过程也就是写涓生矛盾斗争的过程，子君得不到帮助、谅解，只好妥协。鲁迅一方面写出旧的封建势力很强大，不可忽视；另一方面也写出孤军奋战是得不到出路的。两人同行时，还能冲出旧的家庭，而当子君独个儿向旧势力妥协的时候，就什么出路也没有了。“新的生路还很多，我必须跨进去，因为我还活着。”这是涓生最后的想法。说明鲁迅在批判他们的悲剧的同时，对涓生还有期待。但涓生还是感到寂寞、空虚，当他又回到会馆的时候。

鲁迅写了各种不同类型的知识分子，对孔乙己、四铭一类的是没抱什么希望，但鲁迅对整个知识分子是有期望的，想在知识分子身上找出肯定的东西。对封建制度、封建礼教、封建思想是否定的，但也想找出肯定的东西，想找出真正革命的东西，始终在探索。鲁迅是通过解剖这些知识分子来表现这一思想的。鲁迅花了一些力量抨击那些可厌的否定的人，但着重的还是写觉醒的进步的一些人。对吕纬甫、魏连殳、方玄绰有失望，但对知识分子抱有希望，如《伤逝》中，子君死了，但可由涓生得到出路、补偿。

鲁迅有希望，但还是渺茫。比如涓生还没有明确地找到奋斗的路，还是空虚，恐怕作者当时也没解决这一问题。鲁迅不管是写《端午节》《在酒楼上》，瞿秋白同志说，都是处在两次大分裂的时期：第一次是主张新文化的知识分子与复古的分裂；第二次是依附于封建残余势力、向帝国主义投降妥协的资产阶级右派与走向工农的知识分子的分裂。鲁迅在自选集自序中就这么写过：“后来‘新青年’的团体散掉了，有的高升，有的退隐，有的前进，我又经验了一回同一战阵中的伙伴还是会这么变化，并且落得一个‘作家’的头衔，依然在沙漠中走来走去……”鲁迅主张解放个性，启发自觉，对反封是好的。但是只注意了个性解放，孤军奋战。鲁迅还要继续找新的战友，他说（引用《离骚》）：“路漫漫其修远兮，吾将上下而求索。”又如《野草》（雪）中写的：“……朔方的雪花在纷飞之后，却永远如粉，如沙，他们决不粘连，撒在屋上，地上，枯草上……”“是的，那是孤独的雪，是死掉的雨，是雨的精魂。”而想到“江南的雪，可是滋润美艳之至了”。说明一方面对未来有希望，另方面现实生活残酷，又感到彷徨。在《影的告别》中，这点看得很清楚。他写道：“有我所不乐意的在天堂里，我不愿去；有我所不乐意的在地狱里，我不愿去；有我所不乐意的在你们将来的黄金世界里，我不愿去。”到底到哪儿去？渺茫。

新闻系二年级十一班　劳沫之

老师批语：整理比较认真！阅。

注：这是当年学习现代文学课鲁迅作品的另一次作业。

一场激战

——记浸胶工段抢救线圈

一件突如其来的事发生在三车间浸胶工段王国先、杨炳华小组。18 日下午在出罐的一刹那，因温度太高，系压板的布带有两层被烧断，“72500”（注：“72500”指当年有关水电站急需的 72500 千瓦水轮发动机）的线圈掉下去 18 个。

在不久前车间主任布置第二战役的任务时，曾清楚地提出过：为了保证“72500”的“卫星”上天，浸胶任务必须在 27 日完成。王国先、杨炳华小组的最大特点，就是全是一帮年轻小伙子，一听说“卫星”能不能上天，浸胶任务能不能如期完成是关键，就什么也不顾了，拼死拼活地要把“卫星”送上天。按照三班倒的规定，干白班的人下了班就得回家休息，这帮小伙子谁也不听这些，活没干完就是不走。以前总是绝缘小组扎好线圈才往浸胶架上绑，现在不等绝缘小组送来就主动地去取，扎一个就绑一个，绝缘小组扎完了，他们也绑好了，小组长王国先、杨炳华早就把铺盖搬到车间来了，有问题就及时解决。他们真是分秒必争啊！

18个线圈掉下罐了，这对王国先、杨炳华小组来说，就等于是天来横祸！在出罐的工作中，过去也掉过线圈，但那只是又小又少的几个，用钩子钩上来就行了。这次却是18个，而且又是“72500”的，钩不能钩，吊不能吊。罐身高8米，直径宽2米，罐内的温度高达180多度，要是人下去捡，谁知道会是个什么样；不下去，18个线圈就全要报废，再重新浸胶一次，就又得40个小时，特别紧要的是现在生产正处在决战关头，线圈少一个都将影响下个工序工作的进行，就影响成品车间完成任务，就影响“72500”的“卫星”送上天。

想到这些，小伙子们一个个都红眼了，他们争着嚷着就是要下去！他们已经把吊车开过来了，吊人的架箱已经挨近罐口，只要电门一扭，就要下去了。“180多度的高温，人下去就准会没命了。”具有丰富经验的王国先清楚地懂得这点。“我命令一个不能下！”（旁边的徐工程师也说安全要紧，不能下）小伙子们还是不在意地围着罐口打转转。王国先唯一的办法就是死把住电门不放。

焦急的半个钟头过去了。王国先自己也觉得，还按平日自己说的那样，安全生产要紧，线圈掉下去之后，绝不允许下去，已经是不行了，除非是眼瞅着“72500”不上天。“不行，再不能焦急地等待，一定要采取紧急措施。”罐内的温度已经慢慢降到130多度了，他决心亲自下去试试。他拿起浸湿的毛巾用堵着鼻和嘴等防高温应急的办法下去。可是胸有成竹的杨炳华早已料到这点：到时候一定得下去，要不，等罐里的温度一凉，大伙的夜战、苦战、巧战就全完了；只是决不能让这些缺乏经验的猛冲猛打的年轻小伙子下去，他们一下去，就会什么也不顾的；还是自己下去，我受得住，他们就能受得住，我受不住，他们就可以不再下去了！决心一下，做好防高温应急准备后，抢先王国先一步，就乘上吊箱下去了。

一分钟、两分钟地过去了，罐口围满了人群，人们都以严肃紧张的心情等待着杨炳华。六分钟的光景，杨炳华揪着两根线圈安全地上来了。他的额上、身上的汗水像倾盆大雨似的流着，厚厚的秋衣和工作服已经被汗水湿透了；眼睛被沥青的一种特殊的烟幕熏得发红，喉咙干燥，嘴唇发焦……在紧张的战斗里，谁又能顾得这些！小伙子们一时的紧张心情又活跃开了，争争嚷嚷都要下去。“不行，温度还太高。”王国先清楚地看到吊架上的黄油都被烧得融化了，点点滴在战士的工作服上。第二次王国先抢着下去了，杨炳华又坚持跟着一起下去了。罐上的人们都为之激动、鼓舞。于是第四次、第五次、第六次都下去了，这里面有年轻的小伙子，也有年轻的技术员。

捡上来的线圈有的发弯，有的变形。上面的工人、学徒工，还有车间党支部石书记……他们都是紧张地捡上来一个就趁热修正一个。经过半小时的激战，18个线圈终于抢救上来了，而且完全合乎质量要求。

王国先、杨炳华和所有参加了战斗的同志，都激动着，兴奋着；他们笑，他们嚷。只是在这个时候，他们才发现他们手上已经烫起了泡，身上感到刷凉，刷凉。但他们的心里却觉着“72500”的“卫星”正在往高空放，正在往高空升。

载1958年12月《电机工人》

注：我在中国人民大学新闻系临近毕业时，于1958年11月24日至1959年2月22日，到第一机械工业部所办的《机械工业周报》实习三个月，八名男女同学被派往哈尔滨组成记者站，住哈尔滨电机厂招待所。一面为《机械工业周报》采写新闻，一面为厂报《电机工人》采写新闻。这篇特写就是深入车间采写的。

一封电报（速写）

七点一刻的《黄浦江故事》，驱使我和治华一大早，就急匆匆地往蟾宫电影院跑。对好座，还未坐下身，就听得有人喊："劳沫之，门口传达室有你的电报，看到没有？"

"电报？谁这么早会给我电报？莫不是你妈妈的病出了什么问题？"

"也许是病人需要什么药。"不等我问完，治华就这样猜测。

猜测终究是猜测。电报究竟是谁拍来的？不打开电报瞧瞧，哪能猜得到呢？往常，进出校门，我倒是很喜欢看看传达室记事牌上有没有来客留言和挂号信之类的，凑巧今天没看，竟然有封电报，真有点后悔不已。

随着电铃的响声，银幕亮起来了，我的心绪，一时被上海造船工人的革命斗争故事抓走了。

电影是在兴奋愉快之中结束的。电影一结束，我们就直往家里奔，急于想知道电报是带来吉讯还是凶讯。

一进校门，我就问传达室："现在可以取电报吗？""可以！"我一边在收文簿上签名，一边将电报递给了治华。"你猜是谁拍来的，是鹿邑关涛拍来的！”

“关涛！……”

听说是关涛拍来的，我心里真不知道有多么高兴。——关涛，我们大学时的党支部书记，打从去年十二月下放到河南以后，就一直没来信，现在突然来了一封电报，怎么能不令人高兴呢？我等不得治华念给我听，就一手把电报拿过来了。

“在第一线向留京同学遥致节日祝礼鹿邑县委关”

简短的二十个字，包含着多少深情啊！

我一遍又一遍地看下去，我的心久久不能平静。我边看边想，越想越觉得这封电报不一般。

事情也真凑巧。我们班毕业后留在北京的同学，为了利用春节放假的机会团聚一番，早在几天之前，就决定好除夕的晚上大家都来我这里聚会。——我被留在母校工作，这是我当然地充当这次聚会主人的唯一理由。二月十四日就是除夕，关涛的电报也恰好在二月十四日收到。本来我打算在聚会时提议，由一人执笔，代表在京同学给关涛写一封信，表示在对第一线上的同志的慰问和敬意，没料到关涛比我想得更高明，来了一封电报。

第一线的同志反倒先给后方的同志致节日的祝礼，这真有点说不过去。想到这里，我真想马上发个加急电报给关涛，表示下我们的心意。可是我个人怎么能代表大家呢？只好耐心地等大家来了以后一起做决定。

聚会时间约定好是晚饭后六点半到七点准时到达。下午四点一吃完饭，我就忙着收拾屋子准备茶水。

约莫六点四十，听得楼下有喊我的声音。我急忙冲向楼梯大声回应。“哎呀，可真把我寻坏了，从一楼跑到二楼，从这层又跑到那层，你什么时候搬了家，事先都没给打个招呼，尽住五层楼，可真有点高高在上呀！”一听声音，就知道是我们调皮的班主席——小毕同志。

“有什么办法呢？几次给你打电话打不通，你几次来学校也没见到面，我还以为方山、张赫玲早告诉过你哩。好在你总算找到我了，而且还是第一个到达的贵宾！”说着，我就一手把小毕和他的朋友拉进了屋子。

也许是屋子太小，虽然只有两个人，攀谈起来却显得十分热闹。

——连一民和小黄还在《陕西日报》。

——沈智已放寒假，二月二日就离开济南，回上海看妈妈去了。

——顾立华在吉林大学新闻系也在编写新闻学概论讲义。

——汤迪吉还是在内蒙古大学编校刊。

——还有杨铭圣、韦宗帼和咱们班最后摘掉右派帽子的朱绍武也都有信来哩！……

“啊哈，你真不愧为我们班的联络中心站呀！可是你说了这么些人的情况，怎么独独不谈在第一线的、咱们的党支部书记——关涛的情况呢？难道她也没给你写信？”

“可不，就是没来信！”我故意急一急小毕。我知道在学校时，小毕是把关涛当作亲姐姐看待的，不管有什么样的心思，都愿意找她谈。关涛走了这么久没来信，当然惦记啰。

“你别开玩笑吧，她准有信给你！”

“啊，一封电报！”我见小毕实在憋得不行，立即从口袋里掏出那封珍贵的电报。

小毕接过去，就摊开来大声地念：

“在第一线，向——留京同学，遥——致——节日祝礼，——鹿邑县委——关！啊哈，是关涛来的，是关涛来的！你这个鬼东西，怎么不早说呢，唉！”小毕看完电报，两手搭着我的背膀又是跳，又是笑，又是骂。

“哼，你真不知足，我要是等全体同学都来齐了再宣布，才真把你憋坏了哩！”说着，我随即用双手把小毕按坐在椅子上。小毕身子还未坐定，突然苦起脸说：

“你看这怎么好，前线的战友倒先给后方的同志祝礼了。”

“那有什么办法，我早都想过了，就是现在去个加急电报也迟她一步呀！谁叫咱们不是支部书记呢，想问题就想在关涛后头嘛。”

“我看咱们还是别说泄气话，积极想办法要紧，既然前线来了电报，后方最起码也得回个电报吧。”

“还用你说，我早都想过了，等同学们来齐了以后，我把电报向大家宣读一遍，然后请方大哥（方山同志在我们班个子最高，年龄比较大，参加工作的时间也比较长，平时很爱笑，也很关心同志，很有点大哥的模样，于是以后班里的同学都亲切地叫他方大哥）执笔拟电稿，再让大家补充修改，大家一致通过后，就连夜发出去。”

“对，连夜发出去，邮电局十点钟前准还办公。”

我和小毕商量好这件大事以后，心里乐滋滋的。看看表，已经七点了。怎么还不见来人呢？我有点发急，怕同学们有事耽误了来不成。小毕赶紧找原因，说他下午跟方大哥、张赫玲去过电话，他们都答应一定来，准是今天人多，等车等耽误了。正说着，楼下传来喊“劳沫之”的声音。一听是清脆的河北口音，就知道是张赫玲来了。等我迎下去的时候，她和跟她同来的李国霙（他们两人分在中央人民广播电台工作，张赫玲在对内部文教部工作，李国霙在对外部任中文编辑）已经上到四层楼口了。赫玲双手扯着我的胳膊，劈头就问：

“已经有谁来了？”

“小毕和他的朋友牟玲。”

“真的，牟玲也来了？”

“不信，你快进去瞧瞧，多秀丽的一位姑娘！”

屋子真有点太小，还只来了四个人，加上我和治华也不过六个人，床铺和椅子就全给坐满了。我只得又到隔壁邻居家借了几个凳子。已经七点多了，我见大家还未来齐，怕其他同学像小毕一样不知道我的住处，于是，我特地到大门口传达室嘱咐了一声，有谁找我，就请上“红二楼戊组十号”。转回来时，我又顺便通知了一下小吴、小邱和素清（都是和我同时留校工作的），要他们赶快上我那儿去，一起招待客人。

当我回到宿舍门口时，只听见屋子里笑声、谈话声乐成一片。我进门一看，原来方大哥已经来了，素清接到我的通知后，抱着她的小女儿也紧跟着来了。和隔壁大于等同志玩麻将牌的治华，看见同学们已经来得不少了，也收场回来了。屋子一时挤得水泄不通。

梆，梆，梆。过道外又想起了敲门声。开门一看，是我们的七仙女肖泽贤同志——肖泽贤之所以被叫作七仙女，并不是因为她人长得像七仙女，而是因为在学校时，我们班刚好有十位女同学，刚好又同住在一间大宿舍里，朝夕相处，生活十分融洽，慢慢地，班里的同学都叫我们为十大姐，在十大姐中，按年龄大小排列，肖泽贤数第七，后来不知是哪位调皮的男同学跟她开玩笑，叫她七仙女，随后，我们也就习惯地叫她七仙女了。像我们叫方山同志为方大哥一样，叫肖泽贤为七仙女也是表示亲昵的意思。七仙女和人见面时，总是喜欢热情地把右手伸得长长的，等着握别人的手。这次和往常一样，一见面，我的右手就被她紧紧地握住不放。

“就来你一个吗？”

“你看后面是谁？”

“哦，张玉书！……”

“刚从河南七里营公社回来汇报工作的。”不等我说完，七仙女就忙着向我介绍。

“哼，这才真正是贵宾呢，从第一线回来的贵宾！好哇，今天你可要把第一线的喜讯好好跟大伙讲一讲。”

“这次下去收获很大，我一定尽情地谈，可你们也不能吝啬呀，一定要把你们最最好的消息全给发布出来。”张玉书和七仙女都是因为工作需要，提前于 1958 年从我们班分配到新华社去工作的。在新华社经过短时间的外文学习，张玉书就被派往布拉格新华社驻外通讯站工作了。在国外工作了一两年，去年夏天才回国，回国后，对祖国的一切都充满了新鲜的感觉，这次党组织特地把他放到农业第一线去参加整社和基层工作，这对他当然是太好了，别说他，连我们也替他高兴。

接着，分到北京第三女中教书的张慎趋和同我一起留在母校的小邱、小吴也都来了。宾主十多人，一屋子实在容纳不下了，只得采取临时措施——把隔壁大于等同志的集体宿舍改为我们的聚会厅。

我们的聚会是在自然、和谐、热烈的气氛中开始的。既没有人宣布什么时候开会，也没有什么开会程序。大家一坐下来，就一边喝清茶，一边三三两两地畅谈起来了。

面对面坐在两边单人床上的张玉书、张慎趋、李国霙，还有治华，以张玉书为中心，正热烈地谈着七里营公社的新气象。你看，张玉书说得多激动人心：河南虽然连续两年遭到百年未遇的大旱灾，但七里营公社今年每个劳动力却平均有三百多元的收入。这些钱说怎么也用不完，社员都储蓄起来，打算有计划地添置些增产用具和自行车。谈到目前开展的农村整社运动，张玉书更是眉飞色舞："嘿，中央政策一和群众见面，大伙的积极性可高啦，都表示说怎么也得叫今年多增产粮食。"

书架旁边，围着书桌坐着的方山、素清和小邱，以方山为中心，正在热烈地交谈彼此的工作情况。一问方山（分配在《北京日报》社工作）共计写了多少红旗稿，方大哥就笑哈哈的，回避正面作答。

紧靠宿舍门坐着的还有两摊。左边的，是张赫玲正拉着小毕的朋友牟玲的手亲切地问长问短。右边的，是小毕和吴芝兰正全神贯注地倾听七仙女报告他们那儿新近发生的喜讯：我们班提前分到新华社工作的朱荣根和熊仲琪春节以后又要出国了，一个去布拉格，一个去开罗。他们进步得可真快啊。

正当大家谈得津津有味的时候，治华从隔壁屋子里端了两碟剥成一片一片的柚子——这是治华前不久回武汉看望病中的妈妈时，带回来的唯一的大柚子，可真大呀，十多个人每人拿了一片，最后还剩两片。

大家正准备吃时，张玉书突然站起来说："要不是吃柚子，我带的好东西倒给忘了呢。"说着说着，从大衣口袋里掏出了两包东西。"啦，这一包是公社生产的大红萝卜，这一包是公社自己做的五香瓜子。"我连忙打开一看，好家伙，这萝卜真大呀，一个足足有一斤重！说实话，这么大的红萝卜，我还是第一次见到呢。于是，我学治华一样，洗净把它切成一片一片的，放在淡绿色的碟子里，有红有黄，中间还夹杂着一股红萝卜特有的清香，真够吸引人的。我说了一声请字，大家就都动起手来了。

顿时，屋子沉静下来了。柚子的吮吸声，红萝卜的嘣嗞声和五香瓜子的嗑卡声，响成一片。丰富、协调、多样，大家的脸上散发出了愉快的笑容。

啊，吃着吃着，方大哥突然问起在第一线的关涛，小毕沉不住气地喊起来了：

"支部书记早来电报向大家问好哪！劳沫之，你快给大家念念。"

赫玲是河北人，口齿清晰伶俐，学习时，班里读什么文件向来都是让她念，这时我连忙把电报交给她，她高声地不快不慢地给大家念了一遍。大家听得很清楚，脸上都流露出喜悦的笑容。恂南因为耳朵有点不灵，提出了再念一遍的要求，于是赫玲又重新放大声音念了一遍。恂南听了不禁拍手高叫了一声："真亏她想得到！"

"可不，支部书记就像看准了我们要聚会似的，不迟不早就在今天给咱们来了这么个喜讯。"七仙女早就憋不住要说话了。

"我们得赶紧给第一线的同志拍个电报祝贺新年。"有几个人异口同声地说。

"对，应该连夜发出去，这样明天——大年初一就可以收到了。"我抢着插了一句。

"就这么决定吧，咱们现在就来拟电稿。由劳沫之执笔，大家再补充，你们看怎样？”赫玲向来是很干脆的，这样一说，大家都表示赞同。

“还是请方大哥执笔吧，大编辑干这个合适。”经我这么一说，大家认为有道理。于是大家一边三三两两地交换意见看怎么写好，一边等方大哥拟。

方大哥眼快手快，一会儿就拟出来了。“你们听，这样写行不行？——‘向你——第一线的同志致敬！’”

大家琢磨了一下，认为这句话又简练，又能表达咱们的心意。只有小毕提出来句末应再加两个“致敬”。即：“向你——第一线的同志致敬致敬致敬！”

“这是拍电报不是呼口号呀，能把意思表达清楚就行了，重复那么多‘致敬’，你不怕电报局的同志笑话吗！”恂南这么一说，把大家都逗笑了。这一笑没想到竟叫小毕不好意思起来了——像乡下大姑娘见了生人似的，顿时把略微泛红的脸低了下去。

虽然我也跟大伙一起在笑小毕的天真，但是何尝没有小毕同样的心情，何尝不想在电报上再多加些字呢？只是再加些什么呢？只怕再多加一倍两倍三倍的字，也是不能把我的这种思念之情完全带去的啊！倒不如还是留着以后好好写封信吧。

最后交换了一阵影剧票——我买的两场电影票被张玉书和小毕及其朋友牟玲拿去了，方大哥的话剧票和其他电影票给了我和赫玲、泽贤。就各自回家了。

治华趁我送同学的空隙，为我去东四邮局给关涛发了加急电报。

这一晚我感到异常的愉快。一股革命的情谊一直在我的心坎上荡漾着，荡漾着……

1961 年 2 月 15 日（大年初一）写于中国人民大学铁一号职工宿舍

1962 年 7 月 28 日整理

献给党的歌

——写在七一前夕

一

我爱我们的集体
我爱我们集体中的每一个同志
虽然这里面的人都有不同的古怪脾气
但个个都愿意为共产主义奋斗到底

我爱我们的集体
我爱我们集体中的每一个同志
虽然这里面的人并不是一个样地逗人喜欢
但同是执行党的艰巨任务的最可靠的兄弟

我爱我们的集体
我爱我们集体中的每一个同志
虽然这里面的人也曾叫我流过伤心的泪
但我却暗地里感到使我迅速成长的正是他们

我爱我们的集体
我爱我们集体中的每一个同志
虽然这里面的人明明在讨厌我的古怪脾气
但他们却对我并不嫌弃

我爱啊
我爱这天底下最最好的集体

二

我们支部有很多好同志
我最爱的是这样一位：
紧张地工作学习了一周以后
人们总想把自己的周末安排得最有意义
但真正安排得最有意义的
还是要算我们时代的大学生
他们把最喜爱的歌放在周末唱
把最喜爱看的剧放在周末看
把最喜爱的书放在周末阅读
把最喜爱的信放在周末写
把最喜爱的朋友放在周末会见
总之，周末的一切都是最喜爱的

可是有多少个周末的夜晚
当人们正在舞场愉快地旋转着的时候（注：新闻系的学生会每个周末都在铁一号礼堂举办交谊舞会）

她却伏在桌上为团员制订学习计划
当人们正在津津有味地阅读最喜爱的小说的时候
她却耐心地在和一个好哭的姑娘谈心
当人们正在北海轻轻地划动着双桨的时候
她却把自己独个儿关在小屋子里写新党员的转正决议
……
我爱，我爱这样的同志

一个共青团员的妈妈眼睛半失明
当妈妈恳求儿子回到她身边的时候
这位同志不得不忍心地申请退学
我怀着关切的心情劝他怎么也要坚持这一年
他却说思想负担太重实在难以坚持
“难道她也同意你退学？”
“嗯，她也同意！”他这样坚定地回答我
回来，我独个儿想了许多
想得最深最清楚的是
“只有她才真正看到了同志的心！”
我爱，我爱这样的同志

我们的“百花坛”（注：我班墙报的刊名）上
新贴上了伙伴们的几篇诗章
是谁在“农村诗组”的空白处
画上了那么几行歪歪扭扭的字样：
“哪一首最好？
《夜校》这首最好。
为什么最好？

杨哥自己知道。”
这真有点任性，有点缺乏礼貌
人们看了习以为常
她却那么认真
写了篇“开玩笑也要讲地方”的批评文章
尊重自己的同志，尊重人
我爱，我爱这样的同志

……

是我接近她接近得太多
是我看她好的地方看得太多
还是她原本就是这样
我知道，我知道，我知道……

三

也许有人要说
党的生日就得写党
你怎么写了这样的许多
我说亲爱的同志
正是因为要写党
我才激动地写了这么许多

作于1960年6月30日

注：这篇习作刊登在1960年7月1日我班《百花坛》墙报上。

摄影篇

SHEYING PIAN

劳沫之摄影作品

一、人物类

学爬行　摄于 1966 年 5 月，姚殊半岁时。

我们仨　摄于 1970 年二三月间，姚嵘不满一百天之时。

哥俩好两幅　摄于 1971 年夏，保姆为防长痱子，给姚嵘剪了一头短发。

我们仨　姚治华摄于 1970 年二三月间。

沉痛　摄于 1976 年 9 月，天安门伟大的领袖和导师毛泽东主席追悼大会场地，姚殊、姚嵘小小的年纪，也开始懂得了什么叫沉痛。

兄妹情（之一） 肖绪珊老师应嘱，1970 年秋摄于铁狮子胡同一号红三楼甲组中国人民大学家属宿舍。

兄妹情（之二）　湖北省电影制片厂原厂长潘定石同志摄于铁一号红三楼戊组中国人民大学家属宿舍顶层阳台。

兄妹情（之三）　1989 年 6 月 25 日，姚嵘赴澳大利亚留学前，摄于家中。

专注（之一） 1998 年 2 月 8 日，在美国洛杉矶举办姚治华画展，姚治华在现场作画，众多参观者全神贯注观赏的情景。

专注（之二） 1998 年 2 月 8 日，在展览会上，姚治华在一幅画作前讲解，引起参观者的注目。

姚姝儿时的留影　摄于铁狮子胡同一号中国人民大学职工宿舍红楼。

穿西服的姚殊　摄于朝阳区红庙北里文化部宿舍三号楼一单元。

姚殊在落英缤纷的樱花树下　1998 年，摄于美国西雅图华盛顿大学校园内。

姚嵘在色彩斑斓的干枝梅树下　1995 年秋天，摄于悉尼姚嵘住地门前。

母与子（之一）　2008 年夏天，摄于澳大利亚悉尼姚嵘住地附近的公园。

母与子（之二）　2013 年夏，姚嵘和锐轲回国探亲时，摄于北京动物园内一处景点。

姚嵘在青岛经济开发区一处景点留影。摄于 2004 年 8 月。

聆听　在风雨桥上，侗族小朋友聚精会神地听从北京来旅游的音乐家、画家章培文说事。摄于2002年10月14日。

兜售　在越南下龙湾，船民向游轮上的旅客推销农特产品的情景。摄于2002年10月31日。

二、山水类

长江巫峡多姿多娇的胜景　1992 年 5 月，摄于从武汉到重庆的“东方红”游轮上。

雨中黄山　1996 年 7 月 14 日至 17 日，姚治华、劳沫之和姚嵘同游黄山。到达当日正遇上大雨，劳沫之拍下了这幅作品。

云南石林 1999 年 9 月 11 日，摄于昆明。

桂林象鼻山　2002 年 10 月 15 日，摄于广西桂林。

壮丽漓江　2002 年 9 月 29 日，摄于从桂林漓江到阳朔的游轮上。

下龙湾斗鸡石岛　2002 年 10 月 31 日，摄于越南下龙湾游轮上。

“海上桂林”　2002 年 11 月 2 日，摄于越南从海防到芒街的游轮上。

张家界国家森林公园览胜 2006 年 9 月 20 日，摄于湖南张家界国家森林公园。

张家界国家森林公园览胜 2006 年 9 月 20 日，摄于湖南张家界国家森林公园。

远眺悉尼歌剧院　2007 年 12 月 23 日，摄于悉尼。

壮观的风雨桥　2002 年 10 月 14 日，摄于广西侗族山寨。

三、花卉类

《出淤泥而不染》两幅：

之一：2001 年 7 月 6 日摄于北京孙河乡康营画家院姚治华工作室南侧的荷花池。

之二：2013 年夏摄于北京北海公园荷花节现场。

《争奇斗艳》四幅：

之一：芍药

之二：芍药

之三：菊花

之四：南非大礼花

以上四幅，均摄于北京市顺义区世界园艺博览会现场。

《昙花一现》两幅：

之一：多姿多彩　2008 年 4 月，摄于悉尼姚嵘住地附近路旁。

之二：绽放　2008 年 4 月，摄于悉尼姚嵘住地附近路旁。

洁如冰雪的玉兰花　2007 年 1 月 19 日，摄于北京星河湾畅园公寓的花园中。

幽静的国家公园　1998 年春摄于美国西雅图一处国家公园。这个国家公园紧临大湖，园中树木郁郁葱葱，草坪上开满不知名的小白花，远处还能看到供游人休息的桌椅架，十分引人入胜。

繁花似锦 2005 年 2 月 6 日，摄于室内水仙花盛开之时。

绿叶衬托红花 2006 年 1 月 19 日，摄于室内的切花。

艺术陶瓷瓶中的插花（静物） 2007 年 8 月 2 日，摄于悉尼姚嵘住地室内。

美如画的郁金香 1998 年春，摄于美国西雅图郊区田园。

后　记

《跋涉者的足迹》一书即将问世。此刻，我想起了一些要说的话。

首先，我要感谢新华出版社新媒体中心主任张程同志和责任编辑雒悦、丁勇同志，他们热诚认真地对待我的书稿。特别是张程同志对书稿在内容的取舍上，给我以宝贵的指点。还要感谢原先后任《北京晚报》副总编辑、《北京经济报》社社长、《北京现代商报》社社长、同心出版社社长兼总编辑、北京社科院新闻研究所所长等职，拥有高级记者、研究员职称的刘霆昭同志，他虽已退休，但身兼多项社会工作，每天都很繁忙。应嘱，他抽出时间为我查找过去刊登在《北京晚报》上的文章，并及时地传送到姚殊的邮箱，使我的访日纪事能够顺畅地完稿。

其次，我要感谢同窗挚友、原全国妇联书记处书记关涛同志，就书稿《大学岁月》一章的有关内容，给我提出了难得的修改意见。我还要感谢我的同窗挚友、新华社《参考消息》编辑部原主任编辑曹道明同志，对书稿中《大学岁月》一章，帮我补充了一些具体内容。

最后，我还要感谢家人对我的帮助。老伴姚治华，对我所写的《姚治华的中国画之我见》一文表示认可，并向光明网和中国网推荐，先后被全文发布。儿子姚殊，他不仅是我书稿的忠实读者，还在书稿的内容和文字方面帮我推敲斟酌，而且在我撰写的过程中，为我搜集、购买有关的图书和参考材料，并对我的全部手稿一一加以复印，还将一百几十幅照片做成光盘，供出版社编辑选用。女儿姚嵘，对书稿的有关内容也提出了具体的修改意见，并为我提供了一些珍贵的照片。所有这些，都保证了书稿的如期出版。弟弟劳补奎，在《无忧童年》一章，帮我补充了几件童年趣事，为书稿增添了色彩。

由于作者的水平有限，书稿中存在不足和不妥之处在所难免，真诚期望读者批评指正。

劳沫之

2019 年 1 月写于北京